U0925593

最世文化
Shanghai ZUI co.,Ltd

散文集

愿风裁尘

郭敬明 著

2004～2013卷

目录
Contents

第一章

THE SHINNING DAYS IN SHADOW

2008

2009

2010

2011

(扫描图案有惊喜)

THE SHINNING DAYS IN SHADOW

2008

THE SHINNING DAYS IN SHADOW

以黑夜为界

· 01 ·

当日出东方，薄雾被光线照得四下散开，安静的大街开始被喧闹的人群填满，不远处的小店伙计，揭开水面翻滚的锅子锅盖，把清晨的第一把拉面倒进水里。

楼下的保安穿着干净的制服，对着他看见的每一个人，说，早安。

流水声。汽笛声。喇叭声。母亲第三遍叫赖床的小孩起床的声音。

慢慢醒来的世界。

· 02 ·

有一段时间工作太忙，几乎消耗掉了整个白天的时间，于是所有的稿件，小说，都必须晚上回到家的时候继续熬夜。开始的时候是持续到凌晨一点，之后变成两点，三点，最后演变成在冬天里已经彻底亮起来的天光下（六点半？），裹着被子倒头睡去。

醒来的时候已经下午三点。

刷牙，洗澡，随便从冰箱里拿出一点东西来吃。

之后去公司上班。

写字楼大堂的保安，有时候会对我说下午好。

坐下来打开电脑没有多久，公司的人就陆陆续续地下班了。他们对我说，小四，我先走啦。

很快地，公司里就只剩下我自己，或者一两个同样需要加班的人。

然后就慢慢地过渡到了黑夜。

说是慢慢地，其实并不准确。

应该说，然后就一下子到了黑夜。

·03·

想要结束这样的昼夜颠倒的生活，于是早早地躺到床上去。可是却怎么也睡不着。过了一会儿还是起来看书。

没有拉严实的窗帘露出一小块窗户，望出去是零星的还没有熄灭的灯火。

哗啦哗啦翻书的声音，在寂静的黑夜里听起来格外清晰。

两点把书看完，在结尾的时候被男主角的那一句哽咽的“那，我就先走了？”触动了心绪。翻身起床，套了一件毛衣，打开电视准备打一会儿 Wii，玩了一会儿没有了兴致，打开莲蓬头准备洗澡。然后发现热水器没有电池了无法点火。

于是穿上裤子，套上一件大衣，抓起钥匙，出门去买电池。

在这样的漫长的黑夜里，任何的事情都显得格外隆重。我们有那么长的一段时间需要一个人孤单地度过，一个人因为寒冷而打开空调，一个人翻完一本书而叹气，一个人把电视频道从 1 换到 39，一个人看着 MSN 上几乎清一色的黑白头像，一个人裹紧大衣出门买电池。

我们每一个人都幻想过，怎样去打发一段太过漫长的时光。

是去欧洲旅行，还是窝在家里看完堆积在书架上的累累图书？

这些时光都像是在遥远的一整个世纪之外，漫天的尘埃还没有来得及飞到我们身边便轻轻地坠地。变成了铺展在我们远方的，一条浮游着尘埃的银河。

我们慢慢前往，慢慢老去。

·04·

在我们漫长的青春里，我们的世界都被浸泡在这样光线充足的日子中。

我们在灰蓝色的清晨里醒来，大家拥挤着，睡眼惺忪着，拿起牙刷和杯子，走向宿舍楼道尽头的水房，哗啦啦的水声把天色冲刷明亮，擦掉嘴角的牙膏泡沫，抬起头，窗外枝头的麻雀已经可以看得分明。

宿舍管理员会在七点前把每一个人赶出寝室，去教室里上早自习。所有的人整理好书包，把没有吃完的馒头或者面包，塞进塑料袋，然后随着人流开始一天的功课。

早晨，中午，下午，傍晚。

黑板上的粉笔字换过一版又一版，来不及抄写的人，叹了一口气，把钢笔丢到桌子上，趴下身子，把脸埋在胳膊里，微微抽动的肩膀，也不知道有没有流泪。

我们离黑暗很远，我们离深夜很远。

就算廉价的速溶咖啡也无法让我们坚持到更深的黑夜。总有强大到无法抗拒的疲惫袭来，让我们不甘心地丢开试卷，倒进温暖的被窝。

我们像被包裹在透明的介质里，单纯而又混沌地度过着年少的青春。

我们在黑夜里安静地沉睡着。

世界离我们很远。伤害离我们很远。

· 05 ·

楼下的罗森店里，我需要的一号电池只剩下两节，而我需要四节。好心的阿姨建议我不要买，去别的便利店买同样牌子的四节，否则混合不同品牌的电池效果不好。

于是我点点头，随便买了两袋鸡肉粥付钱后离开了。提在手里的袋子被晚上的风吹得哗哗直响。

虽然上海是号称全中国二十四小时便利店最多的城市。可是沿路走过去，关门停止营业的便利店，还是占了大多数。

我叹了口气，继续裹紧衣服，往更远的街道走去。

以前看到过的一句话，是说，在黑夜里路过别人的人生。

路过一个在这样人迹零星的深夜依然坚持摆摊的中年男人。他蹲坐在炉火前的塑料椅子上。手上拿着一个黑色的塑料收音机，小心而仔细地调整调频，哔剥的杂音在周围的寂静里混合着炉子的燃烧声，一起变成空气里浮动的杂点。他身后坐着一个年轻的女生，低头吃着馄饨。碗旁边摆着一个手机。她隔五秒钟就拿起来看一下，但是手机的屏幕却一直都没有亮起来。

收音机里终于出现了熟悉的音乐，有个男人说："《相伴到黎明》。"

路过一家水果店。满满当当的水果，盛放在各种纸箱里。

守店的女主人在看到我走近的时候，茫然的眼睛变得清晰，那一瞬间她轻轻地抬了抬身子，然后在看见我走了过去之后，眼睛里的光又熄灭下去。她在头上裹了围巾，有一两缕头发从里面散出来，被风吹得贴到脸上。

我想了想又转过身，回去买了一些橘子。

两手各一只塑料口袋，被夜风吹得像要碎开来。

路过一家KTV，门口有一个浓妆已经在眼睛边上晕开来的女生坐在地上靠着墙，过了会儿她斜过身子，哇啦一口吐了出来。她拿过身边的矿泉水瓶子漱口，然后深呼吸了几下，又重新走了进去。

路过一个正在修理管道的工人。

路过一对牵着手走路的情侣。

路过了一家依然人声鼎沸的餐厅。里面的火锅蒸腾出的雾气贴在窗户上。

路过无数棵静默的梧桐，它们把落叶撒向地面。

·06·

是什么时候开始觉得，人生无限漫长，却又经不起消耗？

·07·

如果重新回过头去——

十七岁，十八岁，十九岁。无限美好的年纪，光阴像是被撒了亮粉，无论铺展在什么地方，都显得耀眼。生命在那三年里被无限拉长，摇摇晃晃地走过了从此再也无法重回的时光。

如果现在重新去看，那些被试卷拖垮的疲惫，和被成绩搅酸的心房，绝对不会被认为是人生里黑暗的部分，相比较现在所面临和遭遇的事情，它们干净透明得发亮。

虽然在我们那个年纪的时候，它们被认为是生命里最最沉重的话题。

年轻的时候总是有着这样的想法，然后在之后，被不断地成长，成长，嘲笑得面目全非。

无数次地梦见回到过去。无数次地梦见坐在校园里考试。

窗外的阳光亮到刺眼，斜斜地照耀在光滑的桌面上反射出金黄的碎片。

教室后面有人用镜子，把光斑反射到老师的后脑勺上，教室里一片窃窃私语的笑声。压在喉咙里，痒得难受。

空旷的操场上，烈日搅动着漫天的浮云，它们日日记录着笼罩其下的这些少年，他们年轻的模样，他们健康的生命，他们的这些美好和善良，在未来的岁月里风雨飘摇。

于是悲伤变成了午后的雷阵雨。

有男生在湿漉漉的篮球场上练习投篮。

隔了不远的铁丝网外，女孩子捏紧了手里的矿泉水瓶。

而如果重新回顾过去，那些美好的，温暖的，善良的，珍惜的过往，都因为太过美好，而在当下的温度里，显得脆弱并且“过分美好”，因为知道它们在随后到来的风暴里将不复存在，所以才会湿润了眼眶。

就像是傍晚夕阳消失之后，被墨汁一样的黑暗慢慢渗透进来的世界。

被笼罩着，慢慢消失了温度。

·08·

而黑夜也因为彼此的不同，而具备了各自的书写。

当我们的青春被安放在高高的象牙塔里，我们躲在温暖的被窝里，消耗着年轻给我们的养分，黑夜无法侵袭，它被被窝的温暖隔绝在寒冷之外。

手电筒的亮光下被我们阅读过的无数的故事。青春的朦胧，或者爱情的悲凉，一点一滴地渗透进我们的心脏。

而当美好的岁月过去，蛋壳被某只手拿在碗边轻轻敲碎，完整的包装被巨大的力量哗啦撕开了口袋的一角，我们开始习惯面临黑暗里的特质，那些游离的黑暗和恒定的寒冷。它们浮游在空气里，找准我们脆弱和不堪一击的时候，悄悄地渗透进张开的毛孔。

人们都顶着一张冷漠的面孔，在街上匆忙地赶路，把孤单的影子留给大地，留给梧桐落下的枯叶，留给深夜里贴紧地面浮动的白雾。

只有空旷街头的红绿灯，在没有车辆和行人的路口，频繁地跳换着颜色。

·09·

在走过了两条街后，我在好德买到了我要的电池。

走出门的时候电子传感器发出叮咚的一声响，然后木然的电子声说：“欢迎下次光临。”

走回来的路上，看见那个摆水果摊的女主人刚刚要拉下卷帘门，她看见我的时候对我微微点了点头。然后就转过身去，关上了门。她抬起手拉灭了头顶的黄色灯泡，于是一小段路突然黑了下来。

只有那个火炉前的中年男人，依然眯着眼睛，听着广播里的歌曲。他身后是空无一人的塑料桌子和座位。只有炉火发出的噼啪声，呼应着锅里沸腾的开水。

我并没有路过他们的人生。

仅仅是看见了在黑夜的边界，他们半温暖，半寒冷地生存。

2008

THE SHINNING DAYS IN SHADOW

陈旧光墨与寒冷冰原

当雾气萦绕过去，浅灰色的雨云下，混合着梦想和年少的气体缓慢蒸腾。在随后的岁月里，墨水和纸张被吹散进辽阔的苍穹。年少时壮阔锋利的蓝天。

并不是每一个人都会有机会，重新站在当初的十字路口。

·01·

有时候走在路上，会觉得突然地疲惫。身体里疲倦的讯号像是午夜空旷无人的街头，兀自闪动的红灯一样，顽固地发出刺眼的提醒。那个时候就会很快地回家，把逛街或者和朋友聊天喝下午茶的计划丢在脑后，回到家里，倒上床，只要几分钟的时间，整个身体就被沉重的睡意拖进混沌的梦里。

隔着厚重窗帘的窗外马路上，风把落叶卷起，滚动在空无一人的街道上。

上海沉重压抑的冬天。

有人把晾晒了整整一周才最后烘干的被子收进阳台。

在几天后到来的那场寒雨里，夹杂着的雪片落在了每一个没有撑伞的行人的头发上。

·02·

但是这并不是一开始记忆里的上海的冬天。

·03·

这些年来的生活。

白天繁忙的工作结束之后，会出发前往机场。

助理帮我办好登机手续，然后叫醒在后座睡觉的我登上飞机。

开始渐渐习惯起来的夜航航班。

闷热的不循环的气流，窗外寒冷的对流层被隔绝在真空的玻璃之外。偶尔透过云层可以看见下面黑色大地上零星闪烁的光亮，像是倒翻在地面上的星空。云层被一些月光和星光打亮，变成缓慢飘动的银河。

空乘员走过你身边的时候，如果你在看书，她会体贴地帮你打亮头顶橘黄色的阅读灯，如果你在闭眼休息，她会小心地帮你盖上一条毛毯。

闷热的气流里，沉睡着无数这样前往同一个目的地的人。

这些被暖黄色阅读灯装点过的梦境，我把它们写进了我最新的一本长篇小说里。

在地面的人眼里，只是头顶一架孤独的夜航飞机，闪动着固定频率的红光，按照摩天大楼顶上的跳动导航灯，孤独地穿行过一片漆黑的天空。

·04·

但这也不是最初记忆里的那一次夜航。

·05·

很多都不再是记忆里最初的样子。时间将我们每一个人的面容和脉络轻轻地改写。从开头，到每个章节，到结尾。最后一个短暂的句号像是休止符。

直到沿路都看不见来时的痕迹。

像是曾经随手撒在路上的面包屑，在漫长的遗忘里，被飞鸟啄食干净。等到我们真正想重新回忆过去的时候，最初的那些细节，都已经看不清楚了。像是脑中被人日复一日地插进一块毛玻璃，在数千个日子过去之后，只剩下模糊的一个现状轮廓，在记忆里兀自苍白着。

那些翅膀下被温柔掩藏的轻轻叹息。

·06·

而记忆里最初的上海，是迷人的，旋转的，光芒万丈的，冷漠的，庞大的，迷宫一样的，有距离的，闪动着魔力的城市。

地铁带着白光呼啸在黑色的地下隧道里。

无数宝马法拉利拉动起炫目的氙气灯在高架上掠出一道一道发光的长线。

时尚的白领从地铁站里走出来，踩着10厘米高的细跟鞋，面无表情地走进尖锐的金属大厦。阳光照在他们外套上的名牌LOGO上，闪闪发光。

小说里频繁出现的星巴克和法国梧桐，在上海的土地上密密麻麻地出现。

但很多年过去之后的上海，却渐渐露出不一样的面容。

弄堂里的雾气被晨光照散，有烫着卷发的中年妇女，拿着痰盂去厕所，身上的睡衣在经过反复的浆洗之后颜色褪尽。

哪怕是在外滩，也有路边昏暗的灯光下，只有一平方米的卖香烟的店铺。里面永远有一个穿着黑色棉袄的中年男人，借着微弱的光线在看《新民晚报》。

人民广场上还是有很多很多提着塑料编织袋的外乡人。他们围在人民广场的喷泉周围，眯起眼睛看广场上飞过的鸽群。

江边凌晨的朦胧光线里，有年迈的大爷缩在棉袄里，守着天价的高档公寓小区。温度被江面的寒风吹卷干净。他半眯起来的眼睛里，岁月轰然无声地吹散。

这也是上海。

·07·

现在看着这些文字的你们，也就是十年前的我。

·08·

那些所谓梦想的东西，被岁月打上一枚又一枚的标签。像是机场传送带上被运送出来的行李箱，被灰尘抚摩出斑驳，被无数航行标记装点出记忆。

被阅读。被记住。被喜欢。被讨厌。被崇拜。被议论。然后再慢慢地被遗忘。

我们走在这样一条无声寂静的长路上。两旁的树木筛洒出的微光，摇晃在我们的肩膀。

·09·

第一次站在"新概念"的颁奖台上——其实也说不上是颁奖台，只是在评委席前面的一小块空地。那是人生里，第一次有那么多的闪光灯对着自己闪烁，尽力地控制着自己不要抬起手来挡住眼睛，在心里告诉自己要镇定。

七年前那个手足无措的少年，突然在麦克风里听见自己的名字。

整整七年过去了，我也不知道现在获奖的人，是否还是站在当年我们站过的那一条狭窄的地带上，被所有灼热的目光注视着。我不知道他们的手是否也和当年的我一样，牢牢地握着奖杯，微微发抖。也不知道他们是否也是和我当初一样，青涩而稚嫩的模样，却对未来充满了种种天真烂漫的幻想。

他们谈起理想的时候，脸上是否有和我当初一样灿烂的光芒。

这些都无从知晓。

就像当年的我，第一次睡在上海的夜晚里。我窝在木质阁楼的床上，听见窗外被风卷动的树叶和淅淅沥沥的雨声。

那个时候，我并不知道，我未来的岁月和人生，已经慢慢地改变了方向。

有一个巨大而斑驳的未来，正在前面等待着茫然无知的我。就像是谁轻轻地抬起手中的旗帜挥舞了几下，远方轨道边上的那个人，就扳动改变了铁轨。

就那样，前往了。

·10·

公布结果的那天晚上，我用口袋里剩下的钱去买了张电话卡。

在路边走了一会儿遇见一个干净的电话亭，于是把卡插进去。先是拨了几个同学家里的电话，掩藏不住激动地告诉他们我拿了一等奖。当一个一个同学朋友告诉完之后，我才小心地拨了家里的号码。然后听见妈妈拿起电话激动而期待的声音。

我那个时候是哭了。

我清晰地记得。

妈妈在电话那边有没有哭，我不知道。

·11·

岁月尽头传来的声音，像是洪荒年代的箴言。

那是光与墨的赞美诗篇。

时间以磨炼的方式，锻造进我们的身体。我们中的少数几个，最后变成了闪光的传奇。

·12·

要经历过梦想，才能看得清现实。

要经历过痛苦，才能感受到幸福。

要放弃很多的坚持，才能得到微小的回报。

要褴褛很多年，才可以披挂上那袭寒冷的战衣。

要经历很多很多的失败，才能站上那一片荒无人烟的寒冷山冈。

那一片寒冷的高原，星光零散，万籁俱寂。你可以听见很多脚下遥远的喧嚣，和头顶窒息般庞大的寂静。

·13·

十年。

在人生的岁月里，是一段不长不短的时光。人生也就六七个十年。

但是在我们的少年岁月里——
那是我们的一整个少年。

· 14 ·

昨天晚上的梦里，和妈妈一起去爬山。到达山顶之后，在下山的途中，我们却走散了。之后一直打妈妈的手机，也打不通。后来很多天，我都等在山脚下。梦境里是寒冷的冬天，后来几天就开始下起了雪，我想到妈妈在山上，没有厚的衣服，就开始在梦里哭起来。

一直哭醒了之后，就再也停不下来，坐在床上，咧着嘴，用力地哭。没有什么声音，但是却用尽了全身的力气。胸腔里压抑着的那些沉重的铅块一样的情绪，在无声的用力哭泣里，慢慢消失了。

我是真的老了。

· 15 ·

并不是当年十七岁时写下的那些矫情的文字，说感觉青春的自己已经老了。那个时候的年少轻愁，被敏感的内心放大着，渲染着，恨不得全世界的人和自己一起来分享这些微小的悲伤。而真正到长大之后，被岁月和现实摩擦得千疮百孔，在无数的刀光剑影下勉强地站直了身子，才发现年少时那些为赋新词强说的愁绪，就像是清晨的薄雾，被风一吹就会消散。

而随后真正到来的黑暗般的巨大压力，才让年轻的身躯变得挺拔。

开始害怕变老，开始害怕岁月的消逝，开始担心父母的健康，开始不再喜欢光怪陆离的夜生活。

开始喜欢安静地花一整个下午看书，开始注意身体。开始想念父母，开始担心时间不够和他们相聚。开始遗憾人一生只有一辈子拿来消耗。

这些，都在青春消逝之后的岁月里，接踵而来。

· 16 ·

重新面临当初的选择，重新与酸涩发胀的年少岁月对峙。

河对面的那个沉默的少年，抬起手擦了擦眼睛。

他想要对我说话。

我曾经在梦里无数次地看见了这样的场景，但是却总是忘记了梦里我的反应和情绪。

梦里卷动的大雾，让人把内心全部包裹起来。

曾经的年少无知，曾经的冲动梦想，都被时间的大手轻轻地擦去了。

剩下对岸苍白的少年。

他的眼睛依然闪亮着如同灿烂的星辰。

· 17 ·

茫然的看不清道路的未来，与昏黄的消失了痕迹的过去。

其实都一样令人沉默。

他们说，完全忘记过去的人，才会一点也不惧怕将来。

而我的过去，我的沿路，我的轨迹，都在闪光灯的捕捉下，放大在每一个人的面前。

被关注着，一路跌跌撞撞地前进。

被关注着，一步一步走向更加寒冷空旷的高原。

在每一步的背后，都有无数双闪动的眼睛，它们在为我叹息，喝彩，欢呼，悲伤。

在无数的目光里，我终于站在了白色的荒原。

但是我也相信，在漫长的未来，会有更加灿烂的光线穿过厚厚的乌云投射到我的身上。

头顶窒息一样庞大的寂静，也会被更清亮的歌声所取代。

太阳在我身后投射出的长长的阴影，那是十年以来，墨迹的缩写。

那道光影的背后，是我们所一直称呼的，痛苦与喜悦参半的，成长骊歌。

——以此文送给“新概念”十周年纪念。

自爆狂

在他渐渐成长后的今天，在他二十四岁的时候，他的名字渐渐地变成了一个符号。这个符号代表着码洋价值几千万甚至上亿的产业链条。

但是他还有很多别的名字，他还有很多并没有被闪光灯捕捉到的奇怪秘密。

他在赶稿结束后，总是叫自己为音速小子。音速小子是他小时候的偶像，动作迅速，快如闪电。当他用很短的时间却完成了很复杂或者很让人头痛的工作的时候，无论是合作伙伴的表扬还是好朋友的夸奖，他总是很得意地说，我是音速小子嘛。

但是音速小子却很喜欢睡觉。如果你给他一天的假期，他不会选择看电影，不会选择逛街购物，不会选择逛书店买书，因为这些对音速小子来说，是只需要一个小时就可以完成的事情。他一定会选择睡觉，而且是睡上二十个小时。如果你给他两天的假期，他还是会选择睡觉，而且是睡满四十个小时。如果给他一个星期的假期……他从来没有过一个星期的假期。

有一阵子音速小子也叫自己深渊。来源于他特别喜欢的漫画作品《大剑》，里面最厉害的角色被称呼为“深渊”，他把自己取名叫深渊 No.01。

深渊 No.01 在晚上很难睡着，然后他用写稿子、看书、看动画片、看美剧、洗澡、洗头发、洗脸、做面膜、发呆、发短信、打电话骚扰别人等手段来打发时间。等到快要凌晨的时候他玩儿累了，于是他乖乖地裹进被子里睡觉。但是差不多早上十点开始，就会不停地有人打他的电话，“我把合同样本发给你了哦”“你好，我是 ××× 杂志的，我们可以做一个专访吗”“你今天中午要录一个节目，你不要忘记了”“你现在把完整的项目书发给我看看吧”。于是深渊 No.01 心情很不好，但是也只能裹着被子爬起来坐到电脑前，满脸怒气地开始工作。

有时候运气好，没有人打扰他。但是外面却打雷了。

深渊同学很怕打雷。

他在自己的 blog 里、在书里写到过好多次了。如果外面的雷声持续不停，他就必须跑到马桶前开始呕吐了。

但是他并不害怕电影电视里打雷的声音。也就是说，深渊还是很有实力的，他并不怕虚张声势的纸老虎。

或者说，如果他并不知道打雷了，他戴着耳机听音乐，或者他误以为是工地传来的爆炸拆除楼房的声音，或者轮胎爆炸的声音，他也不会害怕。

深渊同学真是很奇妙的。

深渊同学有阵子还叫自己为棉花先生。

但是棉花先生忘记自己为什么叫棉花先生了。如果现在来想的话，应该是希望自己像棉花一样又白又胖吧？

棉花先生除了害怕打雷之外还害怕软绵绵的毛毛虫，或者没有毛的虫，类似蚕宝宝那样的东西。如果除了软绵绵还有黏糊糊的话，比如鼻涕虫，棉花先生会在十米远的地方就尖叫着逃走。

这些都比较正常。因为怕虫子的人很多。就像怕蟑螂的人一样多。棉花先生有个好朋友叫作痕痕，痕痕小姐在看见蟑螂的时候，可以瞬间就突破人类的极限，进入另外一个生物领域。

不太正常的是棉花先生很讨厌看见香烟和烟灰。特别是烟灰缸啊，或者某些人用来接烟灰的纸杯，纸杯里还会放一点点的水。如果棉花先生看见这些东西，那就和生了一场大病，或者是连续晕车三个小时的感觉一模一样。

棉花先生从两年前开始迷恋杯子。

但并不是所有的杯子他都喜欢。他只喜欢玻璃杯子。棉花先生另外一个叫作落落的好朋友，也喜欢杯子，但是她喜欢上面印着龙猫的杯子，而且大部分是陶瓷杯，看起来比较温暖和美好。而玻璃杯子，总是让人觉得有点冷漠和有点脆弱。

但玻璃杯子却非常地干净。

棉花先生每一次去宜家，都会买很多杯子回来，无论价格便宜还是贵。等到宜家的杯子款式更新速度已经赶不及棉花先生的需要的时候，棉花先生开始寻觅上海其他卖杯子的店。等到他把 MUJI 店里的杯子款式也买完了之后，他就开始买那些国外设计师设计的杯子，限量的，手工的，进口的，等等等等。于是价格也从几十块钱一路攀升到上千块。

但他其实并不太用这些杯子来喝水。他总是直接喝罐装的饮料。

棉花先生的冰箱里除了无数的罐装饮料之外就是无数的哈根达斯。

往往在半夜饿得受不了的时候，他就对着只有饮料和冰淇淋的冰箱发脾气。

他喜欢甜的东西。

他吃很多冰淇淋和奶油蛋糕。公司的女孩子都很恨他。因为他吃这么多甜的依然瘦得不得了。

包括可乐，他也喜欢喝含糖的。所以有一天阿姨错买了十罐健怡可乐，他喝的时候心里就很别扭。后来有九罐一直放在冰箱里。到现在也没有喝。

但棉花先生大多数时候还是被别人称呼为四仔。

后来四仔长大了之后，为了装嫩，就把自己的名字改成了四崽。

听上去像一个毛头小子。四崽虽然不是发烧的游戏达人，但是却非常迷恋《火焰纹章》系列。他小学四年级的时候在红白机上打《火焰纹章》的外传，之后一直到大学毕业，甚至到了现在变成了公司的老板，他还是每年都会重新玩一次当年红白机上的这个游戏。他永远都非常热情地向别人推荐，只是当别人习惯了《天堂》的精致画面和《魔兽》的精彩游戏性之后，再看见这个十几年前的画面粗糙的游戏，表情都非常地让四崽生气。

四崽很多的文章都是在大半夜的时候写出来的。

包括你们现在看见的专栏，还有你们每个月都在看的《小时代》。

但是他也有写不出来卡壳的时候。

于是他就走到自己的落地窗前面，从三十六楼往下望。

楼下是一条安静的马路。两边有好德便利店和罗森便利店。视线的死角处是元祖蛋糕和上海银行。

再往远一点是成片的老房子。

然后再往远处就是黄浦江。江对面的东方明珠在这个时候已经熄灯了，只剩下最顶上闪烁的导航灯依然亮着。像心跳一样一闪一闪。

还有金茂大厦和环球金融。那天看新闻，好像今年内又要修建一幢叫作“上海中心”的摩天大楼。那么那个时候窗外就会有三幢摩天大楼彼此对抗了。

四崽往往就是这样把脸贴在冰凉的玻璃上发呆。目光像是雷达一样四散开去。虽然听不见外面世界的声音。但是他看见空旷的路上突然有一个骑自行车的人经过，他还是会觉得听见了他轻轻哼歌的声音。

往往突然地四崽就得到了灵感。于是赶紧连滚带爬地冲去电脑前写下刚刚的灵光一闪。有时候行动太快会撞在沙发角或者音箱上。前天跑得太快直接朝前飞扑了出去……

四崽喜欢洗澡。也喜欢泡澡。

有时候在家里无聊了，于是就想：那就洗澡吧。（……）

如果更无聊的话，那就泡澡喽。

四崽喜欢躺在紫歪歪或者绿幽幽的水里翻杂志，这要取决于那个时候四崽用的是什么浴盐，薰衣草浴盐是紫色的，森林浴盐是绿色的，橄榄浴盐是金黄色的……他从来不用橄榄浴盐，因为感觉像把自己泡在一缸尿里面。

一边翻杂志的时候，一边还要喝可乐和吃哈根达斯。这样打发时间真是太快了。

四崽有时候心血来潮会想要自己做饭。

虽然大多数人来他家都觉得他的厨房纯粹是一个摆设。

心血来潮的时候整个人都很激动，迅速在脑海里跑过他想要做的菜谱。（痕痕插话：……不要说什么菜谱了，你永远都在做 × 菜 × 肉丁，芹菜猪肉丁，青豆牛肉丁，刀豆兔肉丁 ……）

但是当自己忙着洗菜择菜，然后热锅倒油，咣当咣当在厨房里折腾了很久之后，把菜放上餐桌时，却又没了兴致。

自己一个人坐在空荡荡的客厅里，面对着香喷喷的饭菜，突然觉得有点孤单。

所以大多数的时候，还是去外面吃比较好。

四崽以前养了两只狗。

第一只叫作小呆。小呆是一个很好的伙伴。小呆凭借它憨厚的形象和纯正的血统，并且经常上镜出没在四崽的 blog 上，而红极一时。四崽的 fans 高呼着“多贴小呆的照片，我们不要看你的照片呀”。小呆从小就受到了四崽深深的溺爱。这份溺爱导致了小呆一离开四崽身边就会非常缺少安全感地大叫。

所以邻居投诉了。

没办法的情况下，四崽把小呆送回了四川给爸爸妈妈养。它的姐姐也在四川家里。

后来在没有小呆的陪伴下，四崽忍不住买了一只非常小的小狗，并且取名为唧唧。但是唧唧没有小呆听话，而且四崽永远都无法忘记小呆，而且四崽的工作开始越来越忙，所以唧唧后来去了四崽一个朋友家。但其实最主要的原因是唧唧永远都会在四崽洁白的长毛地毯上撒尿……

后来没有狗狗了，邻居也就不投诉了，但是可怜的四崽就开始了一个人的寂寞生活。

但是奇怪的是有一天楼下的邻居又上来按门铃，说麻烦四崽不要在家里打篮球，楼下吵得慌。四崽很疑惑，自己从来不打篮球，并且打开门让邻居看了自己家里满铺的长毛地毯，随便怎么跳都没有声音。邻居也疑惑了。

等邻居走了，四崽越回味越不对劲，“难道家里真的有人在打篮球？”于是四崽惊叫着跳上床去，裹紧被子不敢出来。

四崽觉得一定要有另外的生物在家里陪伴自己。否则太寂寞了。

但是四崽非常讨厌鱼，于是养鱼这个方法被第一个排除。于是四崽养了几盆绿色植物在落地窗前的茶几上。四崽从来没有管过它们，只是偶尔喝水的时候把剩下的水往它们盆子里一倒（……），有时候也倒过喝剩下的酸奶（……），或者可乐（！！），但是它们却生长良好，欣欣向荣。

四崽离开父母，一个人来了上海。

四崽没有兄弟姐妹，也没有谈恋爱。

所以四崽一个人生活在高层的公寓里，有时候很孤单，有时候很无聊。

但大多数时候，四崽总能找到让自己打发时间的事情。

四崽一个人开心地生活着。

2008

THE SHINNING DAYS IN SHADOW

冰雪王爵与末世苍雪

你是冰雪王爵，你是末世苍雪。

·01·

如果把回忆折叠起来，如果把时间倒转开去。

如果把青春拉扯回曾经仓促的形状。如果把年月点燃成黑暗里跳跃的光团。

那么——

·02·

并不是虚构的、杜撰的——在我年幼的时候，真的出现过这样的梦境。

明知道是虚假的，却真实得让人无法否认。

梦境里自己站在空无一人的寒冷冰原上。巨大的冰川像是斧头般劈过蓝天，浩大而漫长的风雪好像没有止境一般地从身后袭来，然后滚滚地朝遥远的地平线处卷去。大团大团的雪花吹开视线，搅动着白茫茫的光。

天地间是尖锐的呼啸声，穿透耳膜把胸腔撞击得发痛。

银色的骑士和裹着黑色斗篷的妖术师，他们沉默地站在镜面般的冰原之上，他们的眼神沉寂得像是永恒的庞大宇宙。

梦里的我一步一步走向他们，慢慢靠拢。心口处是激动而又恐惧的心情。

然后，我慢慢地变成他们。
——我忘记了自己变成了白银的骑士，还是黑色的巫师。

·03·

在落笔写这段文字的时候，离我起笔写这本小说已经过去了整整八年的时间。八年是一个什么样的时间长度呢？如果按照八十岁的寿命而言，那么已经过去了不算短的十分之一。而如果按照整个最黄金的青春年月呢？

那是一整个青春呢。

好像人开始慢慢成长，就会慢慢地缅怀过去的种种。无论是失败的，还是伟大的。苍白的，还是绚烂的。都变成像是甘草棒一样，在嘴里咀嚼出新的滋味。甜蜜里是一些淡淡的苦涩，让人轻轻皱起眉头。

但大多数回忆里的自己，都应该是浅薄而无知的，幼稚而冲动的。所以才会有很多很多的后悔萦绕在心里。

但非常微妙地，却会对曾经这样的自己，产生出一种没有来由的羡慕和憧憬。

·04·

好像二十四岁快要二十五岁的人，就不太适合伤春悲秋了。对于曾经写过的那些生活和记忆，也就多了很多羞愧而难以面对的情绪。也许人只有在年少轻狂的时候，才会那么放心大胆地展露自己的内心，脆弱的毛茸茸的表面，或者冷漠的光滑的内壁。将所有私人的情感和心绪，像是展览一样盛大地呈现在别人的面前，博取别人的心酸同情，或者嗤鼻一笑。当时的理直气壮和信誓旦旦，在时光漫长的消耗里变成薄薄的一片叹息，坠落在地面上。

十七岁时候的自己无限勇敢。

而现在的自己，就像是我挂在包上的穿着钢筋盔甲的 PRADA 小熊，坚强的，刀枪不入的，讨人喜欢的模样，却远远地离开了世界尽头的那个自己。

· 05 ·

重新看《幻城》后记的时候，发现除了文笔显得稍微矫情之外，有很多真挚的感情，却是现在的自己无法书写的了。在渐渐成长之后的今天，早就习惯了把所有内心的喜怒哀乐放到小说里去，借由那些自己创造出来的角色，去尽情地表达。这样也不会被人诟病。因为一切都是“此情节纯属虚构”。对于散文这样几乎是掏心掏肺的东西，却好长时间都不碰了。除了在 2003 年和 2004 年的时候出版过两本散文集之后，一直到今天，都不敢再出版任何关于心情的记录。像是产生了抗体，在某些伤害朝自己靠近的时候，就会敏锐地察觉到。于是脑海里那个警报器就嘟嘟嘟地开始响了。

后记里提到了好多的事情以及好多的朋友，有些朋友到现在依然每天见面，比如阿亮，有些却只能偶尔通个电话。大家都在八年的时间里渐渐地成长改变，拥有自己的生活，拥有新的朋友圈子，拥有新的生活环境，新的工作，新的人生的意义。

于是也就没有多少人再去回过头探寻，当初的我们，怎么样走到了今天。

好像又开始了伤感的话题。

· 06 ·

我们总是在不断地抱怨着从前。

未能好好处理的学业，未能好好对待的恋人。

当年书写过的幼稚的文章，当年做出过的冲动事情如今看来悔得肠子发青。

所以，当我在提笔为这本我八年前写的书来重新作序的时候，我完全不知道应该来书写些什么。尽管已经远远离开了当初那个站在文字起点的自己，但是我也并不清楚这段光景里，自己到底跋涉过了多少旅程。肩膀上的重量越来越大，鞋子深深地把路面的大雪踩实，留下清晰的脚印像是路标一样指向遥远的未来。

当然也可以靠这些脚印，回溯到久远的过去。那个时候天还是苍蓝得透明，大地被白云软软地披盖着，像包裹起的一份礼物。

整个大地在年少的季节里沉睡不醒。天边有金光闪耀着，藏匿在飓风的背后。

·07·

连续一个星期对着这部自己的第一部长篇小说缝缝补补，像个年老的妇人在修补自己当初的嫁衣一样，心中是某种难以描述的情绪，微妙地混合着悲伤和喜悦的比例，难以精确地计算成分。细枝末节重新修葺一新，好像自己在文字上的洁癖永远都存在着，难以面对一年前，甚至半年前，三个月前的作品。所以就更别说看见八年前那个对文字还很陌生但充满激情的自己。

我们总是在不断地用文字讨论着文字里的激情和技巧到底什么比较重要。

而答案却是没有的。

·08·

上海在结束了漫长的白雪冬季之后，开始缓慢地复苏过来。

白银的大雪变成了灰蒙蒙的雨水。整个城市又重新变成那个沐浴在湿润的雾气下的繁华城市。旋转的玻璃球光芒四射。

我们只有在想象中，去窥探和触摸曾经遥远的冰原世纪。

那些冰雪的王爵，站立在旷世的原野上，冰雪在他们肩膀上累积出漫长的悲凉。那些爱恨，那些命运里沉重的叹息，都被白光凝聚在零下的苍雪里。

记忆里这样一个靠想象力和激情所幻化出来的世界，好像离我有一个光年那么遥远。

它停留在我十七岁的世界尽头。
它们悬浮在宇宙白色的尘埃里。

·09·

很多的名字被反复地传颂着，他们在很多人的生命里成为了传奇。

他们白色的头发和白色的瞳仁，他们悲惨的命运在鸟鸣声里蒸发成灰烬。

卡索，樱空释，梨落，岚裳……他们从一个男孩子十七岁的脑海里脱胎，然后变成世间的一个个小小的传奇。

·10·

上海慢慢地进入春天了。阳光灿烂的时候会到楼下的星巴克喝一杯咖啡，坐在露天的路边，看见来往的外国人手里拿着英文报纸，手上拿着咖啡匆忙赶路。他们翻动报纸的声音哗啦哗啦。

而几年过去之后，我也不是当初那个背着书包匆忙上学的小孩了。现在每天都会穿着稍微正式一点的衣服，进入写字楼。在每天早上被电话吵醒之后开始一边喝咖啡一边和别人讨论各种选题和项目。

整个房间在空调运转了一晚上之后变得格外干燥，拧开莲蓬头，花洒哗啦啦地喷出无数白色的蒙蒙的雾气。

开车。看电影。书写着《小时代》的最新篇章，为林萧到底应该和简溪还是宫洺在一起想破了脑袋。整理最新的工作计划，和广告商打拉锯战。对媒体记者时而谄媚时而敌对，机关算尽彼此假笑。

这样的生活离那个冰雪覆盖的帝国有多么遥远呢？

白银的骑士抑或是妖术的巫师，他们其实从来都没有存在过。

·11·

八年前的自己，受不了分离，受不了孤单，受不了成长，受不了沮丧，受不了失望，受不了世俗，受不了虚假，受不了金钱。

而现在的自己，却慢慢地习惯了这些。

其实有时候一个人坐在摩天大楼的落地窗旁边，听酒吧里压抑但蠢蠢欲动的音乐，然后侧过头望向脚下渺小而锋利的，灯火闪亮的时尚之都——这样的孤单，已经被物质装点成了品位和高贵。成为别人眼里的憧憬。

你成为别人眼里的风景。

·12·

回过头来的时候，其实会发现很多很多自己幼稚的地方。无论是在《幻城》里，还是在书写《幻城》的那段年少岁月。

但是还是会怀念起当年的那些粗糙的，略显苍白的时光。那一段不长不短的高中岁月，被自私的自己裁下来，装裱进画框，多年来一直悬挂在自己内心的墙壁上。

上课的铃声是一直枯燥无味的电铃，但突然某一天就变成了《欢乐颂》的那段旋律。

学校的羽毛球场是露天的，水泥地面被无数双球鞋摩擦得光滑发亮，我在上面好多次摔倒。

学校门口的那个卖零食的小摊，老板娘在夏天会把西瓜切碎，放进一个玻璃的水缸里，加上糖水，加上碎冰，然后变成五毛钱一杯的廉价冷饮。

门口还有父母一直不让我们吃的烤羊肉，他们说吃多了会得癌症。但是还是在冬天里会把手抄在袖管里，哆嗦着等在摊前。

还有那个不大不小的人工湖，人工湖边的草地上总是有逃课的学生在睡觉。湖边上是女生的宿舍，她们各种彩色的衣服晾晒在走廊上，像是各种斑驳的旗帜。

从宿舍到开水房的路很长很静谧，两边是高大的树木，一到夏天就生长出无比巨大的树荫，在很多个夜晚里让人害怕，提着水瓶飞快地跑回寝室。但清晨却会有美好的光线，照穿那一两声清脆的鸟鸣。

如果时间可以倒流——

·13·

我曾经做过无数道关于是否愿意回到过去的心理测验。每一次自己都觉得一定是希望回到过去的。但是当我认真地选择的时候，却会发现，当你洗去这些年的尘埃，重新站在时间干净的起点，你并不一定过得比现在快乐。

时光倒流的前提，一定是要让我保留这些年的记忆。

这些年来——我已经在无数的场合用到了这样的开头。我抱怨过生活的痛苦，我也抱怨过命运的沉重，我分享过成功的喜悦，我也品尝过失落的苦涩。但是，就算有再多的重量和尘埃积累在我的肩膀，它们到最后，都装点了我的命运。

它们把我的身体化作容器，封存过往的岁月，把苦涩的泪，酿成甘甜的泉。

它们让我成为冰雪的王爵，它们最后变成了末世的苍雪。

——《幻城》新版序

2008

THE SHINNING DAYS IN SHADOW

翅影成诗

（上）

·00·

交叠而过的翅膀，它们拍响了诗歌的节奏。

沧海的日影，地平线把岁月碾进黑暗里。

·01·

以前在书上看到过的话，书里说：人的一生，总是会不停地去那些你已经去过的地方，走曾经走过的路，在记忆里一遍一遍地去临摹当年当时的情景。在这样故地重游的情绪里，获取一种叫作时光倒流的错觉。

这是一种虚假的美好。

它是温热的，酸涩的，让人饱满发胀的情绪。它把我们的人生拖向漫长。

·02·

公司一年一度的集体旅行。

本来想要去九寨沟，但是最近那边又发生好多事情。最后选择了去云南。

其实因为和当地新知图书城关系很好，所以我几乎在云南的每一个重点的城市都做过活动。那些年里，我以嘉宾兼游客的身份，把这个号称“彩云之南”的地方，走了个遍。有在氧气稀薄的雪山顶上给当时心爱的人打过电话；有在泼水节的时候被人泼得全身湿透；有在公路两边看见成群的野象，它们巨大的身体掩映在茂密的热带森林中；有在夜里站在丽江水流旁边发呆。

那些年的日子里，我是寂寞的，不太爱说话的。

我花了很多时间在旅途里看窗外连绵不断的巨大山脉，它们在日光下的巨大阴影，把大地包裹进一种近似神圣的沉默里。光线从云朵里笔直而下，一束一束的，像是锋利的刀刃。

那些日子的我，还没有带着时尚的 iPod 或者小巧到奢侈的笔记本电脑。我大部分的时间都在车的最后一排蜷着身子睡觉，或者靠在窗户边上，颠簸着看书。看到激动的时候，合上书本，压抑胸口的漫长呼吸。

那些日子离现在，其实并没有多远。

·03·

一大早出发去机场。下楼的时候天都几乎还没有亮，五点多的样子。感觉有点起风。四月的上海早晨，依然像是在冬天里一样，冷空气朝衣服领口里钻。因为是最早的一班航班，并且小西这个衰人，把身份证弄丢了，必须提早一个小时去机场弄临时登机证。关门的时候想起来提醒妈妈也从四川出发，然后到云南汇合。发了消息后很快收到妈妈短信：“我们已经出发了。”

前一天晚上没有睡——心里想反正睡下去，也得马上起来，并且飞云南差不多要四个小时，飞机上可以蒙头大睡。半睁着眼睛下楼，戴着黑边塑料的框架眼镜，头发乱蓬蓬，穿着破洞的牛仔裤（虽然是 D&G 的 -___-），随便套了件长袖的厚 T 恤，十足一个流浪汉的样子。

在机场等候的时候，我和阿亮在天刚蒙蒙亮的光线里分享一副耳机，对面痕痕在坐着小睡，闭着眼睛，但是身体却坐得很直，很有一种在参悟高深武功的感觉。我觉得很神奇，于是拿出手机偷拍她。

过安检的时候，变得比平时严格很多。阿亮的隐形眼镜和我的一瓶头发精华液都不能带，因为是超过了 100ml 的液体。赶在飞机结束托运前一分钟办理了托运手续，但是可怜的痕痕同学却没有赶上，于是她的一瓶化妆水被没收了，非常倒霉。我觉得和她之前一直在静坐参悟高深武功有关系。

上了飞机我问空姐要了毯子，于是就倒下蒙头大睡。我睡觉的时候喜欢把毯子从头蒙下来，有点像去世的感觉……阿亮在旁边怪叫“你不要这样呀”，而右手边靠窗的地方，小西拿着相机咔嚓咔嚓地拍着。睡意在一瞬间像是巨大的浪潮向我卷来，我在这样的声音里，呼呼了。

半睡半醒间，他们谈话的声音，空姐询问是否需要买饮料的声音，飞机巨大的轰鸣声，都像是隔着一堵结实的墙壁，混浊地传递进我的耳朵里。

我总觉得有人在我头顶开了阅读灯，透过眼皮再透过毯子，还是觉得橘黄色的一片。

闷热的气流。

还有那种半梦半醒间的燥热感。

下了飞机，在机场等了一会儿，爸爸妈妈也从里面出来了。妈妈看上去还是老样子，年轻得让人妒忌（每次打电话给她，她几乎都是“哎呀妈妈在做脸，等下打给你哦”），而爸爸看上去有一点老了。

出了机场看见新知书城接我们的人，这次过来纯粹是私人活动，但是还是拜托了他们接待，因为人生地不熟。在这里非常感谢他们。

出机场后去了一家曾经去过的小店吃饭。好像是三年前来过这里，那个时候似乎是我刚刚出版《幻城》，十九岁的我被端上餐桌的放在盘子里的白花花的肉虫子吓得脸色苍白。

窗外依然是几年前我来过的样子，看上去没什么变化。

吃饭的时候小西和阿亮他们拿那个花朵炸成的甜点搞笑，说是别在头上就是杨二车娜姆。

吃完饭后我们就出发了。目的地是一个叫作地热国的温泉度假村。

听司机说路上大概要三四个小时，于是我和妈妈在路边小店里买了几瓶饮料。

小店非常非常地简单，而且因为在路边的关系，感觉到处都是灰尘。饮料瓶子摸上去都有麻麻的尘埃的感觉。我有点不高兴地撇撇嘴。

我买了三瓶可乐，然后在老妈的坚持下换成了三瓶矿泉水。理由是可乐对身体没好处，矿泉水养生。我看了看我妈妈那张年轻的脸，觉得挺有说服力，于是就答应了。

上车后我把水递给我妈，我妈摆摆手，说：“我从来不喝矿泉水。我都喝茶的。”

我被骗了。

· 04 ·

40摄氏度以上的温泉水。白腾腾的热气浮在水面上，像在云南夜晚迅速降温的大地上盖了一床棉被。整个人泡进水里去，像是被人敲晕了一般昏昏沉沉的。耳朵里甚至幻想出来咕噜咕噜的开水沸腾的声音。睁开眼的时候，旁边一个陌生的大叔面红耳赤，紧闭双眼，感觉快被煮熟了的样子。

我四仰八叉地瘫在水里，和痕痕有一搭没一搭地聊天。

把头往后仰，搁在池边的岩石上，头顶是巨大的夜空。星星大得有点不像话，吓人，一颗一颗圆滚滚的，在头顶乍闪乍闪的。整个天地突然间变得空旷起来，我有点不敢说话，怕一说话就引起回音。

旁边的痕痕闭目养神，手指在脸上、身上按来按去，像是在点穴舒活筋络，感觉就是个老人家。我本来也想参与，但是懒洋洋地在水里不想动，而且我又不懂得高深的武功，点穴不准，万一点到死穴，暴毙在温泉里，那隔天就上头条了。而且是“郭敬明离奇去世，温泉又杀一人”这样的搞笑标题。

耳朵里像有一片海。

潮汐般的声音，从遥远的地方传来。各种各样的声音在黑夜里听起来格外地不真实，不知道是被汽水浸透得含混，还是自己在热水里变得迟钝。

远方是小西和阿亮他们发出的银铃般（……）的笑声，我微微抬起眼皮，翻了个白眼。

· 05 ·

一大早，被庆庆叫醒。他挨家挨户地从我们的房间门口依次敲过去。

在云南的清晨里醒来。

这里的早晨比上海差不多要晚两个小时。当外滩在刺眼的光线里醒来，开始忙碌一天的时候，云南还沉睡在黑夜饱满而密不透风的黑暗里。

等到了第一缕清澈的光线从天空垂直而下，差不多已经七点左右了。

他们一群人挣扎着起来，只为了去吃传说中“异常美味”的早餐。

我因为赖床的关系，于是放弃了早餐。我对吃的东西一向不太热爱。不像痕痕，听见任何和吃相关的字眼，两眼就会发直，然后脱窗，再然后就会喷火……

当他们都前往那个后来被证明几乎在一公里之外的餐厅之后，我一个人在中国古代风格的院落里赖床。

我起来把窗帘拉开一小点，让阳光照进房间。

窗外的天蓝得有点不真实。

透彻的，发亮的，深不可测的蓝。那些白云像是被滴进水里的牛奶一样，丝丝缕缕地在天空里散开来。

远处传来饭店播放的音乐。

应该是这边风俗的民乐吧。没听过，但是挺好听的。

我在这样的光线里半梦半醒。

直到这个时候，我才开始感觉，呀，旅途开始了。

从繁华的水泥森林里，逃避到空旷天地间的旅行。

从繁杂的人心和欲望里，逃避到简单世界的旅途。

从写字楼逃避到青瓦小楼。

从外滩逃避到高原。

有些模糊的影子投射到窗帘上，晃来晃去的，我突然觉得开心了起来。

翅影成诗

（下）

·06·

旅途里总会做的事情有：

大口大口地喝水，可乐，绿茶，红茶，咖啡。然后频繁地停车找厕所。不知道为什么总是觉得身体里的水分不够用，整个人像是暴晒在阳光下的干枯植物，希望不断有水汩汩地浇灌进根系里。

睡觉。把帽子拉下来盖住眼睛。幻想是在黑夜里。

听歌。烂俗的流行榜单冠军，或者冷僻到无人听说的乐队。

汽车经过了很多陌生的村庄，小镇。旁边偶尔有牛或者羊，一脸麻木地被人牵着走过去。它们的眼神混浊一片，就像是烈日下刺眼的湖泊，看不清楚。只有一团模糊的光。还有很多皮肤黝黑的小孩，他们在旷野里奔跑追逐，互相丢沙包或者石头。女孩子尖叫着躲避男孩子扯她们的头发。

地平线上是起伏不定的巨大山脉。它们的投影往往可以覆盖一整片大地。

山顶上是银白色的雪。

阳光折射出一圈一圈的彩虹光来。

我坐火车的经历其实不是很多。一般都是去离上海很近的地方，或者说身份证丢失的时候。如果车厢干净清爽，冷气很足，我还是很喜欢的。

那种时候，我总是会戴上耳机，把音乐放很大，《虫师》或者久石让之类的抒情曲。其实在很长一段时间里，我都已经不太伤春悲秋了。但是这样的时刻，还是很容易怅然若失。当窗外陌生的房屋、街道、铁轨，或者连绵不断黑压压的棉絮状灰云不断地倒退开去，我都会觉得有一种类似温水般的触感，从脉搏里淡去。音乐声像是漫长的叹息。

那样一种情绪，在旅途里反复地出现。

可能是对陌生的环境不太适应，人心就会变得脆弱，而这个时候就更容易追忆。

夜色里远处的昏黄灯光，还有写字楼里依然亮着的白灯，都让人感觉到真实的生活触感。忙碌的人群生活在巨大的陆地上，他们拼搏着，劳累着，叹息着，雀跃着，度过自己的百年岁月。他们相爱了，他们分离了。他们满怀痛苦地期待幸福。他们永远都不会知道在某一个晚上，他们和一列呼啸的火车无声相逢。

那天翻一本杂志，上面说，一个男人，三十岁以前，一定要看《追忆似水年华》，而三十岁之后，绝对不要再看普鲁斯特。

· 07 ·

丽江我一共去过三次。

前两次都是因为工作。这次纯粹是因为度假。

住在四方街广场边上的一家旅馆里。很干净也高档的旅店。有顶楼露天的露台可以喝咖啡，也有上网的地方，酒店里的 Wi-Fi 也可以用。我躺在床上用 iPhone 上网也挺愉悦。

旅店门口有只巨大的松狮，傻乎乎的样子，助手在 check-in 的时候我就一直在和它玩，差不多玩了一个小时。但是它好像不是很起劲的样子，估计是我这个样子的游客太多了，它已经习惯了。于是我把一副墨镜戴到了它的脸上，它转过头来看我，好像在问我好不好看的样子。于是我开心地和它合了照，并且把那张照片取名为“大明星”……

我是个很懒的人。躺下了就不太想起来。

所以当早上阿敏和小西一起拿着相机相约去寻找“晨光里淳朴的丽江”时，我从被窝里伸出手，懒洋洋地摇动着，于是他们就丢下我，去清晨的阳光里散步。我窝在被子里呼呼大睡。

我都是要在晚上，才会显得精神抖擞。

于是我记忆里的丽江，多是在灯红酒绿的晚上，显得有一点点的俗艳气质。很多的老外和大城市来的人，拥挤在河边的酒吧里，里面的音乐就更是俗气。只有绕到离中心区域远一点的地方，才会觉得宁静一些，脑子也清楚起来。所以当我看见小西他们拍回来的照片时觉得好惊讶。整个丽江在清晨里显得秀气很多，淡淡的雾把古老的房子笼罩起来，还有带着露水的白色梨花，以及背着新鲜蔬菜的老婆婆。她们显得很精神。

但丽江同时也在慢慢地变得失去它的灵气。

大多的同类商品，太多的庸俗气息。不过这好像也是没办法改变的事情。人类一边在制造越来越商业化的城市，比如陆家嘴那一片寸土寸金的地方，环球中心刚刚封顶，宣布了金茂不再是上海第一的高楼，但是随即，上海中心的模型又再一次发布，宣告超过了环球金融的高度。整个上海越来越像是《星球大战》里的城市样子，每次经过外滩的时候，看着江对面夜晚里闪烁不停的摩天大楼，都恍惚觉得自己是在外星球。但是同时，人们又在拼命地逃往原始的地方，人们惊叹于那个地方天然的美景，脱离尘嚣的气息，但是又抱怨生活的不方便，于是又在那里修起五星的酒店，修公路，修各种酒吧和银行、餐厅……然后发现又变得像一个新的城市了。

人类真是一种好奇怪的动物。

· 08 ·

我们先是坐了差不多一个小时的汽车，到达了玉龙雪山的入口。然后又换旅游区的大巴，往山上开。开了大概一个小时，到达需要坐缆车的地方。然后就等了差不多四个小时，才排到我们……

这四个小时简直可以让人发疯……于是，我们就开始了无聊的搞笑，恶作剧，昏睡，打牌，撒尿……（任何可以用来打发时间的招数，都被我们使用过了，甚至最后我开始表演起了小品……）

车站是在雪山脚下，排队的时候我一直在抬头看着闪闪发光的山脉。戴了墨镜不太容易觉得头晕，摘下来就觉得天地一片炫目，什么都看不见。是所谓的雪盲吧。云南日照有点太过剧烈，我有点担心自己回去后脸颊上会不会出现两坨高原红。

缆车不断地往上攀升。

脚下的雪越来越多。我们悬挂在空中，看着脚下那些埋在积雪里的树木，它们在寒风里显得冷飕飕的样子，一动不动。偶尔可以看见有人踩过去留下的足迹，大家都觉得他能徒步爬到这么高真是本事。

后来在接近山顶的时候，看见一个小木屋。就是我们在电视上经常看到的瑞士滑雪场里，那种森林里燃烧着温暖炉火的木屋。不过门窗都关得很严实，感觉像没有人的样子。不过整个屋子孤零零地在山头上，下面是一望无际的地平线和连绵起伏的云，感觉像是武侠小说里大侠居住的地方。

山顶上挤满了人。大家都穿着红色的羽绒服，呵气成霜地聚拢在一起。不断地排队在各种风景奇绝的角度拍照。我把羽绒服脱了，撩起自己的衣服，露出胸膛和肚子，让阿亮帮我拍。然后我咬咬牙，冲到了更高的堆满积雪的山上，回头比画了一个胜利的手势。

因为上蹿下跳的关系，到后面我就有点缺氧。小西和痕痕他们裹着厚厚的衣服，一脸惆怅地在那个雕刻着海拔高度的石碑面前合影。看他们严肃而痛苦的表情，真像是落难灾民的一家子。

从高高的雪山顶上往下看，一下子觉得人生辽阔起来。

头顶的白云像是水一样，一缕一缕地卷动过去，在耳朵边上发出哗啦哗啦的声音来。其实我知道是因为高原反应引起的耳鸣，但是我更愿意把它听为云朵的低语。

那些光线裁剪下来的影子，覆盖着浑厚的大陆。

·09·

回到丽江之后，大家都变得有一点懒洋洋。像是诗人一样慢悠悠地在城里逛来逛去。

找到一家流水边的餐厅坐下来，聊天，聊着聊着聊到了工作的选题，一帮工作狂人就把旅途中的茶话会变成了公司选题会，又过了一会儿，就有人拿出笔记本记了起来。

最世文化都是一群疯子。

路过一家卖茶叶的小店，大家都累了，于是进去东看看西看看，歇歇脚。

老板娘非常热情，不断地泡各种茶叶给我们喝。

一边泡茶，一边和我们聊摩梭族走婚的事情。小西和庆庆同学听得津津有味。

在老板娘的推荐下，大家买了很多的茶叶准备带回上海。

阿亮和小西两个爱美人士，纷纷买了滇红。而我搞了一斤冷香。

说实话我对茶叶根本没有研究，但是，在小店里慵懒的气氛和老板娘的热情下，觉得喝茶也是一件蛮悠闲和美好的事情。

丽江的灯光纷纷亮了起来。街上游走的都是各地的游客，老外也很多。他们大多背着巨大的背包，面色红润，精神焕发。

对比一下四仰八叉地瘫坐在店里的我们，他们真是体能充沛呢。

·10·

在过去很久之后，我都还是经常会回忆起旅行里的一切。

我觉得它美好，安宁，有些疲惫却格外痛快。

我把它和我以前无数次的旅行重叠在一起比较。发现，当你和你心爱的朋友们一起旅行的时候，比你一个人要快乐很多。

从前的，孤独的，漫长的旅途。被环绕在身边的叽叽喳喳取代。

它们像是毛茸茸的翅膀，环绕着你，像是棉被一样把你温暖地包裹起来。

翅影在岁月里擦过。

留下诗篇。

——我们在过去的岁月里留下的脚印，它们在未来的时光里，变成了发光的星。

2008

THE SHINNING DAYS IN SHADOW

仲夏夜之梦

越过了溪谷和山陵，穿过了荆棘和丛薮，越过了围场和园庭，穿过了激流和爝火；我在各地漂流流浪，轻快得像是月亮光。

—— W.William Shakespeare

在 CLMAP 的《仲夏夜之梦》里，各种各样的人，通过收藏各种东西，来打发自己的时间。他们收藏调羹，收藏钟表，收藏名画，收藏汽车，收藏陶瓷……他们收藏各种物品，成为了收藏家，而有一个收藏家，他的收藏是收藏这些收藏家。

·01·

时间只要一开始进入 5 月，我的身体里就会有一个闹钟开始嘀嗒嘀嗒地倒计时。我对生日的敏感来自两个方面，第一个就是对衰老的极大恐惧。而第二个就是对生日礼物的期盼。我是一个热衷收礼物和送礼物的人。有时候逛街，看到某个东西，经常会突然产生类似“呀，这个应该买来送给某某某”的想法。

落落在专栏里说，总有一个生日，会成为分水岭，在那之前，我们都会想“将来我要”，而在那之后，我们会说“过去我曾”。

庆幸的是自己仍然停留在“将来我要”的状态上。

——也有可能和自己一直死不要脸地说自己十八岁有关系。

从5月开始，上海就慢慢地进入夏天了。

作为时尚指标的小四，于是开始肆无忌惮地穿着短裤和彩色的长袜子，晃着两条细腿，在公司的女生们面前一路“啧啧啧啧”地走过去……

夏天真好。

·02·

那天在家里无聊的时候翻时尚杂志，看见介绍牙齿美白的广告怦然心动。于是迅速在网上查询了那家口腔诊所的地址，然后发给了助理去帮我预约。我是周六晚上发给小叶的，我也告诉了司机周日下午接我，我想去搞一搞我的牙齿。结果出乎我意料的是，小叶电话回我，说牙医预约满了，只能周一。我有点惊吓到了，说：“你没有和他说我是郭敬明么？”小叶说：“我当然说了，否则你以为我怎么可以约到周一。”

……好吧，我只能说，这个牙科诊所太过大牌。我忍了。

周一的时候去金茂大厦，周围走来走去的差不多都是外国人。路边有穿着猥琐的男子在用蹩脚的英文冲这些外国人兜售名牌的fake。

说实话我几乎不来浦东。总觉得这边是一个没有人味的荒凉的“未来冰冷石头森林”。

站在外滩上看风景特别美，真要走过来站在高楼大厦下面，有点感觉透不过气来。而且，总觉得浦东没有生活的气息，冰冷得要命。感觉随时都可以进行星球大战，无数的战舰在摩天大楼的空隙里飞来飞去。

诊所里几个外国小孩子跑来跑去，我坐在一边翻杂志，等医生，不时地对着尖叫的他们翻白眼，做鬼脸吓他们，我最讨厌尖叫的小孩子了。叫个鬼啊你，没变声了不起啊。

轮到我的时候，还没有等我表达出我想要美白牙齿的愿望，医生就开始对着我的牙齿一边摇头一边“啧啧啧啧”——按常理来说，这应该是我每天对着公司女孩子们胖出来的手臂时所做的动作。医生说：“你这个牙哦，看上去好看，实际上，啧啧啧啧。”

我翻了个白眼。好吧，既然我有蛀牙，那就补。

医生死活劝我打麻药，我死活不打，因为我觉得我的牙齿没蛀得那么严重，看上去就一点点的受损面积。其实主要是我怕扎针，而且是扎在牙床上，光是想一想我就头皮发麻几乎忍不住要倒立起来。我就和医生争执不下，最后我们达成协议，医生说先帮我磨牙齿，如果我酸得受不了了，他再打。

结果，我非常平静地完成了我的补牙过程。当中途医生说“好了，最痛的时候已经过去了”的时候，我忍不住“啧啧啧啧”了起来。

结束了补牙之后，我依然没有熄灭我的“美白之魂”，不过医生迅速地制止了我。他拿出色板来，指了指色板上那些黄黄的牙齿，告诉我：“你的牙哦，已经白到 A1 的色阶程度了，最白了。如果你要更白，只能是黑人的那种 B1 的色阶了。而且你的牙齿釉质不完整，不能打冷光。”

但是，一个具有 A1 色阶牙齿的人，内心还有最后一丝“美白之魂”在挣扎着想要变成 B1：“那就没有任何方法可以变得更白么？”

医生极其冷静，像是顾里般地和我说：“有啊，把上下两排门牙一起换了，全部装烤瓷牙。”顿了顿，他挤眉弄眼地对我说，“要打麻药。”

好吧，我内心最后一丝“美白之魂”熄灭了。

拿到账单的时候我牙疼。补了两颗牙，账单消费一千七百五十元。好吧，算你开在金茂里！

·03·

我的生日礼物问题让最世文化的妖蛾子们开始头痛了起来。

猫某人迅速地帮我买了一个钥匙圈之后，她有点吃不准我的喜好，所以颤抖着去问阿亮。并且得到了“哟，小四啊，他就是喜欢名牌的东西，精致的，贵气的，一般的东西哦他不喜欢也就算了，还很容易受到羞辱”之后，准备从楼上飞身而下。之后，猫某人还不死心地追问：“呀，那你们送的什么？”阿亮轻描淡写地：“哦，一个钥匙圈啦，LV的。”猫某人低头看了看自己手里的钥匙圈，平静地推开了窗户。

同样是猫，喵喵明显就聪明了很多。她在MSN上反复询问我喜欢些什么，然后有没有在她可以承受的价格范围内挑我喜欢的东西。

磨了我十分钟之后，她潇洒地下线了。

隔天我收到了她送给我的Moleskine的笔记本。

并且，陪她一同前往外滩5号买礼物的小西同学，回来告诉我说，小四，你应该去看看，那边一个破藤椅要卖十六万。

阿屋同学非常有心意，在一个同人志的漫展上，帮我买了一本《火焰纹章》的同人本，并且还附送一瓶PRADA的香水。而重点在于，这款香水瓶身上，有两个巨大的英文单词：THE NEXT。

·04·

不知道为什么很多人都讨厌夏天。

我好喜欢夏天的。

有足够的光线，白云一朵一朵显得特别扎实和饱满，不像秋天灰蒙蒙地在天空散成一片。

晃着小腿的女孩子，白裙子翻来翻去的。

男生在暴雨里踢球。

树木厚厚的叶子在阳光下泛滥成深绿的海洋。连绵不断的树木清香从空气里渗透进毛孔。

头发上洗发水的桃子味。

大雨里无数波纹的江面。

各种漂亮的墨镜和好看的背心。

怎么看都是一幅青春洋溢的美好景象啊。

·05·

冰箱里的冰淇淋变得越来越多。可以从下班回家一直吃到半夜。我和公司的女生分享这种乐趣的时候，她们就尖叫着逃跑了：“冰淇淋哦～～～要死哦～～还半夜吃哦～～～～这要长胖多少斤啊～～”

前几天写“THE NEXT”相关计划的时候，昼夜颠倒。为了白天睡觉还买了一个眼罩。套在头上就睡得昏天黑地。

这几天要把时差倒回来的时候就显得生不如死。

晚上一回家就倒下了，结果半夜三点生物钟太兴奋，莫名其妙地醒过来。躺在床上不知道干什么，手摸着墙壁上的开关，无聊地打开，又关上。打开，又关上。灯光在眼皮上留下红红的影子。后来实在受不了了，起来拿起英文书看。

熬到早上天亮了，跑去楼下吃早餐。KFC 还没有开门，我就等在门口。

里面的工作人员一边擦桌子，一边看着守在门口的我，心里肯定在想：“他是有多饿啊。”

一边喝皮蛋粥一边翻时尚杂志。

结果翻到一半被几个 KFC 的年轻店员认出来，签了几个名。这没什么，重点在于，我蓬头垢面，戴着帽子，还有一副黑框眼镜……不过这样他们也能把我认出来，不容易。

没有打电话叫司机来接我。反正公司离家只有几分钟的路程。

一路散步过去。看着这个我并不熟悉的早晨的上海，很多人在早餐店门口买早点，有上班的白领匆忙地跑下地铁口，有大爷大妈在公园的绿地上打太极。

这个星期的星座书上写我的幸运方式是散步。

·06·

上海的外滩又开始规划。好像要在世博之前完成整个外滩源和南外滩的开发计划，把外滩整个连成一体。

每次路过外滩的时候都会被交通挤得胸口发闷。不过之后，外滩应该变得更加地好看。好像第五大道也要开始进驻了。

我对上海发自内心地热爱。

这个繁华的，洋溢着巨大奢华气息的城市。

这个锋利的，光速旋转的城市。

夏日里的江面上，很多的游轮。它们穿梭往来，载满了游客。

很多的水鸟在江面上飞来飞去。

陆家嘴慢慢变成新的金融中心。而外滩的万国建筑，退出了历史的金融舞台，变成了奢侈品的时尚街区。

上海承载着无数人的梦想，它在这些梦想里缓慢却也迅速地变化着。

·07·

有很多关于夏日的歌谣。在青色的天空里显得又高又薄。

我们记忆里关于夏夜的美好时光，在青春的长河里闪闪发亮。

那些闷热的躺在学校宿舍里聊天的时代，伴随着我们毕业典礼的钟声，而渐渐远去了。留下一些残碎的片段，让我们在遥远的夜里回味。

那些年少的时节。

那些时节里的少年。

他们都还在。

而我却慢慢地成长了。这样的生活，和多年前的我，离了小半个盛夏或光年。

2008

THE SHINNING DAYS IN SHADOW

雨世

·00·

时常回想起来的暴雨，发生在小学时候。那时还没有搬家住在出生的那座青瓦平房里。老家有一个很大的院落。父亲在靠近屋檐的一排种上了兰花，大部分比较廉价，有一部分特别昂贵，其中有些花的价格，在那个年代里，大概相当于父亲两个月的工资。

每到暴雨的时候，父亲总会披一件黄色的雨衣，站在大雨里，迅速把塑料薄膜扯开来盖在那些兰草的上面。

大雨里，父亲的表情凝重而沉默，像是远处被雨冲刷模糊的山际线。

而在一个大雨的夜里，父亲半夜惊醒，走到院落里，在闪电的刺眼亮光下，看见一个小偷翻过墙壁逃走，而屋檐下那几株昂贵的兰草，被人连根拔起。

父亲在大雨里站了很久，沉默着没有说话。最后在轰隆的暴雨声里，发出一声模糊混浊的叹息声来。

听上去像是一种呜咽。

· 01 ·

下班的时候无意看到的网页，上面预告上海接下来的四天，会有集中的降水。

这是多年来上海最大最集中的一次降雨。

而窗外的天空已经极其压抑地黑了下来。乌云沉闷翻滚，发出让人胸口发闷的声响来。完全隔音的落地玻璃窗外，时不时划过天际的闪电，它们肆无忌惮地把天空撕扯成黑色的絮状碎片。无声的，毁灭性的闪光刺在视网膜上。

过了一会儿，噼里啪啦的大雨就开始敲打在玻璃窗上。

远处摩天大楼的外墙，全部笼罩上一层飞溅起来的水雾。

我轻轻地关掉公司里的灯，朝电梯走去。

每一年的大雨又开始了。

上一个夏天的第一场暴雨，我和母亲、父亲在陆家嘴，突然袭来的昏暗积雨云和瓢泼大雨，让我们一家人都很狼狈。

而一转眼，一年又过去了。

· 02 ·

一场大雨过去，接下来就是一个秋天。很多场大雨过去之后，岁月就从我们生命里裁掉了很大的一截。

有一次我梦见大雨把父亲的胡须冲刷得发白。梦里父亲望着我没有说话，我望着在大雨里的他哭喊哽咽。梦里我是在车上，我打开车门叫父亲上车，父亲摇了摇头，转身走进了滂沱的雨幕里。

父亲在岁月混沌的光芒里老去。变得佝偻。变得沉默。变得更加孤僻。

在最近的一次谈话里，他和我说："我在十五岁的时候就下乡了，离开父母，离开兄弟姐妹。一个人在大山里，拼命地想要活下去。所以我的感情就变得很淡薄，对亲人没有过多的爱，更没有什么朋友，也不会与人相处，沉默孤僻，不讨人喜欢。"

那个时候父亲在峨眉山，修水库。而二十多年过去之后，当我以俗气的游客身份游荡在已经开发成旅游景点的峨眉山里时，父亲隔着电话对我说："哪哪哪，那个水库是爸爸十七岁的时候修的。"

父亲十七岁的时候，在大雨里挑起巨大的石料，耳边是轰鸣的雷雨声，回荡在山谷里，而我十七岁的时候，偏激叛逆，在饭桌上抄起盘子狠狠地摔向墙壁。菜汁溅了父亲一身。

父亲在电话里和我说："明明，我老了就去敬老院，我不来上海，我的性格不讨人喜欢，肯定和别人相处不来。跟着你，到最后你要厌烦我的。"

挂了电话，我躺在地板上嗡嗡地哭。

像是回到了我的少年时代，弱小的，无能的，脆弱的，自以为是却一无所知的年代。

在那个瞬间，我失去了平时叱诧风云的决断力和残忍性。我被父亲钝重的感情击打得溃散一片。

· 03 ·

昨天的梦境里，父亲在故园的屋檐下栽花。瓢泼大雨，天空像是被砸漏了一样往下倒水。巨大的暴雨声里，我对父亲呼喊，父亲没有转过身来，留给我一个在大雨里湿淋淋的背影。

昏暗的灯光下，父亲佝偻地沉默着。

我觉得世界末日也就是这样了。

· 04 ·

我二十五岁的这一年，父亲五十三岁了。我有时候会在纸上计算我们还剩余的时间。

有时候算着算着，眼泪就啪嗒一下滴到纸上。

把总以为很漫长的一辈子，放到无限绵延的宇宙长河中去，那个时候，你会觉得，这仅仅就只是短暂的一个小时。

而且一旦过去，就永不再来。

你再也看不到他们的面容。你再也不能从电话里听见他们温暖的声音。你再也不能赖在床上，等他们过来嘘寒问暖。

他们比你先离开这个寒冷的世界。去往更加寒冷的世界。

· 05 ·

离开四川家乡之后，开始在上海生活。

慢慢地习惯上海的冷漠和钢筋水泥。有时候坐车经过一些顶级的楼盘，会看见一些他们的标语。其中印象很深的是他们引用的比尔·盖茨的一句话，是说："这个世界是不公平的，你要学着去习惯它。”

渐渐地抹杀掉内心的软弱和类似“狠不下心”的情绪。以一种金属表面的姿态存活在光速爆炸的商业领域里。内心的侵略性日益繁衍，像是疯狂的植物肆意攀爬上蓝天。而另一方面，弱小的自己越来越退回到心脏深处，把自己重重包裹起来。

每次和母亲通电话的时候，她一定会先问我：“没有在忙吧？现在讲话会打扰到你吗？”和家庭的沟通在距离的隔阂下变得越来越少，母亲不打电话给我，我往往忙得忘记和家里联系。经常睡在地板上，被手机振醒。

其实我和父亲一样，在高中的时候就离开家一个人住校。独立的，略显孤僻的性格。甚至在高一的时候有一段时间有强烈的抑郁症。不想讲话，突然地暴躁。喜欢写一些自言自语的文字，发泄情绪或者自我乞怜。

这样的情况在后来慢慢得到改善。我并没有像父亲一样，一直保留着这样孤僻的性格。我在半路丢弃了它们。后来我渐渐变成一个善于交际的达人。在各种场合和各种人物交朋友。彼此利用，机关算尽。目标完成之后转身走得没有任何留恋。

渐渐地变成这样的人——在童年时代，我们在电视里看见时会问妈妈“他是不是一个坏人”的人。

直到有一天，开会的时候，我接到母亲的电话。

出乎意料地，母亲并没有问我“是否在忙”，我刚想和她说“我在开会，等会儿打回给你”的时候，母亲在电话里发出一声再也无法压抑的悲怆的哭泣来。

·06·

该怎么样去形容那样的心情——

措手不及地被一把匕首刺进胸膛的痛感。

·07·

我们的人生到底有多少时间是在为自己生活？

母亲说：“这么多年来，我活了五十年，那天我回头想一想，我竟然没有什么时间是为了自己生活的。年轻的时候为了兄弟姐妹。嫁给你爸爸之后，成为了一个妻子。而有了你之后，我更加努力地为你活着，可能在我死的时候，我回忆起我的漫长生命，里面可能都没有一段，是我自己的人生。”

其实我们每个人的生命里都有一架巨大的天平。

我们得到什么，失去什么。每天都会有新的砝码摆上去，每天也会有旧的价值，被推下来。

在这个天平边上，是永恒而巨大的沙漏。

我们生命的倒计时。

·08·

由于从来不打伞的缘故，我人生里经历过无数次和大雨相逢的时候。

很多的时候都不记得。却有很多次清晰的记忆。

有一次在云南，活动结束之后，主办方邀请我去山里的一个温泉泡澡。

空旷的山谷里烟雾缭绕。夜晚的雾气让路灯都包裹成黄色的茧。随着伞的起伏而一路亮起。

临时的助理和公司的随行人员一直陪伴在我的身边，小心翼翼精心呵护。

我对他们摆摆手，说没有关系。

然后一个人找了个温泉池，坐在里面的石头上。

周围空无一人。

那一瞬间甚至觉得会有人在万籁俱寂里冲我说话。

到后来开始下起了雨，滂沱的，压倒性的，轰鸣的暴雨。

温泉的水面被砸出无数的涟漪。我在大雨里头发湿淋淋地一动不动。

黑暗里的余生，冰凉的触感，以及那个瞬间四下笼罩起的绝望感。

我人生第一次考虑到我到底是因为什么而活着。头顶着巨大的光环，然后千疮百孔地生存下来。

失去的，得到的，这些年。

丢失掉的家园，得到的高层公寓。丢失掉的亲情，得到的财富。日渐稀少的伙伴，慢慢增长的手机联络簿。日渐冰冷的面容和越来越多的官方开场白。

那个晚上，我在大雨里，面无表情地流了很多眼泪。

空气里是硫黄的味道。

整个山谷发出像是应和我的窸窸窣窣的声响，像是啜泣。

所有的树木在大雨里洗刷得发亮，浓郁绿色被路灯照出青翠的光晕来。

我把脸沉到温热的泉水之下。

·09·

有很多很多年，我已经没有哭出过声音了。

虽然眼泪还是一如既往地流，但是可以做到的是，面无表情。

·10·

和善良对峙的，不一定只是邪恶。可能也是残酷。

和理想对峙的，不一定只是世俗。可能也是天真。

大雨下的屋檐，雨水变成一条一条连续不断的水柱往下流淌。

父亲穿着雨衣，弯腰为那些兰草扯上遮挡的塑料薄膜。

而厨房里，母亲在油烟中红着眼睛剧烈地咳嗽。

而我在从学校回家的路上，没有打伞。

我一路踩着泥泞和坑洼奔跑，湿漉漉的头发贴在额头上，让我看上去格外地傻气和弱小。

在很多很多年前，我就是这样在大雨里，用尽全力地跑向我的父母，跑向我的家。

傍晚无边无际的昏暗雨雾里，黄色的灯光，像一个完整而温柔的茧。

也像是一整个巨大而沉默的宇宙之核。

2008

THE SHINNING DAYS IN SHADOW

投影仪

（上）

在这个混沌的世界上，有很多很多个我。我们每一个人都有无数个自己，在这个冷漠的社会里，温暖地投影出继续存活的力气。他们是我在世界上的另一个部分，完成了也完成着我无法完成的人生。

很多的梦境里，他们围绕着我，他们成为我。

如果从第一篇小说开始计算的话，我已经在编故事这条路上，走了七年了。七年的时间非常漫长，差不多要到我如今年龄的三分之一。在这个漫长的过程里，有很多很多我创造出来的人物，他们都鲜活地存在我的记忆里。但是，唯一的一次，我感觉他们都活过来了，就是最近的《小时代》。

之前的很多角色，仅仅就是一个故事的人物，用他们编织起美好的故事，供大家感慨和唏嘘。

而这一次的他们，像是很多很多个我。

我不知道是自己在这个社会里变得越来越复杂，还是我的内心越来越分裂。

那天我突然有了一个想法，我要给他们写信，给这些在我小说里兀自鲜活起来的人。

To 顾里：

要如何去定义你呢，千金大小姐还是冰冷计算机？你用一种别人无法企及的高度存活在这个世界上，永远都是一副冰冷而锋利的样子。

他们说你是冷漠的，是不近人情的，是可恨的，是拜金的，是物质至上而人情淡薄的。

这样说或许也没有什么不对。

每一个人都无可避免地长大着。昨天的我们停留在温暖的校园，酸涩而甜蜜的恋情和焦头烂额的考试就是我们头顶所有的天空。那个时候我们畅想的未来，像是放在真空玻璃房里的绚丽玫瑰，上面闪烁着晶莹的露珠。而今天，我们用一张憔悴而缺乏睡眠的面孔，清晨从地铁里面钻出地面。每一天的这个瞬间，都标志着我们在“过去”这个墓碑上，再添加一铲泥土——我们正在一点一点地埋葬它。

我们变成了喝着咖啡对着电脑噼里啪啦写计划案的大人。

我们变成了熬夜做方案做编排的大人。

我们变成了不再蹦蹦跳跳，不再穿鲜艳可爱衣服的大人。

我们被这个世界一天一天地改变着，同时我们也一天一天地去改变这个世界。

我并不了解这是一件好事，还是一件坏事。但是无论如何，它是我们绕不开的命运。

很多的时候，我想像你一样，把所有围绕在我生活周围的人、物、事，全部量化成为数字，输入我的电脑，然后用等价交换的原则和系统，去评价出一个取舍的方案。这样看起来简单直接，而且无比强大。

但是我并没有你那么强大的力量，可以控制自己的喜怒哀乐。我还是会为生活里的一些虚荣而高兴，为别人对我的失望而沮丧。每天往那个叫作“心脏”的容器里面，添加各种颜色，高兴是红色，悲伤是蓝色，沮丧是灰色，虚荣是金色……一滴一滴的颜料滴答进去，然后被心脏搅拌成一团黑色的浓稠的汤。

也许人真的是要完全不在乎别人的看法，才会活得比较强大。

你是这样的吗？

我以前一直觉得敢爱敢恨的人需要巨大的勇气，而后来才渐渐明白，其实带着冷漠面具生活的人，完全不在乎别人爱恨的人，才需要巨大的勇气。

我们对人的爱或者对别人的恨，在某个意义上，其实是懦弱的表现。我们控制不了内心的巨大欲望以及对别人的嫉妒和仇恨，我们放肆淋漓地用感性去生活，面对挫折的时候，激动地失控。

我想要变成你。

就像是在你的身上埋下了一粒种子，这个种子是我灵魂的一枚碎片，希望很多年之后，这枚碎片可以破土而出，长成巨大的森林。它们在从海面上席卷而来的飓风里，依然挺拔，在风里摇滚着呐喊。闪电照亮人间的同时，这片森林也清晰得如同翻滚的大海。

我希望像你一样强。

像大海一样强。

To 林萧：

胆小的细腻的，敏感的善良的，对人依赖的，软弱而知足的你，在很多人的眼里，你的个性被其他主角的光芒所遮盖，你没有顾里的强势，也没有南湘的文艺气息，更比不过那个离经叛道的唐宛如。好像所有人都把你当作一个可有可无的存在。

这也许是你的一种生活态度吧？我总是这样想。

你留恋过去校园夕阳的温暖，你也紧紧抓住自己身边的朋友和爱人不放，像是一块柔软的丝绸，包裹着生活里的各种甜蜜和悲伤，把它们衬托成闪光的珠宝。

你对这个世界没有更多的追求，尽管你也默默地努力着，混合着失败的眼泪和带着屈辱的责骂。它们来自你没有接触过的世界，你睁大眼睛，一步一步地走进这个光怪陆离的锋利世界。

你像是过去的我，第一次莽撞地冲进这个社会。伤痕累累，咬牙含泪。

这个世界像是突然被翻转了 180° 一样，露出了你完全不认识的一面。

物质冲击着人类的情感，只有真正被这些滔天巨浪所包围的人，才有资格谈论起所谓的理想和庸俗。就像没有真正从战场上回来过的士兵，没有资格谈论战争的伟大或者残酷一样。

我和你一样，也对生活有着巨大的沮丧。无论你付出了多少努力，别人不会看到，他们只会永远死死抓紧你跌倒的时刻，时刻期望你摔倒，期待着你的生活突然间变成一团乱麻，突然就变得破败褴褛。

你在这样的世界里面坚持着，所以你抓紧了顾里的手。

我刚刚离开校园的时候，比你还要小。

那个时候的我，不清楚什么名牌，不清楚上海上流社会精致的生活是如何的面目。当突然间变得光彩夺目的时候，我完全晕眩在刺眼的闪光灯里。

我经历过和你一样的屈辱——当我穿着廉价的球鞋走进高级酒店时，服务员用那种眼光对我打量；出席某些高级 SHOW 的时候，被负责宣传企划的人毫不客气地对着身上已经精心准备好的衣服问：“我带你去更衣室吧，你把便服换下来，我们这个是正式场合，你带来的礼服呢？”

我经历过第一次逛名牌店的时候，店员眼睛都不转过来看我的情景。我鼓起勇气问了一下其中的一件衣服，询问是否可以拿下来试穿，店员依然没有回过头来，她对着空气里不知一个什么地方，冷冰冰地说：“你不适合那件衣服。”

真的，那个时候我看着那些衣服上的标签，我一直都觉得他们的价格是不是多打了一个零。

还有很多很多这样的事情，发生在这个冰冷的上海。我很恨这个城市，但是我也很爱这个城市。因为它像是一座天平，当你有足够的重量，你就可以令另外一边那些看起来高高在上的巨大砝码高高地翘起。

我可以体会你晚上躺在被子里哭泣时的心情，真的，我在很小的时候，已经感受过了。包括有一次在网上，看见别人发的帖子："他照片上那双鞋，就是在学校门口的小店里买的呀，好像才五十块钱呢。啧啧，他不是作家么，真穷酸呀。"

2008

THE SHINNING DAYS IN SHADOW

投影仪

（下）

混沌的光线，充满噪音的空间，光和影变幻出的悲喜，沉甸甸地压抑在胸口。我们不断地放弃自己，丢盔弃甲，然后最终在别人的身上，看见曾经熟悉的自我。那一刻滚烫的眼泪，忍不住涌出了眼眶。

面具的力量，在于让你不用扮演自己。

持续不断地放映，是这个小小的人间。

To 宫洺：

终于还是不可避免地写到了你。

可是，我该如何来定义你呢？你没有表情的脸，其实是不是对人间的一种巨大失望和放弃呢？

我们小学的时候，一定会被老师提问：你将来想做什么？你的理想是什么？

在那个时候，会得到老师表扬的答案，一定是“我想做一个小学老师”“我想做一个科学家”“我想做一个军人”“我想做一个辛勤的农民伯伯”。

到了高中，我们开始要填报高考志愿的时候，这些曾经受到表扬的理想，一定会换来家长、同学、老师的疑惑眼神。

他们希望听到的是——

我要选择金融系，成为优秀的银行家。

我要选择建筑系，成为优秀的建筑设计师。

我要选择法律系，成为优秀的律师。

我要选择牙科系，成为优秀的牙科医生。

我要选择会计系，成为优秀的注册会计师。

“我们将来一定要赚很多的钱。我们毕业后要去上海、北京这样的大城市。我们要有很好的工作，有高高的薪水，有足够结婚生小孩的储蓄，要能买得起房子。我们要能够开车去上班。我们要能够赚很多钱，把爸爸妈妈都接到大城市来。我们要存钱，在父母年老多病的时候，可以照顾他们。我们要有更多的钱，可以给自己的小孩子买好看的衣服，和性能高的电脑，不要让他们去网吧上网。”

老师和家长，同学和朋友，都在为这样的理想而鼓掌。

谁都没有点破，我们需要的，是钱。

宫洺，我有时候在想，我们的生活说白了，到底是什么样的存在？很多时候，我都觉得像是一场随时都会血肉横飞的闹剧。我们为之失望的、雀跃的、激动的、悲痛的、感动的、憎恨的、惆怅的，都是些什么？

几百年之后，它们终究只是人们回忆里的一个暗角，撒满了细软的灰尘。

我很了解你的人生。甚至有一部分，是我也能感同身受的。

你们是这个社会最上层的那群捕猎者，你们挥霍着别人每个月辛苦工作才能换来的薪水，去买一个玻璃杯子。你们的双脚几乎不沾染俗世的尘埃，你们从黑色的高级轿车上下来，然后迈步走进铺着红地毯的写字楼大堂。你们出入高级的餐厅，几乎从来不在家里吃饭，但是家里却有最高级的整套厨具。永久恒温6°C~18°C的专用酒柜里，有一字排开的各种红酒和香槟。你们换手机换手表，就像换袜子一样勤快。你们手上提的包，有时候等于别人家客厅的价值。

人们了解的是这些光鲜亮丽的表面，锋利得像是足够切断世界上所有人与你们的联系。但没有人看见黑暗中的你们，没有人见过你们真实的样子。当你们回到家关上门的时刻，一整个世界被你们关在了背后。

有一次在时代广场和公司的人一起吃饭，准备下电梯去负一层的时候，转身走进了底楼的 GUCCI 店。

看中了一双白色的鞋子，试穿了一下，觉得蛮好，于是叫小姐包起来。在她拿鞋子的时候，我出于好奇，问她："这个鞋子，如果穿脏了，应该怎么洗呢？送去专业的干洗店么？"

那个售货员小姐听了我的话之后，停下手上的动作，用一种很复杂的眼神，微微带一点高傲的样子，对我说："先生，这个鞋子的包装盒里有它的说明，不可洗。"

我愣了一下，说："那不用水，只是干洗呢？"

"我说了，不可洗。"

"那只是用毛巾擦呢？"

"不可以。"

"那总要有办法清洁吧，一双鞋子总不能只穿两三天吧？"我有点不耐烦了。

但是，出乎我意料之外的是，店员小姐明显比我更不耐烦。她深吸一口气，然后以一张冷冰冰的脸对我说："先生，买我们这个鞋子的人，一般都不太走路，他们出门都坐车，或者说身处的环境都非常整洁。如果您的生活环境并不好，或者说您需要挤公车、地铁上下班，需要大量时间走路的话，我只能说这个鞋子不适合您。我并不建议。"

店里的光线又白又亮，照在我和她的脸上。我们彼此都没有表情。

这个世界并不是公平的，你要学着去习惯它。

世界上有人一锄头下去，就挖出了钻石。

也有人辛苦地开山挖矿，最后一声轰然巨响，塌方的矿坑成为他最后的坟墓。

那天在上网的时候，看见一个帖子，里面在讨论我的作品，和我的生活。里面很多人，大概一百多个跟帖，看上去特别热闹的样子。

他们的讨论分为两个部分。

第一个部分是：我以前很喜欢他的作品，他写的《夏至未至》，他写的《爱与痛的边缘》，里面的小四多么纯真，单纯的校园梦想，他简单的学生生活，他和朋友在学校门口喝一块钱的西瓜冰。你看看他的现在，充满了物质，他已经不再是以前的他了！小四不要变啊！

我家里有很多的书，欧美的，大陆的，中国台湾繁体版的，日文的。各种各样的书。无论我是否看得懂，我都会拿起来没事就翻一翻，看一看别人的设计，别人的想法，和别人的图书出版理念。而中文的小说，一看就是一下午。

但是我很少看自己的书。

我发现我再也不会回到我之前的那个岁月里去了。那个散发着游泳池消毒水气味的夏天，那个高三炼狱般的日子，那个香樟树茂盛得像是浓郁的海洋般的季节。我在那样的年岁里高喊着我不要长大我希望永远做小孩子我羡慕彼得·潘我一定要去永无乡。

但后来，我渐渐地放弃了。

因为在进入社会以后，我因为这样单纯的自己，而被无数的人嘲笑过。人们不同情眼泪，人们不怜悯弱小。当你委屈地在网上倾诉自己的痛苦，转瞬之间，你的文字就被转贴到了四面八方，无数的人用这些矫情和委屈的话语，作为攻击你的武器。

像是自己亲手擦亮了匕首，然后双手奉上，让别人刺穿你的心脏。

我也想要永远都躺在学校的草地上晒太阳，我也想要永远喝着一块钱的西瓜冰而不会有任何的失落，我也想要永远穿着简单的衣服，听着简单的CD，过着简单的十七岁的生活。但是这是不可能的，因为我的生命里，再也不会拥有另外一个十七岁了。

我也曾经尝试过打车去参加上海的一些活动，对方接待我的人，用那种充满了嘲笑和鄙夷的目光，看着我从出租车上下来时的样子，他们亲切地拉过你的手，对你热情地微笑。然后到后台的时候，他们和别人分享他们的喜悦：“我和你说哦，他穷酸得，车都买不起吗？”

我也经历过第一次参加时尚杂志的拍摄，提着一大包自己喜欢的衣服去摄影棚，然后被杂志的造型师翻着白眼，在我的纸袋里翻来翻去，找不到一件她看得上的衣服的时刻。摄影师在旁边不耐烦地催促着，造型师更加不耐烦地说：“催什么催！你觉得他这个样子能拍么！”

锋利的社会像一把刀，当它砍过来的时候，你如果没有坚硬的铠甲，你就等着被劈成两半。

他们讨论的第二个部分是：他的钱还不是我们买书给他的钱！他拽个屁啊！要是没有我们买他的书，饿死他！他能穿名牌么？真是对他失望！

小时候，在银行工作的妈妈，因为多数给客户一百元，而被罚了赔偿，并且额外扣了一百块工资。在那个我妈妈月工资只有一百二十块的年代，妈妈流了两个晚上的眼泪。

在我大概七岁的时候，爸爸买了他人生里第一件有牌子的衬衣。花了不小的一笔钱，但是爸爸笑得很开心，他站在镜子面前，转来转去地看着镜子里气宇轩昂的自己。

这些都是和钱有关系的，钱带来的开心，和伤心。

但是，当我们花钱看完一场电影享受了愉快的一个半小时，当我们花钱买完一张 CD 享受了一个充满音乐的下午，当我们在餐厅花钱吃了一顿美味的晚餐，当我们在商店买了一件漂亮的衣服心情愉快的时候，我们是不是会去对电影院、音像店、餐厅、商店的人说：“你们凭什么赚钱？要不是我们给你们钱，你们早就饿死了！”

这是我看到第二个部分的心情，好像他们在看我的小说的时候，并没有享受愉快的阅读过程，似乎我的故事永远都没有给他们带来过感动和思考。似乎我并没有辛苦地写作，只是在白白接受他们的施舍，他们给我的钱。好像他们并不是心甘情愿地购买图书，而是我拿刀逼着他们买的一样。

我觉得，自己像一个乞丐。因为只有乞丐，才会听到别人对他说：“要不是我给你钱，你就饿死了。”

在和妈妈的电话里面，妈妈很气愤：“你不要理睬他们。你光明正大地赚钱，你不偷不抢，凭什么做其他行业的人赚钱就是天经地义，而你辛苦地写书给他们看，编杂志给他们看，还要受他们的侮辱？！”

我在电话里和妈妈说，这没什么。

挂掉电话之后，我洗了个澡，然后继续开始写《小时代》最后的结尾。

这是我没有睡觉的连续第四十九个小时。出版社的截稿日悬在头顶，我喝了杯咖啡，看了看电脑右下角的时间 02:10，然后继续开始工作。

如果从楼下的草坪望上来，可以看见我房间孤独的灯，亮在一整栋漆黑的楼里。但是，他们不会看见的，他们这个时候，正在享受甜美的睡眠和梦境。

他们看见的，只是你清早提着 LV，走到楼下，司机拉开车门你坐进去的背影。他们嫉妒的眼光把你的后背戳得血肉模糊。

“要不是我们给他钱，他早就饿死了！他凭什么穿名牌？！”

我明白你对这个世界的巨大失望。因为，我也一样。

2008

THE SHINNING DAYS IN SHADOW

连续栖息

我们的人生像是一条连续不断的、圆滑润泽的河流。我们一年一年，一日一日不曾停断地栖息其中。岁月像流水卷动河沙一样，把我们的生命牵引着，朝前滚滚而去。日落或者月影，是我们记忆里的远远村灯。

· 01 ·

好像我们每一年总有一段日子，都在嚷嚷着“啊一年又过去了呢”。这样的话每一年每一年都会出现。坐在沙发上，往后倒在毛茸茸的靠垫上，手边的咖啡冒着圆滚滚的白色雾气。我们略带疲惫略带惆怅地这样说。

公司窗外是浓郁得化不开的夜色，远处东方明珠闪烁着地标独一无二的光芒，公司里暖黄色的灯光照在每一个人的脸上。这是周六晚上的九点。

我在外面和三拨不同的人谈好事情之后，已经晚上八点多了，我回到公司准备加一会儿班，结果推开门发现六个同事都在。

——可能没有人知道，每一期大家手里哗啦啦随意翻过去的杂志，就是在这样一个一个连续不断的暖黄色深夜里，制作出来的。泛着香味的油墨纸张，把岁月沉淀得一片寂静。

·02·

四年前的记忆里，有一场大醉。

喝得醉醺醺的自己，在KTV里面开心地唱歌，放肆地大叫，手舞足蹈欢天喜地。然后从出租车上下来回到工作室。那个时候我们《岛》工作室的人还住在一起，彼此混居在一个脏乱差的三室两厅里面。

我回到家——我至今还是习惯称呼它为家——之后，倒在沙发上，傻笑了两声之后就开始哭。

阿亮拿着热水坐在我的边上，痕痕拿毛巾擦我脸上的脏兮兮的眼泪。我一边哭诉自己压力怎么怎么大，一边抱怨她们都不能帮我减轻负担。我源源不断地抱怨着自己内心的压力和痛苦，这样哭了一个小时之后，身边不知道是谁的一滴滚烫的眼泪掉在我的手背上：

"你别哭了啊……"

·03·

公司里面几乎隔几天就有一个饭局，加班完成之后的大家闹腾着一起涌向公司附近的火锅店。按照痕痕的说法这家火锅店实在太过飞扬跋扈，在十字路口的四个街角，都开出了店面，"太过嚣张啦！"

吃肉的吃肉，吃菜的吃菜。雪碧和可乐冒出大堆大堆的泡沫。

一边吃还要一边聊选题，渐渐地总会把一场聚餐变成一个选题会。最世文化的优良传统就是每一个人都是工作狂人。

我们的生物钟也变成了按照每个月出菲林的日子，来计算一个月的过去。我们不习惯上旬中旬下旬地划分，我们只习惯"还有××天就出菲林啦！"这样的倒计时。

可能在之前，我们从来没有想过，自己的生活会和一本杂志这么息息相关。

咖啡的烘焙滋味。

可乐冒泡的滋味。

红茶的绵延滋味和绿茶的清香滋味。

大杯大杯的饮料下去之后，转变成填满整本杂志的内容——还有增加跑厕所的频率。

·04·

在生命里留下些什么。在岁月里填补些什么。

我总是在思考这样的问题。

一字一句的甜蜜，一页一页的酸涩，一本一本累积出来的我们时间的轮廓。

每一次回首过去的时候，都像是在看一面月光下起伏的黑色大海。

连绵不断的浪潮，在月光下翻出黑金的色泽。像要被回忆吞没般的失重感，从天地尽头源源不断地扑打过来。耳边的潮汐声像是一年里所有的声响，都累积到了一起，然后轰然爆炸。

回忆每一年的自己。

回忆每一个过去的自己。

把他们重叠在一起，把时间折叠在一起，对着滚烫的太阳光线，看一看那些灰色的铅笔线条是不是连绵不绝地画满了生命的整个纸面。

·05·

当你们翻阅到这里的时候，这一年的《最小说》也就只剩下了最后的被你们捧在手上的这一期。12月的杂志因为两周年纪念特刊的关系停刊一期。

所以，这也是你们看见这个形态的《最小说》的最后一次了。

两年多的时间，就这样过去了。

而明年我们公司也将搬去最繁华的南京西路区域。

告别了这个可以眺望到东方明珠和江面的北外滩写字楼，告别了海上海的这个蓝色的办公室。告别巨大的落地窗外金茂和环球金融反射出的耀眼光线。

我们总是在计划着未来新公司的样子，讨论着送米线的外卖小哥会不会被拦截在楼下不能进入高级的写字楼。

我们没有聊到对过去的回忆，对这一年里发生的种种事情的心情和怀念。

因为我们知道我们的生命就像是一条看上去凝滞不动的大河一样，每一个日夜，奔腾万里。

· 06 ·

不断地有新的同事进入我们的团队，也不断地有以前的伙伴离开我们的生活。

从最开始的巨大失落到后来的渐渐习惯。人的心变得越来越柔韧，好像刀尖刺过来，也割不破，刺不穿。就像小龙女的手套一样。

但是好朋友还在身边。

阿亮也可以在约会失落的时候甩下男朋友从繁华的淮海路上打车到我家楼下的星巴克里和我聊天。我从楼上的家里拿下毯子来披在我们两个的身上，看上去暖洋洋的样子。咖啡冒出的热气遇到了星巴克里强劲的冷气之后，变成浓郁的白色雾气飘浮在杯口，我们混合着奶油一起喝进口里。

痕痕也依然会在中秋的时候和我拉锯战，最后把我从 36 层的单身公寓拖到他们家里，吃着大闸蟹，看着搞笑的电视节目，或者躺在床上聊天。我遇到感情问题还是会去询问足智多谋但是仅仅停留在纸上谈兵阶段的她，听她给我讲各种各样对爱情的憧憬。我们窝在她的小小的床上，各自抱一床被子坐着，她房间的窗外，高架上川流不息的车辆在夜里听起来轰隆轰隆的。

我们像是没有血缘的兄弟姐妹一样，彼此依靠，彼此陪伴。

《欲望都市》电影版里，在圣诞夜的时候，凯莉穿过下着大雪的纽约，穿过各种各样的人群，出现在米兰达的面前。

大雪里的电影背景音乐，反复地回响在我车子里的 iPod 系统里。我坐在车里，听着耳边用古英文唱歌的女声，《友谊地久天长》。

关于 2009 年的《最小说》的样子，我们开了无数个会议。经常一个下午一个下午地一群人消耗在巨大的会议桌前面。桌子上摊开各自的笔记本，杂志样刊，纸张装订出的模型……咖啡和绿茶冒着热气。大家一会儿说着“我要死了……”，一会儿又突然两眼发光地站起来手舞足蹈“我觉得可以这样呢……”。

在过去不久的一个周日早上，我被日光照得半梦半醒，蒙眬中我梦见小学时候的春游。迎着灿烂的光线和春天里刚刚泛滥出的嫩绿色田野，黄色的校服和红色的鲜艳领巾，我们手拉着手，往前愉快地行走着。

我们每一个人都对未来怀着暖黄色的憧憬——

想要赚更多的钱。想要买更好看的衣服。想要过得开心。想要和朋友在一个下着大雨的傍晚互相促膝在沙发上聊天，看窗外哗啦啦的大雨淹没水泥森林一样的城市。想要在阳光和煦的下午在草地上喝一杯卢旺达的烘焙咖啡。

想要变得更好，还不够，不够，还可以更好。

就像小时候荡秋千时，总是想要更接近蓝天。再接近一点，更近一点。大风从耳朵旁边呼啸过去听起来像是海潮一样的欢呼。

·07·

好像应该说再见呢。

电影里说，说过再见的人，一定可以再见。时间的长短和山水的阻隔，都不重要。因为一定可以再次相见。

2009 年就这样悄然无声地靠近了。

当红绿色的圣诞节过去，当元旦的钟声敲响，我们会再次相逢在一本全新的杂志里。

未来的我们，一定更好，一定变成了更让我们自豪的自己。

我总是在每一个加班的深夜里，不断地对自己这样说。

时光就像是一波一波连续不断的涟漪，从我们的脸庞上流过，雕刻出风雪发亮的轮廓来。胸口里一直有一种温暖的情绪在跳动着，伴随着心跳的频率。

公司的门口，每天早上我们需要刷卡进公司的地方，有很多很多前来公司探望我们的小朋友们写下的话。

“小四要加油哦。”

“小四，虽然我来的时候公司没人，但是看了看每一个月《最小说》诞生的地方，我都觉得很激动。”

“大家要更努力呢！”

每一天早上，我们都是在这样的字句里，开始我们一天的忙碌和充实。

虽然明年的这个时候，我们已经搬去了另外的写字楼里。但是这些字句，应该一直都会留在这里，成为我们对过去的一种见证。

我们的 2008 年，是这样一步一步走过来的。

伴随着喜悦和悲伤，伴随着辛苦和愉快。

我们栖息的这个小小星球，在广袤的宇宙里，往下看，像是一颗蓝得快要流泪的小小宝石。它不停地转动着，把时间消耗过去，把岁月吸纳溶解。

你看，一年的美好时光，就这样过去了呢。

但我想，明年是更加美好的一年吧。

——写给《最小说》两周年

2008

THE SHINNING DAYS IN SHADOW

3285

好像每一年的年度盘点，都必须要应景地做一些回忆的事情。在审稿的时候先看了小七和安东尼写的专栏，感觉被拉回到很早以前。我和小七认识的时候，她才只是一个念高中的小孩子。而我认识安东尼的时候，第一次见面是在大连，他神经质地要带我去看大连晚上的海，我当时觉得万一他要绑架我的话，我肯定打不过这个一米八五的高个子。而现在的他们，都变成了有无数粉丝喜欢的作者，小七准备去英国念研究生，而安东尼也快要从墨尔本念完书回国了。

更不要提落落这个和我一起苍老下去的女人，每个月把日本当作苏州一样地来来回回……而我一直窝在小小的上海。

听着江面上的汽笛声。

我其实从来都没有认真回顾过自己开始创作的这些年。

如果认真回忆起来，还是有好多好多的事情。可能有些你们已经看到过了，但是请允许我再回忆一遍吧。

【2000】

我在念高一。

四川自贡市的富顺二中。

我的学校有大片大片茂密的香樟，每到夏天的时候，都会撑起巨大的沉甸甸的绿色巨浪，翻腾在我们的头顶上空。所以，十七岁的蓝色天空映衬着这样巨大的海洋绿，看起来把我们的青春渲染得极其干净明朗。

我在这样的年纪里，第一次开始写东西。

那个时候写了也不会发表，就自己写、自己看，偶尔还拿给周围的几个同学看。他们看得津津有味，看完还会感叹几声表达一下他们的想法。那个时候的自己，在这样的回应里感动和满足，激动而开心，从来没有意识到，那个时候，自己就走上了一条与别人分享内心世界的路途。

那时的晚自习，我每天都早早地做完了英文的阅读训练以及理科综合，剩下的时间，都拿出我的一个深棕色的笔记本，唰唰唰地往上面写东西。

我记得那个时候头顶是白色的荧光灯管。有无数大小不一的飞蛾一直往上面撞，发出噗噗的声响来。

窗外是望不穿的浓郁的树影，在夜色里窸窸窣窣地起伏着，像是无声的海浪。

如果有导演的镜头的话，那么从遥远的天空往下看，我就在一个被荧光灯照耀下的小小房间里，周围都是起伏着的香樟的墨绿色海浪。

那个时候的自己，写了很多很多的东西，多少年后再回过头去看的话，一定忍不住笑出声音，或者放进“作文教室”。

但不知道有什么，一直支撑着我，写了下去。

荧光灯下有一次难忘的记忆。

在走廊里值班的年级组长走过我们教室的时候，我正在兴高采烈地对我的同学们讲我新写的一个故事的内容。

讲到一半，他走到我的桌子前面，拿起我写满文章的笔记本，轻轻一抬手就丢到了窗户外面。

我听到黑暗里“啪”的一声坠地的声音。

那一声响，像一个耳光一样扇在我的脸上，或者，我的心里。

当时的我一动没动，但是一颗滚烫而巨大的眼泪，夸张地从我的眼里滚了出来。

我跑到楼下找了很久，最终在花坛边上的冬青丛里找到了它。

我坐在黑暗里，脑海里想了很多很多的事情。

那天晚上错过了宿舍关门的时间，我走回去的时候向宿舍的管理员求情了很久，他也不肯放我进去。

后来我坐在铁门门口睡着了。

半夜的时候，他大概觉得不忍心，于是来开门放我进去。

我抱着笔记本回到寝室躺下来。这一次却没有哭。

窗外的香樟像海浪一样发出树叶摩擦的声音，像无数无数低声的话语。

【2001】

我第一次去上海参加比赛。

那个时候的作文比赛，不像是如今“TN”这种策划周密的比赛。如今“TN”的选手从到达北京的那一秒钟起，甚至从家里出发之前，每个人都有单独的“TN”组员负责他们所有的行程、食宿、赛程，甚至还要安慰他们的心情。

而那个时候，十七岁的我，有一天在学校的信箱里，收到了一个简单的信封。上面是来自上海的邮戳。

那个时候的自己，不知道哪里来的勇气，和父母认真地说，我一定要去上海。父母也怀疑过这个比赛是不是一个骗局，或者这个比赛到底有什么意义。但是他们看着站在他们面前激动而紧张的小小的我，没有说什么，就给我订了上海往返的机票。那个时候的家庭条件并不是很充裕，但是父母也不愿意我忍受火车硬座的长途劳顿。

当我怀里揣着妈妈给的钱，一个人登上去上海的飞机的时候，我回过头，父母站在安检口的身影，这么多年来，反复地出现在我的梦境里。

那个时候的他们，依然年轻，依然挺拔，爸爸的头发没有变白，妈妈的皱纹也没有增多。他们手挽手地站在那里，目送我的身影消失在机场的通道尽头。

而多少年过去之后，这样的场景变成了总是我站在安检的门口，送来上海看望我的他们回四川去。我目送他们越来越年老的背影，慢慢消失在机场的通道尽头。

有一次行李太重，走到远处的爸爸把行李放在边上坐下来喘了口气。妈妈在边上拿着茶水问他要不要喝。

我站在安检门的另外一边，看着远处的他们，像在看一场关于时间的对峙。

【2002】

高二快高三的这一年，我出版了自己的第一本书《爱与痛的边缘》。

连我自己都难以置信的是，里面好多的文章，都是我在深夜的晚自习的时候写的那些东西。我本来以为它们会永远地留在我那个笔记本上。而现在，它们被印刷成了铅字。一字一句，一页一页地出现在全国读者的面前。

但是只是一万个读者。

相对于我现在每本都超过一百万发行量的书来说，那个时候那本淡黄色封面的首版，几乎已经找不到了。我很难想象在这个世界上，到底是哪一万个人，保留着那一本散文集，保留着我对这个世界的第一次倾诉。

如果我说我第一次出书拿到的版税是七千多块，可能很多人都不会相信吧?

但事实却真是如此。

但那个时候的自己，第一次赚到一笔接近一万块的稿费。我拿给妈妈的时候，妈妈激动地哭了。

爸爸拿着出版社寄给我的样书，送了很多的亲戚朋友。他的脸上是一种难以描绘和形容的光芒。

而很多年过去之后，父母对我出书这件事情，已经习以为常了。他们也不再看我写的书。准确说来，是他们的眼睛都不好了，需要戴眼镜，而且长时间阅读就会头痛。但是他们还是在家里存放着一整套一整套的我的书。

其实对后来的我而言，出书已经变成了一种习惯，一种工作。所以我再也没有往家里寄过样书。但是每次我回家的时候，都会惊讶于家里对于我的书的整齐的收藏，甚至连我制作的《岛》和《最小说》都一本不漏。

后来我才知道，爸爸经常去我们家附近的新华书店，看见我的新书，就会买回来。有几次骄傲的爸爸忍不住说了“这是我儿子写的书呢！”而店员轻狂地笑笑说：“怎么可能啊！”

于是妈妈拉着懊恼的爸爸走了。

其实他们一直都为我骄傲着，却一直都非常低调地生活着。他们害怕在我日渐增长的光芒上，投下任何哪怕一点点的微小阴影。

但其实我的阴影，却笼罩着他们的人生。

【又 2002】

2002 年的我，再一次出发去了上海参加比赛。

上一次的旅程，虽然也是我一个人前行，但是出发之前，妈妈委托了我表哥在上海的朋友照顾我。我下了飞机之后，在机场的公用电话亭打电话给表哥的朋友，名字到今天我记不得了，只记得是一个脸圆圆的女孩子。就叫她 K 好了。

上海的电话亭使用硬币或者当地的电话卡。四川一直不习惯使用硬币，而我身边自然也没有电话卡。所以折腾了好久，才换到零钱，拨通了出发前妈妈亲自写在我笔记本上的那个号码。

K 和她的男朋友接到我之后，我们一起坐地铁。

好像在坐地铁之前还要先坐汽车。然后在地铁里反复换了好几次。好在那个时候的上海地铁远没有今天这么错综复杂，还只有 1 号线和 2 号线交错换乘。但是，那是我第一次坐地铁。

之前只在电视里看过香港地铁里那些陌生人的冷漠面容，而这次当小小的自己挤上去的时候，耳边是一句也听不懂的上海话。包括 K 和我说话的时候，都经常忘记说普通话，往往她说了一堆之后，我才涨红着脸，对她说："对不起……"

中途她问我有没有吃饭，我说没有。于是她抬起头想了想，就说："那我们去吃麦当劳吧。"

那也是我人生里第一次吃麦当劳。

于是我们从地下钻了出来，出站的地方，是人民广场。

当我钻出地面的瞬间，我看着面前的一座一座摩天大楼，霓虹倒映在我的眼睛里，我抓着书包带子，说不出话来。

我站在马路边上，身边是黑压压的等着过马路的人群，大家面无表情地盯着红灯的倒计时数字。

慌乱里，我害怕地转过头寻找 K。而 K 不知道走到什么地方打电话去了，我身边是她的一脸漠然的男朋友。

他转过脸，看了看我，问我："侬想做啥？"

爱是琥珀

【独占欲】

我想把你变成一只我养的狗，每时每刻都可以抚摩到你，亲吻到你，拥抱到你。

我想用链子把你拴起来。

我想在你脖子上挂一个牌子，上面写着“我只爱我的主人”。

【手机】

手机是我们的另外一个心脏，裸露在空气里，被风吹得发痛，被雨淋得哀愁。

它有时候疯狂而不停地跳动着。有时候又失去生命般地一动不动。

它有声音的。它会哭。

【思念】

思念像是一张巨大而柔韧的蜘蛛网。把我的世界织满。

我刚刚起床在刷牙，我坐在星巴克里喝咖啡。

我在看《新闻联播》，我坐在电脑前看网页。

我在楼下遛狗，我因为太怕冷连续在商场里买了两件笨重的羽绒服。

我每天都在做各种的事情，但无论我走到哪里，身上都扯满了黏人的蛛丝。那是你在我的世界里织下的网。

因此我特别恨你。

【海潮】

我没有看过冬天的海。

所以你就算在电话里怎么和我描述，我都没有办法想象。

你为什么就是不说，下次我们一起去看呢?

【小雪】

大面积降临的冬天，寒冷把窗户擦成一种冷漠的淡蓝色。

窗外的天空像是一张充满仇恨的脸。

雪把世界包裹成末日。

我在盯着电话发呆，你在干吗呢?

【夜晚】

漫长的黑夜像是沉默着等待的怪兽。

它实在太大了，大到可以吞没一切而悄无声息。

我对你的爱，我对你的恨，我对你的无视，我对你的霸占，全部像是沉到寂寂的海渊。

那里连游鱼都没有。

那里是一片空旷而寒冷的黑暗海域。

【珍珠】

心上被扎了一颗刺。

痛苦的眼泪一遍一遍地想要把这个刺冲刷拔起。

但最后却只能徒劳地把它包裹起来。

一层一层的闪亮的泪光，凝固成美人脖子上的珍珠。

珍珠是曾经扎痛心房的那根刺。

【梦】

梦是反的，还是正的?

那些浅浅浮在梦之表面的夜晚，没办法沉睡，也没办法苏醒。
空调把房间变得干燥，像搁浅在沙滩上被烈日炙烤的鱼。

我特别地害怕鱼。但我依然觉得它很可怜。
它游不进温暖的河。
它一张一张的嘴，其实不是在呼吸，它是在说话。

【琥珀】

爱是琥珀。
琥珀是最美的尸体。

2009

THE SHINNING DAYS IN SHADOW

To be with you

· 01 ·

我在上海住了七年。

七年的前一半时间里，我和学校的同学以及后来的朋友们住在一起。

七年的后一半时间里，我一个人住在高层的单身公寓。

每当黄昏的窗外下起雨的时候，我都会坐在落地窗前发呆。马路上在大雨里匆忙奔走的行人，被窗框镶嵌进这样一幅昏黄色调的画里。

大雨总是淋湿我的眼睛、我的心，淋湿我独自度过的岁月。

· 02 ·

我有想过我自己有一天一定也会恋爱。

在这样的空间里会有另外一个人的气味，会有不属于我的衣服、鞋子、香水。

半夜里你也许会碰一碰我的胳膊，觉得口渴，于是我起床揉着眼睛，略带不耐烦但是又心甘情愿地去帮你倒一杯温水，看你喝下一半之后我再接过来喝一小口。

也许我们大部分时间都很无聊，你把头放在我的腿上睡觉，或者我因为自己的洁癖情绪，而老是拉过你的手，帮你把指甲修剪干净。

也许之后的每一场大雨，都是我们依偎在一起，无声地在窗前出神，或者你会小声地哼起一段歌曲，我心不在焉地翻着当月的时尚杂志。大雨淋湿我们的岁月，然后等待太阳晴朗的日子，晾晒烘干。

当然也会有争吵的时候。从初恋时的甜蜜，到热恋时的霸道，我们肯定会一一地尝试过来。

或许在彼此冷战了几个小时之后，你还是忍不住过来哄我说话。你的眼睛在黄色的光线下被睫毛的阴影覆盖着，像一面长满水草的湖泊。

可能渐渐会习惯生活里有另外一个人的痕迹，早上起来站在同一面镜子前刷牙，你的毛巾放在我的毛巾旁边。杯子里插着你的牙刷和我的刮胡刀。

也许褪去了最开始的惊心动魄和小心翼翼之后，会是这样漫长而又温热的过程。就像是一床放在太阳下烘干了很久的被子，有着昏沉沉的催眠效果。

当然这也都是我对未来的想象。

也许会有那样的一天。

大雨不再只是淋湿我一个人的眼睛，我的心，我的岁月。

而是我们一起，牵着手，走向未来无限的晴朗和日暮。

2009

THE SHINNING DAYS IN SHADOW

雾时之森

·01·

很多时候都会从梦境里醒来。心情不好的时候，难过的时候，害怕未来的时候，都会做各种让人恐惧的噩梦。

却从来不会像电影里演的那样，挣扎着坐起来，大声喊叫。只是用尽所有力气挣扎之后，轻轻地从梦境里睁开眼睛，平静地躺在床上，看着昏暗光线里的房间，全身是虚脱般的无力。

这样的时刻，心里是劫后余生的幸运感，但随之而来的，却是让人压抑得想要哭泣的孤单。

——我有多少年，都是在这样的孤独里醒来。

上海慢慢进入夏天了。凉爽的清晨，总是有很多的雾气。它们把葱绿的树木淋湿，像是被泪水浸泡的酸涩茶叶。

·02·

我长大了。

我不想再回到过去。

我心里有一块小小的地方，我埋下了很多曾经的记忆。那个地方称为坟墓也好，宝藏也好，遗迹也好。它安静地活在我的心里。

那个地方的泥土有着最淳朴的气味，青苔在阳光下绿油油地发亮。

你不曾知道我埋藏的过去。我甚至不知道你是否能够了解我的未来。

——你仅仅是在当下，在如此短暂的当下遇见了我。这让我觉得惶恐、担心和失落。

——为什么我们没有在很遥远的过去相遇呢？这样你就能知道，很多时候我不想说话的原因。

大雨淋湿了森林，然后阳光又将水分蒸发成雾。

视线被这样乳白色的颗粒弄得潮湿，看起来像眼眶里浮动的泪水。

也许很多年过去，我就没有了现在这样年轻的面容。那个时候，希望你还能想起我最美好的岁月。

想起曾经的那个少年，他在那段岁月里，有过的最美好、最让人温暖的笑。

2009

THE SHINNING DAYS IN SHADOW

把孤单岁月分享

·01·

最近搬了新家。

比起上一次的搬家，这次仿佛轻松了很多。一方面助理帮了很多的忙，另一方面发现自己的心态渐渐轻松了起来。

说起来，应该是因为上一次搬家，是自己在上海的第一个家的缘故，才会那么地兴奋和紧张。对于很多的人而言，能够在陌生的城市，特别是上海这样的地方，有一套自己的房子，有一个自己的家，是一件特别不容易的事情。

对我来说，也很不容易。

来上海的这七八年，我在很多地方都住过。

刚来上海的时候，住在朋友的朋友家里。住了两天，我觉得特别不好意思，就出来了。那个时候是来上海参加比赛，第三天住进了大赛主办方推荐的招待所，好像不到五十块钱一个晚上。即使是在那个时候，也算是便宜的。

后来念书，进了大学，住学校的宿舍。

学校宿舍还算干净和先进，有独立的卫生间和淋浴房，四个人一间也不算挤。稍微有点抱怨的是没有空调。不过听说我们毕业之后，学校的宿舍已经开始有空调了。那个时候整天无所事事，打游戏、看DVD、看小说，虚度时光。

后来有段时间觉得学校每天晚上断电太麻烦，于是搬了出去，和学校的几个好朋友一起住。租的房子里没有床，于是我买了个很便宜的床垫，放在墙的角落，就当作是床了。地面不干净，所以被单经常都会弄脏。睡觉的时候，腿碰着墙壁，会感觉到上海气候里潮湿的涂料，一种黏糊糊的不舒服。

再后来，我出书了，开始有了收入，而且和自己的朋友们阿亮痕痕等一起做起了工作室。那个时候我们混住在一起。现在想来，真是一段让人无限回忆的日子。那段日子在我的作品里，每一期的《岛》里，都写过很多。我就不再重复了。

后来，到2006年，我成立了现在的公司，然后呢，我拥有了自己的第一套房子。

我第一天躺在那套房子的大床上，激动得怎么也睡不着。

我后来翻身起来，给妈妈打了个电话。妈妈在那边和我一起高兴，电话里听着，她比我还要激动，还要开心。到后来，妈妈的声音有一点哽咽。

·02·

这几天睡得特别少。

连续和一拨人一拨人谈项目合作。下午五点和晚上八点之间有一个休息的空隙，所以，我没有吃饭，趁这个时候好好睡一觉，免得晚上的时候思路不清楚，和别人乱聊。

后来也忘记了，是连续了几天这样。结束了之后又正好遇见杂志截稿，又是一个通宵。

睡下去之后，不知道过了多久，接到妈妈的电话。

电话里妈妈的声音听起来有点伤心。

我问妈妈，妈妈你怎么了？

妈妈告诉我，她去拔了智齿。妈妈的咬合骨骼不是特别能张得开，所以医生拔得特别费力。妈妈在电话里像一个小孩子一样对我抱怨，说嘴角都撕裂了，医生又敲又打的，特别痛。回家都痛哭了。

我握着电话一个劲儿地说她怎么不到上海来呢，上海的医疗技术肯定比老家要好啊，不要为了节约机票钱而自己受苦嘛。

其实我想说的是，就算同样要痛，就算全国的医疗科技已经发展到了没多大的差别，我还是希望，妈妈你在受苦的时候，我在你的身边。

人生有很多很多难过的事情。

其中让人最无法承受的，就是父母在我们所看不见的地方，在我们忽略了的日与夜里，他们一秒一秒，随着时间嘀嘀嗒嗒地衰老了下去。

然后无数个嘀嗒声过去之后，他们就平静而无声地离开我们。

留给我们一个永恒的，被眼泪淋湿的送行的雨天。

2010

THE SHINNING DAYS IN SHADOW

巴黎，巴黎

· 01 ·

去巴黎之前，我一直忙得头昏脑涨，所以，心里一直隐隐期待着可以去那边度过一个为期五天的美好假期。我甚至计划好了一定要在我们下榻的酒店的画廊酒吧里喝一杯香浓的咖啡，因为在电影《欲望都市》里面，凯莉去巴黎的时候就是在那里喝酒，喝得伤心欲绝。电影画面里，雅典娜广场酒店有一个内庭，四周古老得如同博物馆一样的石材墙面上，爬满了密密麻麻的绿色植物，阳光从天顶上漏下来，美得不真实。

走之前看到安仔的签名档是《包法利夫人》里的那句话："她想去巴黎，她也很想死。"

我心里想，我也想去巴黎，但我不想死。

· 02 ·

我其实很想死。

连续十四个小时的飞行，我在闷热而狭窄的机舱里觉得自己似乎是一只被关在玻璃柜子里随时等待着被白手套抓走去试验的小白鼠。

还好我们坐的是头等舱，既然是 Dior 这种国际顶级的奢侈品集团要求，那就必然非常非常地大手笔。这没什么好奇怪的。

我包里随身带着的是笛安的《告别天堂》。我的本意是在书里捕捉到一些幼稚的段落——毕竟这是笛安的处女作。等到飞机落地，亲爱的美笛娇羞欢呼着朝我跑来的时候，我迎风背诵几段经典的段子，让她更加娇羞。

但结果出乎我的意料，她连处女作都写得这么刀光剑影、辛辣老练，我输了。

于是扯过毯子来倒头大睡。

中途被亲切的法国空姐叫醒用餐，她带着浓重口音的英文导致我的听力水准直线下降。好在我还是自力更生地要到了鸡肉米饭，同时还要了一杯石榴鸡尾酒、一副耳机、一份没有鱼肉的金枪鱼沙拉。

倒是我身边的杨柳，非常地豁达，直接斩钉截铁地对空姐说了一个字："鸡。"

于是她就得到了一整套鸡肉套餐，外加配好的饮料和前菜以及甜点。

我想去巴黎，我也很想死。

· 03 ·

旅行的意义，你看过了很多美景，你看过了很多美女。

耳麦里的声音和机翼的噪声混合在一起。

飞快流动的白云，平稳的气流，没有遮挡的阳光在天际上挂出彩虹。

· 04 ·

夏尔 · 戴高乐机场很干净，和香港一样，也是在航站楼里面就需要乘坐地铁。

雅典娜广场酒店派来的接机人员非常神通广大，她甚至可以直接站在我们的飞机出口的天桥通道上等我们。我还琢磨着至少要拿完行李，才能在出口处看见接我们的人，所以，当我平静地在飞机口的吊桥通道和举着我名字的接机小姐擦肩而过的时候，我完全没有反应。直到走出去了有五分钟，才恍然大悟刚刚那块牌子上的英文单词为什么那么熟悉，那是我的名字！

· 05 ·

接机小姐一路和我聊天，她的英文发音非常标准，就像电视台的人一样，这让我松了一口气。她带着我们拿完行李，就把我们交给了一个金发碧眼、非常帅气的司机。杨柳问我："他真的不是模特么？"

上车之后，司机先生试探着问我："Do you speak English？"

我回答他说："嗯，是的。"

他松了口气，于是开始热情洋溢地和我们聊天。一路开过任何值得介绍的地方,他一定会放慢车速,然后告诉我们这里是什么地方,有什么故事。他非常有修养，语气很礼貌，同时又透着一股无法掩饰的自豪感。

开了二十分钟之后，他问我："如果需要，我可以绕道从香榭丽舍大街开过去，沿路非常漂亮！好吗？"

我恍然抬起头，凯旋门在我眼前了。

·06·

空气里是一种锋利的冰冷，但是却有一种让人清醒的味道，仿佛高级的冰镇矿泉水一样。

满大街都是咖啡和香水的气味。

我想，嗯，巴黎。

2010

THE SHINNING DAYS IN SHADOW

前往闪亮的旧时光

·01·

喂，在吗？你现在应该是在一片夏天明亮的阳光下看书吧。也许刚刚吃过午饭，从食堂里走出来，看见夏天里如同海洋一般的绿色树冠起伏在操场的四周。我们曾经年少的时候，一定无限喜欢过这样微微有些发烫，但是却称不上炎热的午后。有人在树下的长椅上看书，有男生带着足球朝操场跑去。光线变成拉长的白色的线，一圈一圈地把这个世界缠绕成一个透明的茧。

喂，你是在这样的白色晴空之下吗？还是在一片光线微弱的黑暗里，从闷热的被子里探出头来深深呼吸呢？其实也没什么可担心的。擦掉眼角的水渍，依然可以安然地入梦。

·02·

你知道吗，那个时候的我，和你们一样，每天就是这样慢慢度过年少的日子。

上课的时候被阳光照得刺眼，眼皮在夏天里变得格外沉重，像是眼睛上流淌着温热的液体，引诱着人朝梦境一步一步走去。有时候地理课，有时候生物课。自习的时候会花大量的时间看向窗外。波光粼粼的湖面，或者绿成一片的操场，上面迅速移动的白点，可能有一个是自己一直在关注的人。但也没办法分辨出来。本来以为应该是独一无二的存在，眼下却也仅仅只是散落在绿色草海上的一粒微小白点。

记忆里却还是记得第一次看见你的样子。在全校的入学考试上，你趴在桌子上一直睡觉。

·03·

那个时候的自己，非常用功地念书，没有什么不良嗜好，也还没有学会去夜店玩闹。那个时候的自己，会在书店里买好看的小说时顺便带回一两本参考习题，在买 CD 的时候也会买一两盘最新的《空中英语》。

每一次考试完，学校都会放出全年级的排行榜。那个时候的自己，也只是停留在十名到二十名之间。不会有第一名那样风光，但是因为全年级一共 10 个班，所以平均到班级里，也就变得醒目。

每个月都会等最新的杂志。学校在一个山岭上面，所以要去城里买杂志的话，就需要骑车下一段很长的下坡路。

那个时候在小南门的一个书店里，摆放的都是当下学生们最爱看的书。

而时至今日，我也从当初的那个买书的人，变成了一个写书的人。

后来这些年有一两次路过那家书店的时候，会看见自己的海报贴在最醒目的位置，却也没有勇气走进那家书店了，只是隔着一条六七米宽的马路，淡然地看着里面捧着书本的年轻面容。他们穿着和我当初一样的蓝色校服，在书店里慢慢走动，像是最最平淡而美好的风景。

也曾经有过逃课，在王菲发新专辑《寓言》的时候。仔细想起来那也是多少年以前的事情了。

现在的王菲已经素着一张脸躲避到了镁光灯的背后，也许是浮华的世界看了太多，最终觉得一切不过都是梦一场吧。只有身边的温暖才叫温暖，那些在遥远的地方一直吼着“喜欢你”“喜欢你”的人，说不定有一天也会对你被拍到没有化妆的丑照片津津乐道。

这样悲哀的快速变化的世界。

可是虽然我们知道是这样的，可是我们还是改变不了。

就像麦当劳和KFC，速食的东西在身体里日益累积起毒素，可是我们还是乐此不疲。

那些骄傲的长久的喜欢，也只有在我们年少的天空下，才变得那样晴朗和透明。

而成长之后的天空，被风吹散得什么都不会留下。

·04·

那个时候的自己，怎么来形容呢？

平淡无奇，或者普普通通。

会因为任何小事而感觉到伤怀，也会仅仅几天就忘得一干二净。

也有几次去染过头发，但是没过多久就被老师强行要求染回黑色。多染几次之后头发就会变得毛糙。

也曾经穿过那种又大又肥的裤子，非常地不适合自己。只是因为当时流行，觉得很特别。

也会用要学习英语的理由，问父母要求买CD机。那个时候还没有MP3和iPod。对于当时自己的家庭条件来说，买一个CD机，也不是那种非常无所谓的事情。

现在想来，那个时候的这些举动，也是和时尚与好看无关的事情。仅仅是因为希望自己变得特别，变得醒目，变得可以在人群里生动起来。变得可以吸引某个人的目光，更多地朝自己看过来。那个时候年轻的自己，有很多时候我回想起来，都像是在看着一部青春电影里的少年主角，很多时候想要告诉他，但很多时候也觉得傻得可爱。是那种对自己微微地怜惜，在多年之后的现在。

·05·

高三的时候开始写很多东西，成绩开始渐渐下滑。也不是没有感觉，当偶尔需要在五十名左右的位置才能看见自己的名字时。但是也是那种埋伏在心里的无力感，也是继续熬夜，也是每天喝大杯大杯的咖啡。喝到后来闻到咖啡的味道就忍不住想吐。也会买很多很多的参考书，在很多个深夜里把头埋进臂弯里哭出声音来。早上五点被定好的闹钟叫醒，窗外是永远没有亮透的暗蓝色的清晨。从夏天的暗蓝，渐渐变成冬天的漆黑。拿着水杯到院子里刷牙的时候，会冷得全身发抖。

高三的时候不再住校，而是搬到外面租房子。晚上十一点学校宿舍的熄灯制度是一个方面，而更多的是年少时渴望的自由。开始的时候住在一个四层的小阁楼里。一个八九平方米的小房间，一层楼的人共用一个浴室。于是睡觉的时间也从开始习惯的十一点，慢慢变成十二点，一点，两点……黑眼圈随着睡眠时间的减少而慢慢增加。彼此嘲笑着熊猫眼的同时，背过身去就更加用功地看书做题。谁都不想要输给谁。那个时候依然有很多的人黑着眼眶说着昨天晚上熬夜看连续剧看球赛。其实彼此都心照不宣，只是不忍心揭穿罢了。

那种像是抽丝剥茧般缓慢而目标明确的压力越来越重，像是空气里浮动的尘埃一样，走过那段时光，走过那段路程，就如影随形地黏在身上。也曾经把那些鲜红一片的数学试卷揉皱了用力扔出窗外。下课的时候又跑去楼下，绕到教学楼背后荒废的草坪，把它重新铺展开来。

也有很多次地哭过，不开心过，懊悔过。

也有无数次梦见过考试的场景，周围的人都在唰唰飞快书写，只有自己看着满页的空白无从下手。

在那样的梦境里，每次挣扎着醒过来的时候，都像是从深海里挣扎出水面，在明白过来这只是梦而已时，前三秒的庆幸感过去之后，就会开始忍不住委屈地流下眼泪。那些涩涩的盐分都流进曾经年少的心里。

一直到多年以后，也会让我不断地重复着这样的梦境。

梦里唰唰的水笔摩擦试卷的声音，还有时钟嘀嗒嘀嗒的声响。

·06·

那些一直陪伴我整个少年时光的朋友，现在也没有一个在我的身边。就像是一个悲壮的猎人独自走进漆黑的森林一样，我当时也是在他们不舍的目光里一个人来到上海。那个时候我和小蓓都在外面租房子，分别租在学校外面那条马路的两头。中午的时候我们会一起去一家小饭馆吃饭，麻辣牛肉一直是我们热爱的菜色。

那个时候我们每天都喝掉大量的雪碧来逃避炎热得无所遁形的夏天，头顶哗啦啦的白光伸出手来，抓住每一个暴露在空气里的人，全身都像是要被烤得发出噼啪的声音来。小杰子依然每天打球，回到座位上的时候一阵躲不开的热气。卓越每天中午都会在我睡觉的时候在院子里弹吉他，偶尔睁开眼睛会看见他认真低着头的脸庞线条，在夏天明亮的光线里氤氲开来。CKJ 也每天都还是嘻嘻哈哈的样子，每天晚自习之前也会拉着我教他打羽毛球。

只是到了现在，我也只能和他们通过 MSN 和短信联系。

隔着用千米作单位的公里数，活在各自的生活里。

我们曾经用力地在一起，然后又漠然地彼此分隔各地。

·07·

每一年的夏天，都是日光与回忆同时泛滥的季节。往无数曾经的岁月去，往无数灰暗的日子去，往无数发黄的地点去。在很多年很多年后的夏天，我依然清晰地记得曾经的我们，是怎样在热气笼罩的教室里，打发掉一个一个漫长的午后。

还有那些永远没法亮透的微微发凉的清晨。

2010

THE SHINNING DAYS IN SHADOW

耀世者私人日记

·01·

少年时书写过的梦想，青春时紧紧攥在手心的固执，肩膀上被书包带子勒出的痕迹，在太阳和岁月的抚摸下变浅。

那时我们都说着要去更远的远方，要走过雪原让寒风吹痛我们青春的眉骨，要走过沙漠让沙砾滚烫我们的脚踝，让湖泊记取我们的声音，让沼泽埋葬我们少年时悠然的愁绪。

但人终会长大，岁月剥离掉琥珀般的皮囊，让能抵抗世俗的坚硬躯壳得以破茧而出，用锋利的姿势向世界宣泄力量，宣泄侵略性的年轻。

曾经青瓷般的胚胎，沉睡在记忆之海。无论世界如何分裂成片，无论风暴如何卷走胸膛上曾经固守的温度，它都将不再苏醒。它终将成为只能在怀旧音乐里，才会浮出脑海的一枚小小的檀木书签。带着岁月的蛛丝，蒙着青春的痕迹。

· 02 ·

十七岁的时候我们在谈论些什么？考试的成绩，暗恋的人今天穿的衣服的颜色，他们衣领上散发出的洗衣粉味道，太阳下年轻的汗水泼洒出彩虹，挂在你的耳朵上，留在他浅浅微笑的嘴角边。

二十七岁的时候我们在谈论些什么？下一个月的工作档期，明年的项目计划，办公室新装修后的利用率和地毯颜色，空调机器可以把加班时空旷的公司变成一个需要披着毯子的冰窖，灯光装点出的星状天花板，停留在我们沉默的太阳穴边上。

我们有多久没有一起出门旅行过了？

我们有多久没有一起在深夜彼此心血来潮一拍即合地出门吃一顿丰盛的路边摊了？

我们有多久没有一起在电影院里屏住呼吸期待着超级英雄战胜对手拯救世界了？

我们留下了什么，用来在岁月的年轮上，标记出我们曾经年轻的宽度？

· 03 ·

她们像一朵一朵开放在悬崖上的花朵，风卷裹着海洋的泡沫，抚摸过她们的脸庞。

她们总会有老去的一天。

那一天我一定会忍不住哭泣。

· 04 ·

相逢者彼此拍一拍肩膀，共走一段漆黑的路程。你提着灯，于是我就借光前行。我将我的斗篷披上你瘦削的肩膀，冬天的风雪吹不进你单薄的身体。世界被一盏微光划开一片崭新的可能，我跟随着你。

如果走到了必将分别的路口，请你一定继续前行。不必因为我的离去而伤怀，因为我们都将走向自己命运的终点。庞大的，微茫的；荣耀的，失败的；漫长的，须臾的。

这些都不重要。

重要的是，我将继续携着你的一点儿微光，走向更加漆黑而未知的世界，我将继续肩负着你的恐惧和放弃，走向更加茫然的混沌。而你将披戴着我的斗篷和情意，走向温暖花开的暖春。花朵软绵绵地盛开在你的脚边。

再也没有荆棘。

“我想做一个吟游诗人，你觉得这个主意怎么样？”

多年前，你在我耳边，小声问起这个问题，那个时候，冬雪吹红了你的耳廓，你漆黑的瞳孔在大雪里闪闪发亮。

2010

THE SHINNING DAYS IN SHADOW

浪名前少年嬉戏

有一天在外面玩，喝了些酒，朋友 A 开车送我回家。

路过海边的时候，听见海浪的声音，像风在说话。我问 A：“你现在还单身么？”A 说：“单身两年了。”我揉了揉因为酒精而通红的双眼，问：“你干吗不再找一个？”A 沉默地开车，没有说话。过了几分钟，我都快要睡着了，听见 A 小声地说：“我心里有个坎儿，一直过不去。两年了，我老觉得他还能再回来。”

回望同游嬉戏时天地 夜色绮丽 你满身潮水汽
阳光晒黑少年 贝壳拥抱沙滩
浪花冲掉岁月年纪 冲掉头发的沙粒
你冲大海喊出话语 风吹后留低
当初你年幼负气

浪花的洁白 少年的大海
两人游步前往的未来
岁月听取风的鬓角 襟花开得料峭
你眼里的我 年轻得刚好

日光垂怜沙滩 一夜步履蹒跚
风撩干花瓣的香 雨压碎眉骨的霜
你耀世璀璨 眸里红碳
我亦阑珊 将岁月风光入殓 多甘愿

2010

THE SHINNING DAYS IN SHADOW

最好的我们

1月

Dior Haute Couture 秀场

在出发之前，就被一系列的签证手续给弄得有点儿头痛。还好有小青、小叶两位女超人，我只需要像一个盲人似的闭着眼睛，她们就能牵着我，在各种语言书写的各种表格上，签字、按手印，在各种证件照相机前拍照片，尽管那些照片拍出来后，都显得好傻。

不过因为邀请方是 Dior 的关系，所以一切都还算顺利。

在去巴黎之前，问痕痕要来了笛安在法国的电话。那个时候，她才刚刚出版《西决》，还没有今天这么光芒四射全国知名，那个时候的她，在巴黎过着和当初差不多的生活，她没有感觉到自己的人生走向了一种新的可能。我记得第一次见到笛安，是在长江文艺的大楼下面，她老远就冲我娇滴滴地喊："小四 ~"然后热情地拥抱我。可能在巴黎，拥抱或者亲吻，都是非常普通的见面问候方式，但是在中国，无疑能一下子把人的距离拉得很近。无论是物理上的，还是内心上的距离。第二次，就是她的生日了。我们在外滩茂悦的顶楼酒吧订了一个很大的卡座，大家一起喝香槟，聊着各种各样的话题。

那个时候是夏天，而一转眼，就在冬天，我和她在巴黎再次相遇了。

这是我们第三次见面。

几天的看秀行程安排得很满，满眼的高级时装，各种在时尚杂志上和电视上才能看见的时尚 Icon 和大师们，都纷纷活生生地出现在眼前。

Karl 永远是那头银发，戴着墨镜，他坐在我的对面看秀，一言不发，目光藏在黑色玻璃的后面，让人觉得他近在咫尺却又远在天涯。

而 John Galliano 则在我们一次晚餐之后，突然地出现在我们回酒店路过的一家咖啡厅门口，他坐在露天的咖啡座上，喝着咖啡，Dior 的公关介绍我们认识，他又温柔又绅士，仿佛一个用柔软的山羊绒编织而成的男人，太过温和，以至于我觉得舞台上那个另类而又先锋的设计师，是他仿佛超人一般的隐秘身份。

至于 Kris，则是非常敏感而有艺术家气息，我们有一天的行程是我作为中国的嘉宾，和他有一个对话，在去见他的路上，Dior 的公关一个又一个地不断提醒我们，说 Kris 非常敏感非常注重隐私，切记不要更改访问提纲，也不要随便问他的私人问题，等等。所以，导致我们一路上压力都非常地大。他的 studio 在一条我说不出名字的小路上，离 Dior 的店面不远，白色简约的设计，古典的外墙，很像他本人。神秘的，低调的，敏感的，易碎的。

但这些都仿佛是梦里华丽的场景。

让我感受到真正巴黎气息的，却是笛安。

她听说我来巴黎，在电话里的声音特别高兴，让人听了也高兴起来。

我们连续几天都在见面。每一天固定的开始，都是我站在雅典娜广场酒店的门口，看着远处的她顶着一头风情万种的大卷发，轻盈地从蒙田大道上朝我走过来，她的面孔和巴黎仿佛有一种奇妙的呼应。可能一个人在一个地方待久了，就会感染上那个城市的气息吧。特别是她在说法语的时候，那种感觉就更浓烈了。在名牌店里，我只能用英文和店员交流，而笛安却可以行云流水地用法语和他们自由对话，无论是去卢浮宫还是去路边的小店，她都能应付自如。

我和她在蒙娜丽莎的画像前拍了照。

蒙娜丽莎好小。

我和笛安在照片里显得好大。

照片里的我们，笑得没心没肺的，像十几岁的少年少女。

她带我去看巴士底狱，她带我从满满都是奢侈品店的蒙田大道走出去，走到巴黎人群密集的闹市，看普通人们的生活，她带我去一家满是跳拉丁舞的人的酒吧，我们在那里吃烤肉，喝法国玫瑰红，在酒精的作用下，我们的脸都红红的，大声笑着，大声说着各种各样的话。

那个时候，我完全没有觉得自己是在巴黎。

她甚至还陪着我逛街。我们去老佛爷买东西，遇见有中国的读者认出我和我拍照，她特别夸张地大叫起来："老板你太红了吧！"她有时候叫我"老板"，有时候叫我"小四"，她说话总是充满了热情，也非常地夸张，无论笑还是哭，都很尽兴。以至于后来我每一次喝醉的时候，就爱大声地对她说："我就是喜欢你身上的 drama 劲儿！"

那天我们在老佛爷买东西，我陪她站在一个化妆品柜台前，她付账的时候，挥舞着手上的 GUCCI 钱包，用她那招牌式的笑眯眯的眼睛望着我说："你还记得么？这是你送给我的生日礼物！"

我当然记得了。

离开巴黎前的一天早上，我一个人清晨就醒来了，我拿着相机披好大衣，从酒店走出去。门口年轻的金发服务生礼貌地为我拉开门，外面的天空刚刚亮起来，飘着清冷的雨，他并没有过多地询问什么，维持着一种礼貌的距离。

我举着又大又重的黑色单反相机，没走多远，就到了塞纳河边。

拿起相机拍下清晨冷雨下的塞纳河时，我想起了笛安很早的时候在《最小说》上发表的小说《塞纳河不结冰》，那个时候，她还没有被这么多人知道，我还没有见过她，但是我看过她很多的小说。她也看过我的第一本书，那本首印只有 1 万本的初版的《爱与痛的边缘》。

风吹着雨丝扑打在我的脸上，冰凉的触感带来一种清醒。

巴黎的清晨是古典的，带着生硬的文艺气息，它像一座停留在时间里的巨大博物馆，每一条街都是展览长廊，每一个橱窗都放满了过去岁月的重量和体积。我不知道该怎么来形容，我是过客，但笛安是这里的居民，她肯定明白。

笛安曾经形容北京，她说："我深深爱着北京骨子里那种落寞。"

这是 1 月里，最好的我们。

2 月

上海外滩茂悦年会，金社生日

仔细回忆起来，这应该是我们公司成立以来，第一次最正式的年会了。之前每一年的新年，大家都是在最累、最崩溃的杂志"存档"里度过的——每一年因为春运的关系，所以春节那月的杂志，必须提前印刷，等于一个月做两个月的杂志出来，称为"存档"。每一年当我们完成了双倍的工作之后，大家就纷纷道别，回家过春节去了。外地的员工都要回老家，上海剩下阿亮、痕痕，也聚不起来。

所以今年，也算是第一次，我们在一起欢度春节。

我们包下了外滩茂悦顶楼的那个全上海非常著名的观景天台，我们堆起了高高的香槟塔，天台上汩汩的温泉闪耀着金光，大伙穿着西装、小礼服裙，造型华丽，共同举杯庆祝新年的到来——是不是觉得场景非常熟悉呢？对啊，《小时代》里，那一场 party 就是以这个年会为原型的。只是没有唐宛如惊心动魄地摔倒在蛋糕里罢了。

也许有人还记得，在那一回的《小时代》里，顾里、林萧、南湘、唐宛如，四个好朋友躺在楼顶露天的温泉游泳池里，喝着香槟，醉醺醺地彼此哭笑，那个场景曾经感动了很多人——是的，这也是当晚的场景。只是我们没有泡进池子里罢了。那一天，几乎所有人都喝醉了。痕痕和阿亮拉着我一直聊天，落落喝得满脸通红，她脸上的笑容看起来又真诚，又美好。我们几个算是最早加入公司的人了，落落是我人生里第一个代理的作者，这么多年了，经历过她的起起伏伏，也经历了我的起起伏伏。痕痕和阿亮更是从我的大学时代开始，就一直陪伴着我走到现在。我看着她们仨喝得红彤彤的脸蛋儿，心里洋溢着巨大的欢喜，好想冲着楼下万丈红尘、灯火辉煌的上海大喊两声。

还有很多第一次和我一起欢聚的作者，他们好多人和我说，是人生里第一次穿礼服，第一次穿西装。叶阐买了一套 Calvin Klein 的西服，烫了一个看起来像混血儿的卷发，别提多帅气了。陌一飞烈焰红唇，完全一派复古的打扮，黑色的小礼服裙，裹着她自豪的身材。有一张她甩动着马尾辫的照片，她笑得特别狂野，一度在我们的 QQ 群里发来发去，成为经典。后来还在这个图上配了台词，“是在说我吗？我是艳星。”从此，无论别人说我们什么，我们都会接这句，“是在说我吗？我是艳星。”

而且，正好年会的这天，是长江文艺我们的金社过生日，知道她喜欢打麻将，所以我让小青特地跑到古玩市场去找了很久，买到一副异常名贵的麻将牌，那个雕龙刻凤的麻将盒，不知怎么的令人无数次联想到慈禧太后……红木雕刻的盒子放在手推车上，痕痕像推一个生日蛋糕一样推了出来。

年会过后的第二天，长江的同事们聚在酒店里，他们邀请金社打麻将，几次怂恿金社把那副名贵的麻将拿出来打，金社的回答简单有力、掷地有声，“想得美！”

那天晚上，我们以一首邓丽君的《我只在乎你》作为结束。那首老歌，我们用大家一起合影的照片，剪辑成了温暖人心的属于我们自己的 MV。

《我只在乎你》放到一半，赵萌这个大男人竟然看得泪流满面。

那个 MV 里，有我录的一段话，那段话，最终在放到网上的版本里，被剪辑掉了，因为太私人，我就没有放进去。

那段话是这样说的：

“我的一个好朋友对我说，人生最悲哀的事情，就是你发现曾经一路上，和你一起的人，渐渐地就离你远去了。也许是因为结婚生子，也许是因为劳累不堪负荷，也许是因为理想渐异，也许是因为反目成仇。但是你还是要继续孤独地走下去，因为你知道，你的目的地还没有到达，你还有更大的梦想。但是我觉得，哪怕是这样，我也不后悔。无论将来我们的境遇如何，我们人在哪里，是否依然从事着这样编织梦想的事业，是否依然青春美好或者沧桑白发，我都会并将永远铭记，这段和你们一起的旅程。因为人生里能和你们一起走过同样一段旅程，看过同样一段风景，真是太好了。”

我相信我们一定会走向更美好的未来。未来更漫长的时光，希望继续和你们携手并肩。

在通往未来的路上，“我们”这个词，是蕴藏在心中最强大的力量。

那一晚，上海非常冷，楼顶的风很大，户外加热器里的炉火熊熊燃烧着，温暖着每一个衣衫单薄的我们。虽然很冷，但是我们的心很滚烫。

那是 2 月里，最好的我们。

4 月

TN1 英伦游因火山爆发伦敦飞机停飞

公司留守的人们都非常紧张，连平时不看新闻的人都时刻关注起了“英国火山灰”“欧洲天气预报”“欧洲局势”（……）。

因为那个时候，我、胡小西、小青、赵萌，连同 TN1 的 4 强选手，定好了要去英国，实现之前 TN1 比赛时的其中一个奖励，赴伦敦进行文化交流。

结果，冰岛火山全面爆发。

听说整个欧洲上空都是火山灰，仿佛乌云压城似的。结果我们英国游的小团队，从上海出发去北京，还没来得及登上国际航班，就被通知取消，择日再去。

于是我们一行人只能悲催地在一个火锅店里，沮丧地吃着火锅。

“算了算了，去的话，也危险，搞不好一头栽进火山灰里。”

“……哈哈哈哈。”

热气腾腾的火锅店里，小青作为他们四个的编辑，就像一个唠唠叨叨的保姆一样，一边提醒着 TN1 的 4 强不要懒惰，抓紧时间好好写稿，不要放松，一面又特别慈母地帮他们把一块一块的牛肉夹到碗里。

看着他们被火锅映红的年轻的面容，我那时突然有了一种吃年夜饭的感觉。

安东尼生日 “夜店”主题生日宴会

也不知道从什么时候起，我们这群人开始了“主题 party”，始作俑者就是痕痕。

安东尼生日这天，痕痕规定的主题是“复古风”，但不知道为什么我和胡小西接到的通知变成了“怂不拉叽台客风”……当我艰难地战胜了自己的理智，按照 party“闪闪台客”的主题要求，穿着亮晶晶的衬衫，领口大开，屁股后面挂了两条花里胡哨的皮带，一面怕被熟人遇见，一面又心怀莫名其妙的好奇（……），推开 KTV 包厢的时候，我输了……

贺达戴了一顶玛丽莲·梦露般耀眼的假发，胸口挂着瀑布般的金闪闪的流苏项链，他说他扮演的是Beyonce……而痕痕穿了网眼袜，超短裙，低胸紧身亮片装，把一群男编辑看得眼睛发直……我和胡小西互看一眼，算了。

而且，当晚，我还即兴地煽风点火，让大家参与了一个互动的节目，节目名字叫“安东尼，你喜不喜欢我”（……），每一个人轮流走到 KTV 的电视屏幕前，拿着话筒，自我介绍，宣传自己的“卖点”，当时大家都喝多了，我只记得李安特别勇敢，他说：“你喜欢亚洲的，我就可以是蔡依林；你喜欢欧美的，我就可以是玛丹娜！”说完，勇敢地摆出了 pose……至于猫老师，她一战成名，她啥都没说，只是把话筒一放，然后现场在地面上劈了个叉……

于是，我们畅销书小天王安东尼先生，被众人精心的准备（和拙劣的服装）感动了，当晚喝多了。他一度把阿敏的那头金闪闪的假发抢过来，非要戴在自己头上。

他通红着双眼，反复说“我爱大家，最爱你们了”。

从那天之后，我们的主题定位就越来越精准而又细分。30 号的时候，我们迎来了今年一直以“剩者”自居的落落女王的生日。我们的主题是：“闪闪惹人爱”。

而我，非常动情地致了开场词。我为每一个人倒上酒，让大家举杯，然后我非常动情地说：“今天，我们大家欢聚在这里，共同庆贺这个特别的日子，让我们一起举杯祝贺……”说到这里，我停下来，看着落落，她很明显感动了，两个眼睛红红的，然后我接着说：“……世博会的顺利召开！”

……不用说，落落把我按到沙发上一阵乱揍。

我送了一个超级大的 LV 旅行包给她，我知道她爱旅游，经常独自一个人，就扛着大包小包的行李，背着大个小个的照相机，悄悄地出发了。希望能够在未来的旅程里，哪怕我不能陪伴她的旅途，为她解闷儿，也希望能让我的包陪伴着她，走过更加美好的旅程。

4 月就在一个又一个 party 里过去了。

感觉起来，仿佛这个月都是沉浸在散发着酒香的欢乐中的，脑海里持续着那种微醺而又暖烘烘的快乐。

那时共同听取岁月行进的，是最好的我们。

5月

20日 Dior “Lady Blue Shanghai”

5月的外滩，被Dior整个包裹了起来。当时公司正在推《王牌大助理》，小青充分展示出了助理最靠谱和最不靠谱的本色：靠谱之处在于，她气质不凡地占据了第一排VIP位置，和那些大牌名媛平起平坐，“郭敬明的助理”非常给力；不靠谱之处在于，她告诉我，“今天没什么明星的，不用穿太正式”，结果，当我在红毯区看到了张曼玉、李冰冰、周迅、陈坤等一大群盛装的当红明星时……默默低头看了看自己身上那条蓝色牛仔裤……爱与恨瞬间交织，魂兽与唐宛如一起搏斗。

6月

小四生日，夏威夷主题团队温泉行

仔细想来，这算是我搞过的最大的一次生日聚会了，ZUI一家子集体去泡温泉，坦诚相见，交谈甚欢。我们几十个人一起坐着大巴前往南京的温泉，一窝蜂的男男女女仿佛一群蝗虫一样，席卷了酒店的房间和温泉的各种设施。几十个年轻人好像老头子们一样，一起泡在热水里，聊家常，说八卦。时不时地听见“哎呀你走光了呀”和“哦哟，看看有什么啦”交错的声音此起彼伏。

当天晚上，落落、笛安、安东尼，三个人一直待在高温池里，其他的人都纷纷受不了那个温度而败下阵来，只剩下他们三个，目光安详，表情幽然，仿佛修行千年的入定僧人一样，祥和地浸泡在池水里。

我和王小立以及叶阐躲在远处的常温池，羡慕地看着他们三个。

这时，不知道谁悄悄说了一句：“你看，只有一哥一姐们，才真金不怕火炼，可以扛住高温的考验。所以，温泉的池子，是以销量来划分的。”

话音刚落，陌一飞就不顾死活地扑腾进了那个池子里，溅起惊天的大水花，她一边尖叫着“老娘也是漫画一姐”，一边不断地跳脚，“太烫了太烫了”。

当天晚上，我们把酒店的那家 KTV 包了下来。估计一般人不会使用到酒店自带的 KTV，所以，看得出这些 KTV 的设备是很陈旧的，感觉像是 20 世纪 80 年代的产物，特别地怀旧。

照例 K 歌局，而且当天的主题竟然是“夏威夷”。望着满屋子穿着草裙、大花衬衣、沙滩裤的男男女女……我被他们簇拥着，战战兢兢地走到他们布置好的宝座上，环顾四周……真的好像是山大王，或者部落长老一样（……）。

那天，我迅速地把自己放倒了。我们分成了两间屋子，第一间屋子就有十九个人，于是，我一瞬间就喝下去了十九杯，所谓的“秒醉”。趁着酒劲儿，我又开始 drama 地要大家敬我酒，同时要说一句煽情的、掏心掏肺的、感人的话。他们都说了好多好多，其中，笛安和宾妮，凑到我的耳边，对我说：“只要你好，我们大家都好。现在每个月看星座运程，我们都看一看双子座，希望你一切顺利，这样我们也能顺利。”

她们俩一说完，我忍不住大哭起来。

后来看杂志上痕痕写的一段，说：“那个晚上虽然我豁出去穿得像个雅典娜，戴上了花环，又喝得头晕，还跳了草裙舞，但是，看见小四的小脸儿喝得红红的，他特别开心，这一年他太辛苦了，第一次看他这么尽情地放松休息，我觉得一切都值得了。”

那天晚上，大家都喝醉了，落落因为感情的事情坐在地板上哭，我跑过去，口齿不清地安慰她，我因为喝得太醉，也站不稳，索性一起跌坐到地板上，陪着她哭。

后来我和王小立一起对着屏幕高唱《最初的梦想》的时候，她简直哭得妈都不认得了，她说她最害怕这种关于“梦想啊”“坚持啊”之类的泪点，一触一个准儿。我记得后来我们又哭又笑的，累得倒在 KTV 的地毯上，那一刻，天旋地转的，我们就像是一个小小的宇宙。

真感谢他们啊。

那群陪伴着我，一起从我的二十六岁走向二十七岁的人。

那是最好的你们。

23~30 日再度起航去英国伦敦

之前因为火山灰的关系，我们的英国之旅延期到了 6 月。

我们之前的一群英国小分队，再一次会聚到了北京。在出发之前，正好我们聚在一起，为王浣庆祝了生日。同样作为双子座的她，变得越发地美艳动人。而且因为代言 LG 的关系，我们举行了一场很大的签售会，签售会上，宾妮、我、TN1 的 4 强，难得的是简宇也来了，平时几乎看不到他。

当晚活动结束之后，我们一伙人又杀去了钱柜。我买了哈根达斯的蛋糕给王浣。

中间我们聚在一起的时候，王浣对我说了一句话，我一直记着，她说："这些年，我都几乎没有过过生日了，这是这么多年来，第一次，有这么多人一起为我庆祝生日。"

当时我看着王浣的脸，难以相信这是那个画出了那样美、那样夺目的画卷的画师。她竟然也有这样寂寞和平凡的时候。

我紧紧地抱住了她。

之后，我们的飞机就划过天际，在飞行了十几个钟头之后，降落在了希斯罗机场。

当耳边飘过的全部都是纯正伦敦口音的英文时，我们才意识到，我们已经远隔了重洋。

一路上，我们的小团队彼此嘻嘻笑笑、打打闹闹的。我们游览了古典华丽到难以置信的温莎城堡皇宫，也在莎士比亚剧院里观看了原汁原味的《亨利四世》。我们在伦敦最热闹的街区购买最新款的 H&M，我和小青两个人杀去邦德街之后杀红了眼。我们参观了位于泰晤士河畔的企鹅出版社的总部。我们还去仿佛世外桃源般的湖区待了好几天。

我在伦敦重新变成了一个可以自由在街上走动，不再被认出来的普通人。我可以随意地逛书店，可以不顾及形象，可以在夜店开心地疯玩，也可以肆无忌惮地爬上高高的狮子拍照。

时间以一种冰雪消融般的触感，缓慢流逝着。

好像过了很久，又好像只是一眨眼，我们又重新回到了北京。

我们在当初因为火山灰而取消行程时的那家火锅店再一次用餐，一切都仿佛没有改变，他们四个人的面容依然那样年轻，小青依然叮嘱着他们要好好写作，不要分心，一边仍然不断地把牛肉夹到他们碗里。

回来之后，有一次，叶阐在杂志上写道："好喜欢企鹅出版社的环境。到处都是书，到处都是咖啡的香味儿。这是我见过的最棒的工作环境了！"

我相信他是认真的。

我相信我们所有的人，都热爱着我们这个行业。

热爱着最好的我们。

7月

25日 痕痕生日

痕痕生日之前，我们刚刚大吵了一架。这个故事我在痕痕的新书《痕记》的序言里写到过。那天晚上，当我喝醉了之后，我依然是老样子，搂住每一个人，问他们："你们最爱的人是我吗？"每一个人都像是宠爱一个小朋友一样，大声地回答我："我最爱你。"

到了快要切蛋糕的时候，痕痕许了三个愿望。

第一个愿望，好像是关于我的，我喝醉了，不太记得，大概是说希望我越来越好之类的。

第二个愿望，是关于我们团队的，我们大家的。好像也是说希望《最小说》越来越好之类的。

第三个愿望，她没有说出来，悄悄留给了自己。

我的眼眶一下子红了。她的三个愿望里，有两个都是和我有关的。

后来，我也记不得了，只记得我和陌一飞两个人，在疯狂地和着张惠妹的《三天三夜》跳完舞之后，累散了架，我俩并排躺倒在KTV包厢的地上。冰冷的大理石表面，刺激着我们滚烫的后背。我们笑着，也不知道因为什么而笑，笑得力气都没了。

像不识愁滋味的小孩子们一样。

那也是最好的我们。

8月

我们是最世了

最世。

最好的，最年轻的，最激动人心的，最相亲相爱的，最文艺的，最平凡的，最感动的，最难忘的。

我们出版了《I AM ZUI》特刊。在那上面，熟悉的作者，朝夕相处的同事，感人的回顾和充满激情的构想，庞大而井然有序的发展规划，呈现在了全国百万读者面前。我们终于交出了第一份，青涩的答卷。

四年过去了，书柜里，从搁置下当初第一本小小的《最小说》，到现在放满了统领市场的畅销书，公司所有大大小小的书架，都被填满了。走道里、会议室里，都堆满了我们出版的书籍。每一天，在乱糟糟却又井然有序的办公室里消磨时光的时候，心里都会有一种温暖的感觉。闭上眼睛，也能知道，哪儿哪儿摆着咖啡，哪儿哪儿摆着杂志，哪儿哪儿是阿敏桌子上那些好笑的玩具，哪儿哪儿是痕痕房间里的那个大熊。

最年轻的这几年，我们一路走过。

希望我们继续和梦想同行。

继续做最好的我们。

10日，我拍摄了珍视明的广告，这是我人生里第一个电视广告

广告播放的第一天晚上，我在家里赶稿，完全忘记了这个事情。直到我的手机不断地响起来，公司同事们的短信一条又一条地进来，“看到啦看到啦！”“好帅的！四爷！”“哇……电视上看到你啦！”

那一刻，我觉得他们是全世界最可爱的人。

15日上海书展，《临界·爵迹》实体书揭晓，最世团队签售

这是最世第一次在上海举办大型签售会。

最世打破了出版界的那个“不能说的禁忌”。

因为我们的签售，上海书城调动了超过任何一次规模的安保，现场搭起了新浪直播间，我们的当红作者们一批一批进棚接受采访。玻璃门外挤满了人，当我

们一行人浩浩荡荡地走进展览中心的时候，我真为他们感到骄傲！我也为我们这个团队感到骄傲！打心里的！

许许多多读者挤满了大厅，每个人都在欢呼尖叫，书城的工作人员感到不可思议。他们一边摇头，一边赞叹："这个影响力也太大了呀！"

24 日 小四《临界·爵迹》首发 上海书城签售

十年了，我终于在上海做了自己的签售会。

十年了，我终于交出了自己的出道纪念作品。

凌晨一点时，微博上看到已经有外地读者赶到签售现场排队了。望着漆黑的夜色,年轻的读者们坐在台阶上,静静地排着队,人越聚越多,我的心里越来越紧张。

签售的读者从七楼蜿蜒而下，有学生，还有家长，甚至还有白发苍苍的祖父祖母们，队伍一直排到了一楼。我也从中午十二点一口气签到了晚上。

出道以来第一次一口气签出了一万本，自己都感到惊讶。结束的时候，我揉着酸痛的手腕问发行的人，我说："一万本真书，堆在一起，有多大啊？"发行的人告诉我："这个啊，大概比现在这个房间，还要大出两三倍吧。"

我说："嘿嘿，那太大了呀。"

隔天看数据，首印两百万出清。

全国的书城布满了《临界·爵迹》的人偶，到处是《临界·爵迹》的海报，滚动的 LED 屏幕上布满了"郭敬明、十年、爵迹、畅销"。我看着出版社频频传来的捷报，一时间有点儿晃神。

十年了。

原来你们一直都在。

9 月

20~26 日 郭敬明、笛安、落落携团队日本行

上一次是伦敦小分队，这一次是富士山小分队。

而且，不再是 TN 的新人们，这次都是重量级的 ZUI 畅销的女王们，笛安、落落、王小立、宾妮，还有痕痕。当然，还有我们亲爱的摄影师胡小西和李安。

七天的行程安排得非常非常满。我们这群人呢，都是习惯了晚睡晚起的夜猫子，突然间过上了如此正常的生物钟，还真有点儿不习惯。

往往是一天已经参观了两个景点，并且已经向第三个景点出发了的时候，抬起表一看，才上午十一点。

笛安一边吃着葡萄，一边说："这种生物钟简直健康得令人发指。"

我们一起度过了好愉快的旅途。

我们看见了大海，看见了大海边冲浪的小麦色肌肤的沙滩男孩，落落和痕痕从车窗探出头，发自肺腑地尖叫着，我们说她们已经荷尔蒙失调了。

我们看见了一整个山脚长满了芦苇。

我们看见了 EVA 的博物馆。

我们看见了巨大的过山车和惊悚迷宫。

我们看见了一望无际的葡萄园。

我们看见了富士山，看见了玻璃博物馆，看见了年纪一大把但依然优雅的艺伎婆婆。

我们看见了当年淘金的矿洞，我们看见了海洋馆里的海豚。

我们看见了表参道上那些穿着时髦的年轻人，我们看见了讲谈社顶楼那让人窒息的美景。

最重要的，我们看见了彼此出现在了上面的这些景色里。

我们彼此眼中的自己，是最好的我们。

10 月

13~18 日 TN2 现场赛

大哭大笑大喜大悲起起伏伏的三天，在 TN 别册里已经写了很多。

但是我们都扛下来了。

这是一场让人心力交瘁的比赛，连续的七十二个小时，我们工作人员睡觉的时间加起来不超过十个钟头。到了比赛的最后，当最后一批选手被淘汰，落落趴在桌子上大哭，我走过去安慰她，她一把拍掉我的手，说："最坏就是你，你设计的这些赛制，太残忍了。你走开。"

我就默默地走开了。

笛安的眼圈儿也一直都是红红的。

我们真舍不得那群年轻人。

我是个坏人。我当时在心里这样对自己说。

从北京回来，刚下飞机，我们又马不停蹄地投入了《最小说》的制作。因为这期额外的别册，因为这七十二小时的超出常态的复杂，所以，11月刊的制作成为了最大的挑战。

静安紫苑的保安一直在抱怨：你们是唯一一个天天加班过半夜，每天都要三更半夜砸门而出的公司。

到了后面几天，半夜写字楼的大门开始锁了。

不过没关系，我们这群习惯加班的人已经能够摸索着从地下室车库走出大楼了。

而当我们完成了这一期杂志之后，我们就告别了这个地方。

因为，我们搬新家了。

11月

19日 搬迁至上海国际设计中心

搬家了。

一家子二十几个人，一起打包装车，一起搬到了上海国际设计中心。大大小小的黄色纸盒堆满了静安的办公室。这边以后就留作漫画部。因为，《最漫画》也正式创刊了。大家一起打闹着，互相打包分装行李，虽然办公室里都是笑声，但是我其实听得出来，彼此心里都有一种淡淡的不舍。这种不舍，就像是对习惯了的床单，习惯了的手机，习惯了的街角面包店一样，是一种怀旧的难以忘怀。

两年前，当我们从海上海的第一间公司写字楼搬出来的时候，那个时候，我们还只有七个人，一转眼，我们就变成了这么大的一家子。当年我们搬走的时候，大家还一起留了个合影。

而这一次，大家一边打闹着，一边就离开了。

因为我们知道，我们还会经常回来。《最小说》和《最漫画》，永远都是一家人。

新办公室墙壁上都是高大的书架，我们按照出版顺序把《最小说》《最漫画》和所有作者出的书一本一本陈列了进去，只占了其中一部分。还剩下很多很多的空白书架——这多像两年前我们刚刚搬进静安时的样子。

我相信，我们会一起再一次把它们填满。

当新公司最后一盏水晶灯挂上去之后，我们点亮了办公室。

炫目的光芒里，每个人的目光都闪烁着。

我心里有一个声音在小声但是认真地说："就是这里了，未来的日子，拜托了！"

12月

31日 外滩2号 年会

定下了外滩2号华尔道夫作为年会现场，就没有退路地把我们年会的规格搞到了史无前例的高。这个号称目前全上海最奢华的酒店，里面的楼梯都有一百多年的历史。

12月31日晚上，我们将在这里一起跨年，度过2010年的最后四个小时。

这是我们的第二个年会了。距离上一个年会，马上又是一年的时间。

我们也从去年穿着小裙子小衬衣的年轻人，变成了今天都穿着定制礼服的年轻才俊，哈哈。特别是阿亮和痕痕，她们在试穿着礼服让裁缝修改的时候，我偷偷地瞄了几眼，她们穿着拖地长礼服的样子，简直美极了。

全最世的同事、作者，还有长江文艺出版社的同事们，一百多个人，从出行到造型都列入了计划。在写下这篇长长的回忆的同时，我们还在继续完善着这份年会计划。

我们要一起举杯欢庆又一个新年的来临，把这份祝福传递给每一位陪伴我们一路走来的亲爱的读者。

我们要再一次唱起那首《我只在乎你》，把这首歌唱给每一个坚定支持我们的你，最值得我们付出的你。

请和我一起。

永远一起。

因为我们是，最好的我们。

2011

THE SHINNING DAYS IN SHADOW

冬绒

·01·

冬天的天空很硬，像一整块橱窗。

白云偶尔紧贴天壁，一动不动。

睫毛上凝结的霜花，是眼泪带来的告别。

时间像被水草缠住的锚，它抓紧海底，不肯告别。

记忆也抓紧我，不肯告别。

无数过去的日夜仿佛数百个冰冷的灵魂，等待着被点燃，被温暖，被漆上美丽的颜色。

·02·

穿西装的日子。穿毛衣的日子。

穿运动服的日子。穿球鞋的日子。

岁月像是饱满的海，绒花潜进你不肯示人的痛楚里，装点出一丝软弱。

但你知道，你是一块黑青色的铁。

你留下的气味像插在森林里的削尖后的木桩。

飞鸟无法落脚。它们只能在冬天里凄惶地鸣叫。

·03·

我前几天的梦里，有梦见你。

你的面容隐藏在煮面条时的蒸汽背后，看起来像一本米黄色封面的书。

你拿起酱油瓶，转过头来看我。

·04·

冬天的悲凉不在于气温的低迷，而在于每当这个时候，就是一年的终结。

很多人都选择在这个时候告别自己的家乡，告别自己的童年，告别自己的恋情，告别这个世界。

大雪可以把一切都装点得干净而原始。

仿佛这个世界上所有悲惨的命运、凄凉的纠葛、不甘的缠绵都不曾存在过。

它把一切都温柔地包裹进一朵小小的绒花。

它开放在最远最远的山泉边上。

·05·

就像你别在领口上的那枚冬天。

2011

THE SHINNING DAYS IN SHADOW

私想家

·01·

我小时候是在四川自贡长大的。因为爸爸妈妈都是白天全职上班的关系，所以我在外婆和奶奶家待的时间比较多。

小学的时候念书离奶奶家很近，所以中午基本上都是回奶奶家吃饭。奶奶是医生，退休了，住在医院分配的单位员工福利房里。院落的门口，有一棵很大的黄桷树，大概要十个成年人手拉手才可以圈住它的树干。它虽然被一圈石墙围起来，但它的根实在太多太大，于是就翻出泥土，暴露在地面上，看起来像无数树枝搭成的一个巨大的鸟巢。我们经常在上面嬉戏游玩，把它的根当作我们的沙发。

每一年的春天，黄桷树都会长出无数的嫩芽，风一吹，就掉落一地，仿佛下了一阵黄绿色的雨。那些嫩芽实在太好看了，透明的粉红、粉黄、粉绿，透着一股子柔弱得一碰就碎掉的剔透感。而且看起来好新鲜，掉在地上都让人觉得似乎可以随时捡起来放进嘴里嚼一嚼——事实上，我们这帮小孩子，也真的经常嚼这些嫩叶子，因为它们看起来实在太像水果了。除了像水果，其实这些掉落的叶子，更像是花。因此女同学们也常常把它们捡起来，挑选好看的叶子，串在一起做项链，或者夹在书页里，虽然这些叶片很快就会枯萎发黄变黑，但书页里会留下清冽的芬香。

在我少年时代的每一个春天，奶奶家院落门口，一两百米的范围内，地面上都是层层叠叠的这种翡翠般的花瓣状叶片。

等这些嫩芽掉落光之后，夏天基本就到来了。真正的又厚又大的墨绿色树叶，就堆满了树冠，投下巨大阴凉的树荫。

·02·

外婆家比奶奶家更靠近郊区，从环境来说，可以称得上是依山傍水。

外婆的家不是奶奶家那种楼房，而是自己修建的青瓦平房。坐落在山脚下，隔一条马路，就是河。

我小时候最爱做的事情，就是跟在比我年长的哥哥姐姐后面，和他们一起去河边玩耍，我们用竹片编制的簸箕捞鱼、抓虾，用碎石瓦片在河面上打水漂。

后来当我渐渐大一点的时候，已经可以一个人去河边玩儿了。我总能准确地在河滩的大石块缝隙里，找到石斑鱼，也总能在水草丰富的浅水区，捞到大大小小的玻璃虾。那些半透明的小指甲盖大小的虾子，经常被我们用油炸了之后，用勺子一勺一勺地吃，嚼在嘴里像是一把炒好的脆玉米，带着浓郁的河鲜香味。我曾经在河边弄丢过一只鞋，弄丢过中队长的肩章，弄丢过学生证和一把塑料羽毛球拍。

我小的时候，这条河上只有两座桥，无论哪一座，都离外婆家很远，走路要走一个钟头。所以要到河对岸去的话，就得坐船。而且船并不是汽艇或游船，而是船夫用船桨划动的乌篷船，大概能坐二十个人，我想。我们区唯一的一家电影院就在对面，所以我就老坐船。小学的时候有一次放映《学校超级霸王》，张卫健和邱淑贞在里面扮演街霸里的各种人物，春丽的样子特别搞笑。那天我看完一场后没过瘾，就又看了一场，结果看完后发现，船夫已经收工回家吃饭了。我走了很久，才回到外婆家。

去年我回去的时候，发现河上已经建起了新桥。而那个摆渡的船，早已经不在了。他们说船夫老了，划不动了，而他的三个儿子都不愿接班，嫌船夫挣不了钱，都出去闯荡社会了。

我在河边走了一圈，没有发现什么绿油油的水草浅滩，河水都是发黄发绿的，再也看不到游来游去的玻璃虾和石斑鱼了。

·03·

上高中的时候，我去了另外一个县城读书。

也就是说，我独立生活的日子，从高一就开始了。从那个时候起，我就离开父母，一个人生活，直到现在。我在高一的时候，住在学校宿舍，后来因为渐渐开始熬夜看书、听CD，憧憬着青春小说里的种种美好而小资的生活，所以在外面找了一所房子，一个人住。

租的是一个矮小破旧的三层楼房，最上面一层被分割成好几间屋子，租给不同的学生。大部分都是从学校搬出来的高三学生，因为他们都喜欢熬夜背书做试卷，学校却雷打不动地十一点就关灯。

一个人住的日子很惬意，但是也很孤独。

这种孤独经过无数小说、CD、杂志放大和发酵之后似乎变成了生活里的主旋律。我在那几年里，写下了很多很多悲伤而脆弱的心情散文。那时候我不爱说话，朋友很少，喜欢把自己关在房间里写文章或者看小说，功课也因此有所荒废，我从全年级的前十名变成前五十名。但那时候完全沉浸在自由生活的世界里，仿佛有一面透明的玻璃墙，将我隔绝在一个自得其乐的花房里。

我的高中也在一条江的旁边，站在学校一条林荫道上，能够看见下面的江面，偶尔还能听见江上传来的号子声。

学校周围都是高大的香樟，看起来很多棵都有上百的树龄了。早晨还会听见成群的鸟叫，叽叽喳喳的，窗外的世界每天都在一片清脆的鸟鸣声里渐渐变得明亮起来。

这样的环境，的确是念书的好地方。山清水秀，人杰地灵。

但不太好的地方就是离市区太远。

大概骑自行车需要半个小时，才能到那条比较繁华的街。那条街上有个小书店，那是当时唯一能买到一些比较时髦、流行小说的地方。我最开始看安妮宝贝，看《萌芽》什么的，就是在那里购买的。其他的新华书店只能看到类似鲁迅巴金茅盾这样大文豪的作品。

用我们当时的话来说，就是不够时髦。

在那段高中岁月里，每月最开心的时候，就是月初我总会第一时间跑去那家小书店，询问各种杂志有没有到货，期待已久的新书有没有上市。有时候去一次不一定有，第二天又要去问。

十几年之后，我自己开始主编一本杂志了，它也成为很多人、每个月的期待。

我看着现在很多年轻的读者，总能想到当年，自己的模样。

· 04 ·

到了上海后，开始上大学，写书，工作。

然后出名，被采访，被拍照，然后更出名，继续被采访，被拍照。

这段日子其实就已经没什么好写的了，因为我这几年的生活，就像是一出热热闹闹的狗血连续剧一样，放在全国读者面前，持续播映着。

我成名啦，我受挫啦，我获奖啦，我负面啦……各种新闻各种镜头，将我的人生一帧一帧地捕捉下来，挂在镜框里。

我还是一个人生活，独居的日子里，还是有很多时间都在看书，听歌。只是已经不再买 CD 了，现在都流行 iPod，没有人再带上笨重的 CD 唱机，去唱片店买 CD 了。

每天都会上网，工作上有一大堆的事情找我。因此也总能看见当下这个闹哄哄的，光速爆炸的社会。人们都生活得太快了，不知道自己每天都在忙什么，脑子里也不知道什么是对是错，但却噼里啪啦说个不停，因为你如果不发言说点什么，好像就已经跟不上这个时代了。所以总是有人在微博上不断地拍面前的餐桌，然后加上一句“吃饭了”。或者拍一张天空的图，再找一句文绉绉的英文跟在后面。

人们迫不及待地表达着自己，但他们却找不到自己。

今年夏天的时候，我存了一笔钱，买了个老院子。院子是民国时期遗留下来的，很古典，但却非常残破，是几栋华丽的废墟。装修设计师说，光是修复，就得花上一两年的时间。

我说不急，你慢慢弄。

其实买下这个院子的时候，我想的是，把这里做成公司的总部。这样大家就可以热热闹闹地挤在一个院子里，工作，生活，欢笑，哭泣。

我想建造一个大大的家。

因为我独居很久了，我想要有一个大家庭的生活。

最重要的，还是我想在院子里种一棵黄桷树，再养上很多的花，在中庭摆上一个 CD 唱机，播放一些过去的歌曲，它们也许会因为太复古，太不时髦，而变得重新时髦起来也说不定。

但我想，那个时候，整个院子一定很美，满地都是黄桷树掉落的，花瓣一样的嫩叶。

2011

THE SHINNING DAYS IN SHADOW

此生的寂静与漫长

·01·

梦中的场景，世界一片灿烂的寂静。

我没有看到你。

持续的思念，在这样安静而空旷的盛夏午后，我透过彩虹的瞳孔，

去想象你的现在，你的过去，你的未来。

以及我和你遇见的那一个，在黑暗里闪烁着微弱光芒的瞬间。

那个时候的你，笑容灿烂，像下着大雨的黑夜里，远方一盏暖黄色的灯。

周围的声音都一瞬间沉入海底峡谷，我的耳膜因为突然而来的寂静而微微发痒。

就像是眼前这样，剩下剧烈的阳光下的空旷天地。

·02·

我看过很多场日落，温暖的抑或悲凉的。

光线把空气里的温度带走，把燥热的泥土变得冰凉，把周围荆棘高草的轮廓涂抹进灰蒙蒙的暗夜。

唯独留下我对你的想念，在失去温度的寂静里，渐渐地滋长起来。

想要和你在一起的念头，也慢慢地在脑海里变得顽固。

“当然是在一起啊。”你皱着眉头对我说。

·03·

我想过很多我们可以分开的理由，距离、疾病、战争，还有最可怕的死亡。

这些生老病死，像无法改变的春夏秋冬，在岁月里与我们寂静地对峙。

我想过很多关于当我失去你后的场景。

其实也没有多么可怕，还是和我很多年前的生命一样，一个人吃饭，一个人睡觉，一个人在半夜里清醒过来。

那天我和你无聊地在酒店里看电视，探索频道里有一只羚羊死了，另外一只一直站在它的身边，没有离开，也没有望着死去的那一只，它只是安静地站着，看着远方的日落。

就像它的伴侣，其实并没有离开一样。

它在等着，过一会儿，它就会重新站起来。

重新和它站在一起。

“就算我老了，我还想和你在一起。”你盯着电视机的屏幕，在像是流沙般温热的黄昏里，喃喃地说。

2011

THE SHINNING DAYS IN SHADOW

荒墨

· 01 ·

一直都觉得城市是活的。

它有脉搏，有气味，有思想。它有心脏，它会伤心也会开心。

每一天都有无数的电波从空气里穿过，电磁信号带来无数的消息。

他和她分手了。

他们终于在一起了。

他的母亲去世了。

她生下了第一个儿子。

城市不停地运转着，将无数人的生命镶嵌进它密密麻麻的皱纹里。无数人来了又去，太阳照着他们的脸，从十六岁，到六十岁。又是一辈子过去了。

我有时候通宵睡不着，会一直等到天亮，然后下楼去买早餐。

假装自己的生物钟和别人一样健康。有老爷爷老奶奶在楼下的草地上慢跑，也有英俊的外国小伙子拿着刚刚买到的英文报纸在星巴克门外的露天座位上喝咖啡。

我有时候看着这样朝气蓬勃的画面，心情就会忍不住变好。尽管两个小时之后，我会倒在床上陷入梦境。

梦里依然是漆黑一片。哪怕是在这样的白昼里。

像是乌云密布的雷阵雨的天空。

·02·

以前年少的时候，很喜欢旅游。憧憬着有一天有了钱，可以去往世界的各个地方。

但是，当我真正长大后，才发现，人拥有钱比较容易。

拥有自由，反而困难。

所以我做梦的时候经常梦见鸟。

它们想去哪儿的话，只需要振动起翅膀。

我其实挺羡慕它们。

·03·

以前听一个朋友说，照片记录下来的，都是你一层一层的灵魂。

每一次闪光，都从你的灵魂上截取下薄薄的一片来，涂抹在镜头上，定格成永恒。

暗房里冲洗出来的黑白光影，其实是你人生的每一个切片。

我是一个不爱拍照的人，但是因为职业的关系，拍了好多。出席活动的，杂志用的，与别人合影的。

但是有一天，有一个朋友到我家来，随意地说起："哎，我看看你的相册咯。"

我才突然发现，我没有一张自己的照片。

我有点尴尬地摊摊手，"啊，抱歉呢。"

我也不知道为什么会这样。

·04·

最近“THE NEXT”比赛到了最后关头，看网上的各种言论，有喜欢他们的，有攻击他们的，有抱怨黑幕的，有幸灾乐祸的。

每一个人都在尽情地抒发着自己的内心。

但是其实回过头来想，也许这是每一个人一定要学会的一门功课。有一个道理，你一定要尽早明白，因为有些人甚至一直到死，都没有搞清楚这个道理。如果是这样，那这一辈子，都算是活得不明不白。

这个道理就是：你一定要明白，这个世界上，一定有人会讨厌你。

2011

THE SHINNING DAYS IN SHADOW

你在世界尽头

· 01 ·

世界尽头的雨水 云层 奔跑的仓皇和绝望
我想与你分享的世界 和 开满我心房的白色繁花
我把对你的思念 用云层包裹成一个漫长的句点

· 02 ·

你笑容里的天地 有黄昏里起风的悲伤
我没有在你的房间里看过天亮 我没有为你拉亮盏灯
所以你也没有让我等

· 03 ·

他们说遥远的世界背面 地壳中心 月亮坑洞 深峡谷 都有爱的存在
我只要你的心里 有对我的爱的存在

2011

THE SHINNING DAYS IN SHADOW

最爱你的人，是我

“当颁奖人口中念出‘落落’两个音节的时候，全场灯光大亮，掌声、尖叫声、音乐声仿佛一座沸腾起来的音海，她从座位上起身，在追光灯里走上舞台——在那一刻，我的情绪从前一秒的高兴、骄傲、振奋，突然跳转为一种复杂的情绪，仿佛身体里有个类似挡位的开关被拨向了另外一边，眼眶好像被人揍了一拳般迅速酸胀起来。她穿着美丽的礼服长裙，接过奖杯，开口第一句话是，‘对不起，我实在太激动了’。”

· 01 ·

五年前的落落，可不是这个样子。

那个时候的她，脸上还有明显的婴儿肥，没有习惯穿高跟鞋，所以看起来远没有今天这么气场惊人。那时的她，更多地保留着少女的敏感、纤细，大大咧咧的同时内心极其敏锐也容易伤感。

前几天因为需要制作一个关于自己当年第一次投稿时的照片的选题，我和她在网上聊天，她发给我看她之前的一张照片，她说："你看看我那个时候，丑不丑？"我按照我们两个固有的聊天风格，理所当然地打击她："快拉倒吧，那个时候的你多青春洋溢啊，比你现在紧绷多了。"接着，她说："是吗？是吗？可你还记得这张照片吗，是你帮我拍的哎。你不记得了？这是我们俩一起签售的前一天晚上啊，那可是我人生的第一场签售。"

我愣住了。

·02·

照片上的她坐在地板上，从酒店床的后面露出脖子和头，手小心地撑着下巴，手肘在床单上压出了一片褶皱。

酒店是很简单的标准间，也就是比较好的招待所的级别吧。看得出那个时候我们出去做签售时，待遇并不是很好。到达北京的时候已经是晚上了，我把行李放好后，就去落落房间找她聊天。我问她，紧张么？

她就坐在地上，手肘撑着床沿，头顶的黄色灯泡把她的脸照得圆嘟嘟的。那个时候的我们，好像都不太需要也不太懂得考虑是否上镜的问题，我们并不担心自己太胖或者脸上发了几颗痘痘。她看起来有点担心，又有一点掺杂着期待的紧张，她问我说，小四，你觉得明天会有读者来买我的书么？我说，会的会的，当然了呀。你怕啥。

她呵呵地笑起来，远没有今天那么妩媚动人，她那时看起来还有点傻，她说："你帮我拍张照吧。"

我当时是用的手机还是相机，我忘记了。但肯定不是什么厉害的摄影器材。

——几年后，她独自背着好几万的大相机，自己在日本的荒野或者闹市里，架起三脚架，异国人从她的身边来来往往，她镇定自若地从取景器里捕捉着这个世界。她脸上带着一种迷人的漠然和冷静。

·03·

我们这些人，这几年真的变得厉害。

并不是文学修辞上的形容，而是扎实的，从肉眼和心境上，都能觉察出的改变。

安东尼前几天回墨尔本去了。走的前一天，我们在一起喝酒唱歌。大家聚在一起，喝多了，开始说胡话，瞎打闹，随便谁说什么就一屋子笑声。

我坐在陌一飞的旁边，笑得东倒西歪的，我们手上拿着的酒杯被我们晃来晃去的，酒不时洒出来溅到我们衣服上，这时，陌一飞突然把杯子递给我："四爷，你帮我拿一下，我热死了。我把头发扎起来。"我接过酒杯，看着她利落地把头发绾起来，她一边绾，一边笑嘻嘻地说："哎哟，我这把头发啊，年轻的时候可是浓密结实，一握一大把，现在掉了不少，每个月赶稿的时候都觉得头皮那个紧哟。"

类似这样的话，在这之前我听过很多。

"每当赶稿的那几天，我都不太想照镜子。镜子里那个黄脸婆是谁啊，看得我来气。特别是我眼角那个斑，你看到没，你凑近一点，我现在遮着粉底，看不太清楚，但那几块斑真的太讨厌了。我每次看到就想把镜子敲碎。以前？以前没有，就这两年出现的，可能熬夜太多吧。"

——这是笛安说的。

"因为我的 QQ 都是整夜挂着的，怕别人给我工作留言会找不到人。有时候睡前会忘记把声音关掉，于是就会在半夜听见 QQ 上有人留言的声音。虽然我知道第二天早上起来也会看见，但总是怕有什么急事需要处理，于是忍不住起来看看。这样的次数多了，那段时间脸色看起来，就会很不好。我觉得我的神经衰弱，就是从这个时候开始的。"

——这是痕痕说的。

"以前喝醉了，或者通宵加班，第二天睡一天就好了。现在的话，起码连续好几天，都感觉身体不舒服。老了？大概是的哦。"

——这是胡小西说的。

"不太敢再穿那些年轻潮流的衣服了，我现在打扮啊，都尽量职业化一点。来得及的话还是尽量化个妆吧，这样谈生意的时候，比较有底气。"

——这是落落说的。

"你变了。你不再是以前我们喜欢的那个单纯的你了。"

——这是读者们说的。隔几天，就能在网上看见一次。

·04·

有很多情绪和心境，就像是放射性元素的半衰期一样。科学家们只能测算出某种元素衰变掉一半所需要的时间，然而他们永远测算不出某颗原子核什么时候会衰变，它是随机的、无法捕捉的、无法固定的。

——是的，经过了这么多年，我们成为了现在的样子。

但是，没有人知道，究竟是这些年里的哪一刻，让我们曾经的心境，一去不再回来。是那一年的那场暴雨么？还是那一年我们俩呆呆地坐在一个商场的地下负一层，对着面前不超过二十个的读者，举办一场签售会？

又或者是，世界上某一片树叶，缓慢地砸痛大地的那个瞬间？

·05·

我在二十八岁的时候，留下了自己的第一份遗嘱。

·06·

阿亮手腕上那个囊肿，大概两年前就有了。她一直懒得去医院。我每一次看到她肿大起来的手腕，就会念叨她一次。念叨久了，她有点受不了，“好了好了，我去我去。”

然而去医院后，检查结果远比她想象的要严重。医生要她马上开刀，并且要拿取出的肿瘤体去化验，如果是良性的，就没事；如果是恶性的，那就是癌。

“我躺在病床上的时候，医生对我说，马上就麻醉了，你的手臂可能会有触电的感觉哦。我还没有反应过来时，我整条手臂就剧烈地抽搐起来，仿佛摸到了电线一样又痛又恐惧。当时我整个人眼泪都出来了，感觉像一条被抛在手术台上的鱼。你别笑，那个时候，我真的害怕极了。”

手术后休息了一天，她就来上班了。她的手裹着厚厚的纱布。我前一天晚上通宵修改一份计划书到天亮，睡下去中午才起来，起床后，我把计划书发给她，这个时候我并不知道她去动了手术，直到我猛地看到她的签名档：“右手包扎，无法打字。仅能左手打字，所以回复速度稍慢，勿急。”

我看着她的签名档，静静地对着屏幕没有说话。直到显示她已经接收完了我的文件，又过了很久，那边传来她打字的内容：“你什么时候来上班啊，《最小说》选题会还没开，你过来了，我们速速解决掉。还有，我的书封面出了印刷事故。我现在正在解决。”

——是啊，她变了。她变得没有以前那么爱哭了。她以前是我们所有人宠爱的小公主，大家都宠她，她很爱哭，也很脆弱，很爱依赖人。但现在不是了。

·07·

我二十八岁的生日，是在南海海面的游艇甲板上度过的。

我们一群人喝掉了十几瓶红酒，笑啊，闹啊，把雪碧拧开了泡沫洒了一屋子。

就在那某一个时刻，身体里的开关再次调向了另外一个挡位。痕痕双眼通红，硕大的两颗眼泪滚过脸颊，她嘴角用力地向下撇着，她没有看旁边的落落，而是把目光空空地投向前方漆黑的海面，她说："落落啊，那个时候我觉得你心真狠啊，我不止一次觉得你冷血得没有一丝良心。你可以把我大冬天地关在门外面，让我在走道里坐一个下午。你也可以让我在马路边上，守着每一条通往你家的马路，企图找到你，让你交稿子。"

落落在旁边低着头，她说："我也恨死那段时间的自己了。"

我帮着痕痕，想要安慰她："是啊，那个时候你太坏了。"

痕痕依然没有转头，她的目光依然呆呆地丢往舷窗外，她没有看我，但是她说："你有什么资格说她，你以为你就很好么，你有时候不通人情到了什么地步，你自己知道么？我有时候都想我在《痕记》里把你写得太好了，你有时候说话伤起人来，一点余地都不留。我现在听见你的手机来电，我都紧张。生怕又是公司里我的部门出了什么问题。"

我啥都没说，从身后伸过双臂，紧紧地抱住她。

她哭了一会儿，回过头问我："你这次的生日，《最小说》上要呈现么？如果要的话，记得让小西他们多拍点照片。我等下也和编辑们布置一下，记录一些细节。"

——是啊，她变了。她变得比以前爱哭。她以前是我们人群里的开心果，她讲起笑话来，我们大家都东倒西歪的，她活泼而又浪漫，憧憬着完美的爱情，为朋友奋不顾身。但现在的她，纤细敏感，用尽全力，维持着所有作者的情谊天平。她现在晚上容易失眠，失眠的时候，就容易哭。她以前莽撞而又天真，爱玩也爱笑。但现在不是了。

·08·

而我呢？

密密麻麻的目光朝我望过来。

笛安拿起了梅葆玖先生授予她的独家梅兰芳传记小说改编授权书，那一刻，她对着话筒说："我很紧张，我一上来目光就在四处寻找，我知道自己在找什么，我在找你的眼睛，我看见你，我就安心了。"

她转过脸来，冲着台下的我，微微一笑。

·09·

时间最终会和你和解，你的所有偏执、邪念、不甘，你的嬉笑怒骂怨，你的爱恨嗔痴狂，终会被它软软地握在手里。

它柔声地对你说，你看，其实根本不用害怕的啊。

——ZUI 五周年纪念

第二章

THIS IS (NOT)SHANGHAI

2012

(扫描图案有惊喜)

THIS IS(NOT)SHANGHAI

2012

THIS IS (NOT) SHANGHAI

01

第一次来到上海的人，一定会被上海的高楼大厦吓到。别说中国二线三线来的游客——比如十年前第一次来到上海的我，就连一些从巴黎、伦敦、东京等国际大都市来的人，也会在仰望上海的天际线时，啧啧称奇。在我没有去过其他城市之前，我以为，巴黎伦敦或者东京米兰，肯定比上海还要挺拔料峭。但他们瞪大了眼睛，冲着我直摇头。

——其实他们的眼睛里，虽然透露着惊奇的神色，但是在这种惊奇之下，却隐隐有一种，居高临下的自豪。好像他们并不觉得如此多的摩天大楼，是值得骄傲的东西。

上海最高的地方有两处，一处是全国闻名的陆家嘴，东方明珠像一个帝王一样，带着身后一众大臣，从年老权重的金茂大厦，到新宠环球金融中心，以及未来的上海塔。它们把陆家嘴的天际线刷新到了一个令人叹为观止的高度。

有一次我在环球金融中心的餐厅里吃饭，正好看见脚下的金茂大厦屋顶在检修，几个穿着工人制服的检修工在屋顶上坐着休息。我离他们的距离如此之近，近到我几乎能够看清楚他们脸上的表情甚至他们胡须上的灰白色粉尘。隔着真空玻璃，我听不见外面的风响，但他们厚实浆硬的工作服和头发，却在风里颤抖着。他们的目光很茫然，坐在铁架上，也没有在忙什么，但也不像是在休息。也许是正好在等待下一个项目，或者是午餐时间，在等待着工地的盒饭。我看着他们一动不动的身影，联想起纽约摄影家那张举世闻名的照片，照片上一排工人坐在摩天大楼的起重机吊臂上，俯视着脚下的芸芸众生。摄影师拍的是他们的背面，因而，也就把他们的表情，永远凝固为了只能供我们去猜测的悬念。

另外一处，就是以恒隆为中心的静安区。在上海市政府将卢湾和黄浦合并为一个新的黄浦区之后，上海唯一仅剩的市中心一级区域，就只有巴掌大的一个静安了。这也迅速抬升了静安区的地价，网站上所有标注着地址为静安两个字开头的房产，全部瞬间提升了价格，还有无数周边区域的房子，在介绍里加上了醒目的一条“离静安区咫尺之遥”。

但其实静安迷人的地方，却不在这里。

静安有很多很多的老房子，他们乍看起来都很破旧、拥挤，墙壁上看起来似乎还有油烟的痕迹。然而只要每当想到有那么多人，也许好几代的人，都是生活在这些拥挤而陈旧的墙壁之内，我心里就会涌起很多的感受。哪怕只是站在里弄外面静静地打量着里面的各种细节：墙角留下的一个缺口陶罐，屋檐下晾晒的种种衣物，窗台上一棵生长茁壮的盆栽……仅仅只是幻想着人们生活的细节，我就觉得内心极其丰沛。

我刚来上海的时候，很不喜欢这些悬挂在窗外的晾晒衣物，感觉很丢大上海的面子。后来，却渐渐地感觉到了更多的属于“人”本身的气息，它代表着建筑是活的，是有温度的，还有什么比这更让人觉得美好呢？

在书写这篇短短的文字时，又快要过年了，我迷恋过年的味道，尽管有时候它显得有点悲凉，有点欢愉里透出的伤感，但是每当热气腾腾的饭菜端上老木头圆桌，每当把春联又贴上大门两边，大人们热闹地打牌，小孩子们跑来跑去地要糖……当这些情景又开始上演的时候，我感觉在忙碌而冰冷的生活里，像是又活了过来。

后来我渐渐明白了那些国际友人看见上海崭新的摩天大楼时，他们眼神里复杂的表情。

这些大楼什么都有，什么都漂亮，但它没有时间，没有岁月。

它没有人们在它身上活过的痕迹。

所以它自己，也没有活过。

2012

THIS IS (NOT) SHANGHAI

02

黄浦江不结冰。

但是它上面经常会漂浮着大团大团的碎冰碴儿。如果你高兴的话，你可以当成是一杯冒着白气的冰沙冻饮。

每一年的冬天，黄浦江上的汽笛声都被寒冷的江风吹得凄惶，沿江无数年代久远的石头建筑，沉默地矗立在混浊的暮色里，远处的东方明珠看起来像是一把钗子，从远古朝代翠绿色的烟雾里刺进饱满的此时此刻。

她放学的时候一脸的不高兴。她的双肩包一根肩带斜斜地挎在手臂上，另一根挂在单薄的肩头。她的校服裤子太长了，有一截被踩在鞋子下面，走得破破烂烂的，还沾满灰尘。她拐进弄堂的大门，迎面是浓郁的饭菜香味。她推了推鼻梁上的眼镜，没啥感情地朝着亮着黄色灯光的门洞里喊了一声："我回来啦。"

她下车的时候先伸出了脚，那一抹凝固在鞋底的亮红色，是插在所有女人心头的匕首。

她整个人走出车厢的时候，别人才发现，她脸上也插了一把匕首。

当一年又浩浩荡荡地过去之后，我在第一场大雪到来时，裹着一张厚厚的羊毛毯子，坐在公寓的落地窗前审视自己。空调嗡嗡的声音挤在耳朵里。整个冬天，只要待在房间里，就像是有人拿着吹风机一直不停地往你脸上吹。皮肤干得像要裂开来。但走出门，又像是披了一条湿淋淋的被子般阴冷难挨。新年又到了，我在忙碌些什么呢?

——你从来没有觉得这个城市像一个巨大的巢穴么？蜜蜂的，或者蚂蚁的，就是那些特别善于建造的昆虫制造出来的那些东西。

——我觉得像沼泽。

——也还好，哪有你们说得那么吓人。

——王丝红前天就已经去排队买火车票了，今年春节你咋回去呀？

她从地铁里走出来的时候，看见一个中年男人坐在地铁的台阶上哭。他的公文包放在脚边，身上的西装估计是在地铁里挤出了褶皱。他一边抹着泪，一边向下咧着嘴。他胸膛里低沉的嗡嗡声听起来像是离这里还有三站的地铁声。

她停了停，走到他面前蹲下来：“你怎么了？”

男人没有说话，一边揉着眼泪，一边死死地盯着她短裙里面两条腿中间的位置。

打雪唱冬风，裁柳染裙躬。拢云煮时节，雾月风入松。

2012

THIS IS (NOT) SHANGHAI

03

春天刚刚到来的时候，天气还没有完全放晴，上海依然笼罩在巨大的灰色幕布之下，睫毛上那种若有若无的沉甸感，依然存在，眨几下眼睛，世界又变化了那么千分之几。

江面上偶尔还是会漂过零星的碎冰，它们反射出的寒光，在游客们密密麻麻的闪光灯里，被拉扯成贴在镜片上的一丝翅影。

如果你还保留着收听电台的习惯，那么你应该会在这样的早晨，在天光还没有透析过云层，在生煎和豆浆的香味还没有来得及充满弄堂的时候，听到老旧的收音机里传来播音员兴高采烈的声音，“随着‘海洋神话’等四艘国际邮轮缓缓靠岸，北外滩首次出现 4 艘大型邮轮同时靠泊的壮观景象”——这是四年前。

那个时候的北外滩还没有航运中心，没有举世瞩目的违反力学凭空悬挂的三滴水建筑，大片大片的低矮房屋还是当年犹太人留下的古老建筑。如今犹太人早已远去，空留下摩西教堂的尖顶，供人们幻想当年二战期间，居住在这里的三万多名犹太人如何祈祷灾难早日结束。

而如今，这一片区域已经崛起了大片大片高级的酒店、会所、邮轮码头……嘉年华邮轮，丽星号，皇家加勒比邮轮，海神号……无数曾经在电影里看过的顶级国际邮轮，都陆续停泊在了这一片深深的水域里。

而远处，正在缓慢拔地而起的白玉兰广场，将再一次刷新这一片区域的天际线。

这是一片寂寞的区域。灯火辉煌、汽笛声声的背后，是一望无际的空茫。地面上一个接一个仿佛远古洞穴般的深坑里，插着锐利而粗大的钢筋铁骨，每一个地基都将在未来变成摩天大厦，但此刻，他们只是仿佛一个又一个被眼泪砸出来的雪洞，无言的，冰冷的，呜咽着所有这片土地上曾经存在过的呼吸。

而远方，另一艘巨大的邮轮缓缓地泊岸了。

又一批人，拖着沉重的箱子，坐上生锈的铁皮大卡车，无声地离开了这里。

2012

THIS IS (NOT) SHANGHAI

04

上海很老，它像一个在混沌的夕阳里沿着江边绿地散步的老人。老人的气息在胡子上颤抖几下，随后又软绵绵地掉在地上，被环卫工人的扫帚扫进人们生活的死角里。

每一天，都有无数的老人，他们坐在弄堂的门口，在料峭春寒的清晨，裹着厚厚的冬衣，混浊的眼球里有一种带着羞耻的期待。他们大部分时间不说话，也不看报纸——他们的眼睛也老了，老得像两口只剩下淤泥的井。他们在这样的孤独里，期待着什么呢？车水马龙离他们很近，隔着几米的距离，就是让整个世界都动容的摩登之都，摩天大楼密集的玻璃外墙反射出来的光线，像上帝在江边撒下了无数的钻石。

但撒不进他们眼里。

夜晚在他们的眼睛里安眠，尘土为衫，鸽子在手心里留下羽毛和血，他们在弄堂滴滴答答的水龙头滴水声里用潮湿的眼睛抚摸着这个世界，用叹息说完最后的告别，像曾经年轻时在教堂唱起的赞美诗。

推土机轰隆隆地铲平岁月，然后巨大的打桩机，在大地上砸出悲痛的诀别，之后，人们看见崭新崭新的墓碑。

上海又很新，每一天都有人在这片土地上踏下第一个足印，黄浦江上的汽笛声听起来仿佛远征的号角，旗子在风里飒飒地呐喊：冲啊，冲啊。

梦想被折叠起来，装进每一个背包里。它仿佛一个沉睡的英雄，随时等待着策马扬鞭的刀声把它重重地砸醒。

当你穿过外滩那些百年风雨的万国建筑，当你走过曾经被鲜血浸染的古老砖街，当你在洛克菲勒外滩源按下照相机的快门，当闪光灯仿佛幽灵一样把你的笑容攫进小小的黑色匣子，当金融家们在外滩一栋又一栋洋房顶上，插上他们飞扬的银行旗帜，当河水把泡沫送回江岸，我亲爱的浪人、梦想家、旅者、异乡人们，你们闻见这个城市上空永恒飘荡着的麦香了吗？还有那无数镰刀持续收割的声音。

但每一天，都有新的旅人，踏上焚梦的旅途。

2012
THIS IS (NOT) SHANGHAI

05

你说什么呢？我听不太清楚，你大声一点儿。这里有点吵。

哦是的，我来上海十年了。十年说长不长，说短不短的。我刚来那会儿，住在宝山区。你知道宝山区在哪儿吗？对，在上海的西北面儿，外环了，挺远的。不过要是放到现在说，宝山也不算远，如果按照房地产广告上的语气来说，那就是绝对的市中心。

为啥？因为现在地太贵，很多房子都修到嘉定松江甚至临港新城甚至崇明岛上去了。你别说，真的有很多很多的人，每天早上一大早，挤上地铁，消耗三个钟头的时间在路上，赶到市中心上班，然后再用三个小时赶回去睡觉。我一个哥们儿说，这感觉，跟在杭州上班没什么区别了。

但是还是有很多的人往上海跑。我也不知道为什么。

可能这座城市有一种魔力吧。这种力量大得吓人，又邪乎。感觉像中了咒语似的。

我第一次来上海的时候，从地铁里钻出来，到地面上一看，好家伙，人民广场周围一圈的高楼，比我一辈子见过的高楼加起来都多。周围的人和车都密密麻麻的，所有人都是满脸不情愿的样子往前面赶。我一直觉得只有在香港的电视剧里才会出现的几百人等着红绿灯过马路的场景，在这里每天每天都在上演着。大家都挺习惯的。

当然啊，我现在也习惯了。

上海哪儿都好。就是太贵了。你知道我现在手里这杯水要多少钱吗？对，水，就是矿泉水，啥味道都没有。要六十八块钱。换了一般城市，六十八块钱能吃一顿饭了吧。

这个城市修得快，拆得也快。上海摩天大楼多，你随便都能找到一个天台看风景，你只要用心看，就能发现，每天都有一片地块被圈起来，过一段时间那些低矮的房子就被拆平了，露出灰黑色的地面。有些很快就动工，砸出一个巨大的坑洞埋放地基。有些圈起来拆平了，就那么放着，隔了些年月就都长满了草。寸土寸金的地方，就用来长草，这可是真的。然后剩下的那些拆不动的房子，比如万国建筑群，比如法租界的老房子，比如保护的石库门建筑，比如北外滩留下的犹太人的群居地建筑，这些东西都在门口打了一个铜牌，被保护了起来。这些拆不动的房子，就都变成了真正的金砖银砖了，价值连城啊。

你知道外滩源壹号的那个以前英国领事馆吗？现在可变成了一个有钱人用来喝酒聊天的地方。对，那名字起得，就不是我们老百姓能进去的地方，那里现在叫“金融家俱乐部”。

你问我喜欢上海吗？我还真不知道怎么说。

我经常在半夜梦里醒来，有那么十几秒钟，我看着拉得紧紧的窗帘，会想不起来自己在哪儿。但只要窗帘没有拉紧，稍微露出一点点的缝隙，我就会立刻被窗外永远不会黑下来的夜幕提醒，那些旋转不停的霓虹灯光，那些朝天空密集发射的红色警报灯，都会提醒我：

这里，就是上海哪。

2012

THIS IS (NOT) SHANGHAI

06

上海再一次下起了雨。

持续好几天的梅雨，像一锅沸腾的水蒸气一样扣在人头顶上。

没有人能够说清楚，这种每当夏天快要来临时，就会开始的雨季，到底给这个城市带来了什么。只是大家都在日复一日年复一年的重复里，习惯成了自然。仿佛到了六月不下雨，这个世界就乱了套了。

其实这个城市需要雨水，因为它需要绿色。草坪和树木在雨水的冲刷下，会重新变成湿淋淋的绿色——这可比干燥的时候看起来好看多了。没有下雨的时候，它们看起来像随手插在路边的塑料叶子，上面落着一层蒙蒙的灰尘，摸上去让人难受。只有在下过雨之后，它们看起来才像是活物应有的样子。

法租界的梧桐又恢复了风情万种的样子，它们摇曳着，交头接耳的，勾肩搭背的，拥抱着黄色的路灯和热气腾腾的弄堂窗口。它们仿佛一群风姿绰约的脂粉女人，挤在每家窗前，偷听着张家长李家短的八卦。风一吹过来，她们就哗啦啦地响，笑得弯下了腰。

它们抖落下的叶子，也湿淋淋地贴在黑色的柏油马路上。

草地、森林、公园、苗圃、屋顶花园、街边垂直绿化……所有奄奄一息的塑料摆设，都在雨水的浇灌下膨胀起来，鲜活起来。

上海成千上万幢摩天大楼的玻璃幕墙，一起在雨水里反射出湿淋淋的绿光，看起来辽阔而又壮观。这个城市变成了另外一种格调，在雨水里，多了一丝婉约，多了一丝仁慈。它那残酷而又锋利的嘴脸和巨齿，在蒙蒙的水汽里躲藏起来。

汽车奔跑时也仿佛变得安静了，没有了巨大的引擎轰鸣声，喇叭声也湿淋淋地黏在地面。路上骑自行车的人，都穿上了花花绿绿的雨衣，他们变成一颗一颗在森林里奔跑的蘑菇。

雨水也冲刷着仇恨。人们眼里的火被浇灭。熊熊的红炭在哧哧声里变成温润的一截木头。

但雨水也让人变得冷漠。沸腾的热闹被浇熄，白烟过后就人走茶凉。外滩上永远不会落幕的下午茶在雨水里变得可怜而又悲凉。穿着晚礼服的贵妇人皱着眉头，摇下车窗，在思考着怎么走过眼前的这一片花园。

雨水也滋养欲望。万物复苏后的蓬勃，一定是以生命的消耗作为代价。人们内心的欲望变成了疯狂生长的藤蔓，顷刻间就能把一个平原变成噬人的黑暗森林。

夏天又一次地来临了。

空调都疯狂地运转了起来。它们把里面的世界变得冰冷，把外面的世界变得滚烫。

就像人们的心。

2012

THIS IS (NOT) SHANGHAI

07

他在一个夜虫渐渐停止鸣叫的清晨醒来，露珠还带着冰凉的芬芳，森林还在沉睡，雾气依然枕着松木的肩膀，大海在遥远的地方低沉地呼吸着。月亮舔着舌头，品尝着残留的夜的余味。

他在这样的清晨醒来，对周围的一切说了再见。

他知道，离开的时候，那最后一枚紫红色的浆果，沉甸甸地落到了潮湿柔软的青苔上。

他带了猎人的弓，隐匿者的蝉翼，歌者的竖琴，还有诗人的墨水。

他带了古老的卷轴和新鲜的覆盆子还有鳄梨，他还在树枝上摘了一捧深红色的樱桃。

他带了羊角面包和黑米拉盐粒，他带了水囊还有银质的小刀。

他留下了自己的心。

他离开的时候还很年轻。鬓角漆黑，胡楂很硬。他们说他眼睛里的光亮像是夜空的星辰，偶尔旋转成迷蒙的银河，睫毛如同一把夜的帷幕，笼罩着秘密和欲望。

他有年轻的脉搏和蠢蠢欲动的肌肉，荷尔蒙的气味和正午被阳光晒烫的岩石很像。

他挽弓的手臂仿佛拥抱着一把闪电，但他宽阔的胸膛里却是一湖宁静的翠绿。

人们传说他像一把涂满蜂蜜的宝剑，能让最冷酷的魔鬼自动送上他的喉咙。

他终于在这样的一个清晨，从森林里醒来，走向另外一片森林。

那里的夜晚不像夜晚，没有浓稠的黑夜，却有斑斓的鬼火，人们对那些光那些火，那些扭动的潋滟习以为常，人们的舌尖舔舐着腥甜的液体，鼻子里呼吸着无法形容的香。

那里的白天雷声轰鸣，却不会下雨。

那里的雨水暴戾，而且滚烫。

人们一直在等待他的归来，像无数次黄昏时等待他从森林里满载猎物而归时一样。

人们将他的物品仔细地保管，定期拂去上面的灰尘，还将他那双靴子每年都打一次蜡。

还有更多的年轻人想要去寻找他，想要和他一样，前往另外一片目眩神迷的森林。

但人们都说，你们和他不一样，只有他行，你们不行。

他在人们的嘴里，渐渐变成了传说和追忆，如同箱子里泛黄的书页，有着潮水的气味。

但他一直都没有归来。

他老去了，他的鬓角不再漆黑，他的眸子不再闪烁，他的手臂再也拉不满弓弦，他能拥抱的只剩下疲惫。

闪电在很多年前的一场大雨里，就从他的身体里溜走了，他再也没有找回过。

他坐在昏黄的江边上，抬起头，一架小小的飞机飞过。

他恍惚中觉得，那是曾经森林里的一只飞蛾，在昏暗的清晨光线里，从带着露水的枝丫上，飞向一片芬芳馥郁的花丛。

他伸出手，捂住了潮湿的眼睛。

2012

THIS IS (NOT) SHANGHAI

08

“你看这天儿，很快就要下雨了，又闷，要么就别去外滩了吧。而且这还赶着世博会，肯定到处都是人，你那么一丁点儿，别把你给挤没了。”他拿着地图，一边冲着她开玩笑，一边忧心忡忡地研究。他已经把招待所所有的窗都打开了，可光线还是不够亮。他又打开了房间里所有的灯，昏暗的光线下面，地图上的那些密密麻麻的线路和小字儿，真够折磨人的。

“那可不行。好不容易来一趟上海，可外滩都没看成，我回去怎么和周围的人说啊，我姐还指望着看我在外滩拍的照片儿呢。”她对着镜子整理自己的头发，还有那条今天特意换上的小白裙子，从家里带出来，就为了这一天。“你研究好怎么去了吗？这已经不早了，咱们下午还得赶回来，晚了火车可就开了啊。火车可不等人。”她对着镜子甜甜地一笑，想象着自己站在外滩的样子。

“走吧。”他把地图一合，折几下揣在裤兜里，背起他的双肩包，牵过女朋友的手，两个人走出了招待所的大门，往步行十五分钟路程的轻轨站走去。

“先坐轻轨，再换一号线，再换二号线，然后南京路站下车。”他在心里默念着。头顶是毒辣辣的太阳光，白得发蓝，走了十几步，额头就冒出汗来。出门前，他又看了一眼火车票，下午五点二十的，得在这个时间之前赶回来。

他们俩是在宁波打工的，十一放假一起回老家，想着顺路就去一趟上海。出来打工三年多了，说是离上海这么近，可就一直没来过。市中心的旅馆都太贵，他们在火车站边上找了一家招待所，便宜，只要九十八块钱一晚上。

地铁站里都是人，他一边拿着地图，一边研究各个出口的标志牌，他就纳闷了，那些戴着墨镜的上海人，仿佛都不用看方向，就能在这个地下迷宫一样的地铁站里准确地找到自己的出口，也知道在哪儿上车，在哪儿换线，在哪儿买票。他叹了口气，把她的手握得更紧，别丢了。

花了两个小时，他们到了外滩。

不出意外，都是人，所有人都举着相机，找各种位置拍照。刚刚翻新的外滩广场，比以前大一倍，但来的人却比以前多十倍。

“喂，你说像不像我们镇上赶集？”她小心翼翼地跟着他，凑在他耳边说，怕说大声了，被人笑话。

他低头嘿嘿笑着，把她的手夹在自己胳膊肘里。

“你去摆个姿势，就像那种时尚杂志上的那些女的那样，抬头望天啥的，我帮你拍个大片儿！”他看了看，找了个花坛，“你就站那儿去，我帮你拍。”

她有点不好意思，周围人比想象中多多了。但她还是跑了过去，手捏着裙子，看起来很紧张。但是她年轻的脸在阳光下，依然那么漂亮，她额头上带着汗珠，看起来像一颗刚刚成熟的果子。

他拿着自己手里的小相机，咔嚓咔嚓地按着，她渐渐不紧张了，还偶尔摆弄一下自己的裙子，她的脸红扑扑的，带着羞怯和兴奋。

他还是不满意自己相机拍出来的照片，感觉和电视里看的都不一样。

后来，他被自己身后那个写着“外滩快照”的摊位吸引了，那上面挂出来的照片儿，就和他们从小在电视上，在挂历上看的外滩一样。他拉了拉她，说，要不咱们让他帮你拍？

“上面写一次二十，啥意思啊？拍一次是拍多久啊？”她小声地问。

“二十元一张。”摊主回答她。

“真贵。”她往他身后缩了两步。

“那就拍一张。”他低头想了想，然后冲摊主说。

“咱俩一起呗？”她拉着他，让他一起。他说：“不不不，就你自己，你漂亮，我不好看。而且你不是还要给你家人看嘛，我俩还没结婚呢，挂家里你也不害臊。”

“瞎说，你哪里不好看，镇上大家都说你长得可精神了。”她笑了，拧他的胳膊。

后来，照片上还是只有她自己。她的裙子在风里飞起来，和头顶鲜艳的五星红旗辉映着，外滩在她身后看起来像是专门为她一个人搭的背景。

“真好看。”她在回去的火车上，靠着车窗上的微弱灯光，还在反复看这张照片儿，“你说这像不像巴黎，我要和她们说我去过巴黎，说不准她们都信。”

“不害臊。”他把手放到她的脖子后面，硬座没有靠头的地方。

“谁准你抱我啦，你才不害臊。”她笑着，往他胸口靠了靠。

一年多以后，她真的去了巴黎。一个有钱的老男人对她说，你跟我走，我带你去巴黎。

那张照片儿上，她白色的裙子在阳光下泛着蓝色的光，她看起来真美，就像巴黎那些精致的女人一样。

2012
THIS IS (NOT) SHANGHAI

09

每一扇窗户，都是开在人心上的一洞欲望。

刚刚过去的台风把一场前所未见的降雨，带给了这个从来就不缺水分的温润之城。四下泛滥的雨水并没有带来隐患，政府下了重金持续修筑的排水系统，让上海躲过了一场灾难。十二条线路交错成的地铁迷宫里，依然维持着干燥的样子，凉飕飕的冷气和冷冰冰的灯光，让一切看起来和往日都没有任何的不同。

只是所有人都躲进了屋里，不再上街。

呼啸的大风从海上席卷而来，仿佛是一个狂奔的巨人，一头摔在这片扎满摩天大楼的钉板般的大地上，他发出巨大的哭号，痛苦的呻吟。每一个人都可以听见。

每一扇窗前，都有一双朝外窥视的眼睛——但每一双眼睛，都有属于自己的秘密。

我一直觉得，外滩的那一条金灿灿的光带，像是一条发光的河。和旁边暗淡无光的黑色江水相比，它本身更像是一条永远流淌的河水。每一扇窗户背后都是一盏巨大的水晶吊灯，价值几十万，价值几百万……直到无价可估。在这条灿烂的光河吸引所有人目光的时候，其实它的每一扇窗户背后，都没有人。这是一条空寂的堡垒，仿佛一道长城，隔绝着什么。

这里每一栋建筑门口，都挂着全世界各大银行和金融机构的招牌，迎风招展的各国国旗和文字，让这条游人如织的街道，变得举世闻名。然而每栋建筑的门口，都有厚厚的铜门，我从来不曾看过里面有什么人在办公，我也从来没有在窗口中看见里面有人活动的影子。然而每一个夜晚，每一个窗口却灯火通明。

它们在照亮些什么呢?

人们的虚荣。

你有没有坐过夜航的班机，从上海城市的上空飞过?

那你一定看过脚下那绵延数百平方公里的灯海，无数发亮的针尖一样的光芒连成密集的矩阵，几百盏灯在一秒内熄灭，几千盏灯在下一秒同时亮起……那仿佛是活物般的呼吸，也仿佛光之海洋的波浪起伏。每一盏灯都是秘密，都是岁月，都是人世。

几百万个岁月，在脚下无声无息地明灭着。

你仿佛听见了几万个声音，在黑色的夜空下耳语着，但机舱玻璃隔绝了一切，你只能听见飞机发动机的巨大轰鸣。

你忘记了，在脚下大地上的人们眼中，你此刻正是几盏从天空寂然飞过的光亮。很多人把你当作流星许下他们卑微的愿望，和爱情有关，和金钱有关，和生命有关，和梦想有关。

但你听不见它们破碎的声音。

就像所有盛满美酒的水晶杯交互碰撞时的声响。

我们在为了什么而举杯?

你或长或短的生命中，一定至少有一个夜晚，你站在黑暗的，或者光亮的窗前，看着窗外的世界，无比沮丧。

2012

THIS IS (NOT) SHANGHAI

10

这个城市还笼罩在泛滥的白光里，你在清晨星光还没有隐去的时刻，就已经悄悄地涂抹起了天空，像是一个悠闲的公爵，在耐心地涂抹着他手上的全麦面包。

他把覆盆子果酱涂在金黄色的面包上，薄薄的一层，像是一抹还未来得及僵硬的微笑。

这个世界亮起来，然后在很长一段时间之后，才不甘心地黑下去。

夏天漫长得让人慵懒，让人怀旧，让人困乏。

你的潜意识里还存在着那些林间聒噪的蝉鸣，没完没了的吵嚷，却又有一种出奇稳定的镇定。

你并没有意识到这种声音在哪一天消失了踪影，你只是在不经意间从午睡的躺椅上坐起，眯起眼睛看了看明晃晃的树冠，上面一枚金黄色的落叶飘落下来。

在最开始的几秒钟里，你以为那是一只稀罕的蝴蝶。

然后，这个世界的温度就开始迅速地流逝。

仿佛非洲辽阔平原上的动物大迁徙，看起来缓慢而笨重的跋涉，看起来没有尽头的煎熬，在几个眨眼的瞬间，就只剩下一片空空荡荡的荒芜平原。

地面是深深浅浅的裂纹，沟壑在天地的尽头沉默着，仿佛有人在地上画出的一笔愤怒。

温度像水一样，寻找着每一个缝隙流逝。

整个城市有一种萧索的气味，它钻进人们的手套里，钻进厚厚的围巾里，钻进暖气片的缝隙里，钻进房顶瓦片下的草丛里，钻进眼睛，钻进心，钻进一场又一场的离别。

看起来永远都闹哄哄的外滩，也在慢慢来到的冬天面前，逐渐安静了下来。

只有中午，或者阳光灿烂的午后，人们还会继续在江边漫步，看苍凉的江风将沿岸两百年的建筑吹得更加衰败，吹成一座又一座奢侈的遗迹，仿佛傲慢的祖先留给后世的沉重传承。江水混浊，却也有鱼虾。

对面是一片闪着冷光的摩天大厦。

太阳将每一栋刺向苍穹的大楼，都变成耸立在陆家嘴半岛上的日晷，巨大的日影在上海的地平面上，无情地掠过，仿佛死神高举的镰刀，在收割着生命的饱满与沉甸，厚重与深情。

每一根日影，都仿佛无限放大的时针，天空的尺度上，宣告着这个城市的老去，与新生。

一轮又一轮的文明，崛起，然后再熄灭。

而在宇宙之上，这却是弱不可闻的声音。

仿佛千里之外，一团在暴风雪里燃起，又熄灭的篝火。

那些闪烁着不舍和遗憾的点点星火，最终在潮湿的雪堆里失去最后的光亮。

茫茫一片雪原。

而千里之外的人们，关上门窗，迎接着即将到来的冬天。

几个清晨之后，每一条弄堂，都笼罩在了厚厚的雾气里。星光隐去了很久之后，天空都还是没有亮起来。

寂静的森林仿佛深海里的遗迹，没有蝉鸣，只有潜行的鱼群，无声地游动着。

你舍不得掀开被子，你只是翻了翻身，又在温暖里入眠。

2012

THIS IS (NOT) SHANGHAI

11

·01·

我曾经有一段时间，一直觉得上海的四季并不分明。它的春天来临得很早，在大衣穿上没有几个星期之后，就会突然冒出一个和煦的晴天，灿烂的阳光让人想要把大衣脱下来。而再之后，春天就悄然来了，温度上升得很快——正因为上升得很快，所以，才让人感觉，刚脱下了冬衣，就迎来了春末夏初的明晃晃的太阳。而后，梅雨季节一过，再下几场大雨，就又到了秋天，街道两边的梧桐树，都还没有来得及把叶子掉完时，冬天就又来了。

上海的冬天远没有北京冷。好几年才会下一次雪。

上海的夏天也远没有三亚热。湿润的海洋气候总会带来台风，像是巨大的风扇帮上海降温。

刚来上海的那几年，我过得有点混混噩噩，分不清楚日子的流逝。

·02·

后来，我渐渐地觉得上海的四季分明了起来。

有一段时间，我的身体状况非常差，高强度的工作，再加上各种烦心的琐事，我发了一次比较严重的高烧。

我躺在医院的那一个星期，窗外正好是一片光秃秃的树枝。那是2月底的样子。

人在病中的时候，容易想起很多过去的事情。

在那一个星期里，伴随着窗外第一片嫩芽的出生，直到最后整片窗外都是绿莹莹的嫩芽，仿佛过去好几年的事情都在脑子里过了一遍。

在远离了电脑和网络的那段时间里，过去的一切都从灰蒙蒙的沼泽里鲜活了起来。

我想起年轻气盛的自己，想起孤僻自闭的自己，想起高中时代每个月苦苦守候在马路边上只为等一本少年杂志的自己。

那个时候的自己远比现在简单，但也远比现在深刻。

春天的上海，带着一种清冷的警醒味道。

·03·

上海的夏天，比任何一个地方都要让人记忆鲜明。

因为有一个星期左右的梅雨季节。如果是初来乍到上海的人，一定适应不了那一段时间的上海。

天空仿佛变成一顶倒扣的锅盖，整个上海蒸得发烫的同时，又湿漉漉的。温度随着黏稠的血液在身体里面运行。

热闹繁华的小吃摊上，是数不完的小龙虾和烤肉串，珍珠奶茶泡沫红茶，提着超市塑料袋的小姑娘，缓缓地走过这一条熙熙攘攘的市井地带。这里洋溢着食物的香味，那是顶级的钻石地段永远都不会出现的，属于生命的气息。

人们用一瓶一瓶冰凉的泡沫，打发着一个又一个闷热的不眠之夜。

我喜欢夏天的原因，很大一部分程度，也是因为它躁动不安的同时，代表着一种生命的涌动。它没有冬天时那种万物萧索，天地冰凉的空旷。它拥有的，是让人迷恋尘世的烟火。

2012

THIS IS (NOT) SHANGHAI

12

人类发明了按照年为单位的历法，公历年，农历年……每一年的轮回都是从生机勃勃的春天开始，然后一路走向茂盛的夏日，再往后就是开始衰败的秋天，然后抵达寒冷残酷的冬季。

茫茫的大雪覆盖住天地间所有的细节，只剩下一片苍茫的白色，温柔地拥抱着四下逃窜的灵魂。

人们在这样的季节里，想了很多的法子，来让这个冰天雪地的世界，看起来不那么冷酷。人们带来了圣诞，带来了彩灯，带来了拉着雪橇的麋鹿，带来了圣诞老人和他永远发不完的礼物。

大街小巷都挂满了雪花形状的剪纸和街灯，圣诞铃铛在城市的各个角落响起，人们看起来似乎真的欢乐了很多——尽管每一天的清晨，还是有无数的人裹着大衣，用一张充满淡淡怨恨和麻木的面容，从地铁口出来。他们手上端着的纸杯咖啡，也无法驱散他们目光里的冷漠。

再往后就是春节了。

一到春节，本来所有人都放假了，大家应该欢天喜地热闹过年，然而，对于上海这样一个移民城市，流动人口超过常驻人口的大都会而言，一到这样的时间，整个城市就在瞬间萧索下来，那些五光十色流转的霓虹和拔地而起的摩天大楼，只会将这个城市衬托得更加凄凉，有一种曲终人散，但亭台楼阁依然在，窗格雕花依旧，已是朱颜改的感觉。

每一年的春节，上海外地来打工的人都回到了自己的故乡。

那里没有辽阔的黄浦江，但那里有清澈的小溪，溪水里有游来游去的小鱼和玻璃虾，在水草里躲着。

那里没有交错盘旋的立交桥和摩天大楼，但是那里有长满香樟的柏油马路，人们提着腊肉和香肠，朝邻居家走去，去拜年，去聊天，去打麻将。

那里没有 IMAX 影院和立体水幕投影，但是那里有每家每户都在播放着联欢晚会的电视机，厨房正在洗菜的舅妈，探出个头，一边忙着择菜，一边发出呵呵的笑声。

那里是我们的故乡。

上海不是故乡。

2012

THIS IS (NOT) SHANGHAI

Silence

——这是哪儿?

——这是上海。

——你骗人。

——我没有，这真的是上海。

· 01 ·

我第一次来上海的时候，就和朋友路过了徐家汇公园。那天已经很晚了，门也关了。我们从铁门边的树墙上翻进去。整个公园空无一人，我们一路走到小山坡的顶点，上面有一个小小的凉亭，我坐在那里，看着远处港汇广场两个最高的屋顶光装饰，那时我并不了解外滩，也不了解南京西路商圈的奢侈，我看着眼前的徐家汇，我觉得，上海真美，真厉害啊。

那天晚上我和朋友在路边小摊买了馄饨，我掏出口袋里的十块钱请朋友宵夜，心里暗自庆幸，被我找到一个便宜的地方，能够吃饱。

· 02 ·

在上海生活了快十年，每天路上，总能看见一大片一大片被脚手架和工地墙围起来的地块，里面都是一片废墟。

但这些废墟在不久的未来，就会挂上一个让人惊讶的价码，摇身一变，成为万人追逐的城中热点。新奇的 club 或者高端的餐厅，巨无霸般的购物广场或者顶级豪宅。

上海有很多很多漂亮的老房子。那些古老的时间都像琥珀般凝固在里面。

但被拆掉的很多，留下来的很少。

· 03 ·

每一年的上海都有台风。闪电就像这个城市自带的外挂霓虹，它把这个城市装点得更像魔都。台风过境的时候，上海总是浸泡在铺天盖地的雨水里，黄浦江上翻涌起来的混浊泡沫四下涌动。窗户总是哗啦啦地振动着，窗外乌云密布，压得人惊慌。但还是能够看见偶尔有穿着黄色雨衣的大妈，提着一篮子蔬菜，小碎步匆忙地从马路上跑进弄堂里。

· 04 ·

摄影师拍下了原公共租界会审公廨原址大楼的窗外景色。远处是来福士和世贸广场两座摩天大楼，它们在黑夜里发着似乎永不倦怠的光芒。而画面右边那栋方方正正的楼房，却正好是我一个在苏州河边上的家，我能看见自己的窗户，还亮着灯。我想摄影师按下快门的时候，他一定不知道这个。

· 05 ·

你所看到的上海，并不是上海。

· 06 ·

在几年前，外滩源还只是无数年久失修的老房子组成的破败区域。

而现在，它已经变成上海最新的顶级地标。

金融家俱乐部和半岛酒店散发着令人窒息的奢华气味，他仿佛一种冷静的暗示：它在驱逐着什么，也在吸引着什么。

上海每时每刻看起来，都像是裂成两半的玻璃球。

第三章

NEVER ISLAND NEVER ME

NEVER ISLAND NEVER ME

2004

NEVER ISLAND NEVER ME

我爱你，我爱你

我爱你，我爱你（一）

那一夜天雷空破，整个城市失了火。大雨再大也只是点缀，我们在雨里突然就站了一千年。你哭了，你笑了。我们的眼睛都红了。

我都忘记了是什么时候，开始每天把王菲的唱片放进CD机里，戴上耳机沉默地骑着车穿越我生长的荒凉的城市。那个城市里下过很多的大雨，有过很多的烈日，我的唱机陪了我一年又一年。

那个时候我没有钱，能听着几百块的CD机也觉得开心。在很多个树荫下昏昏睡去，耳朵里王菲梦呓一样地哼着：什么我都有预感。

兜兜转转了好多年，从故乡的小城辗转到奢靡的上海，我的旧唱机被我留在了家里，还有那些整箱整箱有着斑驳封面的唱片。我的帆布包被我忘在了学校。我记得毕业那年我把书包高高地从四楼扔出去，那个陪了我整整三年的背包就那么孤零零地挂在了树上。我想它会这么孤单地继续待好几年，直到有一天风把它从树上吹下来。我想我走了，也许它能留下。我转过身走得头也不回，心里咔嚓咔嚓地崩断了一根又一根坚硬的弦。

好在哪儿都能听到王菲。好在哪儿都可以一抬头就看到她一脸欲言又止的表情。好在一闭眼也能听到她带着恍惚的表情哼着的：我看到过一场海啸，没看过你的微笑。

我记得那个时候我和小蓓每天都是形影不离，我听王菲她也听。我们曾经不止一次地对天发誓一定要存好多的钱，将来有一天可以去听王菲的演唱会，如果那天下雨，我们就不带伞，如果那天失火，我们也不逃跑，我们就安静地站在离她几百米的遥远处，看着她失去了任何的语言。小蓓说你会哭吗？我说应该不会吧，大男生有什么好哭的。小蓓鄙视了我一下然后她说她肯定要哭的，她说："我那么不会唱歌的人都敢在卡拉 OK 厅里唱王菲的歌，尽管每次都被人笑可是我还是要唱的。"从那个时候我记住了小蓓的脸，那张讲起王菲来就变得格外真实的脸。

恍恍然已是三年过。当年说着一起白头发的人现在连黑头发也只能一年见一次。小蓓穿上了低腰的裤子化了一点点精致的妆，我染了金色的头发戴了银色的戒指。我再也想不起当初穿着校服留着黑色头发的我们是怎样地在学校高大的香樟下穿行了三个沉默的夏天。背包里有着分数时高时低的试卷。有着满满字迹的笔记本。有着装满清水的饮料瓶子。烈日照烫了我们的脸。那些潮红是隐忍的痛，出没在一个又一个看不清的晨昏。

而现在，每年的寒假我从上海她从成都回到我们高中毕业的小镇，那些记忆我就再也想不起。我看到她觉得喉结有点发紧。我从来不敢问她的生活过得好不好，因为我怕她对我说"不好"。

于是我就从来不问。

于是她也从来不说。

我爱你，我爱你（二）

我目送了你盛开的一个又一个沉甸甸的归途。沿路疯长的年华，说不清道不明的惶恐和匆忙。谁挥手指点了左手边的村庄，谁扬臂送葬了右手边的牧场。而我就是站在这里，死死地站在这里，目送着一个没有雪的冬天，再告别着一个没有雨的夏天。年年岁岁。浮云终于褪了晦涩的眉。

知道王菲来上海开演唱会的那天我就啊啊啊啊啊地叫个不停，这一举动引起我周围所有人的鄙视。我就开始脸红心跳一副花痴模样。

然后发消息给阿武，因为上几次他一直发消息问我去不去这个那个演唱会，莫文蔚啊陈小春啊什么的。可是每次我都在外地签售。说来也很奇怪，有那么一两个月的时间里我几乎每个周末都在不同的城市飞来飞去，搞得后来虹桥机场有几个空姐都认识我了。这也是有点出乎我预料的。于是我每次都回阿武的消息说不行我在外地回不来。然后不用说，我每个星期都被无情地鄙视。

所以这次我发消息问阿武王菲的演唱会他去不去的时候他显然有点激动了，他说，靠，你难得有时间一次我砸锅卖铁都要去。我拿着手机哈哈哈地笑。我想最多也就看台的票，又不是要买一千六百八十块钱的内场票，还不至于砸锅卖铁。因为我早就听说内场的票已经卖光了。

可是我还是低估了王菲的魅力，阿武告诉我外场的票现在也已经买不到了，估计全部到了黄牛的手里。我看到短消息的时候有点晕眩。后来想起我认识的一个师姐在上海大剧院工作，经常搞一些高雅的歌剧啊什么的票给我。打了电话她跟我说 OKOK 没问题。于是我就放心了。

接下来的几个星期我也是满中国地飞。坐飞机频繁得如同坐计程车一样。以至于我竟然忘记了自己通告上 5 月 27 号有一场浙江的签售。

打电话告诉赵 MM 说我忘记了王菲演唱会那天我是要签售的，这下好了，彻底完蛋。赵 MM 一阵惊慌失措说悟空你不要吓我。我说我哪有工夫吓你啊我不开玩笑。也许是听出我语气中的悲怆成分所以赵 MM 信了。然后开始和浙江那边的策划打电话重新安排。最后决定他们开车从浙江到上海接我，让我安心地听完演唱会再连夜赶到浙江去。

谢谢上帝。我第一次觉得书店体贴人。

票在演唱会前两天我就拿到了，我看着上面的王菲明朗的笑容怎么也感受不出她歌里的那些荒凉的轨迹，沿路长满枯萎的向日葵。她在上面的笑容很安静，侧着脸看上去像是没有任何烦恼。但也只是“看上去”像是而已。

于是我就笑了。我看上去总是那么开心的。

我爱你，我爱你（三）

蔓延的黄沙消退了，还有我。走过的枝叶埋葬了，还有你。我看不见你了你望不到我了,还有蔓延的黄沙。所以放心吧。那些唱过歌的鸟是不是再也没有来过？那些写过诗的人是不是再也没有笑过？我都不敢问你了，因为看到你的眉头突然在夏天里微微地皱起来。

5月27号下午我从一点钟就开始在家里搞七搞八的了，洗澡洗头吹头发刮胡子选衣服，搞得好像自己要开演唱会一样。搞完这些才下午两点多钟。高蕾MM发消息问我去不去王菲的演唱会，我回消息说，当然去，不去是××。于是她说好呀好呀我也去，我刚想约她一起出发结果她发个消息过来说：我还没买票呢不知道能不能去现场买到黄牛票。我看完消息唯一想讲的就只有三个字：妈妈咪。

后来还是出发了，因为她说死活要去碰碰运气。我因为晚上要直接去浙江签售所以还得出去买几件衣服。我们在路上的时候就一起策划要去买件白T恤然后把王菲那张对谁都爱理不理的脸烫在上面，然后穿着王菲去听演唱会，肯定超级拉风。结果这个计划在我们逛到人民广场下面那家专门烫T恤的地方时就打消了。因为那个地方王菲的图案超级傻，烫个那样的图案去估计王姐姐会以为我是嘲笑她去了。而且还有个原因就是有让我喷血的价格，不算T恤光烫个图案就要九十八块钱，昏过去，真以为中国脱贫啦？

乘轻轨到虹口体育馆下来，找来找去都找不到阿武，我发消息说我在21号口下面。结果他回个消息过来说我也在21号口下面。我找了很久终于确定21号口下面绝对只有我和高蕾两个人。然后几分钟后看到阿武气喘吁吁地从远方跑过来，他说不好意思看错看错，我是在12号口下面。我无话可说，估计从小在唐朝长大的，念书从右往左念。

然后帮高蕾MM买票，我终于证实了先前说过的话，大部分的票的确全部被黄牛买去了。以至于我们有足够多的选择余地并且可以讨价还价。最后竟然让我们用原价买到了一张和我与阿武同一看台的票……黄牛真是太有本事了。

高蕾很激动，她说终于安心了，一路上都惴惴的。

搞定了票之后时间还早但周围又没有什么地方值得去消遣，于是步行去旁边那条街上的麦当劳。我记得在一年前我刚来上海的时候有一次和清和来过这个麦当劳，那个时候我的CD机里正好在放品冠的那张《最想念的季节》，那个时候我特别喜欢那些歌词：我所有疯狂所有悲伤只有你了解，最想念的季节最初的那一天，我爱说的梦你爱听的歌静止于完美，人生多么善变已无所谓。

我都觉得一切都还是在眼前的，一切都还是没有走远的，一切都还是可以伸出手就拉得回来的。可是都不是。我觉得仅仅就是我觉得而已。时间就是这么迅速而不留情面地离我而去，在十万八千里外的广场偶尔的一次回眸，让我模模糊糊恍恍惚惚得痛不欲生。

在麦当劳吃东西的时候一直有几个女孩子盯着我看，走过她们身边去拿番茄酱的时候听到她们在窃窃私语地说那个是郭敬明吗？

唉，这真是极度满足虚荣心的一件事情啊。乐得我屁颠屁颠的。后来阿武悄悄告诉我那边有几个女生在看我的时候我低着头摆了个很酷的姿势说，嗯，我明白的，我太帅了。说完这句话我就被他们两个无情地鄙视了。

吃好东西大概六点多了，于是出发去体育馆。在门口的时候发现人多得吓人，挤来挤去就跟当初抢购原始股一样惊心动魄。最倒霉的是这个时候下起雨，要死。可是周围的人都没有动，依然挤来挤去的，我想王菲看到肯定很开心。

周围很多穿着各种超市或者食品公司服装的小妹妹包着头巾在派送各种小饼干，当我走过一个小妹妹的身边的时候发生了一件更加满足虚荣心的事情，那个小妹妹笑容满面地对我说：郭敬明请品尝一下我们的新饼干。

坐在体育馆的看台上看着天越来越黑雨越下越大。人开始陆续地涌进场地，内场的人全部撑起了雨伞，门口卖伞的人肯定乐得腰都直不起来了。

我拿着阿武的望远镜看着现在空空的舞台，偶尔有工作人员匆忙地弯着腰走来走去。中央是一幅挂起来的很大很大的白色绸布，我听到我后面一个男的看到这个东西的时候发出了一声惊呼“好大一条蚊帐”！我在想几十分钟后王菲就站在里面对我们唱歌，我二十年来将第一次看到我喜欢了这么多年的人的脸，我想这真是一件奇妙的事情。我用望远镜看了看内场的那些人，撑开的伞和雨衣长长的帽檐遮盖了他们的脸，不过我依然相信他们的眼神和我一样充满了温度。

等待的时间里一切变得时而缓慢时而迅速，我看着舞台上面那个大大的时钟一秒一秒地过。心里响着匆忙而带着毛茸茸的声音。

然后突然那白布坠落下来，我看到王菲独自一人站在舞台中间，全场灯光暗下来，只有她一个人身上有束追光。

第一首歌《天空》。

而最奇妙的是，当她唱完第一句“我的天空”的时候，天上一道闪电劈下来照亮了全场。再唱“为何挂满湿的泪”又是一道闪电。我想再专业的舞台特效都做不出来这种效果的。

高蕾突然抓着我的手，一边尖叫一边说，我不行了我要哭了。

我爱你，我爱你（四）

我脚下踩着天，头上顶着地，你说这荒唐么？那些来路不明的夜晚，蝙蝠飞过去凤凰飞回来。那些周而复始的黎明，月亮升上去，太阳落下来。那些生离死别的告白，右手挥出去，左手拉回来。那些惶惶然不可终日的等待，变成泪水，掉下来。

我记得我送小 A 离开的时候太阳用一种我从来没有见过的速度飞快地沉到地平线下面去。以至于我在一分钟内就看不清楚他的脸，黑暗里连眼睛都变得没有光彩。

他拍拍我的肩膀说没关系日本都可以听到王菲的演唱会。《最终幻想 8》唱红了整个日本呢。

我都忘记了自己说过什么，然后他就这么离开了。单枪匹马地跨进那个未知的国度。带着一脸与世无争的笑和一身淡泊恍惚的尘。从那天开始小 A 行走在我的记忆里面，不停地走了又回来。

王菲的唱片一张一张地出，可是都很缓慢，一年一张，有时候两年一张。似乎就在不知不觉的等待里面我们都已经长大了。而王菲还是那张面目模糊的脸，好像这么多年都没有变过。

时间行进到了 2004 年，我在上海买了她的《将爱》。在这个炎热的夏天我反复地听着她的《乘客》，一部又一部空荡荡的车，出没在晨昏和黎明的分野。一个又一个孤单的人，在车上看着窗外沉默的世界。

她说，我是这部车，第一个乘客。

有时候都在想，对一个人的喜欢到底可以持续多么久。自己似乎在一夜之间也变成了别人喜欢的人，在我所不知道的世界里，还有人因为我的文字而感动着，我的书装在他们的书包里，在每个天没亮的清晨陪他们上课，陪着他们走过那些有风吹过的低矮的围墙，在每个夜深人静的时候陪他们温书做试卷，喝咖啡的时候想起我，抬头望望窗外依然是浓重得呼吸不过来的夜色。这是一种很微妙的我所讲不清楚的感觉。似乎想起在几年前的高三我会听着王菲的歌做着一张又一张似乎没完没了的英文试卷。

就这么多年地将对她的喜欢持续了下来，经过这么多年这种喜欢都变成了一种习惯，不用看任何宣传也会去买她新出的CD，听完后开始下一轮的等待。小A说等一个人的时候，时间会变得很甜蜜而且可以忍受。

记得在王菲离婚的日子里，香港媒体对她的所有生活进行报道，那些记者从来没有站在一个人的角度去看待过明星们。他们只知道有所谓的发行量有所谓的爆料，可是他们从来没想过如果有天自己离婚了那自己希望别人会怎么做。

当那天看到有报纸把王菲以前在北京和窦唯一起生活的照片登出来，照片上王菲散着头发去倒一个痰盂，我的心里觉得好难受，差点哭出来。我想她是那么甘愿的一个女人，那么多年的低调可最终依然逃不过命运的捉弄。

我知道从那个时候开始我就再也放不下对她的喜欢。我记得有人说过，当你见证了你喜欢的明星从跌倒再到爬起，你见证了他平凡的一面和光耀的一面后，当你看着他从幼稚变得成熟，从退缩变得勇敢，你就再也放不下对他的喜欢了。

这句话我深深地印在脑子里面，很多年都忘不掉。

烈日晒干了湖泊，留下鱼和鱼的故事。你没有来过，但我也不曾离开。有种似是而非的情绪沿着海岸描了深色的红。芦苇不见了，还有鸢尾倒立着插进天空厚厚的云层。有种惩罚是看不见的临渊，你知道。

中途的时候王菲去换衣服，然后大屏幕上开始放她的VCR。在那段VCR的最后，王菲突然对着屏幕说：我不希望有人记得我。如果有一天我不唱歌了，我希望你们忘了我。

那一瞬间我像是被钝重的刀狠狠地砍到了，从脚趾开始一直往上疼过来。我望了望身边的高蕾，她说她有点想哭。我说我也是，我再听一遍的话我就真的哭了。

在中途来的时候，高蕾就在出租车上说，记得自己在高三的时候王菲也来上海开过一次演唱会，可是那个时候自己要高考，不能去。然后到现在，这么多年过去，终于可以看到她站在离我们看上去很近其实依然很远的地方唱歌，这种感觉真好。

我也是，看着自己默默喜欢了这么多年的人站在自己面前，我想要说好多可是都喊不出来，只能像是个无知的歌迷一样用力挥舞着自己手中的荧光棒，忘记了第二天自己还要签名售书手会很酸。

最后一首歌唱完了，王菲说：对不起，今天不知道是下雨还是什么关系，我发挥得不好。请大家原谅。

然后我回想演唱会刚开场的时候她说的那句，今天又下雨，运气真不好，下面的朋友你们冷不冷。我身边的一个女孩子就说，是啊，在新加坡也是下雨。然后她指着贵宾席说，看到吗，那儿有很多歌迷都是跟着王菲满世界飞的，她去哪里，他们就去哪里。说实话我有点被感动了。不觉得他们傻，反而有点心疼和爱惜。有人和自己喜欢同样的东西是件愉快的事情。而偏偏有些人就为了体现自己品位的独特，当自己曾经喜欢的东西突然很多人也变得喜欢了，他就会去贬低自己以前喜欢过的东西，这其实是最没品位的一件事情。因为你否定那个东西或者那个人的时候，你也否定了曾经的自己。

结束后人群很快散去，我站在越来越空旷的虹口足球场有点耳鸣。刚刚过去的一个多小时像是一场梦一样，来得有点仓促令我措手不及。

站在空旷的看台，大雨哗哗地淋下来。又想起了那句歌词，“又下起雨，是天为谁哭了，谁为了谁哭了”。

走出去如我所料的根本拦不到车，很多人挤在体育馆的出入口只为了等待王菲的车子经过，雨越下越大根本没有停的意思。那么多的人站在雨里，我看了心里说不出地难受。有点想哭，我想王菲肯定很开心。

那天夜里因为没有车，走了很多路，一路冷得哆嗦。大雨打湿了头发衣服，夏天竟然像冬天一样寒冷简直不像话。雨水漫过脚背。匆匆忙地带走了尘埃。

我想明天又是美好的一天，我想这个世界的某个角落，也许有人像喜欢王菲一样喜欢着我。我想这已经可以让我知足了。

你在这里唱了，笑了，离开了；

我在这里听了，哭了，留下了……

2004

NEVER ISLAND NEVER ME

这一季漫长的秋天

写下这个题目的时候我甚至有一种质朴到简陋的感动。有一段时间自己总是喜欢用各种华丽的辞藻来堆砌散文,每个词每个句都搭配得天衣无缝且惊世骇俗。自己沉迷在那些华丽而飘摇的世界里迟迟不想醒来。如同王菲在刚刚过去的五月上海演唱会上闭着眼睛唱“我们不傻，我们不傻，我们伟大”一样日复一日地对自己催眠。王菲催眠出了非比寻常的“菲比寻常”演唱会，而我催眠出了一大堆自己都看不懂的东西。

太阳落下去的时候我看了看手机，NOKIA7200 的外屏幕上显示现在是“17:30 星期日 08.08”。我知道一天又这么过去了。说实话这真让人沮丧。

· 01 ·

新天地在黄昏的时候最安静。喝下午茶的外国人差不多散去吃饭，而晚上到酒吧的人还没出发。于是安静得有点让人受宠若惊。其实我一直是很喜欢新天地的，并且上次在新天地看到赵薇之后更加变本加厉地喜欢，只是来这里的人太多了我就只好不来。但是自己在每次约会定地点的时候还是习惯跟别人说："啊……那个，要不在新天地的 ××× 等好吗？"

我坐在星巴克门口的马路边上发短消息，身边一辆又一辆车开过去，还好马路很干净，没有灰尘扑到我脸上来。我也不知道自己为什么一下子来了兴趣就坐在马路边上发消息，而且还穿了条白色的裤子席地而坐，中途发得认认真真一丝不苟，直到一辆红色的法拉利开过去我才"嗷"地惨叫了一声。

是以前一个高中叫皮蛋的人给我发的短消息。我花了好半天才想起到底是谁。是我以前住公寓的时候我隔壁的一个男生。每天早上起来唱美声唱得日月无光的一个人，唱完后还要来找我一起上课。

和他聊起来就没完没了，聊了很多高中时候的事情。那个时候他比我小一届，化学烂得要死，于是就老找我问题。正好我高三也在复习高二时候的内容，于是也很乐意。我们从学校守公寓大门的那条恶狗一直聊到了我教会他的各种化学平衡的方程式。以前他老是配不平方程式。在新天地美好的黄昏里面我试图回想了一下那些我曾经背得滚瓜烂熟的化学变化，可是怎么也想不起来了。最后好歹想了一个 $2H_2+O_2=2H_2O$，这让我觉得很没面子。

我聊得忘记了时间就那么一直坐在新天地的马路边上，直到夕阳完全落下去手机屏幕的光把我的脸照得一片惨白。手机一振收到条短消息：亲爱的用户，您的预存款还有 1.23 元……于是我站起来拍拍屁股发了最后一条短消息，我说：我要回去了，再不回去横尸街头。

·02·

我们总是不断地在做着这样的事情：和一些人熟悉，然后离开他们，再去熟悉另外的人，然后再离开另外的他们。如此重复，得不到超生。

重新想起在离开家到上海来的时候，某某咬着牙说过的：你有本事就这么走，头也不要回地走。于是我就真的很有本事地走得头也不回。我想我也许真的该去考北影或者中戏，我不去中国又少了个能掩饰喜怒哀乐的最佳演员。真是可惜了。只是我没有本事扛到最后，我还是哭了出来。本来我想号啕大哭一场，但是车上人多口杂我怕吓着人，于是只好把头埋进膝盖里。有句话说痛苦是自己的，别人无从知晓。别人以为我低下头只是因为晕车。

在不同的城市喝着不同的咖啡，在小城市的旅馆里往自己杯子里倒雀巢的各种速溶咖啡，在中等城市里喝着上岛咖啡，在大城市里去星巴克听老外讲英文并且为听得懂大半部分而感到骄傲。

每喝下一杯咖啡的时候我总是在想以后我要带着我喜欢的人去西雅图，传说中那里有全世界第一家STARBUCKS。我们会坐在全世界第一家星巴克里玩猜拳，打牌，翻八卦杂志，然后等黄昏来临我们就白发苍苍。落日拉长了影子。

·03·

我忘记了曾经对谁说过这个理想，小A或者卓越，我记不起来了。一瞬间时光就过了这么远，那些鲜活的面容似乎从来没有远离过，他们真切地活在我的周围，看着我打开冰箱倒出一杯干净的水，看着我在众人的排挤里死撑着笑容，看着我在众星捧月的生活里皱着眉头。谁也不可能告诉我他们曾经远离过。

可是他们确实远离了我。在我望不到的地平线上安静地生活了一天又一天。我知道我们还将这样四分五裂地生活下去。一转眼十年。一转眼再十年。一转眼出席一个婚礼，再转眼出席一个葬礼。王泽说，一瞬间天光大亮，魂飞魄散。

·04·

暑假回家看到卓越。我们一起去报亭买杂志，我买了一本新到的《MEN'S UNO》，他买了本新的《我爱摇滚乐》。我望着他兴高采烈的面容恍惚中像在望着四年前的自己。四年前我就是这么戴着耳机听着摇滚面无表情地行走在茂密的香樟树下，头发浓密得遮住了眼。

在车上聊起曾经的音乐。我说我从高一听摇滚听到大一，四年。他说他从高二听摇滚听到现在大一。我说蛮不错的都三年了。他抬起头看着窗外说，你走了之后我还在听着。一句没心没肺的话说得我肠穿肚烂痛不欲生。

他走了带不走你的天堂，风干后会留下彩虹泪光。飞儿在《Lydia》里面的声音一直一直响在我的耳朵边上。其实谁走了谁都带不走谁的世界，我们其实一直这样彼此隔离地顽固地活着。而这恰恰是世界上最悲痛的事实。

卓越说他毕业后没有回到学校去看过，我说我也没有。那些曾经走过千万次的街其实早就变了模样，沿路的各种小店不断地倒闭但又有无数新的小店开张兴旺，生活甜腻而世俗地缠绕在一起旋转，人们盲目而幸福地活着。那些三年前穿过的衣服我竟然没有一件还在穿，所以我也无法想起自己的高中究竟是个什么样子，只是从照片上依稀地去感觉曾经留着青涩头发的我望着相机有着茫然的神色。黑的眼睛黑的头发。黑色的校服一直扣到最上面一个扣子。太阳很大的时侯我在照片上眯起眼。

· 05 ·

高一的一大堆朋友如今早就不知去向，只能在和另外的朋友的谈话中偶尔听到他们的消息。我的整个高中只住过一年的寝室，而在那一年中的朋友，如今我一个也找不到。这或多或少让我感到沮丧。

很多个梦里我重新回到十七岁的岁月。朝阳悬挂。汗水洋溢着青草的香气。每天早上都会经过学校的湖。深沉的水沉睡半天苏醒半天。

其实想想自己那个时候多少有些矫情。晚上聊天的时候我总是喜欢和他们聊理想。我挥舞着手臂描述我想象中的生活。宝马香车呼风唤雨。而那个时候他们总是沉默，只是年少不曾明白，还狂妄无知地反复问他们“你们呢你们呢？”现在想起他们的沉默总是让我心痛。因为并不是所有的孩子都是从小成绩优秀，拿着一份永远不怕见人的成绩单享受着无限的宠爱。

十七岁的我其实幼稚得伤了人都还不知道。而四年之后，当我吹灭二十一岁生日蜡烛的时候，我想念起当初的一群单纯的朋友，可是一个都无从见到。而我终究只能这样顽固地活下去，带着与生俱来的刺猬般的敏感披荆斩棘。

· 06 ·

微微终于和她喜欢了七年的男孩子在一起了。我每次和她谈起这些都为她感到高兴。在很多个晚上的电话里微微都给我讲起他们的故事。十七岁，在我还不认识微微的时候，他，小 F，就骑车载着微微从很高的山坡往下冲，两个人张大嘴在风里肆无忌弹地叫着，微微紧张地抱住他的腰。而我在电话这边为她高兴着。从小学到大学，这样持久缠绵的感情在最后化成彼此温存的凝重，这是可以让人哽咽的了。

在酒吧喝酒的时候微微和他在桌子下面手都是牵在一起的，手上的情侣表闪烁着白色的耀眼的光芒。而小蓓和我坐在旁边。最最讽刺的是以前小 F 曾经和小蓓在一起过。我和小蓓吃饭的时候都尽量不去看他们。所有人都嬉笑怒骂觥筹交错，时过境迁，一切似乎从来没有发生过。我以前总是能够在吃火锅的时候看见谁的眼泪默默地掉进油碟里，而现在我闭着眼睛不想去看，只是尽情地和他们争来争去，拿起杯子一饮而尽。是谁说过的，痛苦挖掘了紊乱的洞穴，我藏身其中不知经年。

酒席散去，一群人东倒西歪地睡在沙发和地板上。我坐着和小蓓聊天。我问她现在还喜欢小 F 吗，她摇摇头，她说都已经是过去了那么久的事情了，谁还记得。只是小蓓现在的生活也不快乐。她告诉我有一个月的时间，她白天就躲在寝室里睡觉，不去上课，晚上起来随便吃点东西就去上网，通宵，直到第二天早上才回去。然后又是睡觉。日子就这样暗无天日地过下去。小蓓像是讲笑话一样对我讲了上面的事情，并且在末尾的时候加了一句："好笑吗？"我张了张嘴却不知道要说什么。回过头去微微和小 F 睡在沙发上面容安静。

所有的事情似乎都让我觉得，这个世界上永远没有足够的幸福。当你获得幸福的时候，这个世界上总有人丢失了幸福。你永远不知道她在天光大亮的时候茫然地寻找，在暮色四合的时候孤单地等候。你在她不知道的世界里微笑着牵起手，她在你不曾想过的世界里走完了无数的四季。

· 07 ·

其实有时候人是无所谓理想的。当你在现实里被割得鲜血淋淋的时候你会觉得能活下去就是一种最大的感恩。

2004年的新年的时候我遇到很事情。别人的诋毁，媒体的诬蔑，朋友的背叛，支持的消失，一切让我觉得心寒却又可以面无表情地观望着这个世界慢慢地倒塌。那些曾经爱过你的人终于对你说了很多残忍的话。似乎以前的所有一切是他们傻了他们笨了，落落还是说得很对，当有一天你可以平静地接受曾经喜欢你的人不再喜欢你的事实，那么你就成材了。

平静地习惯，茫然地生活，欣喜地观望着朝阳，然后再沮丧地背对着落日。一天就这么过去。无声无息。

安静说：有些话，说认真吧。我不认真，听的人也许会认真。我认真了，听的人也许就不认真了。

于是我就在想，即使是这样也麻烦，于是干脆不讲话。安静地做着无言的浮草，在地平线上若隐若现地过完这一辈子。这也是一种淡化模糊的幸福。

轰隆隆的火车震过铁轨，乌鸦嘶哑地叫着飞上天空。这个世界本就不是一厢情愿的孤立和决绝。每个人带着与生俱来的惶恐蒙着脸冲向未知的幸福。多么伟大和悲壮。那么多年以前死去的筠子就说，我脸上蒙着雨水就像蒙着幸福。想象一千年前的飞天也不过如此，羽化了飞升了，又如何，最后依然是敦煌壁上表情呆滞目光黯淡的黄土，一千年一千年地掉落着灰尘。

很早以前有一个我很喜欢的“新概念”作者，她不出名，甚至已经没有人再记得她的名字，可是她关于飞天的描写却让我从一个梦里惊醒，她就像是一处淡化在雾里的景色，惊艳地出现，然后再轰然地归于平静。“生与死都是别人的热闹，我在拥挤的人群里享受着刺人的孤寂。”

只知道她后来考上北大了，没有依靠任何“新概念”的名气。而很多我喜欢的作者也一样，他们不出名不喜欢浮躁，他们散落在世界的每一个角落默默地生活，看完落日就等待黎明。所以有时候想到自己的生活我心里可以难过得流出泪来。并不是懦弱或者矫情，而是一种张着口都无法说出来的巨大的失望。它在晚上来回地走着，从客厅到卧室，从阳台到走廊，我听到它一声一声的叹息穿越墙壁后消失在城市汹涌的夜色中，无处可寻。

· 08 ·

所谓失望就是我们的希望太过高远而得不到满足而已。这是件很简单的事情。

· 09 ·

最近一直在忙武汉首发式的事情，春风社的赵 MM 把海报寄过来了，需要我们全体工作成员签名当作礼物。可是拆开邮包的时候上面的胶纸却黏在了海报上，所以每张海报下面都有了一道小小的口子。我叫痕痕去楼下买了透明胶，然后小心地粘好。可是还是有道痕迹以及透明胶的反光。我把多余的海报贴在了我们的墙上，我坐在地板上望着海报上围在海藻中的自己，突然觉得那个自己其实从来没有苏醒过，沉睡在浮草包围的世界里，日升月沉都无法动摇熟睡的梦境。

我坐在地板上仰头看了一会儿觉得脖子有点酸，于是起来去冰箱拿可乐喝。

也许字上面的自己其实有着另外的思想，只是他不想说话选择了沉睡。打开冰箱的时候我突然想到，于是手就那么停在了打开的冰箱门前面。

· 10 ·

夏天回家去休假，一个月没有任何工作和写作上的事情，每天陪妈妈逛街陪同学玩闹，日子过得迅速而不留痕迹。

妈妈说，过完这个夏天一切都会回归寻常的路。

我不知道妈妈说这句话的时候到底是暗示我什么。我只知道妈妈从来就没有想过我需要多么出名多么有钱多么不可一世。她始终是觉得人生平淡而普通才是至高无上的幸福，因此她总是漠视着我的成就提醒着我的生活。

走的时候妈妈和卓越送我到去机场的班车上。我假装低着头整理行李，没去看她的眼睛。因为前几次妈妈送我的时候都哭了。

车子开动的时候我在想，也许什么时候我真的应该放下一切回到我出生的小城市，忘记上海这个巨大的繁华声色名利场，回归十七岁的纯白，喝着可乐唱起嘹亮的歌。

妈妈你现在睡了没有，睡觉别忘记把空调温度调高，顺便喂喂我的小狗。

·11·

他们说每掉下一片叶子这个世界上就有人在叹息。我想也许每天都有着无数的人在失望，这些巨大的沮丧和悲伤混杂在一起冲向天空，阴霾迟迟不肯散去。

某段神经断在心脏的深处，随着每天每天的心跳痛得愈加清晰可辨。

·12·

天好大这条路好滑，我咬着牙往前闯。别让风把我们吹散，手拉着手我们不怕。很多个夜晚我就这么听着徐若瑄的《姐，你睡了吗？》睡去。梦里的自己很坚强。

·13·

似乎感觉上 2004 年的秋天迟迟不肯到来。太阳依然悬挂在天空之上，出门的时候不戴太阳镜眼睛依然很痛。只是在早晨和黄昏的时候在小区的草地上会很舒服。周围有流水的声音和分不出是天然还是人工的蛙鸣。

我突然发现自己已经很久没有在早上八点之前起过床，每天都是昏睡到中午，然后开着空调一直工作到午夜两三点。这样的生活在我妈妈眼里就是所谓的不务正业。妈妈说，好好吃饭好好睡觉，然后再去谈个女朋友以后早点结婚……

这个夏天我没有遇见一场雷阵雨，在上海台风季节还没有到来的时候我就回四川度假去了，而回来的时候上海的台风季节已经过去。那一场又一场庞大的雨水没有与我打个照面，他们隐去云朵之后，不知道哪一个来年它们会重新席卷而来。而四川的雨都是在午夜的时候咆哮着冲刷着城市，那时我在沉睡，无知无觉。我知道秋天到来的时候就会有连绵的雨水。城市笼罩在无法摆脱的水汽里。

这个夏天没有蝉鸣，不动声色就悄悄逝去。可是秋天却不肯到来。我总是想也许有一天我就那么在雨水冲刷中睡去，沉沉睡去，没有梦想没有希望，于是就没有了烦恼没有了失望。直到我醒来，周围的石头森林换了新的面貌，周围的人穿起了新一季流行的时尚；直到我醒来，河水翻涌高涨，沿岸冲刷了常年茂密的森林；直到我醒来，台风重新过境，摧城掠地地带走每一个人深藏的梦想；直到我醒来，在下一季漫长的秋天。

又或许，我再也不用醒来。

2004

NEVER ISLAND NEVER ME

花朵燃烧的国度

花朵燃烧的国度（1）

·01·

离开上海的时候就一直在想西北到底是什么样子。是否如同所有的电影和文学里面表现出的悲壮豪迈带着猎猎的风声，是否如同所有的图片里面表现出来的苍凉华彩染了厚厚的尘埃。有沙漠为它打上壮阔的标签，有敦煌为它盖上华丽的印章，有月牙泉为它镶上闪光的金边，有雅丹地貌为它抹上浓重的华彩。在飞机飞向宁夏银川的时候，我像是站在空旷的万人体育场中央，那些曾经出现过的诗句小说歌曲电影，全部一幅一幅一帧一帧地从头顶渐次飞过，缓慢地不发出一点声响，却微微地俯下了头。

耳机里梁静茹唱道："那是个宁静的夏天，你来到宁夏的那一天。"

·02·

可是西北究竟是什么样子呢？

·03·

那些反复出现在公路两边的苍茫的戈壁滩，那些笔直公路上行驶的破旧的货车，货车后箱货物上坐着的满面黄沙的农民，那些行驶两个小时看不见一个路人的午后的懒散时辰，阳光微微照耀，那些公路两边目光呆滞神情暗淡的羊群，尘埃悬浮，那些披着破旧披肩行走在暮色里的表情隐忍的少年，那些大片大片枯死在烈日下的苍白的棉花田，那些成群结队朝着西风方向倒伏的庄稼风干在土地里，那些马路两边的铁丝网和铁丝网后仓皇张望的年轻女孩，那么他们呢？种种种种事物皆顶着一张不动声色的侧脸经过我们的身旁，我们有时注意，有时忽略，有时哼着“院子落叶跟我的思念厚厚一叠”闭着眼睛，有时对着蓝天白云无聊地齐齐发呆。于是他们就缓慢地经过了我们的身旁经过了我们一百年生命的其中几秒。他们就成为了我们生命里的过客。那么他们又是什么呢？

他们是西北么？

·04·

10 月 2 日晚上我从深圳飞到银川，而这个时候工作室的成员们还在火车上。我因为在深圳有活动的关系所以比他们提前一点出发，然后赶到银川同他们会合。而他们要在 10 月 3 日早上才能到达。

出机场的时候世界一下子变成黄色，我站在大门口有点发怔。书店的人很是欢迎，春风社发行部的小郭也到机场来接我。我和他们礼貌性地握手微笑聊天然后上车。可是脑子里还是一直出现刚才在飞机下降前以及走出机场时看到的荒凉成一片的黄色土地。耳鸣依然没有消退。他们告诉我这里昨天的最低气温是零下一摄氏度，而我现在穿着从深圳直接飞过来时穿的短袖衬衣。这样巨大的落差让我觉得自己似乎错乘了一架国际航班。

第一次看见荒漠里出现水源，水源里有绿色的芦苇倒插进天空。

看看时间 hansey 他们现在还在火车上。铁轨撞击每秒一声。

花朵燃烧的国度（2）

火车上的旅程是世界上最枯燥单调但是却最丰盛繁华的经历。我在五年前就已经知道了这个道理。因为曾经有无数凌晨的灯火温暖过我的寒夜，有无数沉默的山脉慰问过我的行程。

而如今他们依然停留在他们曾经停留的地方。而我早就过了千山万水。

·05·

西夏王陵。听上去多么繁盛华丽的字眼。历史一叠一叠地像胶片一样重叠着覆盖在这些字眼上面像是镀上了最华丽的金箔。可是谁会相信只是一片荒芜之上的几个突兀的黄土堆？那些曾经驰骋的身躯肉骨就真实地沉睡在这些黄土之下。那些曾经鲜活的面容依然鲜活地出现在无数人的记忆里或者想象里。只是曾经繁华的西夏王宫已经不复存在，曾经的盛世也不复存在。剩下黄土。也只剩下黄土。悲哀地悼念了过去的千年，并且引导着未来无数的人走回过去的岁月。无所谓那些逝去的日子是否蒙上了厚厚的尘。

他们说沉默的黄土下安睡着无数的亡灵。你们信么？有时候我宁愿相信那些亡灵是透明的是抽象的是无法捕捉的没有质量的存在，他们存在于高远的天空之上。

而此时，却有石碑有经文在烈日下昭然地印证，黄土下是几千年前的亡灵。骸骨化为磐石，身体发肤溃烂在一年少有的几次雨水里。

曾经的帝王和普通的百姓一样，谁都没能逃过死亡巨大的手掌。人类的力量有时候不免显得单薄可笑。可是还是有那么多的人因着对凡世的贪婪而在红尘里彼此厮杀。血光冲天。那是几千年前开始就不断在天空下重复的一场又一场愚昧的盛大演出。

当地人告诉我们，这些王陵其实已经被人掘过墓，如今里面空空如也，即使是凭吊，那份感情也是没有寄托地云游在了四海之外。这些话不免让人沮丧，也让人在回过头去寻找历史的时候，失去了脚下站立的最坚实的根基，甚至让呐喊都变得不再底气十足。

所幸的是，离开的时候，我发现脚下的土地已经开始长满了毛茸茸的狗尾巴草，芥草深重，有绿色，就有生命，就有希望。

所以生活总是会在人最悲哀的时候向你展示一丝一点重新站起的希望，于是你又会甘愿地去重新走一遍曾经走过失败过的路程并且毫无怨言。

因为内心有了光。有着一棵在风里微微晃动的芥草。

它是绿色。于是一切都可以变成绿色。

·06·

——哎，想过暑假去什么地方么？这样的日子要闷出病来了。

——没想过呢，我书包里还有七张明天就必须交的试卷没有做，这才是我现在最该想的问题。笨蛋。

——我那天在电视里看到敦煌了。

花朵燃烧的国度(3)

——是么?

——是啊……你看外面的太阳，这个太阳挂在香樟上面，我们无论是否想看都只能再看半年呢。半年后就毕业了，想看也没得看。同样的呢，我这张帅脸，你想看也没得看了。所以要在远行之前拼命地记住眼前的一切啊!

——……神经病。

——你说这个世界究竟是什么样子的呢？我总是觉得它不太对劲。我觉得当我们闭上眼睛的时候，它肯定会搞怪地露出它不一样的面容。

——想太多了吧你……

——不是，你没觉得这个世界总是稀奇古怪的样子么？坐上飞机从大海边出发，三个小时就可以看见茫茫的沙漠。你说这个世界上到底有多少我们没有看到过的地方呢？有多少没有听过的歌没看过的画没有走过的路没有穿过的衣服？五千年的世界，博大精深啊！

——你今天吃错药了吧？
——不是……哎，我跟你说过么？我不考上海了……

太阳无声地沉下去。然后又是一模一样的一天。
其实看上去一模一样的一天，早就彻彻底底地面目全非了。

·07·

2004 年 10 月 3 日。晚 17:00。银川沙湖。

舒婷说：芦苇饱蘸夕阳 / 淅淅沥沥沿岸描红。

大片大片的辽阔水域漫延在沙漠里，于是张大了口瞪大了眼，依然是震撼。那些黄沙被风吹过来穿越辽阔的水面，然后撒落在那些零星分布的芦苇群上。芦苇毛茸茸地倒映了逐渐下落的夕阳，于是天地都被反射成一片盲目的红色。像是突然被刺穿的双目，血液代替一切，逐渐死亡的色泽，蔓延开来成为天地里渐强的乐章。湖面红色，沙面红色，芦苇绒毛红色。一切都是红色。

——……呕……
——我不闹了，我跟你说正经的。没有去过的地方，没有看过的风景，会给人勇气么？我想有一天如果能突然放下一切，包括学业，工作，家庭，财富，然后背着行囊就开始走，其实也不知道走到哪里去，但是那样的旅途，应该很让人愉快吧？

——也不一定的。你会有牵挂。你会在旷野里裹着毯子想起一个人，你不知道他现在在干吗，也许刚刚吃完饭站在水槽前洗碗，也许坐在沙发上孤单地看电视打发掉又一个寂寞的周末，也许在大街上买了一束新的玫瑰，也许蹲在马路边像丢失了玩具的小孩一样哭泣，也许一个人悄悄地刚看完一场没有票房的电影，也许坐在电脑前面又写完了一个计划案。你会发现你原来一点也不在乎的世界其实还有那么多的事情你放心不下。于是，所有的人，都是，走了又回来，然后厌倦了生活，再次出发。如此不知疲倦地循环。然后有天早上当你想再次出发的时候你会发现你突然背不动背包了，镜子里突然出现无数的白头发。

——如果真有，那样的时候……你会想要，哭么？

——不知道啊……没想过。先把这张试卷做完再说吧。

——好像明天又要考试了呢。浓硫酸稀释时的步骤是怎样的？

——那本黄色封面的参考书的一百二十二页，自己看呢！

· 08 ·

穿着最新款的 NIKE 气垫鞋踩在几千年前的城墙上，你说应该心平气和地看作是时代的变迁洪流的进步还是应该或多或少的悲哀呢？

早上八点，太阳刚刚升起来，在门口租了三人的那种自行车一路骑进去。嘉峪关在很里面，需要走很长的一段路才能到达。可是在很远的地方就可以看见城墙以及城墙上雄伟的城门。

路过一个湖泊，里面长满了白色的芦苇。新生的朝阳颜色鲜红，所有的芦苇被染成红色，在水面倒映出柔软而带着皮毛质感的温柔。后来我们几个走进芦苇去拍照，表情温暖并且舒展。走出来才感觉到难受，裤子鞋子袜子里全部有着带刺的种子，粘在人的身上，然后被带到各种地方。

以前的兔子或者野鸭穿过，然后有种子随这些动物出走。一路散播出新鲜的生命，在异地生根，萌芽，开花，然后长出新的带刺的种子等待路经者的再一次经过。

于是生命生生不息。世界呈现盲目的幸福。

应该是一个全国赫赫有名的地方，长城的最西面，曾经战果显赫的要塞，而如今，即使是在国庆黄金周里面，也只有三两游人，而且都是面容疲倦，那么在平时的时候，这个城池就真的是在人们的纪念之外了。几十年几十年孤独地站立在沙漠的边缘里面，背靠着国度边缘毫不繁华的城镇，面向一望无际的毫无生命的沙漠。风沙和落日每天都留下痕迹，于是它的身上就有了千年的沧桑，沿着荒芜的墙和龟裂的地面一层一层地滑向地心的最深处。也许几千年后整座城池沉入地底，再也没人可以寻找到痕迹，再没有人知道曾经有无数的勇士在这片黄沙上洒过滚烫的血。

走上城楼的时候有个很小很破败的庙宇，走进去也只有一个关公的塑像，身上的红布全部落满了尘埃，整个庙宇昏暗得让人看不清楚，只能看到墙壁上有破败的画像。在关公像前面有个破旧的录音机在放着佛教的音乐，一阵一阵带着让人昏昏欲睡的安神作用。

小的时候我总是和外婆一起去城市里的天池山上的庙宇，外婆信佛，小时候每到庙会什么的都会上山去吃斋。所以很多年后的现在，我每次经过任何佛教的地方，童年的记忆都会全部席卷而来。阿亮花了十块钱烧了一炷香，hansey 花了二十块抽了一支签，而我靠着红漆斑驳的柱子没有动。像一个麻木的旅人一样面无表情。那个卖香卖签的人收钱的时候笑得一脸白痴样。

在阿亮许愿的时候有两个老人走了进来，头发全部花白，走路蹒跚，我脚下的那个门槛对他们来说都显得格外难以跨越。他们穿着中国农民典型的粗布衣服，互相搀扶。他们的眼睛很混浊，可是看佛像的眼神却很虔诚。刚迈进门槛老人就拉着自己的妻子跪下来什么都没说就开始磕头，本来佛像前有蒲团，可是两位老人直接跪在岩石地面上。然后那个白痴就过来叫老人花钱买香拜拜，当老人从厚厚的棉衣里面掏出一个用手帕包起来的信封拿出钱来的时候，我心里觉得抽筋一样地痛。因为他的那个包里面也就只有四十多块钱，然后他们花了二十块一人烧了一炷香。岁月沧桑的痕迹在他们的额头脸庞手背刻下了痕迹，我可以看到生命逐日逐月离开他们的迅疾。然后想想自己买一块洗脸用的 CLINIQUE 香皂就要一百六十多块我就想抽自己一耳光。

后来他们缓慢地离开了那座庙宇，走上城墙。我们跟在他们后面。他们安静而蹒跚地行走在西北燥热的正午逆光里，我的眼睛里只剩蹒跚的两个剪影。我不知道他们从哪里来，也不知道他们将要去向哪里。他们不可能是附近的居民，因为这些城楼在他们眼中早就失去了神圣的意味，这些城楼在他们眼睛里面只是城里人少见多怪的那个“怪”，因为随处都可以看见丧心病狂的人在墙壁上写下的“××× 到此一游”。所以这两个老人应该来自我不知道的远方，可是远方到底是多远呢，两个已经进入暮年的老人需要行走多少个日子才可以到达这个边陲的荒废的城楼？需要多少虔诚的心态才能鼓起远行的勇气来瞻仰几千年前的金戈铁马？在我和 Roger 抱怨火车卧铺真是难受的时候，他们又手拉手地在硬座上看完了多少个日出?

Roger低声地对我说,如果老了能有个人陪在我身边,那真是件幸福的事情呢。

也许我们早就习惯了孤独，在一起是热闹，是狂欢，是上帝仁爱的赐福。孤单的日子才是理所当然。

有些东西我们会轻易地遗忘。有些东西我们会深刻地悼念。
有些东西转身就走头也不回。有些东西缠绕身边永不离开。

总有孤单的时候。总有开心的时候。总有寂寞的时候。
总有幸福的时候。然后再孤单。

沿着台阶一直向上，台阶旁边是平铺的石板路，用来给马跑的，古代送战报的使者就是骑着马这样冲上城墙。我和 Roger 很兴奋地去走了那个相当吃力的平路，以为自己是使者，走了一会儿才反应过来自己是马。

当我们真正站到城墙上的时候,Roger一直低声反复地说,太伟大了太伟大了。我弄不清楚他到底是在说这个城楼太伟大了还是自己能够爬上城墙太伟大了。

只是站在曾经几千年前的城楼上向西眺望的时候，我丧失了说话的能力。我也很想和 Roger 像平时一样搞笑，我也很想像逛所有的风景区一样比画着“Yeah”的手势笑得露出上排十颗牙齿，我也很想喝着可乐戴着耳机双手插袋四处逛逛。

可是我没有。我丧失了那些平日里随手拈来的活力。我站在城墙上一瞬间有点想哭。

我和 Roger 望着最西边的那个城门，在很多年前，当中土的人们从这个城门出去的时候，他们就出国了，就是去了传说中路途遥远沿路危险的西域，去了风沙满天但充满神秘的西域。而如今的城门口，有的只是身上披红戴绿的用来经营的骆驼。那些骆驼皮毛没有光泽，一块一块地脱落，无论有没有弱智的游人爬到它们背上去拍照，它们的眼睛都是没有神采充满困倦的。然后它们齐齐地眺望着西边的方向，那里有着曾经荒芜一片的沙漠，也有着曾经盛世繁华的丝绸传说。而如今，只有流沙装点一路。

我指着城墙外面对 Roger 说，是不是以前的匈奴等外族人就是从那边杀过来的？

Roger 摸摸脑袋说，应该是吧？

然后两个人傻站在那里，不说话，过了很久他说，应该把 DV 带来的。

其实我想，即便是带来了，这种悲怆辽阔的感觉是永远拍不下来的。有些地方，只有当你去了，到了那里，双脚真实地踏在那些土地上，你才会感觉到一些隐秘的对话，那些暗示，那些季节变迁的秘语，你才能逐渐地听懂。

后来就起风了，闭上眼睛我恍惚地觉得像是站在几千年前的城墙上，对面一片秋风肃杀金戈铁马。无数的人在我的耳边呐喊，寒铁衣黑色，指关节黑色，眼眶红色。一个英雄倒下，无数个英雄倒下。无数个不眠的夜晚，身披铠甲的将士，遥望东方的国度。那些敲剑击盏哼唱战歌的日子，那些黄沙漫天的日子，那些燃起篝火的日子，那些烈酒溅尘的日子。然后历史就这样书写了一份又一份卷轴，然后全部遗失在时间的旷野里。

“披坚执锐兮，独守山冈；田园荒芜兮，谁与之守；邻家酒热兮，谁与之尝；白发倚门兮，望穿秋水；稚子意念兮，泪断肚肠；妻子思念兮，独守空房；年年草青时，盼君归故乡。”多年前背诵的歌谣从天空飞过，投下斑驳的影，覆盖了整个边陲的城池。

没有大雁。所有的大雁都在千年前飞走了没有回来。

·09·

他们说，告别是为了更好地纪念。而我只知道，在我们转身离开之后，在国庆黄金周结束之后，这个边陲的城市将不再有人经过，直到下一个旅游旺季的到来。

几千年的历史被抛在身后，城墙依然斑驳依然掉落灰尘。

我们挥手种植下的纪念，在我们一转身的瞬间，全部枯死在黄沙里。

·10·

我见过一场海啸　没看过你的微笑
我捕捉过一只飞鸟　没摸过你的羽毛
要不是那个清早　我说你好你说打扰
要不是我的花草　开得正好

多年前看到王菲的《新房客》里出现的风车突然出现在黄沙弥漫的戈壁上。一群人下来，站在下面仰望那些转动的巨大旋翼，风从耳边喧嚣叫嚷着跑过去。hansey 说，从今以后，你都不会再忘记这种声音。旷野里巨大的如同呐喊的风声，像是拥有足以带走一切的力量，让人站在大地上仰望的时候失了聪。

风衣被吹得猎猎作响，头发在风里纠缠在一起。睁不开眼睛，张不开嘴巴。只剩下在身边来回往复的风声，浩大，像是从天而降的祈福颂歌。

大风吹。大风吹。春光比夏日还要明媚。大风就这么带走了时光带走了一切，听着王菲《新房客》的时光竟然已经退到了三年前。那个时候的自己还骑着破旧的自行车赶去城市中心的一家小音像店里拿订购的新专辑。而一转眼，她穿着比花朵还要鲜艳的最新一季的顶尖时装出现在《将爱》的封面上，一脸笑容明媚。

时光啊日子啊就是这么过去的。

晚上躺在汽车上，头顶上是星星密布的苍穹。已经忘记多少年没有看过这么多的星星。而且是从来没有看过如此多的如此清澈的星星。hansey 指给我们看北斗星，以及它指向的明亮高悬的北极星。还有各种星座，我们仰起头用手指画出一个又一个的传说。突然想起杨乃文《祝我幸福》的第一句：满天星星在眨眼，他陪在我身边。

可是现在，你陪在谁的身边呢？在做什么，在说些什么话？抑或是在听着什么歌曲突然想起了谁。这个谁是我么？

· 11 ·

在敦煌开始发烧，整个人像是要燃烧起来，却又没有一丝力气，软绵绵得像踩在棉花上。所以莫高窟在我的眼睛里就带上了诡异的色泽。

尽管七百多个洞窟只能对我们开放十几个，尽管不能开灯只能打着手电进去参观，尽管不能带照相机不能带拍照手机，尽管我头晕目眩四肢无力，但是我依然要说敦煌是伟大而不可描摹的。

那些飞天那些神色肃穆的佛像，在过去的那么多年里一直一直出现在我的睡梦里面，而当我真实地站在它们面前，当我仰着头看着几千年前的色彩像是观望着天空的五彩祥云，我就觉得陌生了。我就觉得恐慌了。我就觉得难过了。

其实飞天早就飞天了，留下的是什么呢？那些佛像脸上的金箔一层一层剥落，在岁月风沙的摧毁下变得面目全非。那些壁上凝固下来的千年传说真的就这么变成了传说。谁都不会再去想起，释迦牟尼曾经是个真实生活在世上的人，曾经他也笑过也在一棵树下休息过。也曾经卷起裤脚走过一条清澈的溪流。

当你走在这些几千年前出现过的事物周围时，你会觉得时光都不再具有任何意义，它是流动的，也是静止的，当你一回过头的时候，也许时光就倒退了三秒，当你再回过头去，一切又重新回到原样。只剩下远古的色泽依然有动人的魅力，丰满的肉身上有袈裟一褶一褶地隐藏着时光。来和去都变得不再重要，生和死也被模糊淡化。那么剩下的是什么呢？佛祖高坐莲花座上沉默不语。不语不观，则通明。也许世人都该刺了目穿了耳，失明失聪才会知晓世界是什么样。不然诱惑太多繁华太好看，过尽千帆依然在等待下一个万紫千红的春天。贪婪。是人最大的死症。

藏经洞早就没有了经书，那些经书如今散落在世界各地，中国仅仅只有零星的一点点，这该是悲哀还是什么呢?

那些蓝眼睛白皮肤的外国人一边游览一边赞叹历史的伟大，我不知道他们的导游会不会也对他们介绍他们的祖辈曾经是无耻的贼呢?

去看一个敦煌最大的佛像，导游说这是世界第三大佛，第一大是在乐山，第二大是在荣县，荣县呢，竟然是我家乡自贡的一个县城。在如此遥远的地方听到有人谈起你从小生活的城市，感觉是如此地微妙和不可言说。

太阳软绵绵地照在身上照得我更加软绵绵。离开的时候全身的力气都消耗掉了，回过身看到佛祖慈悲的伤怀。目光里闪烁的色泽几千年前就曾经出现过，而且还将几千年地存在下去——如果还有另一个千年的话。

有人说，我就想站在山上，看看脚下的莫高窟，我想站个几千年，我想看看它消失时是什么样子。

·12·

鸣沙山。月牙泉。

感觉应该是窦唯专辑里的两首歌曲的名字。带着缓慢的情绪，以及各种随手拈来的中国民乐。

拖着发烧的身子爬上了沙漠的最顶端，然后又坐着滑沙的滑板下来。其实如果是单纯地为了玩滑沙我肯定不会拿自己的身体开玩笑。两天没吃东西并且热度没退的情况下，谁都不会去爬这个曾经带走了无数人生命的沙漠。

只是我在想，单纯地想，我想看看沙丘那一边的世界，是什么样子。

然后我看到了，沙丘的后面还是沙丘，没完没了的沙丘，再也没有了城市的影子，偶尔有一个蚂蚁一样大小的人影行走在沙丘之上。这就是曾经让人无限遐想的丝绸之路么？曾经波斯的香料以及各国的特产就是从这里来回进出中国，曾经的盛世繁华，曾经的歌舞升平。就是如今眼前这些沉默不语的黄沙么？

在银川看到的沙湖根本就不能叫作沙漠。而现在，当你站在沙漠的面前，你会恐惧，会发抖，那种莫名的恐慌会一瞬间把你湮没。黄尘古道，刀箭卷轴，一切都不复存在。

黄沙是安静的。安静是永恒的。永恒是历史的。历史是湮没在黄沙里面的。

落日在黄沙的背后缓慢地沉了下去。随着我的思绪以及无法出口的感慨。

后来从沙丘上滑下来，没人告诉过我会满口满脸的沙。于是一群人下来站在一起互相“呸呸呸”地吐沙。

月牙泉一天比一天干涸。当地人告诉我，也许有一天，就不会再有水源了呢。曾经在无数的电影里，《天脉传奇》《天地英雄》等里面见过这里的景色，可是真实地走进来，却会感觉到根本没有电影里的辉煌，有的却是让人心痛的破败和难受。那些曾经叱咤世界的美景，那些曾经贵为咽喉的丝绸要道，如今就日复一日地摧毁在这个无人问津的沙漠里面。

骆驼依然是麻木的表情。还有所有靠旅游业营生的人。他们的嘴唇干裂，皮肤暴晒成黑色。我看了心里难过。

· 13 ·

——你说如果离开了一个从小生长的地方，你会在多久后就开始不可抑制地对它想念呢？

——不知道，一年么？

——也可能是一天也说不定呢。

——可是想念也是没用的，又不能一想念就马上飞回去。除非你就是在家附近的村落走走，累了又回去开着冷气有着好吃的水果罐头的房间继续用笔记本看动画片。

——那么你说，以前的东西会忘记么？

——会的，真的会的。所有离开的人都信誓旦旦地说过他们不会忘记曾经的一切，可是最后都忘了，无一例外地忘了。他们会有自己全新的生活，有自己全新的朋友，重新找到自己的爱，重新拒绝别人的爱，他们会开始熟悉每一条陌生的路，会知道在哪一个转角有超市可以买到新鲜的牛奶，会知道在哪里搭车去听一场下着雨的演唱会。所以我们要祝福他们，在全新的世界里面，要过得幸福。

——真的是，这样么……

——嗯。是这样呢。

——那么你说，人呢？以前曾经爱过的人全部都会忘记么？

——这个你别问我，我没有考虑过这个问题，也许当我有一天真的走了真的离开了，那么我再来回答你吧。或者，你也可以告诉我答案呢。

——你说，如果我现在哭的话是不是很丢脸呢？

——那是当然，所以你不要哭，你哭我会觉得很恶心的然后送也不要送你了直接打车回去。

——这么多年都不变，你真是冷漠的人啊。

——谢谢。

——无论你是否相信，我都会一直想念你的。

——我相信，我干吗要无缘无故地去否定呢。只是这样的话，说的人认真，听的人就不应该认真。说的人不认真，听的人就会认真的。

——什么意思？

——没什么。你看今天晚上，果然是没有星星的。

——不单是今天晚上吧，这里好多年看不到星星了。

——不知道那边会不会看得见呢，应该会很好看吧。

——不会的，日本的天空很混浊的，并且很脏，云朵都是灰色的。浅灰色，就和你生病发烧的脸一样难看。

——我生病发烧的时候其实有另外一种性感。哈哈。

——呕……那么，再见……了？

——嗯，再见。

——再见……

——你他妈的有完没完……

因为哽咽而没有说出口的话是：无论是否记得我，请你一定要幸福啊。

2004

NEVER ISLAND NEVER ME

颜色

蒲公英白色，杨花白色。成群结队的羚羊白色。

无声飞上天空的鸽子白色。黄昏白色。清晨白色。

离开城市的人白色。

全部白色。

阳台上挂了十七件衣服，十件白色。柜子里所有的袜子，全部白色。

时为 2004 年 9 月 14 日。上海的天空乌云密布。时而下雨时而刮风。这见鬼的天气让我再次决定逃课。这一举动使得前一天刚刚作出的“这学期一节课也不逃”的决定成为自欺欺人的谎话。逃回来的路上听到路边一家很破烂的音像店里在放王菲不知道多少年前的歌，“红裙是我蓝绸是你”。那个时候王菲眼睛下面还有钻石镶嵌出来的眼泪，这使得她的悲伤染上无比高贵的色彩。而我的悲伤，细脚伶仃地在路上来回逃窜，时不时地被过往的汽车自行车唱歌的洒水车逼到墙角。我的悲伤应该是充满廉价色彩的，不用说钻石，我连为它们镶一圈 18K 黄金金边的勇气都拿不出来。这多少让人觉得沮丧。

一部内地的言情剧里说，每一朵乌云都有金边。可是这个世界上有无数的乌云，却只有一个太阳。

不知道从什么时候起开始相信一句话，闭上眼睛才可以看见最完美的世界。

这句话在我听来都不知道是算作希望还是算作绝望，它们彼此厮杀得大动干戈血肉横飞，剩下我站在中间，无事可做地一天一天地成为痞子。

什么是白色，什么都可以是白色。

以前离开的人对我说过："这个世界上只有死人最干净，白色是唯一的救赎。"我记得那个时候我对他的这个看法表达了最深切的鄙视，并且为他的悲观感到耻辱。可是在这么多年后的今天，我变成一个更加悲观的人，一片树叶掉下来我就觉得整个森林开始焚烧，一只飞鸟飞走我就觉得整个夏天离开。这样日复一日地惶恐着，悲伤着，闭着眼睛盲目地冲向一个又一个来到的清晨。

其实没有所谓的希望和失望的，失望了就重新来过。又不是没有失望过。

小A很喜欢穿白色。即使是在冬天里，他依然是一身白衣如雪。可惜四川那个温暖的盆地总是没有下过雪，于是他的衣服就成为积雪的象征，盛开在我的眼里。只是现在，他在日本，应该每年都可以看到大片大片的落雪吧。瞳孔黑色，雪花白色。在一个又一个风雪席卷的清晨，他行走在空无一人的道路上。抬起头眼睛里没有颜色。

什么是生活？所谓的生活就是花了一百块钱买拖把，花了四十块钱买地板蜡，花了三百块钱买床单和被套，花了七块钱买洗衣粉，花了两百块钱买锅和碗，在结账的时候满心喜悦地想我要开始新的生活。结果在走出超市的时候发现没有钱打车回家，于是拖着大包小包的东西走回去，累了坐在马路边上越想越沮丧，经过一个小时回到家就躺在地板上一动也不想动，闭上眼睛等待第二天的黎明。这就是生活。

而所谓的白色就是将五彩斑斓的生活一股脑儿扔进洗衣机，倒入洗衣粉，消毒剂，漂白粉，哗啦啦转动，无数个旋涡，然后一切就退成空无一物的白。

白是苍白的白。

蓝天蓝色，蓝天灰蓝色。

落日下挽弓的猎人蓝色。弓箭蓝色。

大海里沉浮的泡沫蓝色。大海蓝色。

指甲蓝色。头发蓝色。肋骨根根蓝色。

一切回归蓝色。通通蓝色。

很多年前有首歌里唱过，He is a blue child。初一的时候把他理解为他是一个蓝色的小孩。而多年之后我明白了这句话真正的含义。

Blue man,Nowhere man,Never man.

他们在很多个夜里，蒙着眼睛从我的梦里穿堂而过，没有声音没有动作，可是我每次都能准确地感知他们。悬停在我空洞的眼睛上方三米欲言又止。

大三换了新的校区，从金碧辉煌的上大本部换到只有五分之一大小的延长校区，可是也没觉得有多么失望，反倒对越来越多的绿地感到欢呼雀跃。也许是石头森林待得太久，看见草地如同看见岛屿一样惊讶。总会觉得蓝色应该是种快乐的颜色而不应该代表伤心。天空蓝色，大海蓝色，宇宙中俯视地球蓝色，所有浩瀚广袤的东西全部蓝色。如果苍天有情早就换了日月，又怎么会每一年每一季抬头都是一片忧伤的蓝？

王菲唱，白云苍白色，蓝天灰蓝色。我的爱人呢？

早就不见了梦想不见了盛宴不见了童年放飞的单色的气球。它们随着忧伤飘向了我不曾预见的彼处，而我停留，在此处。断了三魂，剩下七魄。是该感激还是该诅咒？

高中的香樟树下，你伸手递给我的纯净水，瓶身蓝色。

夏天炽热得泛起白光的水泥球场上，你站在铁网外面对我加油，你的发带蓝色。

我们一路敲打着饭盒手拉手地冲向食堂，拥挤喧嚣的人群蓝色。我们深蓝色。

无数个夜晚，天幕沉下，谈话在夜幕里无声无息地膨胀，秘密蓝色。

你习惯用的那个五百页的笔记本，蓝色。我习惯用的中性笔，蓝色。

过去的日子蓝色。伸手拉回来的记忆蓝色。

定格在照片上的时光蓝色，永远成为蓝色。

风衣黑色，缠在手上的纱布黑色。

大把大把枯死的芦苇黑色。

穿过时间罅隙的骏马黑色。

头上扎起的发带黑色。

夜晚降临。整个世界一片黑色。

在漆黑的电影院里听到小天狼星对哈利说，爱我们的人永远不会离开我们，永远能够找到他们。在心里。

那一瞬间想起很多以前不曾想起的事情，本来已经随着尘埃埋进深深的厚土，却在一阵雨水的冲刷下重新翻涌上地面，积蓄着力量和咆哮，一瞬间撕毁了自己坚强的防御。所有的感情溃烂在这个充满雨水的 8 月，然后全部死亡在充满料峭西风的 9 月。离开的人终于离开。回来的人还没有回来。无论我们是否曾经爱过，现在爱着，将会爱了，我们也再也找不到他们。王泽说了句让我看不明白却痛彻心扉的话，她说，那些离开的人，既离开且留下，拉了我的手又没有拉。

寒铁衣黑色。指关节黑色。一切回归死亡的黑色。

二十岁的时候学会了四十岁的规则。二十一岁的时候看见了死亡降临时浩大的尘埃。田地化成手中的土，一百年化成一瞬间。直到最后，有人成了王，有人成了寇，可是几千年后谁都不会记得谁，谁都不会悼念谁，所谓的永远所谓的永恒都是骗小孩子的话吧?

有时候站在阳光下突然就这么沉默了，那么多人围绕在眼前那么多声音围绕在耳边，可是突然地就寂寞了，最想看到的一张脸没有出现在自己抬起头的瞬间，最想听到的声音没有在旁边温柔地询问："你幸福吗？"最想看到的身影不在前面的香樟树下徘徊，最想牵的手现在不知道牵着谁的手，最想看到的眼睛再也没有了光芒，最想寄出的一封信躺在抽屉里面一躺就是三年，最想出口的告白硬生生地长进香樟的年轮里成为永不作声的秘密，最想忘记的人从来没有停止想念过，最想拥抱的人一辈子都没有拥抱过。他们说走过很多路跨过很多桥总会遇见一个崭新的天地，可是为什么我乞求的一小片国度上天都不曾给予过？我说这岁月啊这日子啊不要再这么苍白啦，我说这人生啊这故事啊不要再这么庸俗啦，我说无论艳阳高照还是风雨晦涩，我都要高昂着自己的头我是天下最优秀的孩子。

想起自己喜欢很多漫画里面煽情的对白，女孩子含着眼泪大声地喊，你知道我是寂寞的呀，可是那个让我寂寞的人就是你呀!

闭着眼睛哭泣的脸，无数个沉睡的夏天，白色的裙子，白色的衬衣，第二颗纽扣，黑色的单肩包，一切被匆忙地拉回来，带着洗涤后的黑白颠倒，呈现出曾经席卷过年轻而单薄的身体的岁月。曾经以为自己早就过了那些听到动情的话语就内心波动的年龄，可是还是每每被纯真的感动撞得稀里哗啦。

是不是这个世界已经昏黑一片，所以一点点一丝丝一些些光都显得特别奢侈？

“我蒙着眼睛朝幸福走去，四下一片黑暗，可是只要你在前方，前方就会有火，就会有光，而我就会有勇气，我会勇敢地冲向未知的幸福或者痛苦，只要你在身旁，那一切无法想象的事情都会变得可以想象。你要相信我。”

时间转瞬消失，只剩下单薄的坐标轴，往年龄深处笔直地刺探进去，朝着看不见尽头的苍茫刺探进去。有一些声音一直响在大脑深处，它们割断无数的神经末梢，于是疼痛就变得时断时续不可捉摸，在某一个瞬间突然从很深很深的洞穴里疼痛翻涌上来，如同在厚重的雨水里充满萌发力量的种子，盘根错节地把疼痛往更深的地方传递，但再过一个瞬间，又突然全部断开，疼痛寻不到一星一点的痕迹。

于是我们只有蒙着眼睛自欺欺人地唱着幸福的歌曲，直到大雨淹没了又一座城镇。

乌鸦飞走，麦田里留下的羽毛黑色。全部羽毛黑色。

街灯红色。夜半歌声红色。唱歌的人红色。

目光红色。目光尽头的背影红色。

心脏红色。血管脉络一概红色。

落日点起大火，整个世界燃烧出全部的红色。

红色应该是种沉重的颜色吧，因着血液的关系而变得敏感，汹涌，疼痛，冲动，激烈，残忍，血腥，唯美……一切的一切在血液的推波助澜下变得无法抵抗，像是台风过境时摧城掠地般无所不能。

于是心跳就变成了一种呼唤。每一次心脏的收缩都挤出鲜红的血液，而鲜红的血液就变成一种呼唤。每日每夜地响彻在身体的某一处，深深地不见天日。

在街上漫无目的地闲逛的时候，有个熟悉的背影突然出现，于是心跳了一下。

在跨上单车拿起书包的时候突然一瞬间怅然若失，于是心跳了两下。

在深夜的台灯下做题的时候窗外突然下起雨，茫然地抬起头望不穿浓重的黑色，于是心跳了三下。

在难过的时候，心跳四下。

在开心的时候，心跳五下。

在绝望的时候，心脏停止跳动。于是世界一片血红色。

学生手册是红色的，里面的数字里面的叉都是红色，里面留下的记忆是红色的。我童年的玩伴早就散落在了世界的各个角落，他们无声地继续着自己的生活，在天光大亮的白日里忙碌，在昏黑茫然的黑夜思念。我不知道他们去了哪里，我失去了曾经的一整个世界。

我的小学老师退休了，她每次看到报纸上有我的消息总会剪下来收藏。我已经一年没有回去看过她，不知道她过得好不好。忙碌地全国飞，却寻不到一个罅隙回去看望我曾经的世界。我的小学在年底就会拆掉了，寒假我从门口经过的时候我用 NOKIA7200 拍下了那个油漆剥落的校门，上面是鲜红的七个大字：贡井区向阳小学。那个曾经在老师的眼睛里面永远长不大的小孩子在一瞬间已经可以呼风唤雨，我想我的小学班主任肯定在很多个下雨的清晨早早地醒来，站在屋檐下对着满世界的雨水想起我，想起我小学时的玩闹，想起我的任意妄为，想起她第一次为我戴上红领巾的样子，想起她帮我别上中队长的两道杠时我的笑容。她对着无边无际的雨水，心跳一声一声溃散在滂沱的世界中。

大雨下成红色，世界都变成红色。

见我第一面，老师的头发黑色。见我最后一面，老师的头发白色。

回忆我的时候，心跳呼吸全部红色。

——你幸福么？

——我很幸福呢。

简单的对话，于是忍不住就哭起来。

香樟绿色。雨后树叶绿色。

希望绿色。失望绿色。

你弯起的眉毛绿色。

蓦然回首时，道路渐次绿色。

当日子一天一天地过成了倒计时，当回忆一片一片地成为秋天里的落叶，当我站在收割之后的麦田，我就忘记了曾经翠绿成一个天地的誓言。

游戏的主题歌里唱，“不羡鸳鸯不羡仙”，开始以为这是个病句，结果后来才发现前面的那句歌词是“如有你相伴”。

我们就这么吵吵闹闹地长大了，曾经彼此勾肩搭背的伙伴如今坐在咖啡桌的两边，曾经用过的厚厚笔记本如今变成了手里的SONY最新的超薄笔记本电脑，曾经习惯的通讯录如今变成了各种各样的手机，曾经熟记在心的地址如今变成了各种@的符号地址。

是悲哀吗？还是该掩耳盗铃般地告诉自己时代如飞一样变化，我们快乐地享受着盛世的繁华。

有时候一星期都不会去学校，自行车停在楼下保安设施万无一失的车库里一个星期都不会动，它主人乘着飞机往返在不同的城市之间，从前单车的快乐如同很久没有穿起过的白衬衣遗落在世界的某一个角落。学校的老师已经对我形成一种默认的纵容，他们会在点名的时候点到我不在的时候理解地点一点头或者低呼一声“哦”，在所有学生的眼里我是个特别的人，有着老师的宠爱和自由的世界。在他们还看不清天空的时候我的羽翼早已丰满。

可是雷声轰鸣的城镇永远都有下不完的雨。在他们所不知道的世界里，总有人需要沉默地做着一棵不会说话的浮草，总有人需要沉默地对抗着跋扈的风霜，总有人需要忍气吞声地度过漫长的岁月。

世界是绿色的吗？绿色是安静的吗？安静是我的吗？

我是一整个世界吗？

空气旋涡透明色。向日葵透明色。

席卷地面的台风透明色。我是透明色。

终年大雾透明色。短暂暴雨透明色。

岁月透明色。年华透明色。

世界褪色了，什么样？不是褪成苍白的白，而是褪成空无一色的透明色。所有看不清楚的东西都消失不见了，再也不用看清楚。你像个天真的孩子一样笑了。

蓝天褪色了，什么样？那些终年不肯散场的阴霾终于被天光破尽，然后天光也一起消失，离开的人终于离开，没有人会再留下来。我像寻找不到归途的孩子一样哭了。

亲爱的你褪色了，什么样？再也找不到香樟树下反复推测的思绪和青涩的感情，一瞬间时间地点全部转换，物是人非，斗转星移。送出的礼物全部收回，拉过的手全部放开，亲吻过的嘴唇全部干裂，触摸过的地方全部冻结，一起看过的花全部枯死，一起放过的风筝全部断线，一起走过的草地全部焦灼，一起待过的湖泊全部干涸，一起的日子全部倒退回来，天崩地裂，魂飞魄散。天地一片透明。你的瞳孔也透明。于是世界苍茫，重归混沌。

然后呢？然后剩下我。如果我也褪色，那么谁来见证曾经五彩斑斓的世界？谁来见证你曾经走过的路面全部变成了蓝色,你回首望过的路面全部变成了黑色？谁来悼念透明的你？谁来为你透明色的衣冠冢一年一年地扫墓？

其实世界再也不用剩下什么了，有我就好。因为我从来就是那么孤单，当这个世界漆黑一片时，当这个世界灯红酒绿时，当这个世界繁华时，当这个世界落魄时，当这个世界喧嚣吵闹时，当这个世界鸦雀无声时。无论何时，我都是这么孤单的呢。呵呵。嘿嘿。哈哈。总是有着不同的笑声。自己笑过去，成为清醒的解嘲。

我不寂寞呢，我可以自己跟自己说话。

——你幸福吗？

——很幸福呢，所以你也要幸福。

我不寂寞呢，所以哪怕全世界只剩下我一个人，我也不愿意褪去我的颜色。

2005

NEVER ISLAND NEVER ME

WORDS

回忆

回忆是早晨突然起了大雾，你骑着单车戴着手套去上课，沿路看不清楚，却继续往前，太远的地方一片朦胧，只能渐渐地朝着混沌苍茫的白色里骑过去，周围的植物、行人、建筑、车辆如同浸在药水里的底片渐渐显现，记忆渐次恢复，你从二十一岁朝着十二岁骑过去,最先看到的是二十岁的生日蛋糕和蜡烛的微光，你最喜欢的人在桌子底下拉了你的手，然后看到十九岁的你倔强而年轻的脸，看到十八岁自以为是的成熟，十七岁，十六岁……笔直地朝着浓雾深处骑过去，所有的记忆在沿路播放电影，有缓慢的配乐声，那是他或她的名字，被空气清晰地反复解读。

回忆是夏日的香樟，在空气里蔓延浓郁的香气，香气横贯操场如同河流，夏日午后的操场空无一人,烈日当头暴晒,跑道边的绿草泛出亮光,太阳耀眼而炽热,而你突然在跑道上抬头，红色橡胶跑道发出滚烫的热度。你稍微地抬了抬眉毛说，你也在。

回忆是三楼中间的第三间教室，墨绿色的黑板，上面有值日生没有擦去的笔迹，在放学人群都散去的微风里，轻微地掉落了些许的灰尘。而你一个人独坐在教室，夕阳在窗外打出了倾斜的毛茸茸的光。头顶的风扇生涩地旋转，你听着嘎吱嘎吱的旋转声独坐了三十分钟，然后背着书包安静地离开。谁都没有注意到你在桌角写下的，某某某，我好想念你。

回忆是很久之后的某一天，你突然经过一个陌生的地方，一瞬间你如同电击一样感受一切似曾相识或者时光倒转，记忆踮起脚尖悄悄地溜走，而你留在原地目瞪口呆或者安静地皱起眉头。那一瞬间你想起了某某某，你想起他曾经在那个生锈的水龙头下冲洗过踢完球后被汗水打湿的头发，又或者你想起她在大雨瓢泼的时候提着裙子走过车流汹涌的马路。他们一瞬消失，一瞬再回来，然后再消失。

回忆是装在背包里的硬币，一路摇晃一路叮当作响，我们背着这些沉甸甸明晃晃的行囊走过无数座桥翻过无数座山，穿过无数的黎明度过无数个黄昏，那些行囊始终在我们身后，并且你一直都可以听到它们的声响。

回忆是你觉得一切都已经过去得那么久远，可是一闭上眼睛，一切又重新回来。

长途旅行

长途旅行是种逃离么？是逃离后的失落么？是失落里的寻找么？你寻找到了正在长途旅行的我么？

若干年前我似乎问了你很多这样的问题，可是你都没有回答。我们一次又一次地出发然后回来然后再出发，那些路上的风景就越来越多越来越纷繁复杂到最后我也看不清楚。可是我们还是持续地去走越来越多的路。多年前我还站在山顶说有一天我有钱了我就坐飞机去中国的各个地方。可是当年我大声呼喊的样子还格外清晰，似乎也就过了几天几个月，可是我现在竟然真的穿了山又越了水，走过了中国几乎所有的省份。

长途旅行中的人都会沉默寡言么？我还记得你以前对我讲过，你说你喜欢沉默的人，因为他们善良。可是我变得越来越能说会道，你会觉得我越来越不值得相信么？是不是人越长大就会说越多的谎言，然后一直讲到最后自己都会相信那就是真实？我们都喜欢的那个英国伟大的催眠师说，没有谎言，也没有真理。

我还记得那些在火车上昏昏欲睡的夏日午后，阳光从火车的车窗照耀进来，所有的人都不讲话，沉默是庞大的颂歌。只有车轮撞击铁轨发出的有规律的声响，提醒着每一个人，世界依然旋转生活依然太平，我们依然在驶向未知的远方。

长途旅行中的人是寂寞还是满足呢？我都忘记了我有没有向你问过这个问题。我对你的询问已经多到我自己都不能忍受的地步，所以后来我逐渐开始自己去寻找答案，然后在寻找答案的过程中变得越来越坚强。我想每个人看到了新的风景都会很满足，会觉得有新的感动以血液的形式汩汩地流进心脏。左心房右心房室动脉支动脉毛细血管遍布全身。也许只有在看到了令人想要落泪的美景而你不在身边我无法向你描述的时候，我才会觉得有遗憾并且寂寞吧。

凌晨

凌晨是世界最安静的时刻。星星从天黑的时刻开始逐渐显形，一直到凌晨全部呈现。于是这个世界显得庞大。人生显得渺小。回忆显得单薄。未来显得死气沉沉。你在凌晨的阳台上微微地仰起头，天上一点星两点星，其实这些微小的光芒可能在好多年前就已经死去，当它们抵达地球被你看见，你所看见的这些光芒也许全部都是灵魂，它们的实体在很多年前消失无踪。

凌晨是你推开关好的窗，外面不知什么时候已经下雨，整条大街湿漉漉地泛出路灯的黄色光芒。有两个披着雨衣看不清面容的街道工人依然站在寒冷的雨里，他们拿着铁锹在清理因为下雨而溢水的下水道。你看着他们的背影突然就觉得一阵伤心。因为如果不是你今晚睡不着而推开了窗，你就不会知道这个世界上还有这样寂寞的两个人。其实别人也一样，他们没有推开窗，所以他们不知道世界上还有一个你，在所有人都沉睡的时候，站在大雨面前突然地伤心。

凌晨是你骑着单车冲过一条又一条安静的空旷的马路。你开始习惯每天晚上骑着车在家附近的几条马路上走过一个来回。那些梧桐在越来越深的深秋里变得突兀，树叶持续掉落。你骑着车穿过凌晨的黑暗像是穿越以前倏忽过去的那些岁月，冷风打在脸上使肌肉紧绷。你想起了好多的好朋友，他们散落在很多个不知道的地方。他们从各种地方了解到你的种种，而你却不知道他们过着怎样的生活。他们提起你的时候都是一脸的骄傲，他们对自己新的朋友说"我当初的同学现在红遍全中国"时掩盖不住的骄傲。可是他们活在你所不知道的另外一个世界，中间隔了一道单薄的凌晨。

凌晨是包围你全身的黑暗。你关掉手机然后想了想又打开。打开后盯着屏幕好半天没有反应然后再关掉。你写了好长的一条短消息，可是最后还是没有发出去。于是那些长长的话语也就只有说给自己听。你开始养成了自己对自己说话的毛病，你对着镜子每天练习"嘿你写的小说真好看"，因为除了自己讲给自己听之外，你似乎再也不敢不想不愿意相信别人。是因为太过害怕所以就谁都不信任么？不过我还是唯独可以信任你。只是你又不在我身边。

凌晨是没有关的笔记本电脑，开了太久发出微微的热度和猛烈的噪音。

夏至

夏至是曾经的年月。所谓曾经的年月就是再也回不去的日子。你知道。

夏至是欲言又止的仓皇。谁也没来得及记住谁的背景。只是在很多年后恍惚地想起很多年前在刺眼的阳光里有人默默地离开。

夏至是永远不会到来的狂欢。世界冷冰冰，没有人愿意拉着我的手前往游乐场。夕阳应该早就熄灭了吧，游乐园应该早就打烊了吧，那些闪烁的彩灯应该早就暗淡了吧。我想拉你的手，可是你却把它安静地放在口袋里。

夏至是短头发，白衬衣。是骑着单车匆忙地驶过覆盖着树荫的马路的岁月。那些停留在单车上的日子，我们匆忙地从城市的这个角落骑向另一个角落。我们彼此拍着肩膀挥舞着校服的外套，彼此放声大笑挥汗如雨。因为我们知道夏至就要到来，阳光灿烂的日子是全世界最盛大的节气。永远没有忧伤的日子，永远没有欺骗的日子，永远没有毕业的日子，永远没有遗忘的日子。我们的青春绵延百里，谁都相信我们可以感动整个世界。即使谁都不相信可是还有我相信。

夏至是凉席上睡出的汗水印记。翻个身听到稀薄的蝉鸣漏进窗户，再然后越来越清晰于是睁开眼就看到满世界的阳光。打开冰箱拿出半个西瓜，勺子插在上面像是胜利的旗帜。拿出写字本一笔一画地写着工整的中文字，老师说这个暑假要写满一百页。写到快要吃晚饭的时候就打开电视机，机器猫永远比中文字吸引人。那一年你十一岁。在小学里你是个调皮的孩子。永远做不完暑假作业。永远拿不到第一名。

夏至是最后仓皇地离开。你不知道为什么突然就毕业。那么多的参考书都没有来得及做，那么多的人都来不及告诉他们“我喜欢你”，那么多的日子竟然就这么荒废掉，那么多的理想竟然都还没来得及实现。你在一个烈日当头暴晒的日子里站在学校大门前拍毕业照。周围站了两三个好友。你本来想笑一下可是表情格外僵硬，于是一生一次的毕业照上你显得格外木讷。阳光照红了每一个人的脸，却照不亮每个人的眼睛。因为潮汛来临，一瞬间突破警戒，城市滔天大水。世界一瞬间模糊，可是一直到很多年后的现在，你都没有承认自己是哭了。你总是拿着毕业照片端详半天，因为好多的人你都记得他们的面容，可是张开口却再也叫不出名字了。

生活的意义

生活的意义是困的时候可以睡觉，肚子饿的时候可以吃饭。想念你的时候可以给你打电话，没有想你的时候你会打来电话让我突然想起你。

生活的意义是我们都可以健康地长大，不会经历那些丑陋的人生，黑暗的算计，彼此的仇恨，残酷的杀戮，无耻的嫉妒，我们穿着温暖的羊毛袜子一步一步地走过自己的人生，十年前蹒跚，现在彷徨，而未来的十年越来越稳健。二十岁的时候认真地恋爱，三十岁的时候有幸福的家庭，四十五岁的时候戴着老花镜帮小孩讲他不懂的数学题，六十五岁的时候可以在腿上放张厚实的毛毯在壁炉旁看那些年轻时因为忙碌而一直没看的书。

生活的意义是有一张属于自己的温暖的床，而不是把被子直接铺到地板上。

生活的意义是夏天终于过去冬天逐渐到来，而你再也不会像年少无知的自己一样矫情地害怕着寒冷的来临。因为你知道当凛冽的寒风席卷过去，绿色会重新卷上枝头，没有什么事情不会过去。

生活的意义是有一群彼此照应的朋友，在相聚的时候大笑，在分开的时候挂念，在别人面前有彼此才知道的典故和笑话，在无聊的时候可以找到发短消息的人。即使有一天终究要散落天涯，可是曾经生命交汇过，曾经光芒万丈过，曾经为彼此的委屈伤心地哭过，那就可以在挥手的时候忍住伤心灿烂地微笑。

生活的意义是在冷的时候可以喝到热的汤，在思念家乡的时候可以买到张机票飞回去，而不是仅仅向妈妈打个电话发一通牢骚。在面对一桌山珍海味的时候可以想起曾经和你一起吃过的路边摊。在久光百货一楼刷卡的时候可以想起在地摊上买的便宜的衣服。在五星酒店的套房里想起自己凌乱的房间，想起那只在它调皮捣蛋时恨不得掐死但在此时却格外想抱一抱的纠结咪。

生活的意义在于终于肯花时间在家里做饭，而不是打电话给不同的饭店叫外卖然后在等外卖的五分钟里依然要忙碌着去做工作的计划案。

生活的意义是有天可以一起和你去没有去过的游乐场，看幸福的摩天轮和令人心跳的过山车，孩子们口袋里放满了幸福的糖果，永远奏响的那首歌是你在小学时就会用口琴吹给我听的《欢乐颂》。

毕业纪念册

毕业纪念册是那年的夏天，那一个唯一的夏天。那一年，你们和我都说过同样的一句话，我们说，从来都没有觉得过，凤凰花可以开得如此欠揍。

毕业纪念册是陈可佳坚持把名字写成 CKJ，以至我在几年后每次买 CK 的牛仔系列的时候都会不可避免地要看到 CKJ 这三个字。而最近买的一件 T 恤上居然 LOGO 就是 CKJ。

毕业纪念册是 Lily 的大发牢骚，说身材变胖十年内一定要减肥，下次再见面要让我们所有的男生血压升高。而当年最胆小的她现在是正在学习中的护士，整天和尸体打交道，甚至还寄了块褐色的不知道是什么的东西给朋友，然后语重心长地告诉他这是从尸体上割下来的一小块人皮。

毕业纪念册是好朋友的互相吐槽，是对暗恋的人说出了那些说不出的话，是在用最欢快的词语来掩盖最深沉的难过。

毕业纪念册是永远的书，曾经以为再也不会去看也再也不会去想，可是每次搬家每次整理房间，当目光接触到那个因为年代久远而变得落伍的封面，心里就会涌起时光被埋葬时翻涌的尘埃，一瞬间席卷过房间的每个角落。那些熟悉的笑容隐没在每一个更加熟悉的名字后面，戴着眼镜的她成绩最好，留着平头的他拿了全校长跑的第一名，其实谁都是谁的故事，在我们曾经飞扬跋扈的时光里，青春像轰然驶过的列车，沿路不断有人下车。

毕业纪念册是曾经的那张车票，我忘记了是你买的还是我买的，只是有人在上车的瞬间从口袋里掏出零碎的钱，在低头和抬头的瞬间里很多夏天的热气那样匆忙地从身边奔走过去，什么时光啊人生啊理想啊毕业啊大学啊一切都像是闷热的暑气，在身边流动，如同海风。可是四川在中国的内陆，离海岸线有着比海岸线还要绵长的距离。就如同我现在对你们的思念，绵延万里穿山越海。

毕业纪念册是我们断在空气里的那些话语，因为某些无法讲述的原因而硬生生地断在彼此的沉默中，张开的口闭不上，伸出的手指发出咔嚓的声响，其实谁都知道彼此没有说出口的话是什么，可是谁都不肯对对方说出“你走了我会想念你”，可是却在真正拿到毕业证书要离开学校的那一瞬间被重新想起来，想起当年的时间地点人物事件温度语言表情动作，可是我们是因为什么而想起呢？几乎都以为快要忘记了。可是又硬生生地想起来，如同突然一根骨骼错位，刺穿皮肤裸露到空气里，那些疼痛，自己不说，旁人都会明了。

毕业纪念册是黄昏里突然腾空的鸽子，它们说过会回来，可是却从来没有回来过。大雨开始滂沱，世界开始渺小，空气里唯剩它们振翅高飞的刹那留下的灰羽，成为人间曾经光芒的传说。岁月渐次暗淡。

毕业纪念册是一场终年不停的大雨，那些紧握记忆不肯松手的人被淋得全身湿透，其实我们之所以会觉得站在大雨里的人很狼狈，是因为我们永远都分不清楚，他们脸上的雨水，究竟是雨水，还是他们不肯告人的眼泪。

香樟树

香樟是夏天的记忆，那些死去的夏天，在这个寒冷的冬天里渐次苏醒。朝阳破晓，大家都曾经是那些夏天的亡魂，在天空居住多年，羽化后重新回归尘世。

香樟是高中的记忆，梦中重回过无数次的学校，转身走上楼梯，每个楼梯转角的伟人画像，画像上蒙着的厚厚灰尘梦里时光倒流，我清晰地站在高三（3）班的教室后面，看着十八岁的自己趴在课桌上昏昏欲睡，把脸埋进胳膊，阳光穿过我的头发。那个时候的头发被老师强行要求染回了黑色，那个时候的耳钉被老师强行地摘了下来，那个时候有很多好看的衣服可是不能穿。而二十一岁的自己似乎终于做了高中时候梦想的事情，可是却再也快乐不起来。

香樟是窗外的记忆，十八岁的我看阳光刺破树冠，光线倒插进瞳孔发出尖锐的声响，我灵魂出壳地悬浮在年轻的自己的身后上方，看着他一边做试卷一边看着桌上的手表，额头上是夏天里细密的汗水，窗外蝉鸣像是潮汛到来的声音，头顶的风扇嘎吱旋转。他在试卷上飞快地写着 ABCD，眉头皱在一起没有打开。

香樟是黄昏时的管弦乐，我曾经在我十八岁的每个黄昏拿着饭盒穿越那些模糊的树荫，和朋友拿着饭盒敲敲打打，幻想自己是摇滚乐队的帅气乐手，我们挥洒着汗水吸引着无数年轻女孩的尖叫，我们年轻所以我们是最锋利的国王。在我十八岁的每个黄昏，我穿越这些斑驳的树荫像是穿越我永远不会结束的青春。从学校走回住的地方，点亮台灯，我在晚上一定要点亮一盏台灯，因为我觉得只有在温暖的黄色灯光之下，我才会变得勇敢，才不会惧怕黑夜，才会在你远离我的那些日子里不再孤单，才会可以做那些永远都做不完的参考书，才会可以忍气吞声苟且地把几乎要过成亚光的生活继续地过着，然后听着那些永远也听不腻的 CD，关灯睡觉。

香樟是微微飞扬的头发，那个时候似乎全中国的女生都在流行直发，于是微微的头发就很直，而现在，2004 年的中国是卷发天下，所以当我 2004 年的新年寒假回家的时候，我果然看到了一头卷发的微微。可是说到时尚似乎在朋友圈子里也没人可以超过我吧，我们变得越来越漂亮越来越引人注目，可是为什么却没有越来越自信呢？我们甚至自卑地觉得自己是全世界最脏的人，泡在浴缸里怎么也洗不干净，泡到最后就会把自己沉到水里嗡嗡地哭。这些都是微微告诉我的，她说这样的自己真令人讨厌。

香樟是长满整个城市的记忆，那些静默不语的植物站立在城市的每一个角落，我曾经无数次地从它们身边走过却没有在意他们，我想没有人会在意他们。只有当我们离开了那些熟悉的地方，离开了闭着眼睛也知道哪里有红绿灯的街道，离开了曾经频繁出没的文具店，离开了到学校必须经过的那一个长长的斜坡，离开了熟悉的 11 路公交车站，离开了霓虹包裹下的寂寞天桥，离开了早就决定要离开的地方，离开了终究要离开的地方，离开了不想离开的那个我们生长的温暖的母体，我们才会想起那些曾经站立在城市每个角落的香樟树，它们，是我们成长的全部见证，那些难过欢笑沮丧争吵殴打逃跑回归离开和追忆，全部深深地刻进了那些苍白的年轮里，等待着那些离去的人有一天无意中把它们想起来，刻骨铭心地想起来。那个时候，才会痛彻心扉。而在没有想起之前，一切都是无聊而虚幻的过场，繁华还没有落幕。于是闭着眼睛享受着盲目而虚假的盛世太平。

香樟是傅小司眼里的大雾，世界一片混沌，天地万物回归最初，谁都没有在我生命里清晰地出现过，我也没有清晰地参与过任何人的生命，每个人在自己的岁月里孤独地度日，寂寞地转圈，守着那些沉落了又再次升起的太阳，日复一日，年复一年。

香樟是陆之昂的白衬衣，在最炎热的夏天飞扬出了橘子汽水的味道。左手边是高扬得让人落泪的友谊，右手边是一个人讲不出口的孤单，他是香樟寂寞的树干，在一天静默过一天的站立里宣告着安静的力量。他不是花不是叶不是高高在上的树冠，而是静默无声的树干，在春夏秋冬里用同样一张侧脸计算着经过了多少年月又遗弃了多少梦想。

香樟是我死去多年的梦。

孤单

孤单是半夜的时候突然惊醒，世界瓢泼大雨，你再也睡不着，你镇静地喝下了一杯牛奶然后看了一本艰涩的书，可是还是睡不着，然后你裹着被子看着窗外的天光一秒一秒地占领苍穹。

孤单是手机里的电话号码越来越多，每天接的电话越来越多，每天发的短消息越来越多，可是当你突然看到一片曾经在梦境里反复出现的葵花花田，你兴奋地拍照，大声地呐喊，可是之后却不知道要把拍好的照片传给手机里的谁。在那一瞬间你突然明白，一路走到现在，已经没有人站在你身边，陪你看风景。

孤单是你想约朋友逛街，结果发现朋友已经约了别的朋友于是他对你说抱歉。

孤单是你再也不会为一个人的生日而费尽心机地起挑选礼物。

孤单是你再也不会因为书里的情节和自己的故事相似而大哭一场。

孤单是我站在这条经线，而你站在那一条经线，我和你之间隔了几点几个时差。

孤单是寂寞的矿泉水瓶，等它心里的眼泪哗啦啦地流淌完，它就被抛弃在喧闹的马路旁边。当它还有眼泪，当它的内心还有忧伤，别人就还把它抱在手里。当有一天它决心要做一个快乐的矿泉水瓶。它对别人讲了它的秘密，它内心所盛的满满的快要溢出来的泪水，可是它忘了它存在的意义，它的存在就是为了盛放那些忧伤的泪，就是为了让人们知道，其实有个人比我还不开心。所以它就被人丢掉了。它是个可爱的悲剧的小丑。

孤单是凌晨三点的键盘声，一声一声像是敲给天堂听的密码，所有的回忆转化成故事，神经抽搐着蜕皮，羽化出一段又一段华丽的绽放。

孤单是仰望候鸟的人群，因为候鸟带走了很多的思念。他们以为仰望着候鸟，就是仰望着那份早就离开的牵挂。他们相信着那个“天使总会飞越头顶上空”的传说，于是他们得以快乐而苟且地继续生活。

孤单是地铁。

孤单是久光百货的一楼大厅。

孤单是刷卡时签掉的银行账单。

孤单是你一个人吃饭一直吃到整桌饭都变凉，然后你站起来把菜默默地倒掉。那一瞬间你有点想哭。

孤单是赶着永远赶不完的通告，在从此处的光芒到另一处光芒的罅隙里，你在车上啃着面包喝着矿泉水，你咬着牙没有让眼泪掉下来，也不敢想一些比如“我为什么要这样”等煽情的话题。孤单是沉默而顽强地坚信：我的工作马上就要做完。

孤单是前一天突然发生重大的变故，整整哭了一个晚上，眼睛红肿皮肤暗淡，可是第二天还是要上某某综艺活动，小心地去问制作人可不可以改通告，结果被骂得臭头，说要大牌红了就了不起啊？于是强装开心的样子和主持人聊天耍宝和大家分享快乐，说是分享快乐其实只是把快乐给了别人，自己越来越孤单。

孤单是在北半球开始，然后寂寞在南半球收尾。孤单是你在深夜终于看完了这段冗长的文字，因为你除了看这段文字之外，孤单得无事可做。

2005

NEVER ISLAND NEVER ME

我又没有很想你

我又没有很想你，只是突然电视里又开始播放起一部很老的日剧，那些熟悉的语气曾经出现在好多年前我们还没有毕业时的夏天。那时的电视还不嘈杂，虽然简陋但是朴素，没有现在这么多闹哄哄的剧集。那时的日剧很少，只有两三部，每天播放的时候，所有念书的学生都挤在电视机前，目光紧紧地追逐着那些浪漫的镜头。我还记得那时你仰起头喝可乐然后大笑。说有一天我也要去那块土地上踩一踩。然后谁也没有想到当初的一句笑话如今真的成了现实。又或者你并没有当作玩笑，你是很严肃地在说话，而我却没有认真地在听。

上海已经是冬天了，现在打开窗子会觉得特别地冷。尽管现在才 11 月过半，但是很多时候我都错觉似乎一拉开窗帘就会看到厚厚的积雪，我日复一日地重复着这种想象，然后日复一日地失望。我们从小到大都没怎么看过雪，四川是一个不太下雪的地方，这个黑色的盆地一年四季都很温暖并且潮湿。很多年之后你去了日本，然后得以每个冬天都看见好多的雪，因此我有一点不甘心。我从小到大都想超过你，什么都很想和你比，我会和你比谁的成绩比较好，谁写字比较漂亮，谁的衣服更好看，谁羽毛球打得比较厉害，可是一直都是你更强。到现在我都没有赢过你，如今连看到雪的机会也比你少。真的好沮丧。可是如果你能够回来，我想下不下雪都无所谓了吧？我并不是因为想起雪就想起爱穿白衣服的你，我又没有很想你。

我都已经好久没有听歌，连大提琴也几乎不听了。我觉得世界已经越来越吵，几乎没有寂静的地方。而寂静，在这个电子世界里，是一种好奢侈的东西。

我记得在好多年前你的人生就是那个样子，不喜欢说话不喜欢喧闹不喜欢和人聊天，一群人上街去玩你竟然要带一本书，在大家举杯狂欢的时候你竟然会坐在一边安静地看书。我把你的书拿走然后递给你卡拉 OK 的话筒，然后没过几分钟你又把话筒给了别人再去看书。

可是好多年后这一切竟然变过来，我开始源源不断地写着自己的回忆写自己的生活，我竟然选择了一个所谓的“作家”这样一个古怪而稀少的职业，而你在 E-mail 里告诉我日本的卡拉 OK 店真的好多好多。

其实我好想告诉你我以前偷偷看了好多的书，因为不想输给你，我会在你提起某个作家的时候很骄傲地说“我也有看过他的《××××》那本书”，我这样说的时候感觉还蛮臭屁的样子自己觉得好得意。而你总是一言不发地笑，我多半把那认为是嘲笑，所以也没少对你翻白眼。只是这么多年过去，我再想起曾经的笑容，我心里想得最多的就是，那些笑容究竟是代表什么呢？因为我渐渐地明白，你永远都不会嘲笑我。并且从来没有嘲笑过。

我并不是突然想起了你留在我家的那一整个书架上的书，那是你离开的时候叫搬家公司搬来我家的，我只是突然想知道曾经那个笑容意味着什么而已，我并没有很想你。

那天我又经过上海财经大学的门口，其实是坐着某个老总的宝马 7 系列的车子，我还记得当宝马 7 系列出来的时候格外激动地写信给你向你描述我内心愤恨的样子，我还在说全世界的有钱人怎么那么多多到变态啊啊啊啊啊的样子。可是一转眼我就心平气和地坐在宝马 7 系列里面周游着上海这个全中国最繁荣的城市。并且我现在也开始赚钱了，如果咬咬牙，也许也是可以买一辆的。可是你说我怎么高兴不起来呢？我竟然想起了我们高中时代骑过的单车，黑色的车身，棕色的坐垫，上面的铃铛在一年又一年的风雨里生了锈。

我经过财经大学的时候正好看一群学生从里面出来，我不知道为什么在这个冬天，并不是毕业夏天时候他们会穿着一身学士服戴着学士帽从里面摇晃出来，全心全意是在演舞台剧么？只是我看到他们突然想到你打电话给我的口气，那是我一年难得地回四川的日子，炽热的夏天逐渐地过去，台风吹不过来，可是我知道上海肯定有飓风登陆。

你打电话到我四川的家里，你说你快要毕业啦并且拿了两个什么什么会计师执照和什么什么执照，你说某个财团的老板非常地欣赏你，只要你一毕业就可以去那家日本著名的财团工作，你问我说你过得好不好一定要幸福啊祝你幸福。

于是我本来还想问问的“你打算什么时候回来呢”也终于没有问出口。都要祝我幸福了还回来干什么呢？也许我结婚那天你会回来吧。不过也许我结婚那天你也在结婚呢。因为我从小都要和你比，你选的黄道吉日一定是最好的，既然选不到更好的那我至少也要跟你一样好。所以我们多半会同一天结婚。很多话都没有出口，我想，我不说，你也应该知道的。

你肯定不知道我现在变得有多强，全中国有多少人知道我的名字。这些都是你无从知道的我只是告诉你我现在开始写书并且似乎还蛮受欢迎。不过又或许你在网上也能查到一些关于我的消息。我也就无从知道你是不是真的对我现在的一切都不了解。我以前总是觉得你很强，总是模仿着你的语气学着你处理事情的态度甚至和你比谁熬夜比较多谁的参考书做得比较多。我之所以以前是个成绩优秀学生的原因竟然是如此地简单。

可是你走了之后我就变得无所事事，我总是觉得我身边的人都没有我强，他们没有我那么有名没有我能赚钱没有我羽毛球打得好甚至讲的笑话都没有我讲得好笑。我失去了一直朝前走的目标但是我又不想那么甘愿地就停下来，于是我就总是和自己较劲，我承认我是个死要面子的人，累死自己都要让自己不断进步不断超越不断地到达人生的一个又一个高峰。

所以我写了一本又一本的小说它们一本比一本卖得好，并不是我写得越来越好而是我越来越惶恐，我现在改十遍改十四遍最后改二十遍，只是因为我怕终有一天我不再优秀，也因为我怕终有一天人们对我选择放弃并且遗忘，更是因为我不知道你在海洋的那一边到底成长得有多好。

我不知道自己有没有达到足够让你称赞我厉害的地方，为了这些不知道所以我一直活得很顽固。我记得你以前对我说过的话，你说最坚强的人其实在背地里哭得最厉害。

很多年前我不理解，可是很多年后，我每日每夜嚼着这句话一直嚼得烂掉然后咽到肚子里去。这句话像是一颗黄连，苦到喝什么糖水都无济于事。到现在我才发现其实你也可以格外狠毒地说话，只是那些话都有着一张无比平凡的脸，以至于当初的自己就那么忽略过去，然后在很多年后的现在地动山摇地回忆起来。

我只是突然回忆起了自己生命里还有着这样一句像是预言一样的话语，并不是想起说这句话的你，我又不是很想你。

其实有时候会觉得那些迁徙的候鸟好傻，每一年辛苦地从北方飞去南方，然后在来年春天又重新回来。为什么它们不一直待在南方呢？就像你一样，去了就不再回来。后来想想是因为它们没有你聪明，你从小到大都是个聪明绝顶的小孩。小学毕业的时候我家墙上有二十二张奖状，而你有三十一张。

你还喜欢樱花么？我现在已经不再喜欢了，因为电视里看得太多而现实生活中又永远看不到所以就有点厌烦。我现在开始喜欢起中学那些遍植校园的香樟了。高大而沉默的香樟像极了你曾经站在学校小卖部前的样子，你曾经掏出钱包买过可乐，曾经买一把衣架回宿舍去把洗好的衬衣晒起来，曾经因为没有带钱却口渴想要喝水而问一个女生借了三块钱，而后那个女生就开始疯狂地给你写情书；你曾经因为买不到你喜欢吃的一种我叫不出名字的糖而站在小卖部门前灰头土脸，你曾经去买东西然后被人偷了钱包而难过了整整一个月。而很巧那个钱包是我送给你的十六岁生日的礼物。而后来我想重新买一个却发现那种三叠的帆布钱包全城断货。然后一直断货断货直到你离开去了一个又一个越来越遥远的地方我都还是没有找到那种钱包。很多年后，我知道那个品牌已经不再存在了。

你说我有多倒霉？

似乎一瞬间就经历了好多个夏天，自从离开了那些香樟之后我就觉得夏天开始变得白炽化并且热得难以忍受。

不知道日本是不是这个样子呢？现在的夏天我待在家里或者工作室里就完全不想出门，外面的太阳下是一群又一群欢乐幸福的年轻人。

今天出去办一些事情时，遇见一个自己以前很喜欢的女作者，她突然对我说，你看中国的文字好奇妙，一个词语就不能完全被另外一个代替，你看快乐和幸福那么相似，可是快乐的人就是幸福的人么？

这句话把我问得哑口无言。我在思考是或者不是的时候，她已经转移话题了，她也是个双子座的人，三分钟热度，不会记得自己曾经说过什么话，说的人不认真，听的人就认真。

是不是以前我也是这个样子，说了很多的话，你一点一滴全部记在心里？以至于你现在写信给我说起以前我说过这些那些，好些话我一点都想不起来。我真的说过么？我并不是突然追忆起了我们曾经谈论的那些或轻松或沉重的话题，我只是突然被那个女生撞到了曾经的一些回忆，我又没有很想你。

高中的时候我还是个穷学生，所以当你对我说你身上那件T恤好像是六百块的时候我整整一天都在讨伐你的奢侈并且感叹中国的贫富差距。而多年后的现在，我也开始赚钱，可以买自己喜欢的衣服，我后来也去买了很多纯白色没有任何LOGO但价格惊人的T恤，只是因为好多年前我看过你穿那件白T恤站在香樟树下的样子，你手里提着两个书包，你的和我的，你在树下站了半个小时等着参加素描加试的我一起回家。

所以我现在走在大街上，总以为我会在某一个瞬间某一个转角某一个红绿灯下看到那个穿着白T恤的男孩子左顾右盼。我现在开始不迟到，我现在开始比约会时间早到去等人，因为我知道再也没有一个人会那样地去等我，站在约定的地点左顾右盼，所以现在我在重复着你当年的样子，等待着别人的出现，让一个人看到有人在左顾右盼地等着自己的时候，他肯定会觉得幸福吧？我并不是突然想起了你的那件奢侈的衣服，只是我在等人的时候突然无聊想和你说说话，我又没有很想你。

你洗澡的时候还是爱唱歌么？还是依然保持着这个让我无比耻笑的习惯么？那个时候我在客厅里看演唱会，可是电视机里的声音都不会有你洗澡唱歌的声音大。其实你唱歌还算好听，只是有点分不清场合，去外面唱卡拉OK的时候你总是不出声音，所以永远没有人相信我说过的你唱歌还蛮好听。

而我现在洗澡都泡在浴缸里一两个小时一动不动，不想说话不想换姿势，这样寂静狭小的空间里我似乎能看见时光缓慢的步伐从天花板上践踏过去，我总是想起以前洗澡爱唱歌的你，我突然明白其实洗澡的时候能够放声歌唱的人生活一定没有压力，他一定过得好幸福，并且知足。我并不是突然想起了你和你家那个大到离谱的浴室，只是我洗澡的时候觉得周围太寂静于是有些自言自语，我又没有很想你。

我突然想告诉你一件事情，你肯定会耻笑我，那就是我在写这封信的时候一直在听赵薇的新专辑里的那首《天使之名》。我记得以前在你还没有走的时候她就已经红了吧，可是你不知道，在你走了之后她已经不是那个小燕子了，她现在是赵薇，我一直喜欢她到了现在，看着她一路跌倒再爬起再跌倒再咬着牙站起来，看得我惊心动魄，然后发现自己似乎和她一样甚至活得比她还要顽固。

我有告诉过你我喜欢坚强无比的人么？也许是因为自己不够坚强所以希望生活在这样充满光芒的人身边被他/她的光芒照耀吧。可是身边总是没有光，黑暗无边黑暗无边，于是就只能自己努力地成为一颗发亮的星星，可是一不小心就越来越亮越来越让人觉得刺眼。所有人都在仰望你羡慕着你可以璀璨整个黑暗的夜空，可是没有人知道当一颗星星越来越亮的时候它就离死亡不远了。

好了好了，我扯得好远，我还是没有改掉以前那个毛病，说着说着就会忘记自己原本想要说什么。我是想要告诉你，我二十一岁了，可是这个二十一岁的大男人却因为听到《天使之名》里那句“因为我揉匀了想念，朝向你轻轻地吹过去”而哭得一塌糊涂。你尽情地笑弯下腰去吧。

你现在和我应该过着有时差的生活吧？可是你肯定猜不准我们到底有多少个时差。并不是因为你的地理不好，我知道你的地理毕业的时候是一百分，而是因为我现在过着昼夜颠倒的生活，早上七点睡下去，晚上七点再起床。然后整个通宵在工作室晃来晃去。整个黑夜没有一个人，大家都在睡觉，只有我像个鬼一样在一百四十四平方米的空间里来来回回，而整个白天，我又在沉睡，我像是过着一个人的生活，整个世界都已经死亡只剩下我一个人。

于是我开始神经有点崩溃了。我深夜的时候和别人在网上谈论着哪种自杀的方法比较好，我和那个人的语气都好严肃。他说吃安眠药最后是饿死的不是睡死的，因为最后人会清醒过来可是不会有任何的力气，连睁开眼睛或者发出一点声音的力气都没有，你可以听到周围的人都在哭都在喊你，可是却没有任何力气做出反应，于是大家就以为你死了，然后你最后就真的活活地饿死渴死了。

而后来我问他割脉呢？他说割出的伤口泡在热水里虽然不痛，可是当人失血超过三分之一后，身体就会出现很多本能的反应，比如全身会开始抽筋，痛不欲生。

你说我怎么会突然想到这样的事情呢？可是你现在放心吧，我已经开始调整时差了。我并不是突然想到了日本与中国的时差，我只是突然想告诉你有一天如果要自杀也不要用我上面说的那两种方法，我不希望你那么痛苦。只是你永远也不会想要自杀吧，我也就随便说说，我又没有很想你。

我忘记了告诉你我写这封信的时候我就在放洗澡水，现在水放好了我要去洗澡了。我并不是因为最近生活得很难过压力很大时常莫名其妙地哭得淅沥哗啦而想要写信冲你抱怨，你明白的你知道的你了解的我从一年半以前就开始变得越来越无所谓了。我只是突然听到电视机里播出日剧的声音而想起了好多年前我们一起看日剧的情形，那天你吃着西瓜然后把西瓜汁滴到了那件很好看的 CK 白 T 恤上，我只是突然想起了你哇哇乱叫的样子，我又没有很想你。

最后忘了问一句，你说我要长大到什么时候才会成熟才会学会不要自己对自己说谎呢？

2005

NEVER ISLAND NEVER ME

世界里最平凡的传奇

01 · 单数 · 我

我们出生，成长，恋爱，结婚，生子，衰老，死去。

是那样一个漫长而庞大的过程。云可以变成雨水冲刷山路，芦苇可以一直拔节倒插进天空，无数的树木可以拔地而起然后重新倒下，甚至在这样的时光里会有一些星星幻灭在宇宙里。而宇宙是另外一个更加漫长而庞大的过程。

是谁说，我们都相信骨灰盒才是我们最长久的家。

我们一定要快乐地生活，因为我们都将要死去很久。

可是在这样漫长而又庞大的过程里，依然一直缓慢地出现着各种面容平凡的人和事，而这些，都是这个喧嚣的世界里，最最平凡的传奇。

02 · 双数 · 他们

他是一个很红的歌手。她是一个很普通的大学生。

在他还没有成名以前，他们就已经恋爱了。而后来男孩子越来越有名，几乎不怎么去学校了。所以，女孩子开始一个人上课一个人吃饭一个人骑着车去教务处领新的教材。

他每个周末都会去不同的城市做宣传，通告往往是从下飞机开始就不停，一直忙到晚上。等所有的工作人员都休息之后，男生会用酒店的信纸写信，在台灯下面，在陌生城市的夜色里，男生每次都觉得很孤独，陌生的房间陌生的味道，一天的工作又很辛苦，男生每次写信都在想，要是现在她在身边，就会轻轻地抱抱她，然后像个大孩子一样撒娇说，很累呢，早知道就不要出名了。

男生写完后把信纸装在酒店的信封里，第二天早上叫助手寄给女生。一年，两年，三年。

男生越来越红，不在学校的时候越来越多。而女生收到的信也越来越多。从一开始经常出现的三星级酒店到后来的四星级酒店到最后全部变成五星级酒店的华丽信笺。女生把这些信全部放进抽屉里。

可是最后还是分手了。甚至都没有具体的原因。又或者，那些原因早就侵蚀了一整个红色的心脏。

也没有吵架，也没有难过，只是安静地抱了抱。女生把头埋进男孩子的脖子时，闻到三年前刚认识时他在球场上踢球时青春飞扬的味道，像是夏日最浓烈的阳光，瞬间湮没了男生身上用惯的温暖的 TOUCH 香味，听到头顶那些飞鸟掉落羽毛的声音。整个大地都好安静。

五年后，女生毕业进了一家大公司，也是过着空中飞人的生活，每周都会去各个城市开会。她的同事都知道她有一个本事就是不用查询也知道当地酒店的电话号码直接预订房间。她被问到的时候就是笑笑也不说话。

除了她，谁都不知道，她的房间里有个柜子装满了全国各个酒店的信封。

除了她，谁都不知道，她在入住每一家酒店的时候，都是住进一个记忆里。

很多年前，在同样的这个地方，他就是这样面无表情地跨进同一扇旋转大门，双手插在口袋里站在同一个地方等电梯，开门进了格局相同的房间中的某一间，用过同一种质料的毛巾，对着同样大小的一块镜子刮过胡子，躺在同一种浴缸里沉默不语，在同样昏黄的台灯下拿起过笔，脱下外套挂进同一个衣橱，站在同样的落地窗前眺望过同一个城市的夜色，只是现在的夜晚，比很多年前更加璀璨。

转眼韶华暗淡，岁月轰然倒地。尘埃覆盖所有朝向光线伸展枝叶的矮草。

是不是当我走完你曾经走过的所有旅程，我就可以忘记你。

沉睡的不醒的梦，在多年前咣当一声锁进黑铁的牢笼。我找不到人问，记也记不起。

你那边几点。

03 · 单数 · 我

总是有着最真实的质感。那些昏昏欲睡的夏天。汗水浸透胳膊下的试卷。抬起头阳光粗暴地刺进瞳孔。

我像是念高中念了三十年。三十年的时光像补丁一样重重叠叠地打在我那一小段三年的生命线上。像是烙印在身体上的一块茧。摸过去是突兀。硬硬的一小块，不知道里面包裹了什么。

那些在梦中安静无声的人群，像潮水一样涌动在学校的各个角落。他们安静地爬上楼梯，安静地换上运动服，安静地在夜晚充满冷白色荧光灯的教室里做题，安静地拿着饭盒跑向食堂，安静地听着寝室外面下雨的声音，安静地在黄昏的操场上跑步，安静地在学校门口的小店里挑选笔记本和黑色的水笔。

然后在高中毕业的那天安静地涌出校门，涌向世界的每一个角落。

这些平凡的事情，却在潮水一样的年华退去之后，露出传奇的肌肤纹理，上面是足够照耀世界的鳞片。

在一个综艺节目上看到两个男生扮 TWINS 搞笑地表演着《饮歌》，我拿着可乐坐在电脑前面哈哈大笑，笑着笑着声音低下去然后开始安静地喝水。关上电脑之前去 download 了这首歌到自己的 iPod 里，然后一直听一直听。听到《饮歌》的时候心里微微地泛上年代久远的光，那些光一团一团地聚在一起，在黑暗的心脏里面游来游去，像是深海里那些发亮的寂寞的鱼，所过之处照亮了那些刻在心壁上的图画和文字，像是去年秋天曾经的我拿着手电筒，用那一束微弱的光芒去照亮敦煌黑暗石窟中那些刻在岩壁上的花纹一样，耳边是嗡嗡的弦音，口中却失了语。

那些敦煌大漠的传奇，比不过你刻在桌面上模糊的字迹。

我们要一起高歌快乐上学去
我们是耶和华最宠爱的儿女
我们在时代与金曲之中失去
爱侣及同伴哪年再共聚
曾遇上几多歌要天天唱六次

留下了几多首我喜欢到现时
到最后明白最好不应得一次
曾伴我挨大过应该会知

在寿司店吃寿司的时候，和朋友们聊起《饮歌》，我说老子差点听得热泪盈眶。

这么多年过去，我早就不敢直接地讲出心中的惆怅，也早就习惯用调侃的语气去叙述自己的感伤当作平凡生活中的点缀。我早就习惯了用“我他妈的真是伤心啊”来表达我那些羞于启齿的悲伤。我从来没想去探求过这是被人攻击多了自然有的一种防备，还是一年一年过去成长所带来的虚伪让我们不能直面伤痛。

就像我再也不会讲，我很难过。

如同我早已习惯讲，你去死吧。

我再也不是当初那个会躺在被窝里用笔写下每天烦恼的高中男生。

你也再不是当初那个因为黄昏起风的操场空无一人就会感到伤心的女生。

我再也不是当初那个穿着白衬衣独自骑车上学放学的男生。

你也再不是当初那个会在下雨天淋着雨独自练习投篮的男生。

我再也不是当初那个喜欢在学校顶楼折纸飞机的男生。

你也再不是当初那个偷偷在课桌下面为男朋友生日织围巾的女生。

我再也不是当初那个戴着耳机在凌晨的台灯下面用最平静的表情听最激烈的摇滚乐的男生。

你也再不是当初那个因为不小心看到前排女生露出的肩带而突然脖子和脸都变得通红的男生。

男生啊男生啊我们。

女生啊女生啊你们。

那天我看了一个好伤感好伤感的故事。故事里写，当我们还是孩子的时候，我们就会勇敢地讲我爱你。当我们长成了大人，我们就永远只懂得说我恨你。当我们还是小孩子的时候，我们就会流着眼泪说我很难过。当我们长成了大人，我们就永远在脸上挂着一副玩世不恭的笑容说着我不在乎。而心里早就被千刀万剐血流成河。

《大逃杀 2》里说，如果有一天我们必须成为大人，那么就让我们成为与他们不一样的大人吧。

可是有人告诉过我。这是一个 day dream。

我们都玩过这样的游戏，把自己分数刺眼的数学试卷捏成一团然后用力地扔进抽屉里面，最后依然会拿出来重新摊开。可是，在很多年前，我们把自己的人生就揉成了一团，却不知道太过用力，这辈子就再也摊不成平整的纸面。

那些在我们年幼的时候发生的最最平凡的事情，都死在几年前那一场暴雨或是烈日下面，铁锹一铲土一铲土地埋葬，随年华一年一年打上坚硬的标签。无论烈火还是冰雪，都无法让其消失甚至淡化模糊，那是烙印在生命里的、不可磨灭的绝望。

荒草离离地覆盖上坟冢。你还记得么？记忆的炎夏。

你还记得么？当年的我和你，戴着二十块钱一对的戒指，在桌子底下拉着手，用两根吸管喝着同一杯可乐，最后喝出纸杯的味道，听到吸管里哗啦哗啦的声音你就害羞地笑了。

04 · 双数 · 他们

他和她从小一起长大。

他们从初中开始谈恋爱，却没有任何的幼稚和玩笑的成分。他们认真地在一起，甚至把零用钱和吃饭的钱放在一起用，男生会等女生放学，回家的路上会告诉女生说十年后他会开着轿车到她的公司楼下等她接她下班回家，她记得他穿衣服和鞋子的尺码，和其他女生逛街的时候看到好看的衣服会帮他买。

他们像是在一起很久的恋人。

女孩子生日的时候，男生没什么钱，可是却很希望能够送女生一份好的生日礼物。那个时候男生很喜欢打电玩，每一期的电玩杂志都会买。于是男生把家里从小到大的所有电玩杂志全部找出来，卖掉换成钱去为女生买礼物。

可是最后还是分手了。

分手很多年之后，在一次朋友的聚会上，男生因为在另一个城市没有回来，只有女生在场。当场有另一个女生很得意地炫耀自己的爱情，说她和大学的男朋友都是合用生活费，两个人没钱买饭吃了，于是她吃一半她男朋友吃一半。

她听了笑了笑，说，这个有什么，我和他高中的时候没钱买饭，买一碗，不是一人吃一半，而是他给我吃，他不吃。

说完后她自己愣住了，然后隔了半分钟后她用手蒙住了脸。

05 · 单数 · 我

是有什么东西日渐在胸腔深处消失。

曾经以为永远相伴我一生的友谊。

一群人手牵着手嘻嘻哈哈地朝前走，自己只顾着看前面璀璨的风景，只陶醉于越来越繁花似锦的两岸，却像是瞎子一般看不到自己身边早就人去楼空。眉飞色舞地讲着笑话却不知道身后早就是一片狼烟空无一人。日光一天一天从暗到明再到暗，身边早就换过一轮又一轮从陌生到熟悉再回到陌生的脸。

这些，都是我最最悲观的情绪。

朋友说我永远都是最开心的人，我最会讲笑话，最会协调气氛，最会拉帮结伙地到处游玩，可是我内心深处却有着最黑暗的悲观永远演奏着葬礼进行曲。那是心中的幅员辽阔的黑色荒原。上空飞翔着成群结队的乌鸦。朋友总是说我长了一张年轻单纯的脸，却有着黑色的绝望的心脏，永远能敏锐地感觉和承受世界的丑恶与肮脏。

突然想起我好多年前在杂志上看到的春树写过的一句话，那个时候她没现在这么有名，我也是一个默默无闻的穷小子，她写的是：我就是这么热爱绝望。

而时光行进到今天，我和她见面也只是唱歌喝酒放声大笑。却再也不会聊起曾经心里的悲伤和绝望。

我们变成了面目模糊的最平凡的生活英雄。活在自己烽烟四起的万千疆域里。

我和 hansey 阿亮在楼下的一间很小很小的饺子店里吃饺子的时候，我对着自己空荡荡的手腕心血来潮地说想去买只表，可是上帝做证我都是从手机上看时间。我哪有过戴手表的习惯。

而阿亮漫不经心地说了一句，我和清和还有痕痕就在商量计划你生日的时候一起合送你一块表呢。

我拿着筷子微微地停了下来就感动了。

我之所以感动并不是因为他们记得我的生日，也并不是他们要送我我正好突然心血来潮想买的手表，我之所以感动是因为现在才 4 月。而我的生日要到 6 月的夏天。

还因为他们说要合送。

因为我总是开玩笑说“太便宜的东西不要送哦”。于是我就又说了一次。而 hansey 对我翻个白眼说，他们都已经贵到要合送了，你还想怎么样？

我哈哈哈笑了三声，心里说，我没想要怎样，我就只是死小孩，那种明明摔疼了还要嘴硬说一点都不疼的死小孩。

如果工作室的人，你们现在看到这些话，我想要告诉你们，尽管我在你们面前大多数时候都是在批评你们，可是也请你们相信，在别人面前，我永远都是最骄傲的表情，因为我都会告诉他们，我工作室的男孩女孩，都是最优秀的人。

06 · 双数 · 他们

还有无数的他们和她们。

他们都是世界上最平凡的男生女生。正是在年轻的岁月里，年华才沉淀得出如此纯粹的晶体。

而很多很多的传奇，只是单纯地从河的此岸寻向渡往彼岸，却找不到回程。

就像那些没有勇气写下回信地址的人，那些信笺就从此悬浮在半空里，如果再碰巧收件人不详，就会像被雨淋湿的纸飞机，轰然坠地。

就像他鼓起勇气红着脸抱了一大堆巧克力跑到隔壁班当着所有不认识的同学把所有的巧克力都放到一个女生的桌子上，含糊地说了什么话都听不清楚，然后就走掉。错愕的女生甚至都来不及抬起头记住他年轻的脸，是有挺拔的鼻子还是有比女生还漂亮的睫毛。而他落荒般地逃出教室之后，女生就把巧克力分给全班吃了。

就像一个走读的男生，在下雨的时候突然想起自己喜欢的住校的女生没有伞走回宿舍，于是自己骑着车穿着雨衣跑去学校，而又因为男生的粗心只穿了自己身上的雨衣，于是就把自己的雨衣脱下来悄悄放进女生的自行车车筐里然后兴高采烈地淋着大雨回去。而那个女生看到自行车车筐里多出来的雨衣，也并无从知晓是谁的物品，于是就红着脸叫好友悄悄送去给隔壁班的那个自己暗恋的班长。而第二天男生打着喷嚏来上课的时候，自己的雨衣被放在隔壁班的窗台上。

就像一个女生第一次和自己心爱的男孩约会，五点的约会从下午一点就开始在家忙，在镜子前换着一套又一套衣服，一遍又一遍地化妆卸妆再化妆。最后就迟到了。而那个男生因为女生的迟到变得很不耐烦，发了下脾气然后就转身走掉了。女生在回来的路上就哭了，眼泪弄脏了化好妆的脸，眼睛上的睫毛膏都化开来让眼睛变得黑黑的一圈。她用手背抹了抹，一点都不在意。因为在她心里，真的无所谓在别人面前有多丑，她只想在他面前变得好看。

07·单数·我

——你说，有一天，我们都长大了，还会像现在这样，因为各种各样的小事而感动到落泪么？

——不会啊，长大了有忙不完的工作谈不完的恋爱，哪有时间去感动。

——那这样的人生不是很无聊么？

——可是你根本就不知道我们会长成一个什么样的人啊，冷酷的，或者温情的，残忍的，或者善良的。所以，怎么可能去预计我们的人生呢。

——喂，那你总是在笔记本里写下那些你感动的事情或者那些听来的故事，到底是为了记得它们，还是为了要把它们忘记呢？

——那你说，我们从世界的各个地方聚拢到一起，共同挥霍掉这三年的时光，是为了相聚，还是为了分离呢？

——嗯……是为了分离后有一天能再相聚吧……

——你别恶心我了，你是要准备演讲题目么……

你说要陪我周游世界却比谁都走得更远。

你说过要好好地生活却在电话里哭得一塌糊涂。

你说过下次凤凰花开的时候我们都要回来，站在学校大门口重新穿起笨重的校服重新拍那张你不小心闭了眼的毕业照片。

你说过那些诅咒我们侮辱我们的人只是因为我们过得比他们更好，所以我们永远不要低下头。

你说过我们承受的那些不白之冤那些莫名的责难总有一天会真相大白，总有一天别人会看到我们挥动着翅膀认真而努力地在飞翔，我们所唯一需要觉得遗憾的事情只是说要证明这一切要证明我们自己需要的仅仅是一个漫长的时间。我们可以等，不知道别人能不能等。

你说过就算被大雨淋湿了头，我们也不能哭。就算被人打落了牙齿，我们也要用力地把那口血吐回到那个人的脸上去。

我们像一群骄傲的神的孩子，用尽全力地焚烧着自己的生命。

这是我们最最伟大的旅程。

是谁告诫以后的日子要振作不要平凡，要熬夜不要睡眠，要拼不要命，要理想不要钱。

是谁带头在毕业纪念册上挥洒地签名像是明星退场的表演。

如果有一天，时光都走远。

这是好早以前学校广播里放过的歌，那个时候我们还趴在课桌上安睡，中午的太阳晒烫我们年轻的脸。抽屉里还放着没有洗干净的饭盒，头顶的电扇缓慢地转动着带出一阵一阵炎热的风。

我们都还是那些穿着校服一脸懵懂表情的少年，我们都还站在当年夏日还未散去的海岸。朋友打电话来抱怨说一不小心竟然年龄都已经可以结婚了。我听了哈哈大笑差点被可乐呛昏过去。

是啊，那些旧时光啊。考试啊早操啊放学啊春游啊电影啊男生啊女生啊情书啊笔记啊期末排名啊扫除啊暑假啊我们的青春啊。

我不知道，你们现在都在哪儿了。

而心情并没有随着光阴风化成四散的粉末，它们凝固成珍珠，虽然在贝壳里疼痛了很久，却终会在大海的某个深处，绽放温柔的光芒。

它们叫作——传奇。

无论你觉得这些话语多么地矫情多么地煽风点火，无论你认为我多么地幼稚多么地可笑，无论你认为这些最平凡的传奇是多么地经不了世事的风雪，但我还是诚恳地请你相信，我写下它们时，有最认真的表情。

它们是雕刻在身上的刀口，一点一点放尽全身的血液，可是我还是带着它们朝着天涯昏暗的尽头走过去，它们是我身上雕琢的花纹，它们是我身上耀眼的勋章。它们隐隐作痛，它们沉默不语，它们是日光下，地球上，世界里，最最平凡的传奇。

2005

NEVER ISLAND NEVER ME

光线消失的井池

·01·

白光泛滥成河。

每到夏天来临的时候，井池就会变成整个城市最让人羡慕的一条街。但实际上真要说起来，井池并不繁华，而且还是这个城市里最短的一条街道。

说最短，是因为从街头到街尾，只有短短的三百米不到的距离。可是在这短短的距离之内却沿街长了三十七棵巨大的黄桷树。三十七棵是毕小浪初一那一年夏天的暑假里一棵一棵数过来的。不多不少。刚好三十七棵。

一到夏天，遮天蔽日的树荫就像为整条街装了个巨大的中央空调。连绵不断的绿荫在头顶滋长蔓延，像要把颜色染到天上去。天空飘过的云朵都似乎能擦上一些绿色。炽热的光线被挡在树荫之外，猫和狗，都在围墙下眯着眼睛睡觉。等傍晚太阳落下去之后，往家门口洒点水，水迹蒸发干净之后，整条街就像是初秋一样地凉爽。冰凉的石板路，散发着类似薄荷一样好闻的味道。

整条井池街没有一栋楼房，街道两旁全部都是老房子。低矮的围墙围起院落，院落内空地上经常画着跳房子的白线，大多数被夏天的暴雨冲刷得若隐若现。但隔几天，又会被放学后的小孩儿重新描得分明。如果家里有大一点的男生的话，院落里的墙壁上就会有一个自己装上去的篮筐，清晨的阳光照耀着男孩子年轻而汗水淋漓的后背。砰砰投篮的声响，在清晨里能穿透整条井池街。

每一面围墙上都爬满了深绿色浅绿色的藤蔓。

风从街头吹向街尾，所有的叶子全部翻出灰色的背面。

像是有一个隐身的魔术师沿着墙壁行走，经过的地方画面逐渐变成灰色。

同时，也像极了这个日渐失去颜色的世界。

虽然是最短的一条街。虽然没有一栋楼房。虽然两面围墙之间的道路只能容纳两三个顽皮的男生骑着单车飞快地掠过，可是，这却是这个城市最热闹最年轻的一条街。

这条街上有十四家服装店，卖时尚却又便宜的衣服，大部分的衣服都是当下流行的韩版或者欧版款式，而且看起来衣料还不差。井池还有九家小饰品店，十二家文具店，三家照贴纸照的店，两家打电动的游戏厅。

还有两家书店，一家漫画书店，一家宠物店。

然后就是还有很多很多、很多很多——吃东西的地方。

你说，井池怎么会不热闹呢？感觉像把所有年轻人喜欢的东西，都打包放进了一个礼盒，每一个拆开盒子的年轻人，一定都会“哇”那么一声。

有年轻人的地方，就一定热闹。

所以，在这个不算大也不算小的城市里面，你所看到的那些年轻男生女生身上新潮的衣服。你所看到的他们挂在手机上大大小小的吊坠。你所看到的贴在女生床头的韩国男明星的海报，贴在男生床头的大腿上全是金色汗毛且表情狰狞的球星。你所看到的女生挂在书包拉链上一堆一堆的明星大头卡片。你所看到的他们手机背后贴的表情千篇一律的贴纸。甚至是你在大街上所看到的一个年轻女孩子牵着的那条漂亮的金毛猎犬。

都有可能是来自井池。

所以，在学校也很容易听到这样的对话。而且是几乎每天都可以听到：

“放学后去井池么？”

“嗯，好啊。可是我只能逛一个小时。回家晚了我老妈会怒的。她更年期，我有点顶不住。上次我回家晚了半个小时，她在门上放了一盆水……”

“哈……那你中招了吗？”

“哦，那倒没有。我外婆买完菜回来中招了……”

“好啦，不管如何，我们就逛一个小时！”

“好！小田切让！老娘来了！”

而整条井池街上，最有名的、最热闹的、女生最多的，是一家叫“冰冰乐”的卖冷饮的小店铺。

并不是东西有多好吃，也不是环境布置得全是粉红色的心形桌椅卡哇伊得让女生尖叫，也不是因为东西便宜，更不是因为这家店的名字多么地诗情画意——事实上，冰冰乐实在是土得掉渣，不太拿得出手。

这里人声鼎沸接踵摩肩的原因，是这里有一个自己号称冰沙王子的人，而碰巧冰沙王子又真的长成了一副王子样——而且，他一点都不冰沙，反而有点热情似火、人畜无害。

所有女生在跨进店门的瞬间就会看到他抬起头咧着嘴大笑，展示着一排白色健康的牙齿，然后是一声很响亮的“欢迎光临”。于是所有的美女或者恐龙，只要是雌性生物，就一起淹死在那个笑容里。——不然你以为那些飞着飞着就突然掉在门口的苍蝇是怎么回事？母的！

大部分的女生坐下来后也不敢抬起头打量他，她们只能假装看甜品的菜单，恨不得把头埋进脖子里去。她们红着脸用手指这个指那个，却始终不敢指那份用粉红色字写的甜品“我喜欢你”。偶尔有个女生横着胆子叫了份这个，然后等他送过来，弯下腰把甜品放在自己面前，然后再低声温柔地像初夏的柔风般说一句“我喜欢你，请慢用”。随着温柔的话语还传过来年轻男生洗发水的味道，有时候靠得近几乎可以感觉到口腔里随着说话而呼出的热气吹在脖子上——这简直是

MAX超必杀啊。于是刚才已经淹死在“欢迎光临”的笑容里的人又硬生生地活过来，然后又活活地在“我喜欢你”里再淹死一次。

如果在街头快打里面，那么对手发出这样一招，那几乎大半管血，就没了。

——所以呢，在这样重伤的情况下，也就没人在乎“我喜欢你”这份小小的冰沙后面的价格是28RMB。

傍晚的太阳像是打碎的蛋黄，软绵绵黏糊糊地涂抹在天空上，地平线有一圈赤红色的金线，看起来有一种灼人的美。毕小浪等最后一个客人走了之后，一边打扫桌子一边朝着店里面挂着的门帘说：“江红花，要么再加一道甜品叫‘我爱你’吧，标价48RMB，价钱便宜量又足。还可以附送美少年的微笑一份。”说到最后用手比了个“胜利”的手势，嘴里说了句怪腔调的“哦耶”。

屋子里面传出来一句回答，“不要吵！等我把动画片看完！”

毕小浪就是那个冰沙王子，而江红花不是他的姐姐，也不是他的女朋友，而是毕小浪的妈妈。在毕小浪上了小学，念了书，识了字，有了点自己的逻辑分析能力和社会关系认知之后，他幸灾乐祸地嘲笑了江红花这个名字。无论他老妈多么面红耳赤地说着这个名字多么地具有文化底蕴因为是来自“日出江花红胜火”。

毕小浪心情好的时候会笑眯眯地叫她小红。

夏天从头顶轰隆隆地像雷声一样滚过去。下了几场大雨。刮了两次台风。吹落了很多很多绿色的黄桷树叶。雨水汇聚成细流，沿着街道哗啦啦地朝两旁低处涌。树叶湿淋淋地贴在地上，铺满了一整条街。

而几次大雨之后，夏天就渐渐地消失了热度。白昼缓慢缩减，黑夜渐渐冗长，漆黑的夜晚，不再能够将胳膊和腿肆无忌惮地露出来，明显的凉意让人无意识地裹紧毯子。年纪大一点的人有时候早上起来就会觉得有点受不了，于是哆嗦着进屋多披一件外衣。

于是夏天也快要结束了。

日照每天晚三分。清晨打球的男生在习惯了的五点走到院子里发现天空依然很黑，路灯上还有飞蛾不停地撞来撞去。于是揉揉眼，回去继续睡觉。

时间就是这样缓慢流淌的。人们在无意识里，度过了一季，一年，一辈子。

颜徊有时候会去冰冰乐找毕小浪。不过大多数是星期二、四、六。因为毕小浪和他老妈讲好了，在这个暑假里星期一、三、五要在店里看店，然后等暑假结束后就给他五百块钱当作打工的报酬。虽然毕小浪也抗议过欺压童工工资太低。可是被老妈一句“已经十六岁的人了还童啊童的，你没发育啊你，我要是个爷们儿我就绝对不这么说”气得胸闷了半天。抗议到最后达成协议以六百块告终。

所以颜徊也就不会在一、三、五去找他了。因为去了他也是在看店。而即使是二、四、六去找他，也要下午。因为上午去的话，他一定在睡觉。而从大清早就坐在店里的那些女生，就会一直地坐在店里，喝完一杯冰又叫一杯水，目的就是等那个冰沙王子起床可以看他两眼。那些女生每次听到毕妈妈讲小浪还在睡觉的时候都会脸红心跳地低下头去，脑中想象的全部都是他睡觉的裸露性感画面或者头发乱翘的可爱镜头，却集体选择性地忽略了那本该和“懒惰”联系起来的本质。青春期的荷尔蒙是最美的颜料，能够把世界上的一切，都描画成最迷人的样子。风的呼吸，又或者雨的脚步，都成为见证恋爱的乐曲。

——不知道他睡觉会不会流口水呀?

——流口水也很可爱!

——会是裸睡吗?

——陈秋霞你真不害臊!

——算了吧刘诗兰，你上次还和我说你梦见毕小浪在游泳更衣室里换衣服脱得精光光呢!

——我去你大爷……

颜徊去的时候已经是下午两点了。他从一群目光发烫的女生中间穿行过去，然后和毕妈妈半尴尬地打过招呼后掀开门帘，穿过后院屋檐下一段小小的距离，然后转弯进了毕小浪的房间。尽管他对于听到毕小浪叫他妈妈江红花已经从最初的震惊变成现在的面无表情，可是要他按照毕小浪说的那样叫“红花”或者“小红”还真的是项挑战心理极限的运动。所以他每次都是小声地叫一句“阿姨”后，就把眼光丢到地上死也不抬起来。

没有任何意外，他果然是刚刚起床，头发在后脑袋上翘起一小块。一双眼睛半睁半闭。 夏末午后的阳光从窗帘的缝隙里照进来，在他鼻梁照出一块明亮的光斑，他的五官在这样的光线下，显得更加深邃而立体，刀削斧凿般的轮廓此刻笼罩在一片不耐烦的起床气里。

“早上好。”毕小浪打了个哈欠。

“谢谢你。”颜徊朝那个巨大的用来做沙发的沙袋上一躺，“现在两点四十七。”

毕小浪没理他，穿着短裤走去浴室，伸手在脑袋后面比画了一个“我懒得理你”的手势。

“你该改改你的作息时间了。你还记得明天开学么？”颜徊对着浴室里问。

“啊？快开学啦？”压根儿忘记了这档子事儿。

“所以我来找你，一起去买书包吧，我之前的那个书包差不多应该换了。”颜徊看了看他挂在墙上的那个书包，“而且正好，你的书包不是也坏掉了么。”

“是的，因为毕业吃散伙饭那天被你踩了六脚。我还记着呢。”因为刷牙，所以声音含糊但还听得清楚。

颜徊也记得。

初三毕业吃散伙饭那天，所有人都喝高了，啤酒泡沫洒得满地都是。也不知道是谁说了句初三的一切都他妈见鬼去吧。这一句话就像咒语似的突然砸落在每个人的头上，然后所有人就跟鬼上身一样集体从包里拿出那些试卷参考书字典风油精，等等等等，能撕的都撕了，能摔的也摔了，实在搞不动的就泄恨似的踩两脚，别提多兴奋了，特别是那些平时一副鸡都能咬死她般娇弱的女生，也异常地凶猛，像是冲在战场最前线的革命战士，就差撕开胸口的衣服大吼“向我开炮”了。毕小浪和颜徊合力踩扁了一个书包后，毕小浪勾着颜徊的肩膀，摇摇晃晃地眯着眼睛打量着地上那个面目全非的书包说：“哈哈，真解恨……就是有点眼熟，有点像我的……靠！就是我的！”

毕小浪一边拿毛巾擦着湿漉漉的头发一边走出来，“可是我老妈还没给我钱。”抬手指了指写字台上的那个机器猫，“就它肚子里有十几个硬币，我估计能买个好一点的塑料袋。”

“我有钱。我送你个好了。你收拾好了没？好了就走了。”

“……你哪儿来那么多钱？”

“你管我，老子有的是钱。”

"……"

夕阳从井池的西面倾斜着照过来，照穿了一整条街。

树荫摇晃着，仿佛无数双手，不舍地挽留着最后的夏天。橘红色的光点铺在路上，有着模糊而光亮的边缘。夕阳铺在每一片爬山虎的叶子上。于是围墙也变成金黄色。风吹过去，叶子翻出灰色的背面，于是围墙又变成灰蒙蒙的一片。

夕阳照着往回走的两个男生的后背。一个两手插在口袋里，一个双手交叉在脑后，一边走一边踢着路边的石头。

而相同的地方是他们的背后，大腿的地方，都是一个黑色的 NIKE 背包，往上是长长的斜背的黑色肩带，越过青春期男生日渐宽阔的肩膀，消失在肩膀的另一边。

毕小浪的语录是：我喜欢 NIKE，因为那个钩看得很顺眼。我希望我的试卷上都是 NIKE！全是 NIKE！

——夏天就快要过去了吧。

——嗯。可是……不想告别夏天。

·02·

闹钟响起来的时候毕小浪习惯性地伸出手，摸到闹钟后抓起来扔了出去。现在用的这一个闹钟有着橡皮球的外壳，看起来就像个小型篮球一样，就算被丢出去撞到墙壁或者地板还可以跳来跳去，怎么丢都弄不坏。这是江红花的伟大发明。因为毕小浪已经摔坏无数个闹钟了。

丢掉闹钟后也不知道闹钟滚到了哪个角落。反正声音小了很多。毕小浪闭着眼睛露出一个满意的笑容。可是睡着睡着总觉得不踏实。也不知道为什么。于是继续睡了半个小时之后一个翻身，毕小浪就像五雷轰顶般地觉悟了为什么——

"老妈我今天开学啊！你有点做母亲的样子好不好啊！为母则强啊！你一把年纪了你应该为人师表啊……"

毕小浪嘴里一边碎碎念着，一边急吼吼地拉开抽屉，从一堆纠缠在一起的衣服里扯出衣服和裤子，胡乱地往身上招呼着。长胳膊长腿儿，舒展在清晨的阳光里，看起来有一种少年所特有的清瘦。

“妈有没有吃的啊？”

——水龙头哗啦啦地流水。牙膏喷在水槽边上。

“妈我的学生证和家长意见书呢？”

——洗面奶的泡沫涂满了年轻而英俊的面庞。

“妈？”

——毕小浪打开江红花房间的门，然后看到同样的闹钟被丢在了地板上，毕小浪当时扶住额头有点脚软。

胡乱地洗漱完毕之后，毕小浪从冰箱里倒出一大杯冰橙汁喝下去。然后又拿出一盒罗森里买的饭团。然后吼了一句“江红花我上学了”。然后把书包甩到肩膀上去，又垮着脸嘀咕了一句“哪有做人家妈妈的样子啊”就跑出去了。

太阳从井池长巷的尽头升起来，照在冰冰乐的招牌上。

毕小浪一边把昨天去新学校领回来的校服往身上套，一边朝井池的街转角跑，那里是去学校的公车站点。穿好衣服他拿出手机打给颜徊。

“喂，我马上就到你家门口了，你快点出来啊。要迟到了。”

“……我在学校搬桌子……马上开始全校开学典礼了……”

“……你大爷的！你起床怎么不叫我？”

“我打过电话给你了。”电话那边的人变了个怪腔调继续说，“您拨打的用户已关机。”

“……那你打我家的座机啊！”

“这都什么年代了，谁想得起还有座机这个东西啊。”

季节拉着扶手，随着公车摇晃着朝学校开过去。

今天是高中开学第一天。在季节从小到大的意识里，因为看了太多的漫画和日剧的关系，于是心里认定了开学第一天总是有新的帅哥可以发现。而且，在松山一中里，本来就是男生占压倒性的格局。在市一女和建安中学的学生口中，松山一中的别名就是松山男校。甚至在学生家长的口中，都会出现这样的对话：

——听说你家小姑娘要考松山一中啊？

——嗯，是啊。

——好好的干吗考到那种男校去呀，会被带坏的。还是考市一女比较好啊，都是女孩子，不容易学坏。

而且在季节的印象里，这三所学校你死我活地斗争到现在，矛盾源远流长，像是从秦朝就开始了一般。仇恨无可化解。市一女出了个文科状元，松山就一定要出个理科状元，然后建安拼一条命也要去拿个数学竞赛金奖。

像三个杀红了眼的武林世家。

而季节的处境就变得很尴尬。她于市一女初中毕业，然后考进了松山一中，听起来多多少少有一种“叛徒”的味道。于是在众人疑惑的议论声中“帅哥满山跑”就成了季节安慰自己的一个很大的理由。

季节早上起了个早，洗澡洗头磨蹭了半天，把头发夹直了又弄卷，然后又夹直，既想美美地去学校可是又必须穿规定的校服，最后只能很闷骚地在头发上别了个可爱的樱桃发夹。就这样搞了半天，弄得几乎要迟到。

跳上公车的时候，季节内心的独白很澎湃。

“老娘一定要血洗初中没人追的耻辱呀～”

公车发出突突突的声音靠站了。季节抬起头看见是井池的站牌，于是内心升起了“放学后应该过来逛逛，采购几个漂亮的笔记本，或者买一个新的笔袋。老师说新学期新气象嘛”的念头。然后在关门的瞬间一个穿白衬衣的人跳上了车。门咣当在他身后关上了。那男生喘着大气，然后朝车厢中间走过来，一边走还一边瞪那个司机，似乎在埋怨他把门关得太快。

然后那男生在季节身边站定了。长手长脚的男生朝上面伸手抓住了吊环，而且都还不用伸直就能抓住。不像季节，踮着脚伸直了胳膊，才勉强碰得到，对于季节这种只能抓着面前座位的靠背的人来说，这样高大的男孩子，就充满了吸引力。

黑裤子，裤子口袋边上是一条半厘米长的金色滚边。白衬衣，肩膀上两根金色的肩线。肩头上一枚白色的扣子。

哦，原来也是松山一中的。

再打量就看到中等长度的头发，似乎有点硬。乱糟糟地竖在头顶上，像头狮子。眉毛很粗。眼睛大得放在男生脸上有点过分。鼻子很高。嘴巴……嘴巴上还含着交通卡。

嗯。算是个好看的男生吧。正想着，却发现男生也转过头来看自己，于是当下有点慌乱。尽量控制着脸红，装作很镇定地去眺望窗外的美丽景色。心里窃喜的台词“老娘终于也有今天……”才说到一半就觉得有点不对，回过头去发现男生看的并不是自己的脸也不是那枚可爱的樱桃发夹而是自己的胸。

季节有点怒了，“讨厌。”虽然是对着窗户外面的马路骂的，不过也足以让男生心领神会。

男孩子拿下嘴里的交通卡，指了指她，表情很严肃地说：“喂，说清楚啊，谁讨厌啊？谁讨厌来着？我看的是你的胸牌，又不是你的胸。紧张什么呀。”

声音太响，全车的人都回过头来。

季节手一滑差点没抓稳，脚也有点软，正在考虑是不是跳车算了，结果末了那男的还嘀咕着补了一句，“况且又没什么胸。”

季节感觉身体里所有的血液都一股脑地冲到脑袋上了。此刻，她肯定自己的脸已经变成了一只随时都要爆炸的红苹果。

而更可气的是，那个男生说完之后，就若无其事地从书包里拿出手机开始发短消息了。好像他刚说的那句“况且又没什么胸”是和“早上好”一样自然而又普通得不得了的句子。

季节当下气得差点背过气去。

过了会儿，他在包里翻来翻去，然后拿出枚胸牌，然后胳膊撞了撞季节，说：“喂喂喂，看，我们一班的哦，刚才就是在看你的这个东西。”

季节看了看他的胸牌，上面的文字和自己胸口上的一样——一年（4）班。季节艰难地抽动了一下嘴角对他微笑了一下，心里的台词是：我倒了什么血霉！

风刮过高大的黄桷树树梢。沙沙的海浪声传进耳朵里，像是有人拿着棉签在耳朵里温柔地掏来掏去。

回忆里的日光贯穿整个操场。走廊四下无人。只剩走廊尽头的水龙头滴答地漏着水滴。

广播的声音渐渐安静下来。话筒里传出训导主任“喂喂喂喂”抑扬顿挫的试音，在操场上空回荡着。

学生按照操场地上用石灰画出来的白线区域坐下来。开学典礼开始了。

同小学或者初中任何一个开学典礼一样的无聊。校长讲话之后是成千上万个副校长讲话。季节无聊得头皮有点发麻，于是开始数羊打发时间，一个校长跳过去，两个校长跳过去……第七个校长摔倒了，第八个校长继续跳……

有点昏昏欲睡。却又不敢真的睡过去。

太阳朝着头顶升上去。虽然已经9月了，可是光线洒在身上还是很烫。季节转过头去看到坐在自己不远处的就是公车上的那个男生。他刚从书包里摸出罐可乐，打开偷偷摸摸地喝了两口，就被老师敲了头。最可怜的是可乐被没收了。他脸上的表情很痛苦。

后来季节在班级第一节课的自我介绍上知道了他的名字叫毕小浪。

毕小浪上讲台的时候嘴里还在胡乱地咽下一团寿司。于是口齿变得很不清楚。说完“大家好我叫毕小浪”之后，台下竟然响起一片眩晕的声音。

“……比、比较浪？”

“……不要浪？”

“碧浪？！”

毕小浪冲着那个像突然被火烧了头发般尖叫着“碧浪”的女生面目狰狞地吼了一句“你还是舒肤佳呢你！”他其实第一个蹿进脑海的品牌是“洁尔阴”，还好他选择的是第二个念头。说完之后，他从桌上拿了粉笔在黑板上写下了“毕小浪”三个字。

那是季节第一次看到毕小浪写字，很漂亮的行楷。远远出乎季节的想象。

季节心里想，原来这样的一个人也会有优点。

然后心里下一句台词是“天理何存”！

·03·

可是后来季节慢慢发现，上帝还是很公平的。因为似乎毕小浪唯一可以拿得出手的优点就是字写得好了。除此之外，他几乎可以用笨蛋来形容。这让季节在整整三年的时间里都觉得内心充满了优越感。

至于是从什么时候与毕小浪还有颜徊熟悉起来的，季节却怎么也想不起了。

特别是颜徊。季节甚至都记不得在第一节课上的自我介绍上有这样一个人自报了姓名。按道理说这样一个好看的男生是不应该没印象的啊。在困惑了很长一段时间之后季节得出的一个可以说服自己的理由是因为毕小浪那天太兴风作浪导致他太鲜明而别人太黯淡。

可是无论毕小浪多么地鲜明，都无法掩盖颜徊身上的那种若有若无的，但是却永远存在的光芒。

而这种光芒也随着时光的打磨变得日渐耀眼而又内敛——仿佛是从他身体内部，灵魂深处散发出来的光晕。

无论是在高一结束的期末考试中拿到全年级第一名的成绩；或者是一整个夏天没有穿过重复的 T 恤让季节差点吐血而死——没有任何一个女生可以容忍一个男人竟然比自己的衣服都要多；又或者是季节无意路过体育部的时候看到他的名字被贴在门口那张松山一中体育纪录表上，后面跟着的一行小字是“跳高纪录保持者”。看得季节忍不住想抽自己一个耳光好证明这不是真的。

而这样像是神奇生物一样的人，竟然是毕小浪从小到大的朋友。

“也差太远了吧。实在难以想象一只凤凰竟然和一只鸡从小到大是好朋友。”

可是仔细想想，毕小浪还是很聪明的一个人。就像在秋季学期的那次科技小组成果展上，他弄的那个所谓的矿石收音机。在季节眼中，那就是一些莫名其妙的石头被一些更莫名其妙的铁丝铜圈什么的捆在一起的一种后现代另类雕塑。可是当季节从这堆另类雕塑里面听到单田芳的声音高声朗读着“武当山上下一片狼藉”的时候差点尖叫出来以为闹了鬼。

可是当季节想到他可以考出三十二分的历史成绩的时候，她刚刚建立起来的信念又会崩溃。还是有点抗拒去相信这是一个聪明的人。

“也许那个收音机真的是闹了鬼。”

“人家也不想考三十二分的嘛！”毕小浪盘着长腿坐在桌子上，身体左摇右晃地叫着。

季节突然觉得胃要抽筋。闭着眼睛摸了本厚厚的历史书朝他砸过去。“你给我好好说话！”季节实在不想看一个一米八二的男生装可爱，况且他还戴着一顶毛茸茸的帽子，“老娘都没敢戴这种帽子！”

回过头去看到颜徊一脸惨白。季节吓了一跳，问他怎么了。

他表情有点痛苦，松了松咬紧的牙齿，说：“我有点想吐……”

毕小浪捂住耳朵瞪大了眼睛一脸不可相信的表情说：“坏人！你竟然这样说人家！”

“……呕……”

窗外的天空满是黑色的云。很厚很厚的黑色的云。被狂风吹乱了在天空里疾走而过。窗口时不时地飞过几个塑料袋，或者几张废掉的油墨试卷。

听不到风声，但是还是可以肯定是很大的风。大到不像冬天的风。很像每一年夏天伴随着暴雨而来的那些大风，把井池一棵棵的大树都吹得弯下腰，树枝压得快要扫到地面。

“几乎要变成夏天的台风了呢。”毕小浪望着窗外突然没来由地说了一句。

乱搞一气也只是为了掩饰内心的难过吧。季节望着面前这个嬉皮笑脸的男生心里想。

因为当季节漫不经心地随口说了句“真不知道你当初怎么考上松山一中”的时候，季节清楚地看到他那两道很浓很浓的眉毛皱在了一起，变得更浓。然后他的眸子在渐渐变弱的光线里暗下去，就像是清晨在天边闪烁着，突然隐去的星子一样。于是季节也有点不好意思，转过身去收拾书包。

其实已经放学很久了。季节和颜徊一直坐在教室里面，等这个因为历史考试最后一名而接受打扫教室作为惩罚的毕小浪放学。

整个教学楼几乎人去楼空了。四下安静得有点不像话。毕小浪弯着腰在扫地，难得地安静着。不像他。

只有颜徊坐在窗台那里，低低地哼着什么歌曲。声音低沉得像是浮在昏黄的空气里的水。湿漉漉地沾到头发上。

隐约可以听得出的几句歌词是“铅灰色的大海，是我们的大海，连接着暗藏的世界”，以及“那被唤作恋人的时间，嗯”“封存在一颗微小的星尘里，嗯，那是什么呢”“嗯，那是什么呢”。

很奇怪的歌词，却被很轻很轻，很温柔很温柔的声音唱着。最后一点夕阳的光芒从他身后的窗外缓慢地涌了进来。像一个巨大的怀抱，拥抱着他们三个。

只是冬天的阳光又稀薄又淡，照在身上也没有温度，反而会产生更加寒冷的错觉。

已经不像夏天了呢，可以有漂亮的金黄色阳光在教室里折射出毛茸茸的光晕来。

关好窗户，锁好教室的门，三个人还没走出校门，就开始下雪了。

天很快就黑了下来。三个人并排走着。松山一中是一所在山顶上的学校，寒气很重。从山脚到山顶沿路都长着茂密的大树。将整个山覆盖起来，无数的飞鸟和小兽出没其中。这也是松山一中最最骄傲的地方，也凭着这一点每年都代表着市里拿到全省的最佳环境单位。季节刚来的时候简直觉得走进了一个生态保护区，满眼看不完的大树和树叶间鸣叫的各种鸟类，让她感觉随时都会有导游拿着话筒带队走过。

寒冷的季节里，天色也暗得很快。经过学校下山的那一段长满参天大树的道路时，几乎彼此都要看不清面容了。空气里冰冷的粒子，在黑暗里迅速地膨胀。

季节拉紧了领口打了个哆嗦。然后听到身边那一声很轻很轻的叹息。

“可能真的是笨蛋吧。”毕小浪的声音里是伪装出的无所谓，正因为听得出是伪装的，所以更加让人觉得压在心里难受，“连那些明明昨天就背好了的题目，今天却怎么也想不起来了。这样的自己……还真他妈挺操蛋的。”

颜徊拉了一下从肩膀上滑下去的背包带子。黑暗里看不清他的表情，只能听见身边这个看起来无所谓的大男生，微微地抽了下鼻子，然后小声地几乎听不见地说了一句：

“真可笑呢，昨天还背到三点。早知道就不背了。不过……也无所谓吧……”

其实怎么会无所谓呢。毕小浪从小到大就不是这样的人。

——如果有光，如果有萤火，如果有皎洁的月光如水般地流淌，如果有星星突然渺茫地从云层中出没。

——如果突然这些光都从他发梢飞过，就可以看到，他那一张悲伤的，沉静的，放弃的，自责的脸。曾经让所有少女都呼吸停顿面红耳赤的那种属于少年特有的神采飞扬的光芒，消失在了寂静寒冷的黑暗里。

一点一点的雪光，在森林里柔软地飞舞着。

在颜徊的记忆里，是那个被邻居嘲笑不会翻跟斗，于是在家一个又一个晚上通宵练倒立练空翻的小孩，最后是整条井池街上最会翻跟斗的人，也因此而把胳膊摔脱了臼，在初一那一年颜徊帮他抄了一个月的笔记。

在颜徊的记忆里，是那个旷课跑到图书馆，一定要弄清楚矿石收音机怎么能够发出声音的男生，虽然因此逃课被惩罚抄了一百遍《学生守则》。颜徊帮忙抄了四十遍。

在颜徊的记忆里，是那个因为被女生嘲笑字写得难看而把颜徊家里全套的钢笔字帖都搬回家去的人，三个月之后就写了一手和颜徊一模一样的漂亮的行楷。

洗完澡，头发还没有干透。颜徊拿毛巾擦着头发，坐到写字台前拧亮了台灯。还有一张英语试卷没做。

看到放在写字台上的手机屏幕亮着，于是颜徊拿起来，“一条新信息。”

“颜徊，你应该还没睡吧。我看你家灯亮着。刚才我在看一部日剧，里面有一句台词说：不管自己多么努力，还是有做不好的事情。不管自己多么努力，还是有无法达成的事情。这就是人生么？颜徊，你说是么？”

颜徊探出头去，隔着一些距离的街那头，毕小浪的窗户一片漆黑。

应该睡了吧，想到这，颜徊也就没有打字回复他了。他关了手机，继续坐回到写字台前。

墨水在冬天里显得干涩，在试卷上划出沙沙的声音。

窗外是冬天浓重的黑色。恍惚着，可以听到一些鸟的叫声，贴着黑色的天空飞快地划过，像是流星一样。

应该是迁徙的候鸟吧。再过些时候，这里就进入深深的冬天了。

颜徊喝了口咖啡，朝有点冻僵的手上哈了口热气，把试卷翻过了一面。

好在毕小浪不是一个悲观的人。无论多么困难的事情，无论多么糟糕的局面，他也只会难过一小阵子，然后继续笑容满面地生活。这是他性格里最讨人喜欢的地方。季节就曾经说他像是身体里装了一百台发动机一样马力十足。不过毕小浪听到这句话后的回答让季节整整一个星期没有搭理他。他看着季节一脸悲痛地说："啧啧，小姑娘整天都想些什么呀，别让黄色思想腐蚀了我们健康的心灵！什么发动机，什么马力十足，你不要整天都对我抱有这些不切实际的幻想呀。"

·04·

随着高一的过去，高二的过去，季节渐渐也了解了这两个像是南北极般不同的男生。

她知道了颜徊家里其实很有钱，只是父亲在外面还有一个女人，所以颜徊从小就和家里关系不好。内向，优秀，难以接近。可是和毕小浪在一起的时候就会比较开朗而且善于搞笑。她也知道了他进冰冰乐一定会说"一碗红豆什果冰但不要红豆，多加桂圆多加糖"。他手上戴满了各种各样的水晶，原因是听到别人说戴水晶可以消孽障，自己做过的错事都可以补救。颜徊就深深地信了，因为他一直相信，每个人活在世界上，每天都在做着各种各样错误的事情，伤害别人的事情，难以挽回的事情。无论是有心，还是无意。

她也知道了毕小浪是单亲家庭的小孩，父亲在他五岁那一年离家出走，至今没有任何音信。可是他有一个很好很善良的妈妈叫江红花。她也知道毕小浪叫她江红花或者小红而不是叫妈妈。她也知道毕小浪热衷于讲冷笑话经常搞得大家冷场。她也去冰冰乐喝过东西也和颜徊一起在他家吃过饭，听过毕小浪对他妈妈说出的类似"你明天要再敢做出这样难吃的饭来给我吃我就告诉隔壁那个老王大爷说你喜欢他！"这样的对话。而每每这个时候季节和颜徊都是装作乌鸦飞过头顶般安静地吃着自己的饭，但内心里面幽幽地笑岔了气。

也渐渐习惯了这两个男生的讲话方式。

比如：

高一的时候全班流行叫彼此名字的缩写。毕小浪就叫 BXL。颜徊就叫 YH。结果在毕小浪眼睛突然瞄到季节的瞬间他就笑得从桌子上摔了下去。

"哈哈哈！你竟然叫 JJ！太搞笑了！"

季节咬着牙控制着面部神经——"你有必要把英文字母的 J 念成 ji 么？！"

再如：

高二的时候季节看到他们两个人坐在走廊的椅子上勾肩搭背很神秘地挨着头

聊天。

走近的时候听到几截零散的对话。

“一个星期四次算多的么。”毕小浪抓了抓头发，“会不会生病呀？”

“我不知道……反正我没这么多。”颜徊有点脸红。

“啊……那你肯定得病了！”

“去死！”

“聊什么呢？”季节从他们两个脑袋中间挤进去。

毕小浪温柔得像春风一样笑眯眯地说：“我们在聊一个星期自慰多少次呢。”

季节突然觉得脖子像是卡在两个人中间一样抽也抽不回来，整个人肌肉都僵掉了。眼睛瞄过去看到颜徊很冷静地在看物理书，可惜书拿反了，额头上还有一滴汗。

就好像：

前几天，季节和颜徊在学校的食堂吃饭的时候，颜徊放在桌上的手机响了，颜徊因为手上有油就按了下免提，然后毕小浪的声音就从里面像鬼一样地钻了出来。听完之后明白了是他要颜徊帮他办一件事情，颜徊也已经要挂电话了，结果他最后一句突然拔高了音调吼了出来：

“颜徊小外甥你要是办不好的话，你就脱光了在床上躺好等着我……”

季节觉得饭卡在喉咙里，伸手想要去抓汤勺。

颜徊一脸惨白，最后做了个放弃的无力表情，眉毛耷拉着，说：“别憋了，你要笑就笑吧。”

然后他几乎马上就后悔说了这句话，因为季节放声大笑的声音几乎引来了一整个食堂的人的目光，甚至让门口啃着骨头的那只被大家叫作“伏地魔”的狗停了下来回头张望，目光格外忧患。

颜徊瞬间觉得有点头晕，伸手无力地扶了扶墙，“我这是作了什么孽……”

季节笑得闭起眼睛，正午的阳光白得刺眼，世界像是悬停在一片银色的光芒里。

雨水把地理兴趣小组放在池塘里的浮标抬升了三厘米，白色的浮标上，渐渐地爬起了一些绿色的浮萍。

轮回着变换方向的风，把物理教学楼楼顶的风标吹过了每一个方向。

日光变化着强度照穿整条狭长的走廊，女生的裙摆和男生的衬衣，都在光线里剪裁着不同的影子。

在这缓慢流淌的青春岁月里。

——三个人像是行走在被游鱼鳞片光芒所照亮的深海峡谷，缓慢而冗长的旅程，青春的触角爬上四壁。一路都不觉得寂寞，或者悲伤。眼中的感知和内心的触摸，都被烙上了“温柔”的标记。

是这样美好，而又温暖的青春时光。

嗯。

只是偶尔，偶尔的。在季节一个人走在学校下山的路上，看到像火焰一样的赤色云朵烧红天空，大雨将下未下，风将停未停，树木的叶子枯萎后被风吹动，仿佛雨水一样簌簌地落下来，覆盖沿路走过的脚印。在这样的时刻，她被这些柔软而温暖的景色撼动了情绪，才会微微地觉得，自己会不会和他们两个太熟了点？他们并没有把自己当作女孩子吧？

只是这样的情绪也是很微弱的，在青春的弦上像风过般撩拨了一下。并没有激起太多的弦音。

只是仅仅会让季节怀着这种类似忧伤而又愉悦的心情，缓慢地，缓慢地，抱着带回家的参考书和试卷夹，走过学校这一条沿路大树参天的道路。

飞鸟像游鱼般从头顶飞快地穿越深深的树的海洋。

四季洒下海潮一样的阴影。覆盖上属于每一个人独特的那份发黄的卷宗，上面写着，成长。

我们记得的太少。我们忘记的太多。

·05·

这个世界上有几件事情会让季节觉得匪夷所思。

比如突然看到一条恐龙站在斑马线上等着红绿灯过马路。

比如突然听到动画片里，流川枫突然说：“嗯，我喜欢的女生，叫作季节，在松山一中念书，她头发黑色，喜欢……”

再比如，就是毕小浪突然中了魔法一样地喜欢上了隔壁班那个叫作秦钥的女生。

可是这件匪夷所思的事情就活生生地在她眼前发生了。

起初自己还和颜徊一起嘲笑着他。可是，当她看着毕小浪每天早上很早地等在楼梯转角，只为了和她“偶遇”并相伴走过一段楼梯；当她看着他上课的时候趴在桌上，在草稿本上胡乱地涂着她的名字，弱智一样地无声发笑；当她看着他算着钱包里不多的零花钱，然后从学校福利社买回两罐可乐，上午给她一罐，下午给她一罐，自己也舍不得喝的时候；当她看着他站在篮球馆窗外偷看里面女生上篮球课的时候；当她看到他站在校门口撑着伞，拿着雨衣等待着秦钥放学的时候，季节微微地觉得有点怅然若失。

就像是黄昏时空荡荡的走廊。水龙头孤单地滴着水。滴着水一般的，怅然若失。

连季节自己都觉得这样的感觉莫名其妙。可是，一想到毕小浪终于能正经地喜欢一个女生了，季节心里又会浮起那种温暖的愉悦感。是很奇怪的，没有来由的感觉。

颜徊似乎也是这么想的，所以他总是看着毕小浪花痴一样地笑着，自己也跟着笑了。

毕小浪喜欢秦钥是因为她在艺术节上唱了一首歌。毕小浪在台下流了一个下午的口水。

高三开学的秋天。

学校很难得地同意了让高三年级组参加全校组织的秋游。毕小浪兴奋了整整三天，因为秦钥同意了和毕小浪中午一起吃便当。

秋天的井阳山很漂亮。无边无际的枫树，风吹过时，就像翻涌起伏的红色大海。

颜徊和季节微笑着走在毕小浪和秦钥的身后，中途看着毕小浪好几次想伸出手去牵身边的女生，最后都胆怯地缩回了拳头。

颜徊看在眼里，微微地笑了。

有一片树叶轻轻地掉在他的肩膀上。他低下头，风在那一瞬间穿越过透明的背景。

天空无限蔚蓝，是寂寞，又美好的，十八岁的蓝天。

中午的时候学生都在山顶的一个平台休息，所有人拿出便当在人工修出来的仿树墩的椅子桌子上坐下来。

仔细看就会发现，平时在学校里不怎么打招呼的男生女生，竟然微妙而自然地分了组。这几个人，和那几个人，微妙地在一起。年轻的脸像枫叶一样潮红。风吹过彼此的肩膀，呼吸是带着树叶味的遥远和懵懂。女生不小心粘在嘴角的饭粒，让男生咽了好几下唾沫，也没能拿出勇气伸手帮她抹掉。

是这样，柔软的，单纯的，微微有些悲伤的青春啊。

颜徊的便当有点天方夜谭。四个像抽屉一样大的便当盒被装得满满当当。毕小浪和季节瞪圆了眼睛，倒是颜徊自己没怎么当回事，用手撑着下巴，望着山下连绵成一片的红枫，感叹着说："青春就是这样青涩而又甜蜜的旅程呢……"

季节和毕小浪同时掉了筷子。

"饶了我吧……"

吃完饭之后，毕小浪提议玩国王大冒险。颜徊抬头似笑非笑地望着他，其实心里早就看破了他那点浅薄的所谓的心计。看毕小浪被自己看得有点脸红，于是他也就顺水推舟地做了个人情，说："好啊，抽到一起的人要互相亲一下哦。"

四人牌局。亲吻游戏。

第一把季节和秦钥抽到了，女生之间本来就亲昵，于是虽然季节抱着秦钥的脸蛋狠狠地亲了一大口，可是依然不会让人觉得过分，倒是季节微微有点不好意思，因为和秦钥并不是很熟。

第二把的时候，毕小浪和秦钥抽到了一起。颜徊和季节笑眯眯地看着毕小浪，毕小浪反倒没了勇气。最后是秦钥主动地在他的脸上亲了一下，让游戏得以继续。那一瞬间，毕小浪迅速红起来的棱角分明的脸，在季节的瞳孔里定了格。像有一个隐身的摄影师，在那一瞬间按下了快门，焦距清晰地聚拢光线，在视网膜上凿出了痕迹。

第三把的时候，是季节和颜徊。毕小浪格外起劲地起哄着，可是季节却变得不好意思了。虽然平时和这两个男生不分性别地打闹已经成了习惯，可是，要真的和他们亲吻，却突然变成一件很困难的事情。于是季节想要耍赖地混过去，颜徊也笑着摆着手抵赖。不过毕小浪哪会那么轻易地放过两人，于是一直叫着闹着，又习惯性地盘着长腿坐到了桌子上，装出一副可爱的神情："可恶！

人家很期待呢！嗯！”

可是就在季节还在连连摆手企图蒙混的时候，时间突然像是定了格，眼前还是毕小浪装可爱的样子，而脸颊上却是嘴唇柔软的触感。男生锐利的气息骤然靠拢，让季节几乎失去平衡。被一双手环过肩膀，有胡楂微微摩擦着脸。脖子上有来自男生校服的铜扣冰凉的触觉。

世界像是突然掩去了所有的光线，只剩下视网膜上突突地跳动着的红色光亮。

时间突然放慢二分之一，四分之一，八分之一……一切摇晃成慢镜头，毕小浪看着眼前亲吻着的两人突然哈哈大笑，可是随着两人的亲吻持续，那笑声就慢慢变得断续，继而微弱，然后听不到声音，只剩下那个笑容的轮廓凝固在嘴角。

其实就连毕小浪自己也不明白，在那样一个瞬间，在秋风从头顶上横扫过互相恋爱着的人，在看到瞪大了眼睛满脸通红的季节和闭着眼睛睫毛微微发抖的颜徊的时候，自己的内心，为什么会有那种情绪。

会有那种，类似将一瓶叫作悲伤的颜料，打翻在另一瓶叫作幸福的颜料里。混合着截然不同的两种颜色，微微地发酵着。

那种情绪，是该叫作悲伤，还是叫作幸福呢?

还是说，幸福到，甚至微微感觉到悲伤了呢?

游戏在第四把结束。因为抽到的人是毕小浪和颜徊。无论两个女生怎么起哄，毕小浪就是不肯就范，张牙舞爪地挥着手说：“不要啊，两个大男人亲什么亲哪，少恶心啦。”

颜徊笑了笑，把牌丢回去，摊了摊手，说：“那就不玩啰。”

黄昏的时候起了比较大的风。每个人的影子在风里都被吹得模糊，像拉出了细线。季节的头发张牙舞爪飞来飞去，两个男生的白衬衣在风里被翻得哗啦哗啦响。

空气里微微地出现像是旧电影中那些发霉的斑点。

颜徊轻轻地哼着歌。季节躺在草地上，听得出还是那天晚上在教室里哼的那首歌曲。

奇怪的是毕小浪也会唱。两个男生哼出了若有若无的和声，在渐渐昏黄的天色里，听起来无限地温柔。是特有的，年轻的男孩子独有的磁性。带着治愈师魔法般的声音。

风声四下里出没，填满衬衣的缝隙。头顶的天空流云疾走。风把黄昏吹得无限漫长。

“铅灰色的大海，是我们的大海，连接着暗藏的世界。”

“那被唤作恋人的时间，嗯。”“封存在一颗微小的星尘里，嗯，那是什么呢？”

“嗯，那是什么呢。”

——嗯，那是什么呢?

· 06 ·

季节曾经在书上看过一句话，是说，我们曾经的爱情，有一段一定会失败，是我们单薄的青春里，一定需要有这样一段失败的感情，来教会我们更多的事情。

所以，看着面前沉默不语的毕小浪，季节也说不出是什么样的心情。

脑海中还是圣诞节前他幸福的样子。在他家里的时候，他从书架上抽出厚厚的一沓彩色全铜版纸印刷的杂志。几乎都是他买的游戏攻略。在一起这么久了，季节自然也知道毕小浪是个游戏狂人，这些杂志每出一期他就必买，而且宝贝得像是银行存折一样，几乎碰也不要别人碰。

季节看着他一本一本地从书架上抽出杂志，于是有点疑惑，“你要干吗？”

“卖掉呢。”拍了拍杂志上的灰尘，毕小浪回过头来，“这样装帧精美的书，似乎能卖个不错的价钱。”然后用手比画了一个胜利的表情，“哦也”。

“我的天啊……你想干什么？”

从凳子上跳下来，毕小浪有点不好意思地摸摸头，说：“圣诞节快到了，我想买个……戒指……嗯，买个戒指送给秦钥，顺便也正式向她表白一下哈。可是钱不太够啊，虽然已经从上个月开始存钱了，不过，似乎还差一些呢。”

毕小浪挠着头发，看着季节，突然问：“你有东西要卖么？要么你也卖点借给我好啦。我一定加利息还给你。”

眼前的毕小浪笑容是那么地温暖，看得季节有点微微地眼睛发红。很多复杂的情绪在心脏的各个角落出没。以前，季节从来没有觉得毕小浪会是对女孩子这么用心的一个男生，印象里依然是那个在公车上口无遮拦的傻瓜一样的讨厌鬼。

季节说："那你向颜徊借啊，他应该有吧。"

毕小浪敲了敲她的头，说："别傻啦。哪有为了给自己喜欢的女孩子买戒指而去找另一个男人的啊。"

季节翻了个白眼，"你不是老说我是男人么？"

毕小浪低下头，眼睛对牢季节的脸，伸出手指在她面前摇了摇，语重心长地说："季节，你不能因为自己的名字缩写是那个，而真的就以为自己有那个哦。"

季节差点背过气去。

眼前似乎还是那个抱着一堆杂志在自己身后大笑的毕小浪，可是呢，两条浓浓的眉毛已经皱在了一起。

已经快要十点了。井池也渐渐安静了下来。白天喧闹的街道在晚上恢复了宁静。

爬山虎在冬天已经全部枯萎了。剩下那些在夏天里蔓延了几乎一整条街的藤蔓依然贴在墙壁上。像是从天空上俯瞰下来，一大片平原上干涸的河床。干枯的叶子被风不断地吹下来。在街道上被风赶着朝前打滚。

晚自习下课之后，季节乘车回家，顺道去颜徊家拿那本刚刚在晚自习的时候聊到的笠井步的画集《恋字宴》。结果刚跨进玄关换了鞋，颜徊的手机就响了，是毕小浪打来的。

颜徊接起电话就问他："你今天怎么没来上课？你已经消失一天了。"

电话里的声音嗡嗡得像得了重感冒一样，也听不怎么清楚。

于是颜徊也没多说，就说"我来找你吧"，然后挂了电话。

拿了画集后季节和颜徊出了门，朝着井池街的冰冰乐走过去。

冬天的傍晚很冷。季节把帽子又往下拉了拉。

爬山虎的叶子在脚边打滚。路灯照出两人的影子。拉长。缩短。再拉长。

季节突然想起曾经看到过的话。说人生就是一个重复的圆，你一定会重复曾经让你快乐的点，也一定会重复曾经让你悲伤的点。永无止境。

毕小浪坐在家门口的石头凳子上，双手插在衣服口袋里，腿朝前面伸着。看到颜徊和季节走过来，就抬了抬手，动了几下手指算是打过招呼。

不知道为什么，颜徊突然觉得他很孤单。

三个人并排坐下，路灯莹绿色的光从头顶上洒下来。

“我今天……”毕小浪吸了下鼻子，像是感冒了，“去了杭州呢。”

季节和颜徊都没有出声。只是陪着他一起发呆地望着街对面的长满爬山虎的墙壁。灯光里有很多的飞蛾。鳞片随翅膀四下扩散。

是因为毕小浪知道她喜欢玩游戏《RO》，所以答应帮她买《RO》的周边玩具，她喜欢那个波利的抱枕他是知道的。可是在自己城市的活动时间却被他忘记了。后来去网上查到杭州今天还有最后一站，于是早上就乘火车过去了。可是却忘记了她要的是红色，买了个绿色的回来。

脸上有微微冰凉的感觉，季节抬起头，似乎觉得下了雪。可是眯着眼睛仔细看了看，天空中又没有雪花。

“她很生气，她说我一点都不在乎她，她说我根本从来没认真地听过她说的话……可是，我真的只是忘记了……”

刻意控制得很平静的声音，却还是让人听得出有些哽咽。

风声在深夜的街道上空旷地回荡着，像是有很多隐形的人，在大街上来回地跑动着。

颜徊站起来，走到路中央，来回走了几步，然后又停下来抬起头望着路灯。没有说话。过了会儿，才回过头来，望着他说：“忘了吧……我是说，你最好把这些忘了。”

毕小浪抬起头来，眼睛有点湿润的蓝色。他说：“你说，我怎么会是这么笨的一个人呢？我很难过的……是真的很难过的……觉得胸腔里乱糟糟的一团……”

他刚说到动情的地方，就停住了，他带着一脸惊讶无法相信的表情望着街的对面，颜徊和季节也随着他的目光看过去，然后就觉得这画面有点太震撼。

因为街对面，一只猫扶着墙吐了……

毕小浪一脸“有没有搞错”的表情，说：“不至于吧！我说得有那么恶心么？”

颜徊陪季节在街口的车站等着回家的末班车。

晚上这条路上的车很少。偶尔过去一辆。灯光从两人安静的脸上扫过去。

毕小浪的情绪在那只通了灵的猫的恶搞下似乎缓解了过来。所以很难得地在对他们说再见的时候又做出了他招牌式的“哦也”的手势。平日里看见他做这个手势和表情的时候都是被他气得几乎要炸掉，而今天，看着他能够满脸笑容地做出来，季节暗暗地呼出了一大口气。

看着转身走进冰冰乐的毕小浪，季节在想，这样的男孩子，真的是天使吧。永远只记得快乐和幸福，永远都会忘记痛苦和悲伤，永远只记得别人的善良，从来不曾记住别人的残忍。而随着时光的打磨，这样的品质一定会像宝石一样绽放越来越耀眼的光芒吧。到那个时候，会不会连靠近他身边，都会觉得自己不够美好呢。

“季节。”颜徊突然说了话，可是并没有转过脸来，反倒像是自言自语般说了下去，“你还记得你高二捡到的那个抄了很多纳兰性德的词的笔记本吧。”

“嗯……”

高二的一节体育课，季节因为脚摔伤了而被送回教室休息，走过颜徊的桌子的时候发现地上掉了本黑色的笔记本。翻开来里面抄满了纳兰性德的词。漂亮的行楷。是看习惯了的颜徊的笔迹。那一节课季节都在看上面的词。这是季节第一次接触到纳兰性德的那些像是被忧伤浸泡透了的词。

像是突然被打开了一扇大门，光线汹涌进来照亮了一个完全未知的世界。季节一行一行地读过去，混然不知窗外下起了暴雨，等到颜徊顶着湿漉漉的头发冲回教室，她才抬起挂满泪水的脸，伸出手去把本子递给一头雾水的颜徊。

“那个笔记本……怎么了？”季节并不明白他为什么突然提起这个事情。如果不是他说起，她几乎要忘掉了。

“其实那个笔记本，是小浪的。”

“哈？”

“你看到的那些漂亮的行楷，也是他写的，只是你并不觉得他会是一个喜欢纳兰性德那样忧伤的词的人吧，所以下意识地认为是我的……”

“其实所有人眼中的小浪，应该都是那个记性很差，玩世不恭，成绩马马虎虎，喜欢逗女生的人吧。只是我从小就和他一起长大，五岁和他一起上幼儿园，看着他爸爸从他家里面离开，看着他追着跑出门摔倒在街上大哭，然后看着他一天一点自闭到几乎不说话，再一天一点打开内心变成一个像是傻瓜一样简单而幸福的大男生。在我的眼中，这几乎是一件要用伟大来形容的事情呢。他尝试着和别的小孩打招呼，尝试着和别人一起玩，尝试着去了解女生喜欢什么东西，尝试着去看很多冷笑话。然后一天一天地，变成了那个学校里最受欢迎的人。"

"他曾经在我生日的时候对我说，希望我和他一样……只记得幸福，不记得难过。"

颜徊转过脸来，表情微微有些严肃。

"在我心里，他是个很了不起的人呢。"

窗外有很轻很轻的风，把浓得化不开的雾气吹得缓慢移动。

季节裹紧了被子还是觉得有点冷，于是起床拿了条毯子铺在床上。

心里反复地出没着颜徊那些话，像是一个催眠师一样反复在耳边重复。特别是那一句"你别看他可以笑着对我们说'哦也'，其实他回到家，躲进被子，一定会哭红眼睛"。

那一句话像是魔咒一样缠绕在季节心里。

四下安静得几乎没有声音。所有躲藏在灌木草丛中的虫子也被寒冷逼进了土壤深处温暖的洞穴。

这样的冬天。

这样的冬天，也应该快要结束了吧？

·07·

北方的冬天来得很早。南方似乎还是秋天的样子，而北方已经开始出现积满雪花的那种黑色的厚厚的云，低低地浮在头顶上，像是一床压在人胸口的厚棉被。昏黑色的天空，让人提不起情绪。

季节坐在颜徊的自行车后面。风吹进她的脖子的时候她突然觉得冬天真的到了。抬起头看着颜徊的背影，似乎又宽阔了一些。看不到脸，只看得到下巴锐利的边缘，消失在外套的领口里。

季节把头靠在他的背上，闭上眼睛。

这是进入大学的第一个冬天。

整个校园满地都是凋落的梧桐树叶。

学校的图书馆号称全亚洲最大的图书馆。季节喜欢二楼古典文学阅览室的那一排长长的几乎要看不到尽头的木头长椅。

很多时候，她都坐在靠近窗边的那个位置上看书。那本纳兰性德的词笺注一直都是她在借，怎么看都看不厌。借书卡上也写了长长的一排“季节”。

阳光从高大的窗户玻璃上凿进来。照到眼皮上，几乎耀花了眼。这样明亮的白光，皮肤上灼热的温度，几乎要让人觉得是夏天了。

几乎……像是夏天了呢。

半年前的夏天。她和颜徊从松山一中毕业，考进这所全中国所有的学生都想进的大学。这是值得喜悦的事情，可是两个人却怎么都高兴不起来。

毕小浪没有参加高考，成绩太差，需要重读一年。

倒不是因为对秦钥的告白失败而让他荒废了学业。因为小浪是个很乐观而开朗的人。在难过了一段时间之后，小浪竟然渐渐地忘记了悲伤。像是从来未曾有过这样的一个女孩子重重地在他心上划下痕迹。

只是，似乎忘性太大，连带着英文单词，连带着化学方程式，连带着正弦定理都一概忘记了。这让季节和颜徊在高三最后的日子里几乎搞大了脑袋。

可是颜徊也明白，每天晚上自己关掉灯睡觉的时候，探出头去，依然看得到小浪家的台灯亮着。虽然江红花总是鼓励他说考不上大学又不代表人生就没了希望，依然可以做一个又帅又聪明的冰沙王子，而且小浪也总是哈哈大笑着说江红花你真可爱！

可是——

颜徊看到过在实验楼楼顶的那些粗粗的包着锡纸的银白色管道间，小浪把刚刚发下来的数学试卷折成了无数小小的纸飞机。他傻傻地看着那些飞机在风里越飞越远。表情被落日映照出悲伤的轮廓。

颜徊觉得心里很痛。

三个人都没有参加毕业典礼。他们脱掉穿了整整三年的制服，在电动城里玩了一个通宵。

在天光大亮的时候，他们才从电玩城里走了出来。空旷的大街上，只有零星几个早起的人走动着。光线笼罩着他们三个，看起来有点孤独。小浪的眼睛不知道是因为熬夜还是因为什么，变得很红很红。

他说：“你们先去大学踩点，然后等我来会师哦！”

他的脸上，依然是青春美好的轮廓。

太阳慢慢落下去了。季节不知不觉又在图书馆里打发掉了一个冗长的下午。她从桌子上爬起来，揉揉睡得涩涩的眼睛，发现周围几乎已经没有什么人了。

窗外的落日像是在天空里打散了的蛋黄。

季节微微有些想起半年前的夏天，火车站的站台上毕小浪送自己和颜徊离开的时候就是这样的落日。像是世界末日一样的悲伤的颜色。

那天毕小浪突然说：“所谓的毕业，就是从彼此的身上硬生生地抽走三年么？”

他很少讲这样酸的话，本来想嘲笑他的自己，看到他认真而略显悲伤的表情，那些轻松的话却怎么都说不出来。

毕小浪把包递给季节，然后念了句纳兰性德的词：“人生若只如初见……”

然后他皱了皱眉毛，又低低地重复了一遍，“人生若只如初见，人生……”然后表情却莫名地变得有些焦虑。

季节忍不住念了下一句：“何事秋风……”可是刚念了一半，就被毕小浪粗暴地打断了。

“我记得！不用你帮忙！”没来由的脾气，似乎把他自己也吓了一跳，于是声音低下去，“我并不是……什么都不记得的白痴。”

然后他抱了抱颜徊，转身离开了站台。季节望着他离开的背影，看到他抬手用手背抹了抹眼睛，也不知道是不是哭了。

季节飞快地眨着发酸的眼睛，像是按动快门一般地，咔，咔，咔地记录着这个像是世界末日般的黄昏里毕小浪的背影。心里的潮水漫成一片。

人生若只如初见，何事秋风悲画扇。

然后。毕小浪就消失了。不但季节找不到他，连颜徊都找不到他了。

打电话永远关机。写信到学校里去却被退回来，信封上注明查无此人。打电话给以前的班主任却被告知他好几个月前已经退学了。

就像是凭空地少掉了这样的一个人，像是从来没有存在过一样。

像是夏天落在发烫地面上的雨水，瞬间蒸发了痕迹。

以至于季节在大学的圣诞 party 上都要拿着红酒杯下意识地对着天想要敬毕

小浪一杯。等反应过来这个举动太过触霉头，才慌乱地在木头桌子上用力地敲了三下。

像是在心里敲出的空荡荡的回音。咚。咚。咚。

终于等到放寒假的时候，下了火车刚刚把行李放回到自己家里，颜徊匆忙地洗了把脸，不顾母亲在身后大叫着“吃饭”，就匆匆地朝着井池街街尾的冰冰乐跑过去。

当季节也从家里朝冰冰乐跑过去地时候，她先是看到了坐在大门口看天的颜徊，然后再看到了颜徊身后热闹的店铺。可是店铺里却不是挤成一团的对着冰沙王子的脸红的少女，而是坐在桌子面前伸着手，安静的做着指甲彩绘爱漂亮的女生。

这里已经不是冰冰乐了，这里是做指甲彩绘的地方。门口的招牌上写着：NAILS' PARTY。

井池还是没有任何改变。依然有着最时尚的玩意儿和最时尚的年轻女生和英俊男生。

依然制造着这个城市里一季又一季的流行。

两边的围墙依然长满了爬山虎。在冬天里依然掉光了叶子，剩下干涸河床般的脉络，交错着分割每一块灰色的砖。

季节和颜徊沿着街道往回走。两人都没有说话。脚边是被风吹着往前滚的打卷儿的叶子。

所有的时光都仿佛倒流了回来，只是身边少了那个把双手交叉在脑后，用怪异腔调说着“哦也”的人。

听到对面走来的人发出轻微的“啊——”的一声，季节才像是从梦中醒过来般地抬起头，然后用力地捂住了自己的嘴巴。

对面的人提着刚从超市买回来的两大袋东西，停下了脚步，眼睛微微地有些湿润。

三个人坐在路边的台阶上，风在身边四下出没。

虽然彼此都很熟悉，可是这样的组合也一直让过往的学生微微侧目。

江红花坐在两个年轻人的中间，本来显得年轻的面容，在身边两张更年轻的面容下，被衬托出了苍老。

“阿姨。”颜徊张了张口，“小浪呢？你们搬走了么？”

“嗯，搬走了。”江红花从口袋里拿了一大把糖，塞到颜徊和季节手里，“小浪也退学了，因为……念得也很辛苦呢。”

“小浪现在在哪儿？家里离这儿远么？”颜徊隐约地觉得小浪也许出国了。没有任何理由地这样想着，却越发坚定着这个想法。于是心脏微微地痛起来。

“啊，没有搬多远呢。”江红花的笑容在落日里不知道为什么显得有些悲伤，“就在街道的最末尾那里，只是换了家店铺，他现在应该也在店里呢，小浪还是很受女孩子欢迎呢。”

捏紧的拳头慢慢地松开了。心里那些本来越来越响的警报像是雾气般被风吹散在空气里。

“是么？”颜徊呼了口气。笑容由浅到深地在脸上扩散开来。

季节按住自己的胸口，起伏的呼吸还未平息，她知道自己快要哭了。

像是突然到来的巨大的喜悦，迅速而锐利地射穿了胸膛。

颜徊拉起季节，然后对江红花说了声再见，就朝着街尾跑过去。

可是却在身后传来的话音里，僵硬地停住了脚步——

“你们别去了。小浪……已经不认识你们了……”

一定有什么东西搞错了。弄混了。误解了。扭曲了。像是被人恶意地涂抹上了厚厚的黑色的墨迹。不然不会是这个样子。

一定有什么东西是所有人不知道的。从未觉察的。轻松忽略的。像是被我们粗心忘记掉的约会。不然不会是这个样子。

是那些在眼皮底下匆忙消失的夏天么？还是迟迟不肯离开的冬季呢？

·08·

时光倒流回高一刚刚开学的夏天。

体育课上毕小浪被一只横空飞过操场的足球砸到了脑袋。当时哇啦哇啦倒地，不过只是头晕目眩了一下然后也没什么事。倒是江红花非常非常地紧张，硬拉着大叫着“大惊小怪”的毕小浪去了医院。

从医院回来的时候，毕小浪依然轻松地玩着篮球走在井池的街道上。只是跟在他身后的江红花手里紧捏着诊断书。汗水打湿了一整片后背。

——功能性记忆细胞丧失症，病情缓慢持续恶化，记忆力逐渐衰退，记忆细胞逐渐死亡。暂时没有治愈的方法。

暂时没有治愈的方法。

每天醒来，每一次睁开眼睛，就逐渐地失去曾经的记忆。十年前的。五年前的。一年前的……

到最后只会记得半年前、一个月前、一个星期前发生的事情。

如果不是意外被球砸到。也许谁都不会想到要带他去做一次脑部检查。

如果一直没有检查，也许谁都只是觉得，他仅仅是个粗心大意的男生。

并不是他忘记了开学的时间。只是他病了。

并不是他忘记了前一天刚刚看过的历史复习资料。只是他病了。

并不是他忘记了秦钥喜欢的是红色的抱枕而买错了绿色的抱枕。只是他病了。

并不是他那么快就走出了失恋的阴影，那么快就忘记了他喜欢的女生。只是他病了。

并不是他忘记了那些英文单词那些数学公式那些化学符号所以没有考上大学。只是他病了。

并不是他忘记了纳兰性德的人生若只如初见。只是他病了。

阳光从云里裂开来，照射进颜徊的眼睛，刺得流出了眼泪。

并不是他忘记了曾经陪伴了他十五年的自己。

只是他病了。

冰冰乐在冬天里生意依然很红火。这多亏了毕小浪这个不折不扣的冰沙王子。

半年过去了，他脸上的轮廓日渐锐利起来。当初的美少年渐渐显露出更加显耀的锋芒。身上有着十九岁介于男孩和男人间独特的吸引力。

这也是冰冰乐在大冬天能吸引到这么多人来喝冷饮的主要原因。

他依然像三年前一样微笑着眯起眼睛，露出一排整齐的牙齿说着欢迎光临。

依然弯下腰对所有脸红的女生说请慢用。

颜徊和季节站在冰冰乐的门口，看着这一切像电影一样被复制剪辑，播放，重倒，循环。心脏像一张摊平的纸被揉成一团。然后又在一分一秒流逝的时间里，慢慢地摊平。

毕小浪看到站在门口的这两个男女生微微觉得有些印象，只是摸了摸后脑勺依然没有想起来。在开口问了他们要什么之后，那个男生说："一碗红豆什果冰但不要红豆，多加桂圆多加糖。"

那种熟悉的感觉更加明显起来，只是依然没有头绪。

"带走么？还是堂食？"毕小浪微微笑着。

"带走。"颜徊也笑着。像是和以前一模一样。只要毕小浪笑了，他也会跟着笑了。

回到店里面，毕小浪坐到一个喝着"我喜欢你"的女生旁边，用胳臂肘撞了撞她，说："喂，你看马路对面坐着喝东西的那个男生和那个女生，是不是明星啊？"

女生低下头，"那个男生还是蛮好看的啦，可是哪有你说的那么夸张，不是明星啦。"

"是么。"毕小浪微微皱起眉头，"我怎么好像觉得在电视上看到过他呢？"

然后也没再纠缠下去，转身逗着身边这个脸红得像苹果一样的女孩，"你是第一次来吧，以后要常来哦！"

"讨厌啦。"女孩做出不高兴的表情，"人家已经来了好几个星期了！"

"啊啊……"双手合起来，"对不起！下次请你喝东西！"

暮色四合。店里的学生也几乎走完了。

落日的余晖照在冰冰乐的招牌上。

毕小浪打扫好店铺，在拉下铁门的时候，抬头看到下午过来的那个男生和那个女生依然坐在对面的街角。两个人都是很悲伤的表情。

该是一对情侣吵架了吧。毕小浪想着，露出了温暖的笑容。

他把手拢在嘴上，朝着他们喊："喂，你们！嗯，就是你们呢！别再吵架啦！别再悲伤啦！这些悲伤，很快就会忘记的哦！"

季节抬起头，像是听到遥远的天边传来的声音。遥远的，恍惚的声音。却熟悉得不能再熟悉。

那个声音在说：

别再悲伤了。这些悲伤，很快就会忘记的。

再然后，看到对面的那个熟悉的人，像电影中慢镜头一般，微笑着摆出了"哦也”的姿势。

季节捂住嘴，牙齿在手指上咬出深深的痕迹，眼泪大颗大颗地流下来。

天空迅速黑了下去。路灯还没有亮起。毕小浪拉下了铁门，消失在门的后面。

咣当一声，像是隔断了另一个世界。

光线在整条井池街上迅速消失。两个人已经互相看不清楚表情。

渐渐暗淡下去的光线，像极了这个，日渐失去颜色的世界。

——季节，其实你一直都喜欢着小浪的吧。

——嗯……

——其实，我也一直，喜欢着。

——……真的假的?

——真的……虽然和你不一样的喜欢……可是，十五年来，都在用力地，没有间断过地，一天比一天地，喜欢着……只是现在，就连是我，也被他像抛垃圾一样完全抛出了他的世界。

路灯在此时开始亮起。

一盏接一盏地从远处的街头朝着街尾亮过来，沿路一段一段照亮了夜色中的井池。光线一步一步地从街头传递向街尾。像是被吞没的世界，重新在黑暗里一点一点显影出轮廓。

当最后一盏路灯在他们背后亮起的时候，季节回过头去，看到颜徊抬起手，遮住了哭红的眼眶。

2006

NEVER ISLAND NEVER ME

二重身

4 月。日照一天比一天漫长。

阳光在墙上打出手影。岁月慢慢过去。

他们说每一年的 3 月是一年里最美好的日子。绿色渐次软化着世界的每一个棱角。

所以，每一年的这个季节，我都喜欢在街上双手插进口袋里闲晃，看着来来往往的人群，心里充满了卑微的幸福感。

小四啊，有一天，你一定会觉得，活着真好。

To 十九岁的小四：

你收到我的这封信的时候，应该是刚刚结束晚自习回到住的地方吧。如果我没有记错的话，那是在一条狭窄的马路边的一栋五层高的小楼。有着老旧的外表，红色的砖墙，以及爬满整面朝南墙壁的爬山虎藤蔓。你应该会在楼下打开信箱，左手提着书包，右手拿着一罐冰可乐，然后用嘴咬着信封，快速地上楼。

又是 3 月了。我也忘记了在上海我到底度过了多少个 3 月。

上海的春天总是来得很快。就像前几天还在下雪，而一转眼，就可以穿着薄毛衣牛仔裤躺在草地上晒太阳了。你也应该很喜欢这样的日子吧。我记得你以前有时也会和朋友一起旷掉枯燥的数学课,然后在学校湖边的那块绿地上,躺着看天。那时的一些傻问题,比如“三年后的自己在做什么呢？”或者“我未来的理想是……”这样的一些问题，就和当年的那些绿草一样，洋溢着幼稚而美好的生命力。

没有经过这个世界的浸染而带上斑驳的噪点。

那个时候你总是在和朋友打赌，猜钢琴教室里弹琴的人是男生还是女生。这样琐碎而无关紧要的问题都可以成为生活中很重要的事情，这是你几年之后所无法想象的。

昨天晚上梦见了你。

梦里城市滔天大水。无数大大小小的水流从城市表面漫过。所有的人都顶着滂沱的雨水匆忙地逃窜着。我坐在路边咖啡厅里一个靠近落地窗的位置等你。窗外闪电时而照亮漆黑的夜。

地面像是镜子般地反着光。

后来我看到你。从一辆公交车上下来。有意思的是，你下车后，还湿淋淋地站在马路边上，朝着远去的公交车鞠了个躬，显得又礼貌又很可笑。

你坐在我对面的时候显得很忐忑，湿漉漉的头发往下滴着水，你胡乱地拨了拨被淋湿的头发。也看不清楚你的表情，我也不知道你是否可以认得我。

你小心地喝着水。然后环顾着这个咖啡厅。

然后你说：请问……

我翻身拉开窗帘。窗外是浓厚的夜色。

在这样一个沉睡的世界里，大部分人都睡着，很少的人醒着。醒着的那些人，睁着眼睛在想什么呢?

说来也很可笑。我现在经常半夜三点穿好衣服然后步行穿越一整个小区，去大门口的二十四小时超市买东西。有时候是几杯酸奶，有时候是一份便当，有时候我甚至会无聊地买一份当天已经过期的报纸。郁郁寡欢却也兴致盎然。沿路听得到人工制造的虫声、蛙鸣声、流水声。

但是，小四。你要知道，这些都不是真的。这些声音来自隐藏在草丛中的人工电子喇叭。就像我们可以靠吞镇静剂来获得安宁，靠酒精来制造兴奋，靠安眠药来制造睡眠。可是，这些都不是生活的本身，他们是人类用化学物质制造出的幻觉。

所以那一天我的一个朋友对我说，你现在很多时候都活在真实的幻觉里面。那个时候我以为他是在同情我，可是，他马上补了一句："真羡慕你啊，好开心。"

小四，你知道吗，就是因为这样，我日渐失去了对时下生活的判断力。幸福被模糊了界限，剩下毛茸茸的轮廓。于是也就感受不到痛苦了。

当你活在被越来越多的人羡慕的生活中时，你也会渐渐地暗示自己：没有什么是不可以忍受的。

当你活在被人羡慕的流质里，你也就失去了抱怨的权利。

买完东西后，我就慢慢地重新走回去。

小区的路灯每十米一个。于是就会在黑暗、光明、黑暗里重复前进。

像极了我们每个人都在跋涉着的充满隐喻的人生。

之后我发现，人在这样安静而又黑暗的环境里，心情会变得格外清澈而透明，很多以前没办法想明白的事情，都可以在这种时候想明白。而在想明白的那一刹那，是突然的轻松，抑或巨大的沮丧。

我也不知道这样讲你明不明白。因为我也忘记了十九岁的你，到底有没有这么多在黑夜里独自漫步的日子。

写完这封信的时候，天又重新亮起来了。

发件人：不详

To 发件人不详：

收到你的信很意外，因为我不知道你是谁。可是感觉上你又知道我很多很多的事情。

就像你的信的开头那样，我正好上完晚自习，然后在租住的楼下，看到信箱里你的信件。你甚至猜对了我会因为拿着可乐而习惯性地把信封叼在嘴上。

我不善于写信，所以我也不知道该在信里对你说一些什么。

我现在生活很好，只是每天有太多的功课让我头皮有点发麻。每一天老师都会发下很多散发着新鲜油墨味道的印刷试卷。厚厚的试卷夹差不多每隔十天就需要更换一次。我现在的书架上已经堆了差不多有十七个试卷夹了。好在它们很便宜，我在学校门口买的，两块钱一个。

我喜欢白色，所以这十七个试卷夹我都选择了透明的白色。看着这些塑料夹整齐地放在书架上的时候，我虽然也会暗暗吃惊，但是，却也会有一种混杂着辛酸的成就感。

我甚至曾经有过那么一些带着诗意的联想，感觉自己最美好的青春岁月，就是记录在这些散发着油墨味道的试卷上，一页一页地，推进着生命的前行。在复杂的方程式里，在虚拟时态里，在立体几何的辅助线里，我一天一天地变成和昨天不一样的大人。

大人。在我写下这两个字的时候我觉得有那么一瞬间我脑海里是一片空白。

有时候我也很烦。每天早上六点就需要起床。虽然我在高三可是因为没有住校所以不需要参加如同人间炼狱般的晨跑。但每天六点半的早自习还是雷打不动。

每天都像是刚刚躺下去，翻了一个身，稍微闭上眼，然后闹钟就响了。外面的天泛出浅紫色的灰，然后变成蓝色，再变成橙色，最后就是红色的云朵从天边燃烧起来。窗外有很多的鸽子扑扇着翅膀朝天空飞去的声音。

看到你在半夜也无法睡着，我也不知道该如何去安慰你。

我没有在半夜那么晚的时候出去过。只是有时候在晚自习下课后，我会去操场慢慢地跑两圈。学校跑道边的草，每到夏天就会发疯一样地生长。在夜风里，弥漫出浓郁的草汁的味道。围绕跑道的路灯将操场分割成不同的明暗的区域。只是我没有你那么多的联想，看到你将那些明暗交替的过程比喻成我们艰难的人生，突然就很敬佩你。

发件人：小四

5 月。日光照在皮肤上激荡起热度。

脸庞在与天空的对峙里渐渐变得潮红。混杂着泪水。模糊了理想的轨迹。

那些飞过去的，是年轻的灰烬。

与青春里无尽的，赞美诗篇。

小四，终有一天，你会变得很勇敢，勇敢到可以将那些狂风中的怒吼，听成是对你赞美的变奏。

To 十九岁的小四：

我度过了很特别的一天。

这整整的一天里，我没有跟别人说过话，没有与别人打过交道。我过了一个孤独的一个人的二十四小时。

下午醒来的时候天空很灰，空气里浮着大把大把的水汽。

空调在头顶上嗡嗡地运转着，玻璃窗上凝结了很多的水珠。

我起床，安静地刷牙洗脸，穿好衣服坐在客厅里发呆。电视里各种人物闹来闹去，主持人滔滔不绝，明星虚假地微笑，今天股票升了多少，昨天房价跌到谷底。娱乐版谁又上了头条，谁又拿到了票房第一。我看着嗡嗡作响的电视，觉得这个世界好吵好吵。

不过小四，这个世界本来就是很吵很吵的。所以，很多时候，我们就只好选择去听自己想听的东西。这个世界上，愿意听我们说话的人已经越来越少。所以，当你还年轻的时候，你就尽情地说话吧，当你长大之后你想要说话的时候，你就说给自己听。或者如果实在不想说，就一直放在心里。

无论如何，不要像现在的我，说着各种好听的话，在心里流着难看的血。

傍晚的时候夜幕降临得很快。

我换了件有兜帽的运动衫出了门。没走几步就下起了雨。

小四，我记得以前的你很喜欢下雨的天气，你总是站在下雨的屋檐下面，看着屋檐之外大雨滂沱的世界：消失了飞鸟的天空，逃窜的人群，留下了干净的大地，飞溅的水花，漫延的水流，提着裙子奔跑的女生，在篮球架下孤单打球的被雨水淋湿全身的男生。你在日记里写过，下雨的时候，世界就会变得安静。所有的生命都像是一起沉到了湖底。

可是每到下雨的时候，我的心情就会很糟。因为我看到每一个人脸上挂着的雨水都像是泪水；我看到每一个奔跑的人都觉得他们是在逃亡；我看到昏暗的天空就觉得是世界末日。这样阴暗的心理，我也不知道是从什么时候开始滋长在心底。而终有一日我发现它们的时候，它们已经是参天的大树，不可摇撼。

那些长在内心里的茂密的森林，阳光照不进，青苔覆盖着黑色的土壤。

我也忘记了究竟在什么时候，倔强而固执的自己，就那样负气地背好自己的小行囊，朝着暗无天日的森林里走去。

那一刻甚至微微地觉得，自己再也不会从森林里走出来了。

大街上的行人很少很少，地面湿漉漉地反射着耀眼的霓虹光芒，像是一地化开的脏脏的油彩。

我在路边一家寿司店里吃了晚饭。店里很冷清，没有几个客人，白色的光将大堂照得很亮，也很冷。

十二点左右我决定回家。回家的路上路过一家很大的电玩城。我进去玩了两个小时。

整座三层楼的电玩城里几乎只有我一个人。

我突然就觉得自己像一个伟大的国王，无论是射击那些从天空呼啸而过的战机，还是与丛林中的恐龙奋战，抑或挑战着古堡中的那些僵尸，我都觉得自己像一个了不起的英雄。

小四，我突然想起你十九岁的时候最喜欢的一支乐队“麦田守望者”，他们的那首《英雄》里的歌词，就像我凌晨独自游荡在电玩城的序曲：

忽然间，雷声轰鸣，忽然大雨落下。
模糊了手中宝剑，淹没我盔甲。
梦里的雨，下不停，一半冰冷一半透明。
像那天，如梦一样，我的英雄他哭不停。忽然间，转头睡去，再也叫不醒。

小四，只有当你周围一个人都没有的时候，你才能够看到最真实的自己。但是……你不会喜欢这样的自己的。因为在这样孤单的世界里，你所有的伪装，所有的扮演，所有的面具，都因为你自己与自己的对峙，而分崩离析。

剩下的，就只有那个你一直不愿意承认的，不愿意面对的，懦弱的悲伤的自己。

也只有你自己，才是可以将悲伤展示给他看的唯一的人。

因为我忘记了是谁说过的，悲伤只是把插在心口的匕首，拔下来给人看，也只不过溅别人一身血罢了。

发件人：不详

To 发件人不详：

看到你来信里告诉我的那特别的一天，我反而觉得很羡慕你。

我现在每天都和一大群人在一起。每个人面前都是很多本厚厚的参考书。课本早就被丢得不知去向，只剩下没完没了的各色封面的参考书，上面是各种匪夷所思的标语，诸如“轻松上北大，悠闲去清华”之类的，我想这也是唯一敢把如此巨大的谎言印在封面上而依然有人愿意去买的书吧。

我的那些同学开玩笑地说，参考书是中国除了钞票外最抢手的印刷品。

我常常望着窗外的蓝天走神。上课的时候，休息的时候，甚至考试的时候。每当我看着被窗户的边缘切割出来的正方形的蓝天时，我都会觉得心中有一种微微发涩的惆怅。我也很难描述清楚那种恍惚的感知。只是每次都会想到那一句“头顶是四角的天空”。

你说你生活在上海，那是我喜欢的一个城市。去年我因为一个比赛去了上海，在那里停留了两三天，也是下着雨。冬天的雨总是带着凛冽的寒冷。

有一条街我忘记了名字，只记得两边长满了高大的法国梧桐。在比赛前一天的晚上，我因为睡不着而走到这条街上的二十四小时便利店买东西。回来的路上，地面是雨水反射的昏黄的灯光，无数蝴蝶般的落叶从脚边滚过，滚向前方黑暗笼罩的尽头。

那一刻的场景，让我觉得上海是一个悲伤的城市。直到现在，我都依然这么觉得。

那一条街，我也一直想去重新走一遍。我也不知道自己到底还有没有机会去上海。

如果在这一生里，我可以重新去上海的话，希望可以找到你。虽然我不知道你是谁，过着什么样的生活，我也不知道自己的未来，会有怎样的际遇。

不知道你有没有看过一部电影叫作《关于莉莉周的一切》。还有一些版本叫《豆蔻年华》或《青春电幻物语》。我现在每天晚上都会听着这部电影的原声入睡。梦里依然是那片巨大的麦田，从绿色，变成黄色，再变到一片荒芜。像是我们的青春岁月，都是美好，都是荒芜。

电影里面的主人公问：在蓝天之外的是什么存在呢？是莉莉周吗？还是我们丑陋的自己呢？

我突然想起在之前你写给我的信里，你说我们都是活在这样那样的幻觉里的。

电影里的莲见雄一和星野修竹，他们彼此都是彼此的幻觉吧。而莉莉周，是所有人的幻觉吧。

我不由得想起王菲唱过的歌，她说“一个一个偶像，都不过如此，沉迷过的偶像，一个个消失”。

是不是终有一天，我们会亲手击破自己的偶像，亲手掐死自己的信仰呢？

这不是一件很可怕的事情么？

发件人：小四

6月。太阳暴晒着夏季之河。

日光泛滥成灾荒。麦田顺着风向伏倒。沿途有车轮轧过的痕迹。

彩虹回归进泥土。天空寂寞成久远的歌谣。

跋涉过辽阔的夏季。迎来雨水丰沛的年月。

小四，你要相信，温柔的人，总有一天会因为他的这份温柔，而变成一个最强大的人。人们也会因为他的这份温柔，而不再痛恨他。

To 十九岁的小四：

小四。我知道你非常喜欢《关于莉莉周的一切》这部电影。因为我也是在你那个年龄的时候开始喜欢上它的，直到现在，依然非常喜欢。

我甚至现在每天写东西的时候都会放那一张电影原声碟。这么多年的习惯，一直也无法改变。

那些重复的、起伏的、回转的钢琴声，就像是血液般的从耳膜里注入，直到心脏。像是电池颠倒两极被迅速地充电。

小四，对于你的信仰，你的偶像，无论如何，请你相信他们。无论是曾经喜欢的，还是正在喜欢的。因为这些被叫作“偶像”的人，他们都在为了那些喜欢着自己的人，而一直继续咬牙努力着从来没有放弃过。只有你们的喜欢，才能带给他们用来抗衡的力量。如果他们曾经给你带来过快乐，带来过勇气，带来过生命里美好的时光，那就请不要轻易地放弃他们。因为这种被放弃的感觉，我曾经尝试过了，不希望有更多的人品尝到。

你在放弃他们的同时，就像是放弃了曾经的那个，固执的自己。

王菲在日本的“全面体”演唱会上，有一个镜头让我一直记得。她闭着眼睛，头发在风里吹乱，她唱：

吹不熄的光芒，努力燃烧自己。

请看我漂亮的坚持，

别忘记我，别忘记我。

她最后的两句，就像是恳求一样，让我几乎落下了眼泪。

对我而言，只要是曾经崇拜过的，相信过的人，无论经过多少的时间，无论发生过多少的事情，哪怕是在成长后遗忘了，背叛了，嘲笑了曾经年幼无知的自己，可是，只要想起曾经他或她在我生命里烙印下的深深的痕迹，想起那些曾经在他或她的光芒下的日子，于是，难听和残忍的话，是无论如何都无法说得出口。

别忘记我，别忘记我。

我现在在养狗。我叫它小呆。我每走到一个地方，小呆都会跟在我的边上，我停下来，小呆就坐在我的脚边。我站在洗手台前刷牙，小呆就躺在我脚背上睡觉。我关上房门，它就在我门口睡了。——如果有一天，你被别人这样用尽力气地依赖着，你也会因为自己终于成为了别人的"依靠"而倍感骄傲。那么，那些很难过去的事情，就会有更大的勇气去面对，也就变得容易过去了。

小四，在我像你这样大的时候，我一直觉得这个世界不符合我的想象，我因此而伤心、难过、沮丧。后来我明白，其实这个世界不符合每一个人的想象，正是因为这样，它才可以如此冷酷地被称为"世界"。

我很喜欢的作家蔡康永说：我们哭了，才知道这就是伤心；我们跌倒，才知道这就是痛；我们爱了，才知道这就是爱。

小四，在你那个年纪，他还没有在大陆变得很红。但是我相信终有一天，你会喜欢上他的书。

我也希望你像他说的那样，用力去感知这个看上去冷冰冰的世界。因为只有当你亲自去感受了，你才能提得起来对这个世界的爱。

或者恨。

否则，所有的感情，都变得廉价，而不真实。

发件人：不详

To 发件人不详：

我想我终于知道了你是谁。

已经 6 月了，希望你生日快乐。

我会像你说的那样，用力地去感受这个世界。然后去爱它。或者恨它。

我想我终有一天也会遇见你，如同遇见镜子背后的，世界尽头的。

另一个自己。

发件人：小四

附：二重身是心理学上的一种现象，指在现实生活中自己看见自己。出现二重身的人，往往有很严重的心理疾病，都会以死亡告终。

2006

NEVER ISLAND NEVER ME

绘日行

· 01 ·

——喂，是小四吗？

——嗯。你是？

——……

嘟。嘟。嘟。

我每天都在接这样的电话。我的心情就变得很糟糕。

我想我差不多快要报警了。

· 02 ·

我突然发现自己已经度过了那一段充满忧伤的岁月。那一段被称呼为青春的日子。

我很难再因看到一篇小说而心情感伤，我也很难在电影院的黑暗里流下难过的眼泪。

就像是曾经年少的心脏，被掏出来置放在空气里，风吹雨淋，日晒霜盖。然后逐渐柔软的表层变成僵硬粗糙的茧。一颗包裹成厚厚的茧一样的心脏，在二十三岁的身体里，微弱地跳动着。

像是那些炎热的夏日里，昏暗的草丛中微弱鸣叫的飞虫。或是萤火。

我也已经淡忘了是如何这样成长起来。

本来应该是破茧般的痛苦，却在时光重复而细碎的抚摩里，变成了混沌的存在感。

就像是每一个暑假的午后。躺在树荫下的凉椅上睡觉。阳光发烫地烙印在眼皮上，红光腥热。蝉鸣无休无止地聒噪在耳膜上。

每一次睁开眼来，日光并没有什么不同，云朵也依然白得耀眼。于是又昏昏沉沉地睡去。可是当闭上眼，再睁开眼，就已经是沉重的黄昏，光线迅速地消失在天空里，发出呼呼的风声，把天空撕开一道一道透明的口子。像是透明贴一样一条一条地贴在天空里。所有的飞鸟朝向归家的路途。黑夜从空气里显影，染暗每一寸大地。

天黑了。像要下起雨。

王菲多少年前，悄悄唱着：

“一路上那青春小鸟掉下长不回的羽毛。”

好希望夏天永远不要过去。

不要告别夏天。

但是——

· 03 ·

上海热得几乎要死人。

地面泛出吓人的白光。电视里，那个化着雪白粉底、表情苍白、几乎穿个唐装就可以直接送去烧的女主持人用一种非常平淡的口吻播报着："上海连日以来都是高温，浦东某主干道上的地面温度已经达到了52摄氏度，居民普遍反映放一个鸡蛋在路上就可以直接烤熟……"

那一瞬间我百分之一千地认定这个主持人讲了一个冷笑话。

我打电话告诉朋友，我说刚刚电视里那个苍白的女人讲了个冷笑话。

我朋友听完也没有任何反应，过了半晌，电话里半死不活地传过来一声："一点也不冷……我要热死了……"然后电话就断了。

估计他热死了。

·04·

有一段时间的自己，像是消失了对痛苦感应的能力。

翻着各种花边新闻，看着种种羞辱的话语，我竟然也变得一点都不难过。

像是很多日本恐怖片里演的那样，透明的灵魂浮在半空里，俯视着床上还在熟睡的自己。

我想起看过的那本《月亮来的男孩》，里面的男孩子天生就没有痛觉。任何的伤口，甚至骨折，都带不来一丁点疼痛。所以他也并不抵抗那些人用他来做各种实验。解剖他的身体，了解人类对各种伤害的反应，因为他没有疼痛的感应，所以他麻木地看着这一切。甚至最后，他竟然开始解剖起自己来，于是他成了一个很优秀的外科医生。

故事到这里，都很像是一个励志的小说。

可是后来，他喜欢上了一个女孩子，代价就是，他开始体会到了，什么叫作痛。

我们要听到大风呼啸过峡谷，才知道那就是风。

我们要看到白云飘浮过山脉，才知道那就是云。

我们要爱过，才知道那就是爱。

我们要痛过，才知道痛也是因为有了爱。

难道那一段时间的自己，消失了对痛苦感应的能力，是因为，已经消失了爱吗？

我合上书的时候，突然浮现出这样的问题。

·05·

清和去了美国之后，作风变得异常大胆。

旧金山同性恋游行的时候，她矫健地穿梭在人堆里，并且和一个穿着超短裙的大胡子男人拍了照。照片上那个大胡子男人和她笑得一样妩媚而且动人。并且清和的手还放在那个男人毛茸茸的大腿上。

游行回来之后，清和的 MSN 签名档就改成了：鸳鸯相抱何时了，鸯在旁边看热闹。

她到美国之后，考好了驾照，开着米白色的甲克虫，在美国的各条街道上摆着夸张的姿势拍照。

她告诉 hansey 他喜欢的 JPG 在美国被摆在超市的货架上贩卖。

她在我生日的时候给我寄回一条我看中过却舍不得买的 PRADA 的皮带。

她朝着幸福美满的生活大步而去。

而我们留在上海，享受着夏天晒死人的炎热。

有一天早上我醒来，看见 MSN 留言，清和说：我好想回国。

我想要回话过去的时候，才发现她已经下线了。

我也忘记了我们有着十五个小时的时差。

但如果仅仅只是日照角度的差别，那也没什么。

重要的是还有一些我们无法诉说的情绪，随着巨大的机翼飞越换日线的时候，一同消失了。

·06·

——回忆和理想，哪一个更悲伤？
——理想。

——可乐和橙汁，哪一个更悲伤？
——可乐。

——少年和成人，哪一个更悲伤？
——少年。

——天空和海洋，哪一个更悲伤？
——天空。

——巧克力和玫瑰花，哪一个更悲伤？
——玫瑰花。

——过去和现在，哪一个更悲伤？
——……对不起，我答不上来。

也许过去和现在，都不怎么悲伤。悲伤的也许是前面看不清楚的未来。

·07·

伤害人的价值在于，可以得到某种东西。

但是有太多的人，都在无法得到任何东西的情况下，依然乐此不疲地伤害着别人。

·08·

那天在和朋友玩一个游戏。哪些词语可以很少年。

我说，速溶咖啡很少年，咖啡就不少年。

——冬天的寒冷逼进窗户的时候，我们每一个人，应该都有过这样的记忆，在昏昏欲睡的深夜，撕开塑料袋，将咖啡粉末倒进杯里，热水冲出泡沫，气味也很像那么一回事，但喝到嘴里依然离不了“速溶果然还是速溶”的廉价感。是那样真实的记忆，粘连在高三的生命体上，想要剥离开也只能撕得血肉模糊。我们的高中年代，就是在这样廉价的咖啡香味里，坚持着那些微弱的理想光芒。

尽管多少年后，它们变得不值一提。

他说，中性笔很少年。

——已经不可能再拥有那样一段时光了。每一天有大量的时间都消耗在不停的书写里面。抄写，演算，再抄写。也习惯了隔个两三天，就在学校门口的小摊上与老板讨价还价地买回好几支新笔。

当我们在年少时记录过的那些习题，那些源源不断凝固在纸张上的黑色蓝色蓝黑色墨水。我们从来没有想过有一天，它们会慢慢走出我们记忆的狭长走廊，消失在光线隐没的尽头。

就像是凭空丢失的票证，从心里拉扯出满满当当的空洞感。

我说，机器猫很少年。

——其实我们都是和康夫一样普通而略微平庸的少年。活在夏日的白光和热气里，穿着制服，拿着背包，演算着试卷。活在疯狂的考试和爱念叨的妈妈的压力之下。虽然我们每天都在幻想着竹蜻蜓和时光机，幻想在衣柜里养一条恐龙。可是，我们还是知道，那只是我们年少时每天傍晚六点半的记忆。电视机里的童话，像是夏日里的薄冰，几分钟后，就化成水，再化成汽，消失在白炽化的光线里。

夏日炎炎。日光打在眼皮上，照出一片透彻的血红色。

他说，想要扔掉的试卷很少年。

我说，白衬衫很少年。

他说，打架后衣服上留下的泥点很少年。

我说，莉莉周很少年。

他说，CD 机很少年。

我说，青涩的恋爱很少年。

他说，放屁。

·09·

那日我带我养的狗小呆去楼下买酸奶。因为小呆的妈妈是上海选美冠军，所以从小身娇肉贵，要喝酸奶。

回来的路上遇见一个卖 DVD 的小摊，停下来翻看。

旁边一个正在购买《狼的诱惑》的女人对小呆很感兴趣，弯下腰来在逗它。

我漫不经心地随口说了一句：哦。你喝的这种酸奶哦，它也最喜欢喝了。

然后那个女的一脸菜色，哼哼两声就走了。

我和小呆面面相觑，也不知道她在气什么。

小呆，你说为什么有那么多人，都觉得自己比动物高级比动物重要呢？为什么都觉得自己比别人了不起呢？

他们可以对自己稍微的烦心，感冒，被老板训斥而感到苍天无眼，却可以对别人的不幸，苦难，剧痛而漠视甚至嘲笑。

我不是很想得明白。

·10·

虽然消失了对痛苦感应的能力。但是，某些固执的东西，还是沉睡在内心里。就像是远古洪荒时期的巨兽，被侵犯的时候，就会吐出焚烧一整个荒原的火。

我父母第一次来上海的时候，我和爸爸妈妈一起坐地铁。妈妈是第一次坐地铁，所以，我等到前面的人都进去了之后，开始耐心地告诉妈妈该怎么进。

我示范了把地铁票在进口处照了照，然后推动金属旋杆，妈妈照着我的样子做，结果杆子停在那里。

我站在里面，妈妈在外面。妈妈有点着急，并且显出了稍微的一些害怕。

而这个时候，一个地铁的工作人员走了过来，她用自己的工作票照了一下，然后叫我妈妈跟着她过去，我妈妈没有太听懂她的上海口音的普通话，于是我叫我妈妈跟在她后面，进旋杆。

当妈妈终于进来了之后，在我刚刚张口想要说“真是谢谢你了”的时候，这个中年阿姨非常及时地低声说了一句:“册那，戆色特了。”(cào nǐ mā，笨死了！)

留下目瞪口呆的我，还有我那听不懂上海话而一直对她点头感谢的妈妈。

那一瞬间我握紧了拳头——

可是却任何事情都不能做。因为我还不想让我妈妈体会到这种羞辱。如果不知道，其实就等于没有发生过。只剩下听懂了这句话的我，站在原地气得一直发抖。

我并没有要求你帮助我妈妈。

我也没有阻挡你的去路。

所以那一瞬间，请原谅我内心的黑暗面，我真的是恨不得你走出地铁站就被车撞死。

· 11 ·

其实我从来没有抱有过“痛恨某个城市的人”的想法，或者迎合过别人“上海人很讨厌”的论调。在我心中，其实一直都觉得人很善良。

可是当我向朋友转述这件事情的时候，我丝毫没有犹豫地当着我几个上海朋友的面说出“我恨上海人”这句话。我不想掩饰我口气里因为“恨屋及乌”而产生的对他们的羞辱情绪。我那几个上海朋友也在我面前表情很尴尬。大家都不再作声。

我心中是报复后产生的满足情绪。像是一只被疯狂灌着氢气的气球，无限膨胀。

那一瞬间的安静，就像是吵闹的电视机突然被拔掉了插头。

耳朵里因为太安静而响起嗡嗡的回声。

·12·

慢慢地，慢慢地，消失了光线，以及激烈的情绪。

我是怎么了。

·13·

日剧里常常出现的台词，例如：

每一个人都有想要守护的东西，在那一刻，再软弱的人，都会变得强大起来。

我会因为你，而变得越来越优秀。

虽然很辛苦，可是我还是会加油，请相信我。

很多很多。又矫情又戏剧的对白。听在耳朵里，也会在心里冒出一股奇怪酸意。

可是奇怪的是，有时候夜深人静，我看着那些年轻的男主角女主角认真的面容，严肃的口气，我自己也会微微地有些相信。

相信着这种童话般脆弱荒谬的心情。

就像是阳光照进年久失修的阁楼，光线里尘埃浮动，霉味湿漉漉地覆盖到鼻尖上。

可是渐渐地，也会让那些黑暗，减弱，冲淡，最后消失。

于是黑暗的内心，也会稍微变得温柔起来。

阴暗的情绪，扭曲的人格，被藤蔓缠绕不透光的躯体，会像神话里接触到日光的妖精一样，纷纷沉到厚厚的地壳之下。

幼稚，有时候也是一种力量。

可是这种力量，被无数人嘲笑着。小孩子般透亮的心灵，在他们眼里是可笑的愚蠢的行径。

有时候我看到那些成人嘲笑时的面容，我觉得世界也真是丑恶。

· 14 ·

我以前比较胆小，后来变得无比勇敢。

因为看到蒲松龄写的小说，鬼死后也会变成鬼的鬼，鬼的鬼非常怕鬼，就正如鬼非常怕人。

原来最可怕的是人。

原来我每天都生活在一群最可怕的生物中间，那我还有什么好害怕的呢。

所以后来我都不太害怕听鬼故事与看恐怖片。

只是打雷的时候还是会冲到厕所里去。

这一点我也很无力。

· 15 ·

我高中时候的班长到上海来工作了。他以前是全年级的第一名，每次考试我们拿过排名表都是从第二名开始看，因为第一名永远是他，雷打不动。后来他以相当高的成绩考进了清华生物工程系。现在毕业了，却进了陈天桥的盛大网络。

他在上海住在张江高科，地铁二号线的最后一站。几乎可以用荒芜来形容的浦东。

他来浦西看我，满脸依然是年少时饱满的热情与冲劲。

他和我聊着陈天桥的伟大构想，他的远大目标，中国宏观的市场分析，丝毫没有觉得他现在客服部的小实习生的身份与这些其实没有太多的关系。

我看着他充满理想的脸，那一刻我甚至不知道是该羡慕他还是该可怜他。

心中那种复杂的情绪，在上海的落日下显得单薄而又可笑。

他说，他到上海就一直在公司那边，这是第一次来浦西，他感觉上海和北京也差不多。

我听后笑了笑，没有作声。

夜色降临，上海像是一座被魔法突然点亮的奇幻之都。

· 16 ·

时间被浸泡在水里，凝滞地向前推进。

而生命却在迅速被耗损。

不要再提年幼，不要再提年少，那些都是太过遥远的字眼。就连青春这样的词语，在回忆里也已经是一段不断跳帧的灰白色电影。

背景音乐已经很远很远。

梦想像气球般升空，在我们看不到的地方爆炸。

天空传来空洞的回声。我们抬起手，遮住仰望天空的眼睛。

因为里面有太多的泪水。却挡不住从天而降的日光，凝结在红色的眼皮之下。突突地跳动着，潮水般朝心脏漫延。

太阳还是像十七岁时一样红热。

衬衣很白。

· 17 ·

梦想是美国旧街区的围墙。

绚烂地涂鸦。然后再轰隆一声推倒。万人践踏。

这就是梦想的本质。
带我去另外一个空间。

我需要我离开地面。
隐形的翅膀。隐藏在梦想的起点。
我并不想对你重新讲述那些自欺欺人的童话。

但年复一年的夏日，飞鸟飞越寂寞的蓝天。

双翼在空气中剪裁而过。留下投射在地面的巨大阴影。吸引住在泼墨般浓烈的树荫里玩耍的年少孩童。

他们张开干净的眼。他们看到天使，信以为真。

2007

NEVER ISLAND NEVER ME

荒芜尽头与流金地域

001.

每一个人都有权利在亲朋好友的注视下，体面地死去。只是我们都不知道，在我们死去的时候，环绕我们的，是当下这些我们早就烂熟心间的面容，还是直到如今，都还未曾在茫茫世界里与我们相逢的陌生人。

当你闭上眼睛，当你被埋进将永不停止的寂静。

002.

完全忘记过去的人，才会一点也不惧怕将来。

PART ONE 荒芜尽头

·01·

除去经度和纬度在地理上的意义，在远离了高考几年之后，很少有人会在意这些纵横交错在地球表面的线条，究竟代表了什么。只是偶尔在想念国外友人或者看见国家地理探索频道的时候，会想起，或者听见这些用数字来定义出的，地球上的某一个点。

有时候在地图上看见某一个从来没有去过的城市。

有时候听见电视机里标准的声音说："在北纬 66.34° 以北的北极圈境内，动物的数量远远低于热带与温带的大陆，其形态和生活方式，也是令人叹为观止……"

那么。

北纬 29.23° ，东经 104.46° 。

北纬 31.11° ，东经 121.29° 。

与此并不相关的人无法解读这样的两串数字。

甚至是与此相关的我，也是在翻了《中国城市地理大全》后，才写下了这样的两串密码一样的数字。

但是就是这样冷酷而严谨的数字，像是两颗长长的铜钉一样，敲打在了我二十四年来漫长岁月的肩膀之上。

你有玩过用一根针，在地图上把一个人标记出来的游戏吗？

·02·

在下飞机之前打开手机查了查重庆的温度，在本该落叶满地的 10 月，重庆依然是 34 摄氏度的高温。看样子今年不只是暖冬，连暖秋暖春都有可能一并到来。可能再过一些时候，地球上的四季就不再是春夏秋冬，而变成初夏盛夏仲夏夏末了吧。

妈妈爸爸还是那样，早早地就守在出口处，满脸喜悦地等待着。看见我的第一句话永远都是“怎么还是这么瘦”。

白烈烈的日光下面，是嘈杂的各种人群，杂志摊前挑选新一期 *VOGUE* 的女白领，快餐店里匆匆往嘴里扒着白饭的穿西装的中年男人，推着垃圾车目光冷漠来来回回的清洁工人，站在车后把玫瑰放在身后等待女友的年轻男孩子。

还有走在我前面一点点的，我日渐佝偻的父母。

妈妈从包里拿出可乐，问我说，你要喝水吗？以前你喜欢喝可乐，不知道现在还是不是喜欢。我不小心看到了她的白头发。

爸爸在旁边，提着我巨大的 LV 旅行袋，满脸微笑堆起很多的皱纹。

飞机厅头顶的玻璃苍穹，日光照在上面穿透下来，把周围闷得如同烤箱一般。

·03·

我们大部分的时候都在想，将来我们会走过什么样的路，听到什么样的歌，看到多么感人的画面，遇见多么好的一个人。

我们很少会想起，如果有一天重新回到故地，一切都不再是以前的样子，这样的时候，是什么样的心情。那些记忆顽固地存活在脑海深处，抵触着我们再次重新看到的一切。

那里并没有那座桥。

那里曾经有一扇门。

类似这样的抵触情绪，浅浅地在身体里来回着。

在早前的时候，有一次路过我的第一个家。那个是在城市边上的一片平房区域里的一个有着院落的青瓦房子。门关着，只有小道边上厨房的那扇窗口开着。

我踮起脚往窗户里面看，里面依然是我熟悉的格局，几年之后的现在都没有改变过。只是换上了陌生人家的锅盆碗筷，饭碗上是完全没有见过的花纹，筷子一大把扎实地插在筷筒里，看上去像是家里有很多口人的样子。还有陌生的绿色的围裙挂在墙上。厨房的门也没有关，望出去可以看见客厅地面的一角。依然是我小时候用的那个蓝色的瓷砖，表面有凹凸的颗粒防滑。很多年前流行过，在当时红极一时。虽然在眼下有钱人家都是光滑的白色大理石或者是毛茸茸的地毯。那个时候，刚刚铺完瓷砖的时候，凹凸的颗粒里都是水泥，因为当时粗心没有来得及清理，所以后来就凝固在里面。搬家后的一两个星期，有时候大半夜我起床上厕所，会看见妈妈跪在地上，用刷子用力地刷着地面，然后很懊恼地微微叹气。

记忆里是黄色的白炽灯还是白色的荧光灯，我已经完全不记得了。

在窗口趴了一会儿，之后，有隔壁老婆婆打开门倒垃圾。她在警惕地看了我几秒钟之后，又露出了些许熟悉的神色，最终还是表情漠然地走开去。

·04·

在我开始稍微赚比较多钱的时候，我从上海买了一个GUCCI的包包给妈妈。我妈虽然并不能知道这五个英文字母背后所代表的价值数十亿的产业，但是包装袋里发票上的价格让她有点惊慌失措。

妈妈之前的一个包，是我在高三的时候存钱送她的生日礼物，她一直背到现在。那个时候所谓的送她，也只是把她给我的钱，留下一小部分，还给她而已。

因为没有带隐形眼镜的药水，所以第二天一大早，妈妈就起床出门帮我买药水去了，那个时候我还在昏睡，并不知道妈妈精心地换上了好看的衣服，背上了GUCCI的包包。

这样平淡的开始并不惊心动魄或者值得书写，最多可以冠上“母亲早起为儿子买药水”的母爱之名。只是后来的结局有点超出了我们的预想，当我起床刷牙，从厕所出来之后，看见妈妈坐在沙发上，眼圈红了整整一轮。爸爸在旁边沉默地抽烟。目光稍微挪到旁边，就看见那个GUCCI包上被小偷用刀片划开的一长条口子。像是一张嘲笑的嘴，恶毒地咧开着。

爸爸低声怒斥着，说：“你就是爱炫耀，有了新包包就了不起了，别以为自己是阔太太。”

妈妈在旁边低着头，一小颗眼泪掉下来，她说：“我没有这样想……我就是很高兴，想背……”

我走过去抱了抱低头的妈妈，我说："没关系，我下次再买给你。"

半夜起床的时候，看见他们还没睡，妈妈在床边小声地嗡嗡哭。爸爸坐在一旁，戴着老花眼镜，在不太亮的黄色灯光下，用胶水一点一点地把那条口子粘起来。

我妈妈终究还是没办法像那些阔太太一样，提着名牌包包坐着豪华轿车招摇过市。她背着儿子送她的第一份昂贵的礼物，和无数的人一起挤着公车，去给我买药水。她在车上紧紧地夹着肩膀下的包，另一只手抓着吊环，想要稳住身子。周围密密麻麻的人群。

妈妈在挤公车的时候，被小偷划坏了她五十年来第一个最贵的礼物。

我站在门口喉咙慢慢锁紧。我在心里对自己说，有一天我要让妈妈像是真正的阔太太一样。

·05·

后来那个包包，我妈妈再也没有背过。它被小心地收藏在衣柜里。

即使那道黏合后的伤疤完全看不出来。

·06·

在我曾经生活了十九年的城市里——

道路有很多都是狭窄的柏油马路，那个时候还没有很多的水泥公路。路面也只是现在上海的很多马路的一半那么宽，更不要说和北京那些动不动就可以并行八辆汽车的大道相比。夏天的时候太阳猛烈而炙人，黑色的厚厚的沥青会从碎石块下面膨胀起来，黑黝黝地浮在马路上面。小时候我穿的很多凉鞋，都被牢牢地粘在地面上过，有时候扯得太用力，会拉断搭扣。黑色的沥青上面，是无数汽车轮胎压过去的印子，偶尔会看见蚱蜢或者瓢虫，被压进里面。记忆里有一次，看见一个老大爷赤着脚走在滚烫的沥青上面，一边走，一边抹深凹的眼眶里渗出的眼泪。

而我小时候，也并没有那么多的楼房。在我小学毕业之前，都住在青瓦顶的平房里。不过很大的院落。院落里的那个金鱼池，从记忆里比我高很多，我需要爸爸抱着才能看到里面，慢慢变得越来越矮，后来搬家的时候，发现我只要稍微踮一踮脚，就可以看见里面的荷花。在我十四岁的时候，城市里建造起了一座大概十九层的大楼。那个时候所有的人都涌过去看。在里面上班的人，每天都昂首挺胸地进进出出。

灰蒙蒙的色调，是城市的主宰。在进入初中时，那个时候开始流行起用摩丝把头发弄得光亮。早上起来妈妈在厨房做早餐的时候，会偷偷跑进妈妈房间，用摩丝把头发弄得湿答答地贴在头皮上，妈妈看见总是笑，说你干吗把自己弄一个汉奸的发型。那个时候第一次开始有"叛逆"这种情绪。再也不觉得"原来你们也有很多不懂"。只是每天都行走在灰尘扬起来人那么高的街道上，回家后洗头，水都会脏得不成样子。

初中流行过的服装有李宁和佐丹奴，第一双自认为名牌的运动鞋不是 NIKE 或者 adidas, 而是李宁。后来渐渐流行起肥大的韩国裤子。初中第一次去染头发，然后在走廊里站了两节课，第二天被老师强行要求染回了生硬的墨黑色。在理发店里看见头皮上黑黢黢的燃料印子。后来悄悄地打了耳洞，藏在头发下面，也没有被老师看见。一直到后来高中毕业，头顶四角的天空和让人没办法喘息的学业压力，终于没办法再去做这些"叛逆"和"虚度时间"的事情。于是那个耳洞，也渐渐重新长好，化成一颗痣一样的小黑点。

在那十九年里，生命被狭窄的街道和单调的轨迹局限在一块小小的地域里。

梦想去很多的地方。但是每一天，每一天，都在短短的距离里来回。

·07·

在几年前的那个时候，二十万对我来说，是一笔很大的数字。那个时候正好是爸爸五十岁生日，爸爸学会了开车。

想了很久送什么礼物给爸爸，最后咬一咬牙，想要送一辆车给他。

自己以前也从来对车都不了解，因为从来也没有想过，有一天自己可以有钱到可以买一辆车。那个时候也只是听身边一些爱车的同学，聊一些杂志上的保时捷或者法拉利。但那个时候除了对他们的标志可以辨别之外，一无所知。

一个做出版的商人，正好和我在联络，他听到我要买车，于是推荐成都的一家有做汽车专版的报纸负责人给我，他们的报纸上，每期都有一整版关于汽车的话题，他们对汽车了如指掌。他们说可以代我选车，然后亲自送到自贡去，交接给我爸爸。我就很开心地答应了。

如果仅仅也是这样的开头，也并不算值得书写，也顶多被冠上"儿子孝顺父亲，买车庆生"这样的标题。但是事情的结果却是——

在我爸爸收到汽车的隔天，我在上海，去楼下买东西的时候看见路边的报纸，上面有一张我爸爸的照片。爸爸坐在汽车上，手握着方向盘，有一点害羞，但是也非常高兴地笑着。我拿起报纸，看见上面的大标题：《暴发户的可笑嘴脸》。

电话里爸爸很高兴，他反复地和我说："儿子，爸爸很高兴，就是太贵了，唉，突然买这么贵的东西……谢谢明明。"

我握着电话，随意地问爸爸："我在报纸上看见你照片了。拍得挺好。"

爸爸有点害羞地说："那个记者把车送到了之后，一定要我坐在座位上拍照，我一直推辞，说不要不要，但是他说了要发新闻，说你让我拍张照片，还一直说你真孝顺，后来我也推辞不了……呵呵，他们还让我摆了很多姿势，一大把年纪了，还真不习惯啊，嘿嘿，也当了一次模特。"顿了顿，见我没回答，爸爸有点担心地问，"……是不是我不该拍照？……其实我也和他说了不要拍……"

我说："没事，没事，照片挺好。"然后匆匆挂了电话。挂上电话，眼泪从眼眶里一下子翻涌出来。

我买光了周围的所有报纸。

那个晚上我在垃圾桶里把它们烧成灰烬。

火光里，报纸上爸爸的笑容很不好意思也很慈祥，只是头发有很多花白了，眼角的皱纹里是满满的，盛放不了的喜悦。

我真的好恨他们。

如果有一天，你们的儿子也送你们礼物。也用自己挣的第一笔钱买了东西送给你们。你们一定也是这样满心的喜悦，一定也是感动得热泪含满眼眶的喜悦，一定也是这样的，暴发户的可笑嘴脸。

· 08 ·

后来我的爸妈，也渐渐地不再对周围的人提起我。很多时候记者打电话找到他们，他们也小心翼翼地说："我不知道，你别问我了。我儿子没有和我说。"

记忆里，妈妈总是把我从小学到高中的所有奖状奖杯，放在家里最显眼的地方。每一次，当别人提起她的儿子，她都非常骄傲。爸爸总是对别人讲起我，言谈里说不出的骄傲。

但是渐渐地，就没有了这样的声音。

我爸妈小心地生活，不让别人知道他们是我的父母。怕给我丢脸，怕别人说他们是小城市的人。

妈妈第一次来上海，因为不会坐地铁，进站的时候紧张地抓着我的手。妈妈吞吐地对我说："会被别人笑吧？"

他们有来过我的几次签售，他们就默默地站在最远的角落，有时候我从匆忙的签名中抬起头，透过无数黑压压的头顶望向他们，都可以看见，爸爸开心的微笑，和妈妈激动得泛红的目光。

在所有潮水一样的"小四我爱你"的呼喊声里，他们站在离我遥远的角落，彼此扶持着，一声不响地看着光芒四射的我。

他们没有对别人说"这是我儿子"，他们没有要求别人客气地对待他们。他们在签售快要结束的时候，默默地回到休息室，拿着我爱喝的饮料等着我归来。

他们不再提起我。

他们不再对别人分享我的一切。

我从来没有想过有一天，我会变成这样的一个儿子，没办法让父母骄傲地提起的儿子，没办法和别人分享我的成长喜悦的儿子。

在我有负面新闻出现的时候，妈妈会在半夜里打来电话，电话里她的声音很小心，问我最近好不好，完了还会赶忙补充，说，爸爸这几天都睡不好，一直叹气，总叫我问问你……

偶尔妈妈和同事朋友聚会，有好事者会若无其事地提起我的各种负面的话题。我妈妈都摇摇头，什么都说不太清楚。但是还是会迅速地红起眼眶。想要帮我解释，又怕说错话的心情。

这些都是你们，都是你们所有人无法理解的心情。

在你们津津乐道着我，或者我们的新闻的时候。

也许从你们身边默默走过去的那一对老人，他们的心里，会痛苦难言。

·09·

如果是按照这样的方式成长，那么会不会变得更加地愤世嫉俗和自闭沉默?

如果按照这样的经历，我是不是应该对很多的人，内心都充满强大的恨意?

·10·

回顾曾经被局限在小小范围内的十九年的人生，那个时候的我，想破了脑袋，也不会想到自己有一天可以变成这样一个几乎走遍全中国的人，在每一个地方，都生活着很多喜欢我的人，也生活着很多厌恶我的人。他们混合在一起，密密麻麻地分布在地图上的每一个点。

十九岁之前的我，在一个灰蒙蒙的城市里，看书，上学，背着书包沿着路边走回家。生命像是一颗还没有搅散的蛋黄，安静地悬浮在蛋白的柔软包裹里。外面还有一层更加坚硬的蛋壳的保护。虽然直到后来，才知道那层蛋壳，其实格外地脆弱。

可是那个时候，真的这样心满意足地待在小小的世界里。试卷像窗纸一样，将所有眺望远处的视线隔断。所有人都待在被试卷与参考书糊得密不透风的教室里。憧憬着不远的将来，纯白的象牙塔。

其实真的就是在不远的将来。

仅仅隔着很短很短的距离，只是当时的自己，完全无法预知这样的改变。就像是冬季沉睡在树洞里的松鼠，它不会明白树洞之外漫天呼啸的大雪和渐渐猛烈的寒风。

它的世界里只有身边暖洋洋的草皮和柔软的松枝。

它并没有看见更多的世界。

001.

我们对死亡的强烈恐惧，是因为对死亡之后的境界一无所知，我们去哪儿？我们将过着怎么样的生活？我们会遇见谁？我们可不可以继续做梦？

002.

甘愿忍受当下的痛苦，是因为你知道将来必定因此而获得。

PART TWO 流金地域

·01·

曾经的某一个场景，从来没有想过会在相隔三四年后重新被人提起。

大学一年级的时候，教学楼下有一家很好喝的奶茶。

课间的时候会排起长龙。如果是在冬天，生意就会更好。无数把脖子缩进衣领，双手抄进袖口的学生等在奶茶摊前，哆嗦着把双脚跺来跺去。

那个时候我也经常去买。和阿亮一起。一边盘算着口袋里还有多少钱，是用来喝一杯热奶茶，还是用来买一本小说。

隔了差不多三年多的时间，有一天在网上一个论坛，里面一张帖子里提到了我。帖子的很后面有人回帖说："郭敬明现在号称自己多时尚多有钱，他以前在大学等在小摊前买奶茶的样子，也很穷酸啊，我亲眼看见过多次。"

我很少去关于自己的网站或者论坛，去的都是不相关的。所以也是猝不及防地猛然看见这样的对话，关于自己。

·02·

如果说落落她们对上海的感受，是细节到了从小长大的弄堂里，地板缝隙里出没的老鼠，和弄堂口在卫生检查时会关闭起来不让进入的铁门，或者买《新民晚报》时从铁门里伸出去的手。那么——

2002年第一次到达上海，那个时候我并没有完全地离开四川。只是参加比赛，飞机落地之后，也没有太大的感觉。机场永远都在荒凉的城市边缘，直到从人民广场地铁站钻出地面的时候，才第一次在内心，挣脱出曾经松鼠安眠的那一个洞穴。

庞大的。旋转的。光亮的。迷幻的。冷漠的。生硬的。时尚的。藐视一切的。上海。

你并不能在很短的时间里迅速地了解到罗森和好德之间的区别。在最初的照面里，他们都是二十四小时彻夜不休的夏天里嗖嗖地往外喷着冷气冬天里落地玻璃上结满厚厚雾气的超市。你不会了解到那些小资女青年在文章里，为什么对罗森推崇备至，而对好德不屑一顾。后来你才会慢慢地发现，罗森的饭团会好吃很多。推开门的时候扑面而来的是台湾或者日本一样的气息，没办法用文字形容，却可以真实地涂抹在心里。

你并不能在很短的时间里，把上海四通八达的地铁路线弄个明白，更不要说如同蜘蛛网一样交错分布整个城市的公交线路。曾经搭错过线路，然后走到了单向的终点站不能往回，于是只能出来打车回到刚刚的起点。与之相对的，是在很长的一段时间里，你对地铁的依赖远远超过你的想象。大学一年级的时候，和几个同学一起去看世纪公园的烟花。当时八十块钱一张的站票对我们来说也遥不可及，于是站在公园铁门的外面，仰着脖子看。烟花结束之后下起大雨，于是飞快地跑向地铁站，等到终于钻进地下，售票柜台挂出了"停止售票"的牌子，脚底下是轰隆隆的最后一班地铁开走的声音。那个时候没有钱打车回去。于是在地铁站门口坐了一晚上。等到第二天早上凌晨，大概五点，天灰蒙蒙地亮了，揉揉眼睛，踏上回去的第一趟地铁。车厢里空无一人，于是倒在座位上睡觉。

三年之后终于买票进了公园，但是直到这时才会发现，买票进去看见的烟花，和当年站在外面时看到的，并没有很大的差别。回去的路上照样是倾盆大雨，和多年前也没有任何差别。

你也并不能在很短的时间里面听懂老师用上海话讲授的课业，也不能在大家突然哈哈大笑的时候领会到同样的快乐。你会在售货店员飞速的上海话里不好意思地打断她“对不起，你说什么？”然后你也会飞快地看见她截然不同的脸色。

大学一年级的时候，学校里有卖教材《学说上海话》，很多个晚上，我曾经用来听摇滚CD和英文听力的CD机里，反复播放着“侬好！侬啊宁得伊啊？嘎巧啊！”和“再会！今朝老开心呃”。

·03·

骑士并不会开心。如果是以“再会”为前提的话。

·04·

台风像要把上海揉碎一样。低压压的云朵储满了水，把上海压成扁扁的一块。东方明珠和环球金融都只剩下一半，另外一半在云朵的上面。

整个城市避雷针和航空灯在所有摩天大楼的顶上疯狂地乱闪。

偶尔远处传来玻璃尖锐的碎裂声。

沿海的城市早就习惯了这样的台风天气。地铁里挤满的明晃晃的水也不会让人感觉惊讶。偶尔可以看见穿着连衣裙的女子把高跟鞋拎在手上踩着水走过马路。

而手机上来自四川的天气预报是：晴朗，温度28摄氏度。

妈妈在电视里看见新闻，打过电话来反复地要我关好门窗。晚上又打了一次。

·05·

来上海参加作文比赛的时候，第一次看见那么漂亮的高中校园。高大的教堂建筑，还有修女慢慢地走过草坪。

考场里坐着和我一般年纪的各种考生。家长站在旁边殷勤而忧虑地递送矿泉水和毛巾，而考生却是坐在座位上不耐烦的脸色。

而我自己坐在教室的最后一排。我也很想打个电话给远方的妈妈，但是那个时候我还没有手机。我有想过跑去街边的电话亭，但是考试时间马上就要到来了。

不过第二天的晚上，我还是激动地在路边的电话亭里，投进几个硬币，然后告诉妈妈，我拿了第一名。

时间过去了很久很久。

压缩在记忆里，像是薄薄的一片玻璃标本。

·06·

能够伤害到你的，永远是你最亲近的人，他们对你很好，他们对你付出感情，他们渐渐走进了你的生活，你渐渐地卸下防备，渐渐地收起面对外界的利刺，渐渐敞开自己的心房。

然而一切就开始慢慢地发展，变化，直到风化成细密的流沙。

世间万物，自在来去。我们独自一人闭着眼睛来到这个世界，然后独自一人闭上眼睛前往另外一个世界。与很多人相逢，再与很多人错开。与很多人结伴，再与很多人分离。

交错编织的喜悦与悲伤，幸福与凄凉。

虚弱的肉身带不走一粒微小的薄尘。我们最后都化为薄尘。

·07·

独在异乡为异客，每逢佳节倍思亲。

遥知兄弟登高处，遍插茱萸少一人。

在渐渐不再为物质烦恼的今天，在独自生活在上海的今天。已经开始习以为常的事情是——

在端午节的时候自己去罗森里买回粽子。

在中秋节的时候独自去哈根达斯订那些非常抢手的月饼。

在母亲节和父亲节的时候打电话。

在各种聚会的时候被邀请去痕痕或者阿亮家里合家团圆。

另外一起习惯的是上海每年的梅雨季节，湿漉漉的水分把上海打包起来密封发酵。

还有各种时尚的派对和前卫的资讯，大街上招摇过市的各种名贵跑车，还有几乎在各种场合都可以见到的 LV 手袋，被小心地拎在无数人的手里。

无数转眼间拔地而起的摩天大楼。

无数新的钻石地标。

迅速闪亮起来的夜店在三个月后又颓然地倒闭。

秋天准时出现的大闸蟹格外肥美。

Dior 和 PRADA 换了一季又一季的流行。店里的店员们永远是一副冷漠和清高的样子，偶尔会有衣着不那么光鲜的人，被轻轻地提醒“Don't touch it”。

弄堂里永远弥漫着的含混雾气。但于我的生活过于遥远，只能从门口路过。像路过一切的人与事。

这就是独自生活在上海的我所慢慢开始习惯的生活。唯一剩下的，是每一年的春节都会回家，飞机把距离在几小时里面拉近到眼前。灰蒙蒙的城市在过年喧闹的灯光下也显得格外喜庆。除夕夜刺鼻的爆竹味道在回忆里反复出没，提醒着曾经在有院落的平房里居住的岁月。那个时候的自己还和六个表兄妹在一起，乖乖地站在外公面前，等着分给自己的爆竹。

柏油马路慢慢变少，这样的一座小城市里，竟然也出现了一座立交桥，突兀的样子让人觉得有些心酸。

眼前依然是站在机场出口，满脸喜悦地等待着我的父母。他们面容安详，闪闪发光。他们依然可以在无数涌动的人群里，一眼就看见我。

他们永远在那里。

无论我走过多少荒芜的地域，他们永远在流金的尽头。

2008

NEVER ISLAND NEVER ME

你的一生如此漫长

在你年幼的时候，你刚刚开始懂得这个世界，你会害怕黑暗，害怕分离，害怕所有未知的旅途，害怕死亡，害怕如此短暂的一生。而多少年过去后，你明白了，你的一生将如此漫长。那些你所害怕的东西，它们才是这个世界上永恒的存在。

于是你慢慢地闭上眼睛，唱起了黄昏里久远的歌曲。那些音符在时间的河流里被冲刷得洁净清香。你想起了下着小雪的黄昏，还有秋天里沉甸甸的麦田。

白云又慢慢地飘过天空了。

· 01 ·

该如何开头，才会显得不那么做作。我思考了很久这个问题。

关于这个世界的最早的一瞥，是黑夜里乌云翻滚的天空。那个时候的自己，在母亲的怀里沉睡，额头滚烫，母亲抱着我深夜走往医院。父亲在旁边举着伞挡在母亲的前面，大半个身子暴露在瓢泼的大雨里，湿淋淋的衣服贴在身上。他们心急如焚地在黑夜里穿行。闪电在瞬间照亮一大片天空。

于是好多年就这样过去了。

这样的夜晚在我幼年的岁月里无数次地重现。

而更多的年月过去之后，父亲依然撑着伞，挽着母亲在街上走过。他们身体里的时间像夕阳一样流进遥远的地平线。他们并没有像当年一样，脚步急促地走在大雨里。

他们在黄昏绵密的细雨里，沉默而依偎地前行。

而随着我的成长日渐老去的那个小城，却在灰烬里慢慢得变得灰蒙。出租车的价格依然停留在起步五块钱的标准，好像差不多十块钱就可以跑过所有的市中心。除了变得灰蒙，好像也没有更多的变化。

除了出现了两个最新的四星级酒店。还有一些突兀地播放着刀郎混音版电子乐的夜店。

门口常常都可以看见化着浓妆的女生弯腰张口呕吐，眼影在眼眶周围化开来，被眼泪冲散。

而当年他们怀里的那个小孩，现在远在中国最东面的上海。他裹着被子在沙发上看一本《德语课》。房间里除了他自己低沉的呼吸外，还有挂钟嘀嗒嘀嗒的声响。

他站起来打开房间里的加湿器，整个冬天都在运转的中央空调，让他的皮肤变得干燥难耐。

他发现自己其实并不喜欢冬天。

但如果下起雪，说不定能喜欢上。

“整个天地都轻轻地发出些亮光来。”他想起刚刚写过的，关于下雪的句子。

·02·

我最近总是回忆起以前的自己。非常非常频繁地发生这样的情况。

想得多了，往往会半夜起来上网搜索自己以前的讯息。看到很多当时的新闻，看见很多曾经的痕迹，看见留着黑色刘海的自己，对着镜头紧张地抿紧嘴巴。看见十九岁的自己穿着平价的衣服站在镜头前面假装成熟假装见过世面般地镇定。看见在无数刀剑拳脚下轰然倒地的自己。然后又看见他擦了擦额头上的泥土，然后慢慢站了起来。

在这样的时候，往事总是像是被闷热的雨天逼迫着搬家的蚂蚁一样，从幽暗的洞穴里排队爬出来，整齐地从我的心脏上爬过去。

它们路过的时候，都会转过头来怜惜地看着我，伸出它们的小手摸摸我的头。

它们说：我都懂。

它们说：要加油。

·03·

念小学的时候，我是班里写作文最好的一个。

每一个星期的周五下午，会有两节作文课，那是我每周最开心的日子。小学教室的黑板边上，有贴着课程表。每次去旁边的垃圾桶丢垃圾的时候，我都会用眼光很快地扫一下“作文课”那三个字。

小学的时候认真地写每一次老师布置的作文。无论是写学校旁边公园里举行的花卉展览，还是去烈士陵园扫墓。每一次学校组织活动出发的时候，老师都会叫我们带上纸和笔，把需要写作的素材记录下来。那个时候有很多的同学，就随便带上一本软塌塌的作业本，然后口袋里放一支铅笔。还有更顽劣的男生，会随便撕下一页纸，然后塞进口袋里。

但是我都是拿着我书包里最好的一个硬面抄的笔记本，那是我参加区里面的作文比赛得来的奖品。

那个时候我才八岁或者九岁。

小小的自己，为了得到老师的表扬和赢得赞美的目光，于是非常装腔作势地拿着笔，把自己想要写的记录下来。

那个时候，当我蹲在花坛边上抄写着那些花朵的名字和植物资料时，当我趴在墙壁上把所有烈士的资料抄写下来时——

当我写着“今天阳光灿烂，白云一朵一朵轻轻地飘在天上，像欢快的绵羊一群又一群，学校带领全校同学一起去了公园欣赏牡丹”，或者是“烈士陵园里安静极了，我们依次把自己做好的纸花放到烈士们的墓前，当我们听到老师讲起烈士们的英雄事迹的时候，很多同学都流下了感动的热泪。我们想，长大了也一定要像他们一样，保家卫国”。

当我听见小学语文老师用标准的普通话在全班同学的面前朗读我的文章的时候，我并没有想过有一天，这个蹲在花坛边抄写“洛阳春的芽尖而圆；朱砂垒的芽呈狭尖形”的自己，有一天会因为这样的写作，而走上那条无限柔软，但也异常粗糙的红毯。

记忆里最鲜明的那个句子，被老师用标准的普通话朗读在空气里：

——那是最盛大的一个夏天，烈士陵园的绿色沉重而庄严。阳光慷慨富足，像海潮般拍打向每个人的胸膛。而白云依然静默，停留在广袤的苍穹。

但无论是走过红毯，抑或跋涉于寒冷的冰原，这些都是非常非常遥远的将来了。

而那个时候发生的事情是，老师让我们班上五个写作文最好的同学向《少年先锋报》投稿，四个同学的文章都发表了。

我是唯一一个，没有发表文章的那个同学。

那天放学的时候，我背着小书包跑去了学校后面的一个花坛。

我在花坛边上低着头坐了很久，等到太阳差不多快要落山，才站起来匆忙地跑回家。

嘈杂的声音，在放学后最后一次铃声里变成无数密密麻麻的刺，扎在我年幼而自卑的心脏上。

·04·

在那之后又过了很多年。

我念初二了。

我有了第一双 LI-NING 的运动鞋。

我开始觉得佐丹奴和班尼路是名牌的衣服。那个时候还没有美特斯·邦威，也没有森马。曾经用存了很久的零花钱，买了一件佐丹奴九十八块钱的背心。

在同样的这一年里，我发表了一首很短很短的诗歌在杂志上。

当我怀着按捺不住的激动把杂志翻到我文章的那一页，指着我的名字给我同学看的时候，他眉飞色舞："哈哈，好巧，和你同名同姓呢。"

·05·

我们都会说，只要一路撒满了面包屑，就可以在飞鸟啄食干净之前，沿路寻回当初的道路。但是我们却忽略了，每一颗细小的碎屑，其实和灰尘并没什么两样，揉进眼里，都同样可以流出泪来。

·06·

初中的时候看《十七岁不哭》，把里面好多好多的句子抄在自己的日记本上。也曾经被电视剧里的青春感动得痛哭不已，倒在沙发上把手深深地塞进沙发靠垫的缝隙，眼泪一颗一颗滚出来，之后，却不得不因为上课快要迟到而匆忙地出门。喉咙还在哽咽着，眼泪还挂在脸上没有抹干净，就这样冲进教室。

学着电视里高中生的样子打着手电筒躲在被子里写日记。虽然初中生的自己并没有住校，不需要断电，也没有老师会来查寝。

但是却一味地想要成为他们。成为肆意挥洒着青春的他们。

想要成为更加成熟的存在。

那种带着崇拜的，近乎仰望的心情。把对高中生美好青春的向往，折射进心里变成巨大的憧憬。

把自己编造的故事规矩地写在红色的稿纸上，装进沉甸甸的信封然后投进邮筒。

那个时候非常不容易买到红色的正规稿纸。那个时候的学生都开始用花花绿绿的信纸来写信，那个时候开始有了西瓜太郎的铅笔和韩国的笔记本。学校门口的文具店老板，每次都会从角落里抽出一沓很厚的落满灰尘的文稿纸卖给我。我把它们塞进我的书包。

之后每天都会去学校的信箱看看有没有自己的信。

一个月，两个月，四个月过去。最后终于确定又一次地石沉大海。

我在夕阳西下的时候，站在学校的信箱前踮起脚尖往缝隙里看。

影子安静地拓印在水泥地面上。

风把它吹得摇晃。

下午六点安静的校园。零星的人群缓步走过我巨大的失落和泪水。

这些都是被揉进了眼睛的面包屑。

·07·

参加新概念作文大赛的时候，父母并不知道，学校也不知道。

周围的同学和朋友却知道。

他们有各种各样的表情。鼓励的，加油的。

也有讽刺的，嘲笑的，冷漠的。

我并不会像其他的获奖者说的那样，自己随便写写，然后就拿了大奖。

我是很认真地想要拿第一名。用尽全力地，朝向那个最最虚荣的存在。我写了整整七篇五千字的文章。我买了七本杂志，剪下七张报名表。

我在六个月后一个人背着黑色的巨大书包飞向上海。

那是我第一次看见飞机巨大的机翼，在黑色的夜空里翅膀前端闪烁的灯光，跳动牵引着我心脏的频率。

· 08 ·

请你把回忆与现在折叠。

请你把虚荣和梦想对称。

请你把天空和大地拆解。

请你把荣耀与孤独背负。

用沉默的重量。

请你随我一路走向荒无人烟的尽头，飞往寒冷覆盖的辽阔冰原。

光与墨的终点。

· 09 ·

后来我的故事被放大在镁光灯下。记录在文字照片和视频里。

你是一个什么样的人已经不重要了。

重要的是，你在扮演一个什么样的人。

你要穿着华服，你要温文尔雅。

你要悲喜不惊，你要容忍包容。

一路丢盔卸甲，却在同时为内心装上更坚固的铁壁。

· 10 ·

也不是没有过想要放弃的时候——

在很多个晚上，因为写不出来而把键盘重重地摔向地面。

在很多的场合，被镁光灯照得睁不开眼的同时，被突然迎面刺来的攻击问题弄得措手不及的时候。

在看到我的读者冲到我面前，举起我的书，然后用力撕成两半的时候。

在曾经低潮的时候，面对着签售台前三三两两的冷眼旁观的读者不知所措的时候。

在面对突然从签售人群里冲到面前来指着我说“你有没有觉得自己很不要脸”的时候。

在被密密麻麻关注的目光缠绕拖拽，拉向更寒冷的深海峡谷的时候。

有很多很多这样的时候，悲哀的事实掩藏在那些看似漂亮的虚假表面之下，像是被锦缎包裹的匕首，温暖而又无锋。

· 11 ·

我人生的第一场签售会是在我二十岁的时候。

《幻城》的出版在当时引起了轰动。包括我自己在内，谁都没有想过《幻城》可以成为当年横扫图书市场的年度畅销第一。

那个时候出版社问我是否愿意签售，我必须要说，在那个时候，我并不是很清楚签售的意思。

而当我背着自己的背包，走进会场的时候，我在下意识里一瞬间抓紧了自己的书包。

· 12 ·

有很多的形容可以去比喻，去模拟。

轰鸣声。

飞机起飞的震动声。

海啸声。

飓风卷过森林的涛声。

面对台下潮水样起伏的人群和他们口中呐喊的我的名字，二十岁的自己没有学会甘之如饴。

我谨慎地签着早早就练好的签名，为每一个人写上他们的名字，还有他们期望的，从我这里得到所有相关的祝福。

有写下过“希望拥有永远纯净的心”。

也有“恭喜发财”。

那个时候的自己，没有助理，没有经纪人，自己独自坐在书店的休息室里，采访我的记者随便问了我几个问题就匆匆离去。剩下一个在报社实习的中学生，非常有兴趣地留下来采访我。

那个时候我结束了签售会后会留在书店里看书，蹲在书架前面翻阅，周围的人也不太会认得我，也可以和几个留下来的读者一起逛街，有几次还和他们一起唱过歌，在狭小的 KTV 房间里，我们一起吃水果，大家抢着麦克风。

那个时候我还会站在学校的信箱面前看里面的来信，看见陌生人的信封我依然特别激动。

那是四年前的我。

而现在公司的桌子上堆着一座小山一样高的信笺。我每次望向它们，都会听见那种类似倒计时的声音。它们在说，开始倒数咯。

·13·

那个时候自己眼里潮水一样多的拥挤人群，和后来的，没办法比。

当我拥有了更多人的喜欢，我却发现，我开始没有机会去回报这些喜欢。

当年我还可以从容地写下每个人的名字，而现在，我却只能匆匆地签下自己的名字，刚刚抬起头想要对对方微笑，而对方年轻的面容已经消失在保安围绕起来的安全界线之外。

依然是轰鸣声。海啸声。

飓风卷过森林的涛声。

还有心里不知道从什么时候开始的，嘀嗒嘀嗒的倒计时声音。

·14·

2 月 3 日的时候，早早地起了床。洗澡洗头之后，开始挑选衣服准备去出席萌芽新概念作文大赛十周年的庆典。

在拿着吹风机嗡嗡地吹着自己湿漉漉的头发的时候，我突然发现，好像这还真的是两三年来自己第一次为了没有钱拿的活动而如此认真甚至早起。

挑了正式的礼服衬衣却搭配了休闲的白色牛仔裤，因为怕显得太过庄重而冷漠。却也别上了宝石的领针以显得我的重视。

去楼下的星巴克买了滚烫的拿铁和一份蓝莓水果点心。

咖啡因缓缓流淌进身体里，面前的几堆积雪也随着目光的清晰而越发锐利起来。

我坐在星巴克的落地玻璃边上发呆。

小区的开放式广场上，有环卫工人在用水冲洗着地面，不知道为什么那些水在地面上冒出迷蒙的蒸汽来，像是被人泼了热水在地上。

迷蒙的雾气像是把时间都凝固一样。

我窝在宽大的沙发里，无聊地翻来翻去，感觉像是在一张巨大的床上面。

还是可以感觉到幸福的。

比如这样的清醒的清晨。

一点多的时候助手打电话告诉我车在楼下等了。我飞快地披好大衣，跑下楼去。

我想，我将要面对十年前的自己了。

车子开上高架，连续下过很多天大雪的上海，变成一片白茫茫的荒原。所有的楼宇和绿地，都覆盖着一层柔软的白雪。一直以来锐利而冷漠的上海，难得露出了温柔的面貌。路边有很多的雪人，有些新鲜干净，有些已经慢慢化成了一摊黑色的血水，留下萝卜做的鼻子和纽扣做的眼睛。

整个城市感觉像是刚刚看过的《黄金罗盘》里那些巨大的寒冷冰原，我和助手小叶开玩笑说很可能随时都会有一头北极熊跳到高架上来，而且它穿着盔甲。

·15·

在无数的闪光灯和镜头之下，我是那个他们眼里了不起的作者，头发有一丝乱了，也会有人上来帮你重新弄好。衣服有了褶皱，也会有人小心地提醒。

并不舒服的坐姿却可以在镜头上好看。

稳当的回答虽然虚假，但却不会惹来任何的麻烦。

七年前我站在同样的一块领奖台上，端着一块小小的奖牌，第一次对着那么多记者的相机努力地微笑。

而七年过后，我变成一个精雕细琢的玻璃假人，扮演着一个他们想要成为的憧憬。

一个小时之后，我回到家里心情轻松地卸掉脸上的妆，把帽子往仔细打理好的发型上一套，然后就快乐地出门了。

我要回家。十七点四十的航班，飞往四川。

一路上我像个开朗的少年，提着包，享受着放假回家的激动。

·16·

童话故事里说，王子拿着宝剑慢慢地走过田野，开始的时候是金黄的秋天，沉甸甸的麦穗是厚重的喜悦。后来变成了冬天，荒芜把世界一下子吞掉了。王子没有停下他的脚步，他只是坐下来稍微歇了一会儿，然后就抬起手擦了擦眼睛，继续拿着宝剑朝前面走去。

我们并不知道他的结局，只看见了在他身后缓慢变化的四季。

绿色的春天燕子在屋檐下衔来泥土。

炎热的夏天湖水像深海宫殿里的矢车菊一样发蓝。

又到了金黄的秋天，落叶像是飞舞的蝴蝶。

然后是我们都不喜欢的冬天。

不知道在第 N 个冬天里，王子的脚印消失在了茫茫的大雪里。那把宝剑插在某一条分岔路口，依然闪耀着锋利的光芒。

他一定去了某一个他想要去的地方。虽然我们找不到他，但我们知道，他一定过着幸福快乐的生活。

· 17 ·

闲来春雨秋风凉，一过淮河日影长。院落黄发跳石阶，石阶青绿转鹅黄。

默默蝉声藏，转眼一季忙。大雪满朔北，胡笛又苍凉。

曾经少年不知愁，黑发三日薄染霜。

梦里过客笑眼望，望回廊，秋螽藏，人世短，人间长。

第四章

SHALL WAY...

(扫描图案有惊喜)
SHALL WAY...

2011

SHALL WAY...

玻璃鹿纹

神奈川

·01·

他像一首远古的歌谣。

远山的雪将他洗净，他携带琉璃的微光，身披玻璃的斗篷，他遇见苦难的人时，瞳孔里流淌着温润的悲悯，他摘下额间的露水滋润干涸的荒芜，他带来收成，带来麦穗，带来沉甸甸的生机。他带走了什么？

——人们的传颂。

·02·

我们的汽车开在山崖边的柏油公路上。天空是一片青蓝色，有一些发黑。路面更黑，看起来像是夜晚融化后贴在地面上。偶尔角度适合的话，还能看见闪光。

远处的大海在乌云翻滚的天空下，用一种又沉默又轰烈的方式拍打着岸边高耸的岩石。无数白色的海浪撞成珍珠般的碎片，从这里，到地平线，一路闪光的鳞。

所有的人都被这样的天空和大海震撼着，痕痕拿出胶片机，非常慷慨地按动着快门，而小西他们拿着数码的人，更是毫不吝啬。

“看上去……”痕痕有一点激动，呼吸显得起伏剧烈，“真像是世界毁灭之前的样子啊。”

但是，在日本，也看见了另外一种大海。

阳光灿烂清澈，海风扑面而来，退去的时候留给人满身的辛辣咸味。

有很多穿着连身泳衣的冲浪少年，在海浪上披荆斩棘。他们的皮肤闪耀着属于年轻人独有的光芒，和海潮一样的气息，从他们仿佛包裹着闪电的身躯里扩散出来。

沙滩上有棒球队在训练，看起来，仿佛我们童年记忆里看的动画片场景，戴着棒球帽的少年，彼此击掌欢呼。

“我要哭啦。”落落拉开车窗，大声喊起来。

·03·

火光是天神的游乐，雪花是浮冰的追忆。麋鹿是森林的眼睛，风是峡谷的骑士。

你是什么？

是随血浆滚动进全身每个罅隙的印痕，是叩响眼帘的声音，是急剧扭转视线后看见的星光，是神祇，是哀鸣，是牵一发动全身的欲望。

是毁灭我的最汹涌的刀光火影。

·04·

下过雨后的日本，更接近我想象中的日本。

有一天早晨，我们起了个大早，为了去看很有名的一个神社和一座桥。

走出旅社的时候，发现下起了雨。

日本的街道都很干净，所以就算是下过雨，地面也不脏。倒是空气被冲刷出泥土翻新的气味，有一种原始而又直接的氛围摇晃着感官。叶子绿得发亮，一层一层，一团一团地朝视线尽头拥挤过去。

我们沿着河流走，路过很多古旧的建筑。这些建筑并没有变成大多数风景区里千篇一律的纪念品商店，相反，它们都保留着最原始的样子。有一些住着人家，有一些是神社，有一些是商店、书店、游戏店，还有茶屋，甚至有一间看起来只有几十个平方米的医院。

那一片区域看起来像一个村落……也不算村落，说不上来该怎么定义，又现代又古典，飞檐屋顶下面挂着日本旧式的风铃，木头的门木头的窗，但是窗户里面却是一整排连上海都不曾出现的大型自动贩售机。

穿着西装的人，穿着和服的人，穿着牛仔裤的人，穿着洋装小礼服裙的人，我们大家走在一起，没有任何突兀的感觉。雨水湿漉漉地包裹了所有的一切，温柔而包容。

后来雨越下越大，人们纷纷打起伞。

日本人是一个内敛的民族，除了东京涩谷表参道那些衣着时髦而张扬的年轻人之外，其实我们遇见的大部分人，都是低调而传统的。因此他们的伞都是黑白灰的色调，整条街看起来像刚刚从暗房冲洗出来的黑白照片，有一种凝固而久远的美。

一个金发碧眼的欧洲人，他脱了鞋子，坐在路边随处可见的免费温泉驿站，把脚泡在温泉里，一个人发呆。他看起来是一个孤独的旅人，但他面无表情的脸上看不出落寞，反而有一种深厚的惬意。

于是我也脱了鞋，“你介意么？”我用英语问他。

“当然不。”他笑起来。

于是我大咧咧地转身冲远处，“笛安，你也来嘛！”

那个欧洲人揉了揉眉毛，有点无可奈何但又觉得好玩地笑起来。

·05·

人们把秘密留在森林，把阴暗留在旷野。

就像曾经的猎人在山顶留下一支带血的箭羽，他们眺望远方的目光里有着血液的浓度和滚烫。所有的人都朝向山脉的尽头，人们用想象完善着一切未曾知晓的世界，勾勒天光，描摹花纹，一寸一寸填满血肉。

唯独你不想离开。

你像一位身披铠甲的骑士，将银枪指向地面，头发与风一起溃散在世界的变迁里。

·06·

有一天晚上住在一家温泉酒店，酒店的顶楼是非常奢侈的露天温泉浴场。温泉的水就沿着顶楼的边缘倾泻下去,看起来温泉池面仿佛和远处的湖连接在一起。

酒店对面是一片漆黑的高山森林，风吹过茂密而坚韧的树木，带起巨大的声音。脑海里有很多很多看过的日本百鬼夜行传说的画面，但却一点也不害怕。

直到下起了雨，雨点在温泉池表面砸出无数涟漪，水面下的身体滚烫赤红，而露出水面的肩膀脖子和脸，却沐浴在冰凉的丝线里。

山风漆黑一片，雨声，温泉声，山林里野兽偶尔的低吼。

人在旅途就一定会萌生出很多平日里无法产生的情绪，到陌生的地方，遇见陌生的人，吃陌生的食物，看陌生的风景，人的细胞仿佛开始也按照陌生的方式运行起来。身体里产生很多细微的电流，在每一次按动快门的时候，电光火石地一闪。

我身边有一个白发苍苍的老者，他趴在顶楼的边上，他把脸靠在温泉池的边缘岩石上，水从他的枕边哗啦啦地流下去，在高空被风吹散。

我开始以为他是睡着了，但后来我发现，他是睁着眼睛的，雾气把他的瞳孔晕染得温润而复杂，没有老年人的混浊，反而熠熠闪光，仿佛一个年轻的灵魂被囚禁在一个已经失去活力的身体里，过了会儿，他的脸换了个方向，眼角流出一些液体。

他和我一样，也是在旅行么？还是就住在这个地方？

·07·

世界的认知仿佛停留在数千年前，那时没有汽车，没有网络，没有电子，没有脉冲信号。

只有森林，湖泊，高山，蓝水。巨大的冰块砸进地壳，再从远处高高耸立而起一座透明的远山。万物生灵的呼吸缠绕在一起，发出巨大的共鸣，像神与神的说话，或者谈笑。

那时的世界脆弱而又美好，不锋利，不光滑。

像一枚粗糙而柔软的茧。它把彩虹的羽毛包裹在自己小小的心脏里。

·08·

去往芦苇地的路上，看见路边有一种国内没有的东西，它叫“无人贩售的饮料店”。

简陋的塑料盆子里，盛放着冰冻的山泉水，水里插着一瓶一瓶的可乐雪碧或者果汁。

旁边有一块小小的纸板，上面写着“谢谢你，××元一瓶。麻烦请放在铁盒里”。

非常非常地简陋，孤零零地出现在旷野的公路边上。

但是铁盒子里有很多零钱，没有人拿走它们。

我投下几枚硬币，拿起了一瓶冰冻的可乐。

·09·

人们持续寻找着他的气息。

他消失在这个世界已经很久很久。

诗人说，朝阳撕破第一层云时，海浪翻涌传来的味道，是他的气息。

女人说，被太阳晒烫的干草发出的味道，是他的气息，浓烈而又清香。

男人说，箭矢穿越森林发出的焦灼，是他的气息。

·10·

有一座玻璃博物馆，非常有意思。我们在里面亲手用玻璃做了属于自己的独特花纹的杯子。

博物馆里有很多关于镜像的、光影的、玻璃工艺品的展览，其中有一个装置，人站进去，拍照，就会出现无限多个自己。各个角度的，甚至错觉表情都不一样。

第一次，可以看见同一个时刻下，别人眼中的自己是什么样子。

后侧面的自己，看起来有一点忧伤。

我在纪念品商店买了几个玻璃杯，除了好看之外，还因为这个玻璃杯的商标背面有一页简介，同行的翻译告诉字面的意思，说这种杯子是当地一个专门做玻璃的家族做的，但是随着时间的发展，这个家族里做玻璃的人越来越少，后代们都去了东京或者其他大城市从事别的行业，这一套杯子，是家族里唯一还在从事玻璃艺术品的一位老夫人做的，她年纪大了，不再做了，这是她做的最后几套杯子之一。

·11·

还有一些人听到过你。

他们说你的怒吼像闪电击中树木时的焦灼。

说你的歌声像幽暗森林里温润的石块，被青苔厚实地包裹，有梅花鹿安静地守护一旁。

说你的笑声像万千鱼群穿行过海底，鳞片汇聚成漫天星河。

说你的哭泣——

像无数的象群沉默地走向他们即将死亡的峡谷。

·12·

横滨的阳光太好。照得人皮肤上绒毛都像要闪光一样。看起来就像《暮光之城》里的吸血鬼。

我们在港口的时候，正好遇见一个日剧剧组在拍摄，男女主角看起来像是闹了矛盾，在港口上彼此沉默赌气，但最后，他们浪漫地拥抱在了一起。

有一种很不真实的感觉弥漫起来。

对于我们这一代看着日剧长大的小孩子来说，这种感觉多微妙啊。

也许之后的年轻人，都已经是看美剧长大的了。

他们可能永远也体会不了，当年赤名莉香对着空旷的东京大喊永尾完治时，我们的感动了。

·13·

见过你的人，都已经很老很老。

他们将冰雪涂抹在鬓角，把薄暮裹在肩膀，他们想要和这个世界重新凝聚在一起。

他们形容你的时候，脸上带着露水的光芒。

你的眉毛像山脉起伏的边缘，漆黑的颜色留给了夜空。

你的鼻梁像冷漠的雪山，冰冷的吐息留给了冬天。

你的胸膛像饱满的沙丘，炽热的气息留给了隔壁的每一个正午。

你还把眼睛留给了鹿——你最美最美的地方。

·14·

回到东京的时候，已经是我们旅程的最后一天了。

讲谈社的太田先生，盛情地邀请了我们吃饭。晚饭前，我们去了讲谈社两百年历史的总部，我们站在最高层的楼顶上，整个东京都在我们脚底。无数红色呼吸灯密密麻麻，看起来就像是《EVA》里的末世场景，落落在我身边说："他们说东京是活的，像怪物，它是一个有生命的东西。它可以无规律地膨胀，谁都没办法控制它。"

脚下无数明明灭灭的灯火，像万物生灵的眼睛。

·15·

我站在你的碎片里。

你变成了世界上的各种事物，各类生灵，你变成了一切。

我站在河流边缘，头顶是连绵不绝的森林，绿色是你留下的对世人永恒的宽恕，世人用镰刀，用火把，将之渐渐销毁。因为他们忘记了，你还留下了惩罚。

但你永远爱着整个世界，我可以感受你，我可以听见你，你在森林深处召唤我的，一声鹿鸣。

2011

SHALL WAY...

狄更斯先生

伦敦

·01·

伦敦的湖区，有很多这样的小镇。19世纪的石头房子上凝固着一层发硬的黑色尘埃。

路过一条河，河边有一块石碑，石碑上刻着一行小字，我反复阅读了好多次，才确认我没有理解错误。

“我出门去了。请不要在我的花园里乱来。也不要替我浇花。我是上帝。”

·02·

我们住的酒店，是查令十字路口酒店。酒店的旁边就是地铁站。

Charing Cross这个地名在各种电影、小说里不断出现。《哈利·波特》里面，几个小朋友经常喝东西的酒吧好像也在附近。

我们的酒店往下走一点点距离就是喷泉广场、国家画廊。

一到天黑的时候就会有很多极限运动的少年聚集在国家画廊前的空地上。滑板、直排轮、山地车，玩儿什么的都有。有金发碧眼的典型欧洲少年，也有黑皮肤和黄皮肤的非欧洲人。他们看起来没有什么不同。说着同样口音的话，穿着同样掉到半个屁股以下的宽大牛仔裤，反戴着棒球帽，手上一堆链子或者刺青。他们显得又前卫又生机勃勃，于是对比起来，旁边几百年历史的建筑和那些古典的狮子雕塑、希腊众神，就显得与这个时代格格不入了。

但伦敦就是这样一座城市。

它拥有全世界很多很多最早的东西，比如地铁，电话亭，双层大巴士，马车……但是它却像是被一大团久远的时光包裹住的琥珀一样，当全世界都变得仿佛电子舞曲一般，被 Apple 电子产品占领，二十四小时都被 LED 屏幕照亮的时候，伦敦依旧保留着这些已经呼吸沉重的老家伙。

喷泉边的那些高大的石狮子后背，被不断爬上爬下的游客和当地人摩擦得光滑无比。石狮子下面写着“禁止攀爬”的字样，但是依然有很多人骑在它的后背上，望着远方出神，或者谈情说爱。

有一天傍晚我去附近便利店买第二天的早餐，我提着矿泉水和面包路过那里，一个警察冲骑在狮子背上的人说：“你快点下来。”

那个中年男子认真地摇了摇头，说：“我不。”

我觉得他真是太酷了。

·03·

很多事情是作为游客一定会做的。

比如在著名地标前比画出一个剪刀手的姿势。

比如路过路边的明信片摊位，会想要买一两张，从当地邮局盖上邮戳寄回给国内的朋友，以此显摆。

比如在当地的星巴克买完咖啡后，会想要收集一个印着当地城市名字的咖啡杯。

我和小西一人拿着一个“LONDON”的咖啡杯从星巴克出来，头顶的阳光清澈透亮，呼吸里有一种岛国特有的咸涩味道，类似植物的香气。

抬起头，远处伦敦塔桥下面，是无数涌动着的人头。

尽管这样，身边依然有神色镇定自若的伦敦人，穿着短袖短裤，头上绑着毛巾，大汗淋淋地从我们身边跑过去——伦敦人真是太爱跑步了。

·04·

伦敦比我想象中明媚多了。

在来之前，我脑海里还是狄更斯笔下《雾都孤儿》里无穷无尽关于雾的描写。那种工业蒸汽时代的特有的混合了煤烟、蒸汽、尘埃、罪恶、贫穷、混乱的雾气——它笼罩着的伦敦，充满了后蒸汽时代的迷人质感，又颓废，又矜贵。

然而当真正到达这个城市的时候，空气干净得令人难以置信，阳光穿透茂密树荫时仿佛都能发出叮咚的声响来，像竖琴曲。

在伦敦市区的那几天里，天气都是碧空如洗，万里无云。再搭配上周围不时有成群结队的当地小学生手拉手走过，金发碧眼的儿童们更是让整个城市看起来蓬勃而青葱。

唯独我们去泰特美术馆那天，天空翻涌着层层的乌云。整个伦敦一下子阴暗下来，让人错觉时光倒流了一两百年。

我们是从北岸的圣保罗大教堂过去的，穿过横跨泰晤士河的千禧大桥。那座桥看起来非常眼熟，后来我想起来，《哈利·波特与凤凰社》的开场里面，被食死徒的黑烟弄得剧烈摇晃的，就是这座看起来非常后现代，仿佛一具龙骨的残骸的桥。

走在桥上，脚下的泰晤士河在阴郁的天气里看起来深不可测，翻涌的河水带来冰凉的气息。到达泰特南岸的时候，我看到一个男人坐在堤坝下的石头台阶上，河水不断冲击上岸，离他的脚非常近，他前面的河水里，一条金毛猎犬湿淋淋地站在水里一动不动，它盯着水面上一只矿泉水瓶发呆。

那一个瞬间看起来有一种别致的美感，充满着阴天里独特的湿润的寒意，和当时青灰色的伦敦彼此呼应着。

像一幅被又落寞、又悠然的时光淋湿后的画。

·05·

“你知道吗，诺尔斯先生，对，就是住在你对门的爱德华·诺尔斯，那个可怜鬼。他上个星期的一天晚上死了。他看起来像是半夜起床想要喝水或者上厕所，但是突然就趴在了地上。警察今天才刚刚发现了他。”

“他没有什么亲人，所以他的遗嘱里把他的钱都捐给国王街上的那个孤儿院了。但你也知道，他没多少钱。”

“他花园里的那些蔷薇，倒是开得特别茂盛。真美啊。”

·06·

泰特美术馆里有很多很多现代美术展品，最负盛名的当然是达利先生的那些又难懂又惊悚的美术杰作。但不知道是我路线不对，还是美术馆太大，我没有逛到达利先生的展区。

美术馆里最酷的地方当然是那个现代涡轮大厅了。那里面曾经展示过各种各样体量惊人的超大型装置艺术。涡轮大厅空间极其极其地大，所以艺术家们都恨不得在里面造出一个宇宙来。

比如之前仿造出的巨型太阳，光芒万丈，快要耀瞎眼。比如那个全世界都知道的巨大的蜘蛛。

而在我们去之前不久，刚刚结束的一个装置被叫称呼作“黑洞”，宣传册上说作品的名字叫《HOW IT IS》，来源于塞缪尔·贝克特的小说名。回国后，我还专门查了查关于那个展览作品的资料，原来巨大的房间内部，全部贴满了独特的漆黑的类似天鹅绒材质的内饰，那是一种比普通黑色涂料要漆黑十倍的材质。人们随着一个斜坡渐渐走进去，逐渐被黑暗吞噬，越来越小，“走进无边无际的黑洞中心”。

我们去的时候，大厅是关闭的。可能是上一个展览刚刚结束，里面正在搭建新的作品。

不知道下一次展出的时候，会是什么。

只是我没有机会看到了。

走出泰特已经快要傍晚。夕阳从乌云背后渗透出奄奄一息的光芒。

泰晤士河上一片萧索的寂静。

欧洲的城市人都不多，一到这样的天气，这样的时辰，更是一片寂寥。

我随手翻了翻刚刚从里面拿的资料，小册子背后，轻描淡写地写着，泰特美术馆是兴建在米尔班克的监狱旧址上的。

欧洲人总这么酷！百无禁忌的。

·07·

去剑桥大学的那天，我累得不行。

主要是上午还去了那个全世界闻名的巨石阵。但问题在于，我真的没有觉得那个地方有什么好看的。

当我们的车子远远地开过去的时候，我看着铁丝网里矗立在蓝天之下，旷野之上的那些巨石阵，心里也没有多少欢呼雀跃。

我在铁丝网边上走了一圈，最后还是放弃了要走进去看的念头。

我只是觉得，那一圈巨大的石头，怪可怜的。

剑桥大学一如既往地壮观。

从电视电影里，我已经领略过它的霸道了。而到达实地后，反而有一种亲切感。那种盛气凌人的霸道，反而削弱了很多。可能因为距离拉近了，没有了那种想象的空间，所以它不再空洞，也不再锐利，而是脚踏实地地出现在面前。你可以清晰地看到路边一户人家没有关门,于是你看见他们餐桌上摆放的牛奶和面包。你可以抚摸每一个城墙上的石块，或冰冷或炽热。甚至只要你愿意，你可以在每一个看起来仿佛奇幻电影场景般的尖顶教堂前面举起剪刀手拍照,无所谓的事儿。

我把护照插在牛仔裤的后袋里，悠闲极了。我甚至和几个当地的人打了打招呼，闲聊了几句。他们看起来都很热情的样子。

整个剑桥镇其实没什么人。只有几条街上挤满了像我们一样的旅游观光客。大家在街边的小店购买着各种各样的纪念品。

我们的导游对我们说，前面转弯就是哈利·波特的什么什么，好像是当年 J.K 罗琳写小说的地方，又或者是《哈利·波特》里的一个拍摄地，我没有听清，我当时只顾着找咖啡厅想要坐下来，我的两条腿像要爆炸了。

后来他们去逛的时候，我和小西就在咖啡厅里坐下来，喝了一杯冰拿铁。

咖啡厅在一个书店的三楼角落。书店里有很多很多的书，新的居多，也有很多看起来像旧书一样年代久远的作品。书的装帧都很讲究，当然价格也很令人咋舌。

整个剑桥镇看起来古典极了，陈旧的气息扑面而来，地面上屋顶上残留下来的气味仿佛当年远征军铠甲上的铁锈气息，鸽子扑腾在每一个教堂的尖顶上，它们的翅膀裁剪着头顶的蓝天，也裁剪着几百年的光阴。每一栋房子里都塞满了故事，就像黄昏时分塞满了饭菜的香味一样。

在这样美好的城镇里念书，那也难怪剑桥始终保持着全英国最低的1%都不到的辍学率了。而德国是50%呢。

·08·

而湖区又是另外一番景象了。

就像开篇说的那样，是上帝的后花园。

欧洲人爱园艺。他们的谚语里“上帝在花园里”说的就是这个意思。

每家每户的庭院，都塞满了各种植物和摆件。看起来充满了生活气息。

甚至连他们的墓地，都看起来像是花园。

精心修剪的植物环绕四周。各种款式的墓碑零落地竖立在草地上。年代已经非常久远了，墓碑石材的表面大多数都已经风化了。一些刻字也已经湮没在时间的流逝里。

有一个花园的中央，沉睡着一个很有名的诗人。

他的名字，你们每一个人都听过。

我们路过的时候，看见他的墓碑面前，放了至少十多把白色的玫瑰。

大家都爱他。

一路上，导游告诉我们，湖区是被一个写兔子童话的作家陆续买下来的。作家开始只是买了一栋房子，后来她越写越赚钱，就陆续把整个区域的街道、房子、农场、岛屿都买了下来。最后成为了她的特有区域。

我们当时坐在车上的五个作家，都羡慕得不得了。

湖区保留着很多英国传统的习惯。

没有任何的现代建筑，都是一栋一栋的独立别墅。街区都不大，而且也没什么人。茂密的植物铺天盖地，没有人管似的，张牙舞爪。

路边的超市门庭冷落，但里面的店员却似乎已经习以为常，他们安静地清点着货物，偶尔哼歌。超市里卖的水果非常非常便宜，和国内没什么区别。但其他的东西贵得吓人。所以我们那几天吃了很多的水果。

湖区甚至有很多农场，随处都看得见牛羊四处散落，柔软的小绵羊甚至会在马路边奔跑起来，像草地上滚动着的小蛋糕。

当我们到达湖区中心的时候，正好下午两三点，时间正好，慵懒的下午时光，湖面波光潋滟，无数的鸳鸯、野鸭、天鹅四处游来游去。

还有很多的天鹅在岸边散步，它们不怕人。它们走在人群的身边，甚至停在马路边上，等待着车辆开过去之后，才继续穿越马路。它们看起来就像是湖区的居民。

于是我跑过去和它们合影留念了一张照片。照片上，我和天鹅都看着镜头，非常专业，它就差对着镜头比“Yeah”的手势了。

我们快要回程的时候，几个年轻的英国人开车路过我们身边的时候，车窗里一个年轻的帅哥冲着我喊了一声：“Hello!Chic boy!”

2012

SHALL WAY...

高速运动者永生

台北

· 01 ·

从桃园机场走出来的时候，天阴阴的，脸上零星冒起细小琐碎的凉意，应该是有雨滴飘洒在天空里，只是因为数量太少，因此看起来也就是阴天。连水泥路面都没有打湿。其实亚洲几个城市多多少少看起来都很相似，因此，刚刚在飞机上睡了两个钟头的我，还没有完全彻底地清醒，恍惚里觉得自己是在香港。

直到车子开出机场，开上黑色的柏油马路，两边连绵不绝的绿色植物蜂拥而来，低矮的房屋三三两两地挤在一起，褐色的屋顶在阴霾的光线里有一种陈旧的凉意。香港远没有这么宁静，同样也没有这么陈旧。香港像一堆装在铁皮盒子里的玻璃碎片，摇摇晃晃，每天都哗啦啦作响，喧嚣得很。而这里，是那个想象中，被陈升和罗大佑的歌曲，反复描摹过的台湾。当然，更年轻的人，也许并不知道他们是谁，他们脑海里的台湾，是被周杰伦含糊不清的热门金曲和五月天的抒情摇滚所装裱出的一幅时尚的画卷。

车窗外一片浓郁的树，飞鸟低低地在空气里穿行着。公路上极其干净，仿佛被雨水洗过后刚刚干透似的，有一种温润的清爽。

· 02 ·

人类对星空的想象和憧憬，从远古时代就已经开始。最早的那个仰望群星的原始人，绝对想象不到，千万年后的人类，会把笨重的钢铁，用爆炸的方式送上遥不可及的夜空。在人们还不能飞离地面的时代，在宇宙依然对人类没有掀开面纱的时代——严格地来说，直到现在，宇宙的秘密依然躲藏在无数层帷幔之后，人们编造了无数个神话故事，他们为星空上的图案命名，仙女座，猎户座……他们假想这些遥远的星光是另外一个世界，那里有众神，那里有永生。

人类的物质文明和科技知识都以令人害怕的速度在发展积累，而信息量则以几何倍数的爆炸方式诞生而又陨灭。每一秒钟全世界都有几千万人同时敲击键盘，随着这些噼啪几下的敲击而产生的字符携带着浩如烟海的信息，如同飓风一样席卷这个世界。

从绘画，到雕塑，到舞台剧，到留声机，到电影，到网络……人类以普罗米修斯式的悲壮和决绝，探索着这个世界，也消耗着这个世界。

当人们得知光速不可超越之后，他们又对无限接近光速这个概念产生了疯狂的迷恋。当人们知道了银河只是宇宙漫漫星河中的沧海一粟时，人们又开始迷恋探索宇宙的终极模型。美籍波兰建筑师丹尼尔·里伯斯金在最新的设计作品里，他将两千个LED灯按照精心设计的位置，安置在一个交错包裹起来的镜面体内部，灯反射光线后，创造出意想不到的灯光效果，每个LED灯都装有内置微型控制器，再利用天体物理学家Noam Libeskind开发的运算法则，于是，人类拙劣而又伟大地模拟了从大爆炸至今宇宙光线的演变。

一百四亿年的时间压缩到十四分钟的灯光变幻里。人们看得目眩神迷。

人类用笨拙的科技，勾勒着自己的想象和渴望，就像一个孩童用手中的蜡笔，雀跃着想要临摹下敦煌壁画里的神。

恒殊写过一个微型小说，她说，一对恋人是宇航员，他们俩都以接近光速的速度往相反的方向飞去，很快，男生开始想念他的恋人，但是，他却没办法减速掉头，他们彼此任何谁降低速度，都会导致一方迅速地衰老下去。他不忍心看见她衰老的容貌。于是他们只能无限孤寂地往宇宙的尽头飞去。彼此越来越远。

其实所有的事情都是这样的，当你的速度越来越快，你的时间就流逝得越来越慢，你无限接近光速的时候，你的时间就几乎停滞了。

·03·

台北有时候给人的感觉，就像是被时间的溶液包裹后凝固成的一枚琥珀。它并没有在无情的时针转动中被甩在身后，但也没有被无情的光速列车带往时间的尽头，把一切都换了天地。它依稀还包裹着往日的胎衣，但额角又长出了未来的鳞。

大雨把盛夏的正午淋得一片漆黑。

·04·

从电影被创造出来的那天开始，这个世界上就诞生了成千上万部恐怖电影。但在我心里最恐怖的一部，却是《回到未来》，和电影的内容没有关系。纯粹是因为这四个字匪夷所思的组合。

回到未来。

同样令人毛骨悚然的词语，就是“前往过去”。

·05·

在台湾闲逛，有时候你会对眼前的时代恍惚起来。

当你走在信义区的摩天大楼中间时，抬起头，电子广告屏幕上播放的是大陆从来没有上映过的《黑夜传说》系列的预告片。香奈儿双 C 的 LOGO 仿佛扩散着香气，把所有美貌女性的灵魂都包裹在一片白色的蕾丝里。

而当你在台中田尾公路花园上，骑着自行车路过一个又一个种植花卉的苗圃，路过带着露水的菜地，路过在路边修剪花朵的年轻姑娘，她穿着最简单的蓝色布衣，路过香火鼎盛的妈祖庙，门口还有老头老太太，在往油灯里添加香油，这个时候，你隐约又会觉得，自己回到了 20 世纪 70 年代，那个时候，大部分城市连迪斯科都没有，歌舞厅也没有。但上海已经早有了歌舞升平的百乐门。

然而当你又沿国道南下，在民族村里徜徉，那些木头搭建的房屋在时间的抚摩中露出疲倦的面容，当你眼前是《赛德克·巴莱》的拍摄地风光时，你又会觉得回到了当初原住民时期——谁都不会知道，几个月之后，这部号称拍出了台湾所有气血热泪的电影，在大陆上映时，遭遇沉重的滑铁卢，人们冷漠的目光和躁动的心，被一片五光十色的好莱坞特技迷惑得没有任何空间再来容纳赛德克·巴莱的怒吼，那悲壮的声音听起来像是喧闹街道上的一声喇叭——不会有任何人侧目。电影在一片冰凉的忽视里，悄然下档了。

·06·

我们在鹿港小镇的时候，正好遇上妈祖庙门口舞龙舞狮，我们几个来自大陆内陆的人，对妈祖并不是很熟悉，但台湾信仰妈祖的人却很多，台湾最早的时候很多渔民，大家出海捕鱼，都要祈求妈祖的庇佑。

我在十九岁的时候去了上海，之后就从来没有见过真正有人舞龙舞狮了，电视上倒是常见，但往往都是某某开幕式上的助兴节目，或者春节联欢晚会上的固定表演。以前在老家四川的时候，偶尔也看过两回，但都是小规模闹一闹，并不正经。我们家乡小，那时经济也不发达，并没有足够多的精力和财力，来添置足够多的服装道具，大家也没有时间凑在一起闷头排练。

妈祖庙门口的人很多。前来上香的人也很多。走在舞龙舞狮队伍最前面的是两列高大的“巨人”。两个人叠罗汉在一起，但外面只罩一件衣服，看起来就像是一个两米多的巨人。当这些关公、门神、土地公渐次走过之后，金灿灿的舞龙舞狮队伍就过来了。

庙门口的空地上，翻腾起一条长龙来。周围的人都随着鼓点大声欢呼，或者唱着当地的歌谣，而像我们这样的外来游客，自然就只能拿起手里的 iPhone，拍起照来。

后来我才发现，雄壮有力的鼓声，是一个看起来只有五岁的小男孩儿敲出来的。他一边敲鼓，一边像一头小豹子一样嘶吼着。

我在妈祖庙里，帮妈妈爸爸点了两盏平安灯。

倒是属狗的落落，急吼吼地在每一个庙堂烧香请愿，她说自己今年犯太岁，可千万别倒霉呀。我们一边笑着她，一边也跟着四处拜拜。

妈祖庙门口就是一条小吃街，从街头一直到街尾，都是各种台湾当地有名的小吃。我们一路吃了个饱，连我这样对美食并不是十分热衷的人，都能够吃得肚皮难受，可见小吃的诱惑力。然而，当我们在街边发现一个熟悉的全家便利店时，我们依然忍不住欢呼雀跃着往里面涌。其实我们身边早就已经被台湾的生活方式渗透着，只是我们混然不知而已。我们把一切视为理所当然，比如在上海，你在一个街区的范围之内,就能够发现五家全家便利店,台湾人已经把他们的生活方式，种植在了每一个十字路口。我们没有发现而已。

随行的李安一边按着他手里昂贵的佳能单反，一边感叹说，在中国大陆都看不到这么传统的民间节目了啊。

我说，能啊，春节联欢晚会上不是每年都有吗。

他说，那不算，那是表演。

我说，这不也是表演吗？

他顿了顿，说，也对。

·07·

后来我想，人们在越来越快速的生活里，确实放弃了很多。人们追求越来越快捷的生活，只要秒针嘀嗒跳动一下，如果某件事情都还不能完成，人们就会习惯性地叹一口气。在这种越来越快的速度里，人们被宠坏了。当电话被发明出来之后，一句话如果不能立刻就被听到，人们就会皱眉，所以，信件就快要消失了。当手机被发明出来之后，人们连话也懒得说了，短信一秒就能收到。

当地铁被发明出来之后，有轨电车就快要消失了。

当电脑被发明出来之后，电视机就快要消失了。

当网络成为主宰之后，单机游戏又要消失了。

当智能手机无所不能之后，笨拙的诺基亚都快要消失了。

连这些都要消失了，更何况曾经的舞龙舞狮呢？更何况曾经的大红春联呢？更何况曾经需要反复刷着酱料烧烤多次最后埋进草木香灰里熏上大半天的腊肉呢？

人们只需要在键盘上噼里啪啦地敲击几下，一秒钟，订单已经下达。

门铃响起的时候，包装良好的腊肉香肠，就已经送到门口了。

速度就是一切。

· 08 ·

我们在公路上骑车。

自行车是租来的。

可能田尾公路花园并不是一个大热门的旅游景点，因此人并不是很多。出租自行车的地方很大，就在公路边上，也是公路花园观赏线路的起点。游客似乎只有我们几个，生意显得有点冷清，然而店家却并不十分在意，我们的到来也没有让他觉得额外高兴。似乎生意好坏对他来说并不要紧。他眯着眼睛，笑眯眯地看着停车场里一只黄狗和一只黑狗，打闹嬉戏。

我大概有很久没有骑单车了。

但是这个世界上，就是有一些事情，是你一旦学会了，就再也不会忘记的。比如游泳，比如骑车。

一开始，我们还按照手中地图上标注出来的线路沿路观光，但渐渐地，也就嫌麻烦，不再反复地看地图，随着性子，在各种十字路口随意地转向。于是我们也得以在众多的花圃中间脱身而出，看见很多奇奇怪怪的店。有一家叫作“妙阿姨的奇妙菜馆”，我看了招牌很久，觉得这家店一定很有意思。还有一家专门种仙人掌的“花店”,门口是一个巨大的冰柜,上面用毛笔字写着繁体的“仙人掌冰饮”。他们把仙人掌做成花，做成项链，做成食物，做成容器，做成闹钟，做成一切本来仙人掌不应该成为的东西。

我和痕痕安东尼李枫租的都是单人的自行车，而落落和卡卡租了一辆双人的带遮阳棚的自行车，骑起来特别慢，看起来还特别像做生意的三轮车。我们几个灵活而快速地在公路上四处摇摆穿行，而落落那辆车看起来就笨重无比。

我们骑进一个当地很小的妈祖庙，在里面逛了一圈，庙里面没什么人，只有一个老大爷坐在庙门口的黑色木头长椅上听收音机。庙的后院有一个简单的篮球场，两个篮球架对立着，但中间差不多只有四五米的距离。这应该是和妈祖庙最不搭的东西了吧。

等到我们参观完毕，落落才气喘吁吁地把那辆带阳伞的自行车骑到妈祖庙的门口，她没好气地说，你们不要得意，要是下雨的话，我这个可有遮雨效果，你们就等着变落汤鸡吧!

我们当然不睬她。

她只能气得大叫，老天爷啊快点下雨吧！下雨吧下雨吧！

十分钟后，我，痕痕，安东尼，湿淋淋地在路边躲雨。刚刚晴空万里的天，不知道怎的，就突然倾盆起来。我们几个狼狈地拧着裤管的水时，落落得意扬扬地从我们身边吱吱嘎嘎地骑走了。

我们躲雨的地方是一个花店，屋檐下面摆了一长排的水桶，里面插着各种颜色的康乃馨。一个包着头巾的年轻女人，坐在小木板凳上，修剪着花的枝丫，我们因为无所事事，都盯着她看，她完全没有不好意思。许是这里游客多，经常有人看她。她用剪刀剪掉多余的花茎，再用一个玻璃纸的漏斗将花拢好，然后把十枝花扎成一把。这一整套动作行云流水，她几乎不用停顿。我在大陆的很多工厂里看过同样的情景，但那是十几个女工人并排坐在滚动的传送带上不停地机械动作，她们脸上没什么表情。不像她一样，带着一点点微笑，还偶尔哼个小曲儿。屋子里放着一个老木头家具，看起来是个柜子，柜子上，一台电视机很有些年代了，放着一些很热闹的节目。

屋檐外的大雨彻底哗啦啦了起来。

后来回了上海，我们神秘兮兮地吓落落，说，落落，你看，妈祖庙真灵，你在那边许的愿都实现了，你看来，得抽空回台湾去还愿啊！

我们所有人回到大巴士上时，李枫都还没有回来，等到我们脱下的裤子在发动机的外壳上几乎都已经烤干之后，他才湿漉漉地跑了回来。他说他自己一个人骑出去了很远，看到了一大片韭菜地，还和地里一个老奶奶聊了很久。他说："她一半台语一半国语，我就连比带画，我们交流很畅快！"

我很羡慕他的年轻。

我在他那样的年纪的时候，也曾经骑着单车，在另一个城市里，无所事事却又目标灼灼地游荡过。

那时的日子过得很慢，现在的日子过得很快。

高铁飞机把一张大大的地图揉成了小小的一团。

·09·

在台北的时候，我路过 101 好几次。有两次还在 101 里面吃饭和购物。但是这个对于大多数游客来说的必经之地，我却燃不起任何的兴趣。我觉得应该是上海的高楼大厦太多，所以，对于 101 所标榜的云层之上的景观，并不能吸引我们这群人。

之前曾经有很多欧洲的游客到上海旅游的时候，他们被上海随处可见的摩天大楼吓坏了。对于他们来说，那是无法想象的事情。在他们的城市，巴黎或者伦敦，柏林或者米兰，老建筑很多，新建筑很少。更别说这种动不动就几百米的摩天大楼了。

我想起曾经在东京的时候，讲谈社的合作伙伴带我们参观讲谈社的大楼。我们站在他们顶楼那个最大的会议室里，望着窗外的东京。

东京其实并不高，大部分东京的房子，还是矮矮小小的。但是它们密集而又拥挤，精致而又野蛮。我想起很多动画片里的经典台词，他们说，东京这个城市，是活的。它是一个怪物，有自己的生命，有自己的眼，有自己的血液。他们说每一个夜晚，无数不安跳动的楼顶的红色导航灯，能够连绵成一片红色的血的海洋。无数红灯依次密密麻麻地闪动过去，就变成了流动的血管。城市不因为人们的意志而改变和发展，它有自己的生命。

台北也是一样。

冰冷的玻璃幕墙边上，就是一个矮矮的老砖墙院落，里面的香樟非常茂盛，还有缠绕在树干上的紫藤，热闹地开着花朵。

警察局的旁边，几个卖夜宵的摊点，挂着黄色的灯泡。

看起来，这里的人们不太规划它。它活得很野蛮，也很骄傲。

我闭上眼睛，想起站在上海摩天大楼上看到的情景。

那是一块一块横平竖直规划好的地块。这里一个窟窿，明天就会变成新的摩天大楼。那里一片围栏，转眼就会变成拆平待售的地块。上海变化得如此快速，让时间也失去了意义。

而在台北，时间仿佛缓慢了很多。舞龙舞狮的人还在，传统捏面人的工匠还在，凌晨三点也愿意逛书店的人还在，繁华的 CBD 里的老旧房子还在。这些都在。

所以呢？这不是一个悖论吗？

速度快的那个，难道不应该享受更慢的时间流逝吗？
我有点困惑了。

·10·

时间把雨水煮成一碗茶。

岁月刷白了夜晚和鬓角，夏日午后的阵雨，依然能够把天空淋得漆黑。

2012

SHALL WAY...

心上的熔岩

济州岛

· 01 ·

半夜一点的时候，我还没有开始收拾明天要去北京的行李。我磨磨蹭蹭地在房间里发呆。我拿着一碗外卖叫回来的蒸蛋，站立在漆黑的窗户面前，隔着冰冷的玻璃，眺望着日渐冰凉的上海。风把夜晚吹得更冷，更黑，更漠然。

我甚至觉得寒冷的风吹灭了一站路灯。

但我知道，我迟早要收拾明天的行李。否则，我来不及准备旅程需要的东西。

我在翻开箱子的时候，一堆票据掉出来，花花绿绿的韩文，是各种博物馆的门票，还有一堆面额大得惊人的韩币。夹层中，还有一张照片，上面是我在韩国立体绘画博物馆门口，戴着墨镜傻笑的样子。

已经过去好几个月了。

那时还是夏天。而现在，北京下起了今年冬天的第一场大雪。助理发给我的短信里，提醒我带好御寒的冬衣。我琢磨着，于是换了个更大的箱子。

·02·

记忆里的济州岛，遍地都是黑色的划痕。像是一只会喷火的龙，先把大地烧了个干净，然后再用它巨大的爪子，开刨着这片焦土。但那其实，是亿万年前，火山喷发时，熔岩流过之后的痕迹。曾经滚烫鲜红的岩浆，被冰冷的海水冲刷后，渐渐凝固成这个岛屿上四处可见的黑色火山岩。

有很多的小桥横跨河床，但下面却没有潺潺的河水，有的，就是这些亿万年前曾经天崩地裂的证据。

人们每天都在桥上走过，似乎也很习惯这种没有水的河流。

他们看见一条条黑色干燥的河床，并不是很惊讶。

连这里的麻雀也一样。它们习以为常地站在尖锐的石头上，看起来一点也不难受，甚至有一点懒散的困意。

·03·

我靠着车窗，目光懒懒地散漫到窗外。所过之处，都是陌生又熟悉，隔阂又共通的气息，和日本、新加坡一样，都是一种亚洲共通的触感。只是济州岛的景致更加原始而清丽，甚至连光线看起来，都比较新鲜。

济州岛的行程，本来并不在我的计划之内，在出行之前，我有好多工作计划排在表上，但在最后的时刻，我突然觉得，也许我需要这一次旅途——就像是在水下待久了，就需要一次呼吸，在风雪里待久了，就需要一堆篝火。

·04·

成立公司以来的这些年——算起来大概有五六年了。很多次因为工作关系的出行，都有朋友在身边，特别是最近几次的“下一站”系列，总是能够和公司的作者们一起游山玩水，这其实是一件开心而又快乐的事情。但可能因为出于尊重我的关系，邀请方或者公司本身，都是为我订的单独的套间。其他的人，可能都是两两一间酒店，甚至半夜还能够心血来潮地穿着拖鞋，下楼，去逛一逛陌生国度的夜市，在异国文字招牌下的便利店里买回啤酒和可乐。

而我每一次，都是独自一人待在房间里。

我其实并不觉得孤独，孤独的时候，我就处理很多的文件和稿子，我总有事情可以打发我的时间。久而久之，我就形成了这种习惯。

所以，我也经常在异国他乡的夜晚，站在酒店房间的阳台上，眺望着远方黑夜里的群山，或者月光下的大海。

这种被世界隔绝的荒凉，让我产生了一种奇妙的迷恋。我甚至渐渐觉得这样的时刻，这样孤独而寂静的时刻，是每一次旅途里难忘的记忆。

济州岛的大海，带着一种世界尽头的气息。

雪白的泡沫被风狠狠地掀动着，摔碎在黑色锋利的礁石上。耳边是黑夜的响动，仿佛兽群的足音。

辽阔的海面一片漆黑，没有月光，星星也被乌云掩藏在遥远的天顶。但那片混沌而稀薄的黑暗里，却有一种并不均匀的介质涌动着，深深浅浅的黑，看起来有一种灵异的森然，仿佛成千上万颗连成一片的漆黑的眸子。

黑夜给了我黑色的眼睛。

也给了我鲜红的血。

·05·

我生长在四川盆地，从小到大，都没有看到过海。

我第一次看见大海的时候，已经是我大学三年级，那个时候，我已经中途休学，开始办岛工作室，我们一群愣头愣脑的年轻人，琢磨着想要办一本属于自己的杂志。

于是，在制作完成了第一本之后，我们第二本书，就跑去大连拍摄照片了。

那个时候，有一种天不怕地不怕的感觉，做起任何事情来，也远没有现在考虑得那么周全，仿佛只要大家几个人，商量了一会儿，觉得有意思，就立刻去做了。而几年后的现在，每一个计划，都要先写成书面企划，经过层层的讨论。

年轻时的胸膛里，仿佛住着一辆火车。

在大连看见的大海，宁静，悠远，碧蓝的波浪连接着细软的沙滩，我们去的地方是当地非常厉害的一个疗养胜地，经常也会有国家领导人来这里开会或者修养。那里的大海让我感觉，大海是温柔而多情的，是浪漫而年轻的。

而很多年之后，我不断地遇见大海。我才终于明白大海的狂暴和沉稳，它的残酷和多情。

它足以藏下整个人类的文明世界。

它是一个黑色的秘密。

·06·

以我的性格来说——喜欢新鲜事物，对任何陌生的东西都充满了好奇，喜欢刺激，寻求冒险……按照这样的性格，我应该是很喜欢旅游才是。但似乎，旅行对我来说，没有那么大的吸引力。能够呼朋引伴遨游世界，固然是一件顶值得开心的事情，然而，在我的生活里，这样的情况似乎并不经常发生。以我现在的工作——自由职业，以我现在的收入——衣食无忧，我应该是随时都能够环游世界的，只要我想。但我却并不热衷于此。

我一直在探究这背后的原因，后来我才发现，我其实骨子里，是一个非常非常恋旧的人，我是个老派的人，我是个活在过去的人。

我喜欢老旧的弄堂或者砖房，多过玻璃幕墙闪烁不已的摩天大厦；

我喜欢传统的春节多过五光十色的圣诞夜；

我喜欢听80年代的歌曲胜过当下令人眼花缭乱的电子舞曲；

我喜欢看过去的书，不爱看当下的书。

时间是这个世界上最厉害的东西，它本来只是一个物理定义，然而，它最终变成了这个宇宙里的一切。

·07·

最近一段时间起得很晚，因为拍戏的缘故，差不多每天都要早上六点就起来。对于一个习惯了凌晨入睡中午起床的生物钟的人来说，真是一件足够折磨人的事情。

但其实，人在清晨，能够看见的事情更多，你会看见这个城市是怎样从漆黑的混沌里一点一点苏醒过来，清晨街道上清脆而凉凉的自行车铃铛声，油条豆浆飘散开来的食物香味，穿着轻便球鞋的人在街心花园晨跑，他们呼吸的白气和清晨的雾气融化在一起，仿佛一个小小的生命融进浩瀚岁月的长河，无数白茫茫的粒子在人们的呼吸系统里循环往复，直到和这个世界连成一片。

在济州岛的时候，也几乎每一天都是很早就起床。因为有太多的景点要看，而白天的时间有限，一到晚上，很多景点都关门了，或者看不清楚了。

我其实不太喜欢这样的方式，这也是我不是很喜欢旅游的一个原因。本来应该悠闲地在酒店睡到自然醒，起来就在游泳池边看一个下午喜欢却没有抽出空来看的小说，但却因为周围总是有朋友或者自己甚至也觉得，既然来了一次，不四处走走，看看，买买，似乎有点太浪费了。真要喜欢酒店，在上海有数不清的五星级酒店让你在游泳池边看小说。

清晨的济州岛，透着一股辛辣但又清新的植物香味，光线是奶白色，从海的尽头翻涌上来，仿佛上帝拿着一把巨大的餐刀，在朝着这个小岛温柔地刷着黄油，渐渐地，天就亮了起来，整个大海在光线下闪闪发亮，黑色的海岸被勾勒出一圈金线，在这种景色下，呼吸都变慢了。

有一天我们去参观 Olle 自由行策划发源地的办事处，我以为会和所有旅行社一样，是在正规的写字楼里，然而，下车走了十几分钟之后，景色越来越险峻，我们沿着一条海边的悬崖上的石道往前走，周围长着巨大的松树，每一棵都在雾蒙蒙的水汽里显得沉重而内敛，仿佛一个个手持巨剑站立在海岸边境的守卫者。海浪随着海潮一波波地朝海岸涌来，它们被强大的力量推动着，冲击着黑色的岩石，在我们脚下万丈深渊的地方，撞击成亿万个细小的水珠，被风卷动而上，化成天地间浩瀚的雾气。

我在想，在这种地方开一间公司，还真的是蛮酷的啊！

后来见到创始人的时候，我一点都不惊讶。她就仿佛有一种“我就应该在这样的地方开公司”的气场。

她年轻的时候就在国外留学，长大后回到韩国，她喜欢旅游，喜欢交朋友，喜欢大自然，厌倦现代都市带给她的茫然感和疏离感，于是她创办了 Olle 徒步自由行的这样一个类似社团一样的旅行公司。

Olle 在当地的方言里，是家门口连接到主干道的小巷子的意思。

济州岛上有好多这样的小巷子，每一条都各有特色，有各种时髦的小店，有温暖而文艺的咖啡厅，有唱片店，有图书店，甚至有老板自己开的所谓的小小电影院——用 DVD 和小投影播放的他自己喜欢的电影。

人们背着背包，从五湖四海相聚而来，没有五星酒店的伺候，没有出门就宝马奔驰的接送，甚至没有人帮你介绍每一个景点的背景和历史资料，你必须自己去发现，自己去寻找——听起来好像有点荒谬，但 Olle 却聚集了越来越多，抛开自己的生活，而出门徒步寻梦的人。

hansey 悄悄跟我说，这个主意太棒了，他想下次重新回到济州岛，Olle 一次。

Olle 办事处门口有一个很小很小的纪念品购买处，你可以买到简单的地图，当地的小说，一些手帕，一些笔记本。没了。小得不能再小，和国内很多地方的一间洗手间差不多大。但我们一行人却欢喜鼓舞地挤在里面，让空间变得更小。

他们在买着当地的一种手工做出来的挂坠，是一种形状卡通却有浓郁乡土情趣的小马，小马用各种颜色的布和线缝制，看起来笨拙而又很有趣味。

他们在买的时候，我一个人沿着陡峭的悬崖石梯往几百米下的海岸走。

沿路很多的海浪冲击成的雾气扑到我的身上，我的刘海儿变得湿漉漉的，甚至背包都仿佛吸水之后变得沉重起来。耳边是轰鸣不断的海浪撞击声，听起来越来越壮烈。

我最后下到了石阶的最后一级，脚下的路断开了，无数的鹅卵石——大的看起来有一只单人沙发那么大，小的仿佛一颗珍珠。它们仿佛是这个世界尽头被人遗忘的物种，孤独而寂寞地簇拥在这里，彼此安慰，彼此交头接耳，等待着有人的来临。

我站在天地的尽头，一瞬间有点无言。

我看惯了太多的摩天大厦，习惯了永远都不会消失的嘈杂。

而在这一刻，在这仿佛世界末日般的氛围里，我有点哽咽，远处是低沉而黑压压的厚云，在天空上旋转着发出沉闷的呜咽声。

我站了很久，正准备走，远处走来两个白发苍苍的老头老太太，他们两个彼此站在海边拍照，小心地站在鹅卵石上不要摔倒，他们一个照完，换另外一个。

我不知道他们从哪里来，为什么要来。

他们看到了我，抬起手冲我挥舞了一下，说了句我听不懂的方言，但看他们的笑容，应该是在对我问候。

我笑笑，对他们点头。

· 08 ·

生态公园的小火车载着我们朝森林的尽头驶去。

我们一边笑闹着，一边拍照。偶尔有一只迷路的梅花鹿在轨道边的灌木丛里探头探脑地窥视我们。

湖里有各种水鸟游来游去，空气里是从踏上济州岛第一天就开始存在并一直不变的清新的空气味道，仿佛把十万平方米的草坪提炼成了一瓶小小的香水，随身携带着。

我和笛安两个人童心大发，非要挤进一群游客里，排队等着到一个秋千上拍照，又恶俗又好笑，但我俩却乐此不疲。那个秋千其实并没有什么好看，只是我觉得和笛安能够如此放松而卸下平日的包袱，很难得。在国内的时候，我和她其实不太能随意地出门游玩。我们连一起吃一个火锅也能被偷拍。

后来我才意识到，我之所以觉得在济州岛的日子格外轻松，很大程度上，也是因为，我不再是一个大伙儿都知道的人，我变成了一个没有人搭理的普通小伙子。

· 09 ·

我们参观了很多很多的美术馆，博物馆，纪念馆，科技馆……

其中有一家《爱丽丝梦游仙境》的博物馆，让我一直记念到现在。

这个博物馆并没有多厉害，相反，是我们看过的博物馆里，算规模很小的那一类。

博物馆的主人发明了用镜子制造迷宫的这样一个有趣的东西，然后他就创造搭建起来了这个叫作“爱丽丝梦游仙境”的小屋子。屋子很小，从外观看上去，就像一栋小小的路边别墅。我们开车渐渐朝它靠近的时候，都没有发现它。

本来它也不在我们的参观日程里面，只是因为我在车上吵着闹着想要去鬼屋，导游歪着脑袋想了很久，才想出了这么一个类似鬼屋一样的地方。其实这个地方根本不算鬼屋，因为里面没有鬼，只有镜子。

“不过好在是在我们去下一个博物馆的路上，我们顺路就可以让大家稍作停留。”

镜子的折射设计得很棒，人们一走进去，一定迷路。而且往往看见对面朝我走来的伙伴，其实却在我身后很远的地方，我伸出手，只摸到一面镜子。

但这样的东西，几分钟就让人失去了兴趣。大家嘻嘻哈哈地拍了几张照片，就开始往外走。

老板是一个估计有一米九几的大叔，非常瘦，瘦得像卡通片里的人。他说不来中文，也听不懂英语，他只能反复重复着几个韩语单词加上手势，朝我们反复比画着，企图让我们能听懂他说的话。

导游说他叫我们看门口的那幅立体画。

我回过头，看见地面上画着一个拙劣的看起来是 3D 的楼梯，导游说，老板叫我过去一定要站在上面拍照。

我无所谓地走过去，博物馆的老板从我们摄影师的手里拿过我们的相机，他表达着“你们不懂怎么拍才拍得出厉害的 3D 的样子，要站在这个点拍才可以，你们看，你们看咯，厉害不厉害？”，导游一边翻译，他一边冷冷地朝我们继续说，表情看起来似乎有一点闹别扭，仿佛一个小孩儿拿出得意的玩具，结果周围的人却对他说这个玩具真的很一般。

我们一会儿就走了。

博物馆的主人继续坐回了他的迷宫的门口，门口就是小小的售票亭，上面写着票价和营业时间。但其实从我们到达到离去这段时间，根本也就没有人光临。

我朝前后望了望，都是一望无际的高速公路。这间小小的博物馆就这样孤零零地伫立在马路边上，看起来有几分凄凉。它并不在景点集中的区域，没有人会单独来这里。

我翻着手上的相机，看着刚刚他帮我拍下的照片，导游凑过来，对我说：“不用看啦，这个真的不怎么样，我们等下要去的，才是专门的 3D 画博物馆呢，你一定会大开眼界的！”

我回过头，发现那个主人已经走到路边了。但是他却并没有朝我们的方向看过来，而是一个人站在路边，朝我们来的方向守望着，那个方向只有一条空荡荡的水泥马路，没有车，没有人，他的背影看起来真的太瘦了。

2012

SHALL WAY...

言热

吉隆坡

·01·

我最近换了一个新的笔记本，是某品牌最新的型号，它很轻薄，功能又好，翻开最近的时尚杂志几乎都能看到广告上它泛着冷色调的外壳，但唯一不好的，就是因为它太薄，所以连网络接口都没有——它的机身比网络线的接口还要薄。我在收拾行李的时候，又太过匆忙，粗心大意地将转换接口落下，因此，在这几天的旅途里，我都没有能够使用上网络。

于是每天晚上，在酒店的时光，就变得漫长而又无聊，不知如何打发。我已经很多年不看电视，对我来说，感觉电视已经变成了一个很奇怪的东西，而且这边的电视节目又不讲中文，我也看不明白。随身带的书在飞机上就已经看完了。

所以，百无聊赖之下，我决定给你写信。

我前面给自己找了那么多的借口，如此费力，只是为了让自己给你写信这个举动，看起来合理，不做作，不唐突——但正因为如此，就又变得可笑了。

我初中那会儿，可完全不这么认为。

那会儿我的书包里，背着花花绿绿的邮票，随时都能够掏出一枚来，用舌头舔一舔，就能贴到信封上。那时的邮票八十分，也就是八毛钱。我不太清楚此时此刻寄信邮资需要多少，我只能分清楚几家快递公司之间，十二块钱和十五块钱的区别。

所以，你看，不管我找再多的借口，不管我有再多的理由，写信这件事情本身，看起来就怪异极了。我想那感觉，就跟你有一天走在大街上，看见一个人从腰间的皮带上卸下黑色外壳的传呼机，然后焦急地在马路上找公用电话，打算回电一样。

但我还是提起了笔。

·02·

我和一群年轻人一起，踏上了这次的旅程。他们差不多都比我小六七岁。

大家都说，三年一个代沟，我和他们之间，就有两个代沟。他们对这个世界充满了足够的好奇——是的，好奇，好奇是一种最强大的力量，它驱使着你想要了解更多，想要拥有更多，想要控制更多。它是欲望所催生的一枚咒语，缝在我们的眸子上面。

他们有说有笑，走到哪儿都开心地拍照，逛起纪念品商店来流连忘返，对任何的食物都充满了惊奇和赞美，他们并不介意将自己的脸庞暴晒在太阳之下，阳光的热度把他们年轻紧致的面容晒得发红，看起来仿佛饱满的苹果。而我躲在黑伞之下，当我往脸上涂防晒霜的时候，我有一点感觉羞耻。这种不自在，是被他们激发的，他们像一面澄澈的明镜，能照出我所有不再回来的青春。

我和他们有很多合影，他们在照片上的面容，看起来格外生涩，但是却有一种最本质的蓬勃，仿佛这里的热带植物，有一种狂野而又善良的生命力。而我呢，我在每一张照片上，都精准地捕捉到镜头在哪里，我微笑的角度看起来一样，我面容的角度呈现着最好看的状态——这些年来，我被训练成了这样，能够在快门声响起的几乎同时，摆出大众所习惯了的，杂志上的样子，露出几颗牙齿，眼睛稍微弯起来一些，头轻轻地转一点角度，咔嚓。

而此刻，他们几个在旅游纪念品商店里买明信片，他们聚在一起，彼此叽叽喳喳地说些什么，然后又提起笔，在卡片上唰唰地写起来。

我戴着墨镜和帽子，站在远处的树荫下面，把自己完全躲进阴影里。和他们比起来，我像是一个对任何事物都失去了兴趣的老年人。我失去了那种叫作好奇心的东西。这个时候，我只想躲进空调开得很足的咖啡馆，翻一翻报纸，用Wi-Fi网络处理一下这几天我没来得及回复的邮件，然后无所事事地看着落地窗外反射着明晃晃白光的水泥马路，看着几只肥硕的鸽子摇摇摆摆地走来走去。

我有点羡慕他们。

他们的背影，看起来像是当年的我们。

· 03 ·

在写完上面一页纸之后，我出去酒店外面逛了一圈，再回来。

夜已经很深了，然而从酒店走出去不远，就是夜市，依然热闹得紧。

我们住的酒店是香格里拉的温泉SPA酒店，在槟城是最好的酒店了。酒店掩映在无数高大茂盛的热带乔木中间，粗壮的枝丫仿佛撑开一个穹顶一样将酒店笼罩其下，乔木上挂满了各种藤蔓植物，那些叶子婀娜而又宽广，甚至走近了你会感觉它们在朝着你热腾腾地喷着气，带着植物的辛香和热带的气浪。酒店装饰得很奢侈，但又很低调，站在酒店大门外的门童，不时从车上接下住店旅客们的行李箱，LV的，GUCCI的，RIMOWA的……各式各样奢侈的箱子装载着纸醉金迷的假期。

然而酒店周围，却非常非常地破败陈旧。

可能你听我这样说，你就又要发笑了。我是说真的，我并没有夸张。从酒店走出去大概五十米，一切都像变了天地。甚至当我回过头的时候，这座本应该盛气凌人贵气自傲的酒店，突然有了一种落魄贵族的凄凉，虽然它依然紧紧拥抱着自己胸前的徽章和长剑，但这个时代却早就没有了骑士精神，曾经的繁华辉煌已经荡然无存，人们喧闹而粗俗地活着，像细菌一样在地球上滋生。

夜市在街道两边铺展开来，店主们都搭着简易的帐篷，一块隔板放在支架上，就算是自己的门面了，隔板上放着各种纪念品，非常地便宜，因此也理所当然地粗糙。卖假货的很多，无数仿造的名牌钱包、手表、衣服，琳琅满目。店主对我们也并不热情，这多少有些出乎我的意料。他们甚至不太抬起头看我，除非我在他们的摊位面前停下来，他们才抬起眼睛，看着你，偶尔有主动一点的，会用手比画着，推荐他的一些货物。

除了这些，还有沿街一字排开的按摩店，门口坐着很多深肤色的当地女子，她们扎着发髻，穿着白色的短背心，机械地重复着“massage”这个单词，但她们的目光却并没有真的投入到招揽生意的热情中去，她们的眼睛低低的，视线落在黑色的地面上。

地面很烫，我的鞋子很薄，我能感受得到。

你可能以为我更喜欢逛顶级的百货公司吧？但可能你并不会想到，我其实对这种市井的市场，更加感兴趣。

全世界的奢侈品百货公司，看起来都差不多。

但全世界各个地方的夜市，却绝无雷同。

因为人们生活在这里，他们的生命，他们的呼吸，他们的体温和气温，他们的一切都和这条短短的街道混合在一起。

那个路边卖素描画像的人，也许刚刚才搬来这里，不了解进货的渠道，所以只能靠手艺赚钱。

前面丁字路口那家照片最大最亮的餐厅，也许已经传到第三代经营者了，他们也许是最早在这条街上开店的人，他们也许看着曾经的一片密林，最后变成了五星级酒店。

而路边坐着的那个小男孩儿，可能刚刚和家里吵架，此刻一个人溜了出来，他的鞋子比他的脚大很多，也许是他爸爸的凉鞋。

这条街两边，是无数低矮的平房，灰蒙蒙的砖墙，带着裂缝的水泥地面，路边的污水沟里漂浮着五颜六色的塑料袋，墙角边或者屋顶上，攀爬着零碎的热带植物，它们顽强地在这条油亮亮的街道上生存着，让这条街看起来像一个活物。

每走十几米就会有一间餐厅，餐厅的人很多，各种冒着热气的盘子从厨房里端出来，放到桌子上，海鲜的香味。

整条街上都是这样的香味。

不时有蒙着面纱的阿拉伯女子路过我的身边。

还有很多很多的欧洲人，他们皮肤白皙，和当地人截然不同，他们衣着也很光鲜，甚至举止也很优雅，他们看起来，像刚刚拆掉腰封的新书。

然而，当地人也并没有把他们放在眼里。

我走了很久，有点累了，直到我渐渐听到海潮的声音。

我想这条街也快被我走到尽头了。于是，我转身，往酒店返回。其实在那一个当下，我有一点想要走到这个街的尽头去看一看，我甚至想要去深夜的海边看一看。我想看一看黑夜的大海，没有人潮的大海，没有墨镜和防晒霜的大海——我能够预想它在黑暗里展露出来的属于它的真正的力量，毁灭性的，肆无忌惮的，随时能够摧毁一切却又不屑一顾的黑暗狂潮。我想我站在这样的大海边上，随时都能够热泪盈眶。人越感觉渺小，越容易绝望，绝望是世界上最锋利的匕首，能够刺穿一切你能想象到最坚不可摧的盔甲。

后来我听说，年轻人们买了很多便宜的手镯，项链，耳钉，挂件之类的，他们在车上彼此交换着分享，我看着他们，非常羡慕。我想他们带走了这条街的某一部分，就像从一件衣服上，撕下了一块碎片。

他们并不管那些纪念品背后是否印着“made in china”，他们觉得高兴，觉得喜悦，觉得好奇。

因为他们依然年轻。

忘记告诉你了，这个酒店在海边，所以，晚上睡觉的时候，会有持续不断的海潮声，一声一声地拍打进耳朵里，海潮有一种缓慢而又固定的节奏，非常地催眠。

我很容易就睡着了。比前几天睡得都好。

直到第二天醒来，拉开窗帘，迎面一望无际的碧蓝大海。

·04·

我们在高中那会儿，是不是一直就计划着环游世界来着？我记得那时我们甚至都计划好了逃课的理由，欺骗爸妈的理由，压岁钱存了一些，零花钱也攒了不少，甚至我们在地图上都用红色的水笔圈出了我们想要去的城市。

那时并不认为荒唐，那时只觉得有一种叫作梦想和青春的东西，在胸口撞得发痛，那时的我们，迫不及待地想要去看看外面的世界。外面的世界很精彩，歌里一直唱。

·05·

我其实在写这封信的时候，有料想过你收到信是什么反应。

我也知道，这些年，我身上发生了很多很多的变化。可能当初一起念书的人里面，我的人生轨迹，看起来最不可思议吧。

我从初中的时候，就吵着想要当一个作家，没想到，这事儿还真让我弄成了。但是，我看起来却似乎有一点像是搞砸了。至少不纯粹，我是这么觉得的。我想你可能也是这么觉得的。

我现在除了写书，还干很多事儿。而且我写的东西，也是很多人爱看，也很多人不屑。

我有时候也想，似乎是一件本来极其简单而纯粹的事情，被我弄得复杂而又混浊。但这能怪谁呢，似乎也不能怪我，你说是吧？

那就怪这个操蛋的世界吧。

我其实已经很久没有联系过你了，所以，你收到这封信一定大吃一惊。

我们以前可是一直通信的，你记得吗？那会儿我刚上大学，当初我们几个玩得要好的朋友，呼啦啦地从四川自贡这个小地方，嗖的一声就飞向了中国的各个角落，我到了东边，最繁华的大上海。

那个时候我穷得不可开交，在学校里，数着日子花钱。我经常在学校的食堂买午饭时，想顺便买一碗蒸蛋，但真的觉得太贵，不愿意花那个钱。可是学校的蒸蛋真的很好吃。

我喜欢喝图书馆楼下的珍珠奶茶，那比我在四川喝过的奶茶好喝很多很多，可是，不能每天都喝，如果每天都喝的话，我就没钱买鞋子了。因为我只带了两双鞋子去上海，还都是夏天的鞋子，到了冬天，脚就冷得发痛。

还要存钱买自行车。

要花钱的地方真是太多了。

特别是一进大学，老师就对我们提出了要求，每一个人都要买一台照相机，一台 DV，一台高配置的电脑。我拿着老师开给我们的单子，犹豫了一个星期，才给家里拨通了电话。我在电话里小声地跟妈妈要这些东西，妈妈在电话那头有点犹豫，她问了问我："这些都是学习要用的吗，老师说得买，是吧？"我说是的，声音很镇定，但眼泪已经掉出来了。妈妈说："哦，好，学习方面可不能马虎。"

过了足足一个月，妈妈才把那一笔钱寄给我。我一直到今天，都没问过我妈妈，那笔钱到底怎么来的。

可后来一切都好了。我开始赚钱了。

后来有一段时间，我疯狂地买各种奢侈品，带着一种快意的恨在买。我想也许这就是我们所说的人体受损后的过量愈合。就像骨头如果断了，再愈合之后，接口处就会更加地粗壮。肌肉纤维在撕裂愈合之后，也会更加地结实有力。

我在吉隆坡的双子塔，给妈妈买了一张丝巾。

妈妈喜欢蝴蝶，那张丝巾上印满了各式各样的蝴蝶。那张丝巾大概要人民币一万块钱，我犹豫了一下，然后还是买了下来。我把自己选中的那个包放回了柜台。

我记得我跟你说过这些事儿吧，我小时候，家里收入一般，但我爱乱花钱，买书，买衣服，买玩具，买游戏机，爸妈随着我花钱，非常纵容我。因此，他们自己几乎没买过什么东西。我小学四年级的时候，家里重新装修了一次房子，之前的老瓦房很破旧了，几乎不能住人。爸爸和他的一个朋友，两个人，把屋子翻新得我几乎认不出来，爸爸一个工人都没请，自己钉完了所有的钉子，刷完了所有的油漆，也刷白了他的一些头发。

妈妈呢，几乎没穿过什么漂亮的衣服，有一件红色的呢大衣，每到过年的时候，或者去亲戚家，妈妈都会拿出来穿上，我小时候觉得妈妈特别喜欢那件衣服，后来长大之后，我懂了，妈妈只有那件衣服。

所以，我现在就老爱给他们买东西。

我后来把我上海的那辆凯迪拉克轿车，也给爸爸拿去开了。

我最近在存钱，准备给他们在上海买一栋别墅，最好是带很大的花园的，因为爸爸说他想要种花。

除了这些，我还得存钱，因为我怕他们老，怕他们生病，怕他们离我而去。我要赚很多的钱，多到能为他们换器官，换血，换命。多到能让他们陪着我，直到我们一起死去。

爸妈如果走了，那我就变成孤儿了。

我不要做孤儿。那太可怕了。这世界还有什么意思呢？

我要让他们永远照顾我，我生病的时候，他们永远陪在我病床前面，我饿了的时候，他们永远能帮我端一碗烫饭过来，我莫名其妙地吃坏肚子的时候，他们总能告诉我一些民间偏方。

·06·

我的信纸快要写到最后了。

这是在槟城香格里拉酒店里随手拿走的信纸，只剩下最后这一页了。

这是一个热带的国度，每一个白昼，都被炙人的温度，刷得耀眼。空气里像烧着透明的火。

这里有咖啡的香味，有榴莲的香味，有中国城飘出的中国菜的香味。

年轻人们在每一天的行程里，都看起来元气十足，而我，有时感觉很惬意，有时又感觉很疲惫，但总的来说，我对周围陌生的一切，都缺乏应有的好奇，这让我沮丧。

这些日子里，我反复想起我们念书时候的梦想，那些梦想，都在我的心里，变成了儿时的玻璃弹珠，蒙了灰尘，有了划痕，尽管依然晶莹剔透五光十色，却没有人再愿意玩起这种趴在地上的游戏了。

在写这最后的几行时，他们正在参观这里很有名的建筑，典型的娘惹们居住的房子。很多关于娘惹的电视剧，都在这个有钱人的故居里取景。我看了看门口贴的海报，上面的主演竟然是李心洁。一转眼，她都开始演成熟女人了。

而我的记忆里，却是当年我们念中学时，她和任贤齐一起，在湖南卫视的《音乐不断》里，上蹿下跳，年轻无限地唱着“哦赶快回来，天涯海角，躲这场风暴”的样子。

那个时候，你最爱她，你还记得吗？

2013

SHALL WAY...

碎时器

法国南部

你其实从来不曾真正拥有时间，你只是在瓦砾遍布的旷野里捡拾它的碎片，你朝前迈出的每一个步伐，都是在抵达那并不遥远的过去。

——题记

【你在云上，看时间死去的样子。】

我又在收拾行李。

准确地说，是助理们在帮我收拾行李。这些年随着出差越来越多，收拾行李已经从一件烦心的苦差事，变成了一件似乎只需要按下按钮，就可以按照编辑好的程式一路嘀嘀嘀地运行，然后瞬间两个完美的旅行箱就收拾完毕了——里面装载着所有旅途需要的各式各样的东西。刚开始频繁去外地的那几年，每一次出门，需要带什么，不需要带什么，总是很伤脑筋。往往舍不得这个，舍不得那个，准备着这个，同时也预备好那个——但结果，带出去的东西往往有 70% 以上没有用过。甚至有曾经隔天就回来，箱子都没有打开的状况。

我有点不耐烦，准确地说，是有点无所谓地看着我的两个同样无所谓的助理帮我收拾行李。对他们来说，这是一件没有乐趣也没有痛苦的事情，看着手上的单子，一件一件核对需要带的东西。

“我想带一个枕头。”我突然从沙发上直起身子。

“枕头？”助理问。

“对，枕头。能带吗？有空间吗？”我淡淡地问他们。

“有是有。”助理说。

“那就带着吧。”我饶有兴趣。同时在心里盘算着出门的这十天应该每一个晚上都会有好梦。

——但后来呢，这个枕头的空间，还是被两双鞋代替了。而事实证明，这两双鞋从头到尾就没有从鞋袋里拿出来过，旅途中一次也没有穿。

【万千日照下，他低头数着自己的影子，数到七。】

我是隔了好久，才开始写这篇文章。记忆已经有点模糊了，法国南部的这十几天旅途，似乎已经变成了一团灰蒙蒙湿漉漉的棉絮，中间夹杂着几根闪亮的银丝——最闪亮的一根应该就是法国南部永远充沛异常的日照了吧。

我在上海生活了十二年，每一年的上海，即使是在本应阳光灿烂的夏季，也依然是阴郁而灰蒙的。仿佛天地间插了无数块巨大的毛玻璃。

“你还有防晒霜吗？我好像已经破皮了。”我低头在背包里翻找着，抬起头，问坐在我对面的落落，她红彤彤的一张脸，看起来像刚从西藏高原下来。我觉得她看起来有点像喝醉，觉得很有意思。在这之后的几天，依然是在巴士上，我和她还是面对面坐着，我们俩都在刚刚的晚餐上喝了一点葡萄酒，她酒量好，没什么反应，但是我的脸却变得红彤彤的。我凑过去，把刚刚在主人庭院里摘下的一朵紫色小花别在我西装的领口，然后嚷嚷着要和落落拍一个合影。我把合影发到朋友圈，无数朋友在下面留言：恭喜啊！

所以，他们是以为这是我的结婚照吗？

在法国南部的日子，往往都意识不到已经傍晚。经常是已经晚上七八点，但抬起头，漫天的云霞依然扩散着充足的光照，走在浅色的街道和建筑区域，依然需要戴上墨镜，否则眼睛就睁不开来。开始两天，我的皮肤被每天超长时间的灿烂阳光灼伤得通红，以至于晚上不得不用冷水冲脸，同时敷上厚厚的冰镇面膜。但几天之后，我就习惯了这边仿佛无限量供应的阳光了。每一天都像是有跳动着的火星在皮肤上爆炸着，细小而锐利的热度密密麻麻地钻进每一个毛孔里。又痒，又舒服，走两步就想在路边坐下来，甚至躺下来睡觉。我想我有点明白为什么法国人那么爱喝咖啡了。

我十七岁的时候参加作文比赛，那个时候决赛的题目叫作《假如明天没有太阳》，我忘记自己具体写了什么，但是我记得自己的心态，那个时候对于明天没有太阳这件事情，我是歇斯底里地感到快乐的。为什么呢？那个时候的自己，喜欢在晚上做完功课之后，点着台灯，缩在椅子上看小说，或者关掉所有的灯，窝在被窝里听 CD 唱机。没错，那个时候我们还在买 CD，还在用 WALKMAN，那个时候没有 iPod 没有 MP3 下载，所有音乐和歌词都被灌录在反射着彩虹光芒的 CD 碟片上。我对于没有太阳这件事情是恨不得举双手双脚赞同的。因为没有太阳，也就等于永夜了吧。吸血鬼和我，都一样开心。

十多年过去之后，我依然在安静的夜晚看书，听歌，看电影。但我却不再抵触白天的来临。曾经学生年代的白天就意味着无穷无尽散发着油墨味道的模拟试卷，意味着背着书包沿着墙角快快走的无趣路途，意味着口袋里的零花钱永远不够买齐自己喜欢的小说和 CD，意味着风油精的味道再刺鼻也依然抵挡不住疲倦和乏味而在头顶转动的风扇叶片下昏昏睡去，意味着黑板上来不及抄写的笔记被老师匆忙地擦去。那个时候的我特别特别不喜欢那个时候的白天。

而现在的我，已经工作，很少再有少年时叛逆的心性和敏感的伤春悲秋。每一个白天都意味着战争，每一个夜晚都意味着警醒。时间的碎片仿佛揣在兜里的图钉，在你冷不丁下意识恐惧或者畏缩的时候把手抄回口袋时，狠狠地刺你一下。似乎总有人在你的耳边小声倒数着嘀嗒嘀嗒，他的声音冷漠却又热烈，仿佛在残忍而又兴奋地期待着什么。

每一个白天都是刷进鬓角的一抹白漆。

每一个夜晚都是灌进心口的一股冷墨。

而这边无穷无尽的光，仿佛浩浩荡荡的庇佑和怜悯，把人们的恐惧和不安都笼罩在一只温柔的手掌心下面。它抚摸着人们的头顶，带来宽慰，带来安逸，但也带来混沌和麻木。走着走着，我就又想停下来睡觉。人们活在盛世太平的白色虚影下面，似乎希腊的破产危机，欧洲的经济衰败都离他们很远。这里依然停留在时间的一个针脚里，人们的岁月被缝在了世纪洪流的背景幕布上。

风吹来，又过去。帘幕一动不动。

【你是说那些魂灵吗？我看不见它们。我并不害怕它们。它们是庇佑我的。】

在参观一个修道院的时候，我远远地落在了队伍的后面。恒殊和安东尼走在最前面，他们很有兴趣地在听我们随行的人员介绍这个修道院的历史，介绍之前在这里生活的修士们如何酿造甜美的葡萄酒，他们如何布道，如何生活，如何在岁月里变成不灭的魂。

我走在最后，时不时停下来驻足。

几百年的石料在风雨的侵蚀之下，看起来充满了岁月的高贵，那是时间化成的金箔，一层又一层涂抹后的凝重。每一块石料都散发着雨水的气息，太阳渐渐从树冠的边缘隐去，空气里透出一股湿漉漉的冷。这在日照充沛的法国南部来说，非常难得。

他们已经推开铁门走到庭院去了，而我还停留在室内挑高穹顶的教堂。

在之前的几个地方，我们已经参观了各种各样的教堂了，甚至有参观了欧洲最高的教堂——然而这个修道院里的这个已经废弃不再使用的教堂，依然让我神迷。不用闭上眼睛，就能感受到曾经生活在这里的人们，这里的修士，这里的信徒，他们的岁月密密麻麻地堆砌在这里。

你甚至能听见风里细碎的低语。

落落从前面倒回来找我，她说大家都在等我，不要掉队了。“真想住在这里。你看，把这里改造成客厅，把那里弄成卧室。然后这里再弄一个壁炉。”我对落落说。

“你不害怕吗？”

“怎么会害怕，为什么要害怕？”我问落落。

“……有鬼之类的？”

“就算有，他们也肯定不会害我的呀。他们肯定都是庇佑我的。”我认真地说。

“你哪儿来的自信啊！”落落丢下我跑了。

每一个曾经人声鼎沸的地方，都会有人去楼空的一天。每一个曾经茶香四溢的屋檐，迟早都会变成雀鸟筑巢的居所。每一个接踵摩肩的时代，都会变成人们追忆里的缅怀。每一首脍炙人口的歌曲，都会在多年后的某个时刻，成为撩动人们的不朽乐章。人们纪念着每一个逝去的黄金年代，每一个黄金年代留下来的最后的挽歌。

庭院很深，住了七个人。

我赶上他们的时候，他们正在教堂的后庭院驻足。我正好来得及听导游介绍这个庭院一到初夏时就会陆续盛开的满地玫瑰。他说修士们爱玫瑰，爱月季，爱蔷薇。人们热爱这些娇嫩而又带刺的花朵，仿佛人们热爱每一个妩媚而又乖戾的少女。我想象着几百年前的修士们穿着厚厚的袍子，拿着铜制的水壶在庭院里浇花。阳光穿透他们蓝色的眸子，像在刻写着胶片上的光影，留给今时今日到访的我们。

而这个玫瑰花园的旁边，是一个已经废弃的喷泉。无数枯萎的藤蔓爬满了喷泉上的天使。

风吹过的时候，一地枯萎的落叶发出沙漠的声音来。

【他们就那样坐在街边，看着人们走过又绕回，他们的眼睛在太阳下锁起来，看起来像是愤怒，又像是欲望。】

每一朵花都在朝着明亮的光斑开放着，它们伸展着每一片娇嫩的花瓣，朝更加热烈的光线里盛开，越来越亮，越来越薄，最终消失在发亮的空气里。每一块石板都散发着花的气味。

每一个城市的人们都带着浓烈的笑容，他们在树荫下喝着香槟，在喷泉边喝着咖啡，在教堂的台阶上喝苏打水。漂亮的姑娘们穿着更加漂亮的裙子，她们在太阳下花朵般盛放着，仿佛明天就会消失在世界的尽头不再回来。人们坐在几百年前的雕塑下面，聊着几天前的事情，时间在每一个人的面前柔软地蜷缩着，仿佛太阳下的一条小狗。

人们的岁月和时间，都打着褶子，在慢速的空气里流动着。

我们参观一座马场。

马场的主人热烈地接待我们。他六十多岁了，但身子健硕，眼神清亮，看起来充满魅力。落落一边开玩笑地说要嫁给他，一边却又不好意思和他合影。

我们坐在大货车的后挂厢上，他骑在马背上。他热情地骑马走在我们车厢旁边，为我们介绍他养了多少头牛，哪一头拿过斗牛冠军，哪几头是他爸爸从另外的城市买回来的。

我们离开的时候，他骑着马远远地跟在我们身后，我们的车子已经开走了，他还站在农场的门口张望着。

我问导游，平时去他的农场参观的游客多吗。

导游说，没什么人。平时都是他和他的工人在农场工作。

我回过头，他还站在那里，骑着高头大马，戴着帅气的牛仔帽，看着我们。

时间像是停在了他的身上，轻轻地包裹起来。

我们住的酒店离城区有一点距离。

一大清早，我们起床，朝城里进发。我们去参观一座精致而古老的小剧院，也参观他们的市政厅，还有他们的喷泉广场。

酒店的边上有一道溪涧，看起来像是护城河一样围绕着我们的精品酒店。我站在桥上，看着脚下薄薄的河水，河水太薄，以至于河底的鹅卵石像是在上下跳动着。

走下桥的时候，两个中年男子在那里喝咖啡，早上八点半的太阳照在他们纤长而又金灿灿的睫毛上。

我们回到酒店已经是中午了，那两个男人还在。他们的目光焦虑而又坚定地投射在大街上，仿佛把每一个路过的行人每一辆开过的车子，都刷上他们浓郁的凝视。我们回来了，他们还在。手边的咖啡还在。

我们离开了，下一拨旅人又来到这个小镇，他们也还在。

时间停在每一个罅隙，用碎片填满边边角角，仿佛河水拥抱着鹅卵石间的罅隙。

【那辆巨大的卡车，发着生涩的轰鸣声，开进了我们的岁月。那时的我们已经很老很老，就像挂在月梢上的那个鸟巢，我们空无一切，却又盛满了乡愁。】

我们每一天都在喝酒。

白色的，橙色的，玫瑰色的，红色的，黏稠得像血液的……各种各样的葡萄酒每一天都出现在我们的餐桌上。

整个法国之旅有点醉醺醺的，却又恰到好处，每一天都保持着一种微妙的热情和亢奋。

我喜欢和我的朋友在一起，最好是喝醉。

恒殊认识得比较晚，而除了恒殊之外的落落，笛安，安东尼，都是老朋友。大家的话题往往聊着聊着就是一个“你还记得那年我们……吗？”的开头。

阳光在头顶把每一个人都烘焙出酒精的芬芳来。

回忆从每一个人的眼睛里往外跑。有些没有跑出来，就停留在皮肤下面，挤成一堆皱纹。

“你还记得我们第一次一起去日本吗，我们在神奈川，在富士山，在大阪……”我摇头晃脑地问笛安。

“当然记得。”她一边回答我，一边撕着手里的面包。

我眯起眼睛，七彩光斑里，她和落落看起来都像是四五年前我认识的少女。而今的她们都带着成熟的风韵和美，但我却总是想起她们少女的模样。

记忆里的落落，还是匆忙地推开徐家汇街边一家便宜的泡沫红茶店的玻璃门，一边落座，一边紧张而又不好意思地对我说抱歉，睡过头了。然后我俩各自点了珍珠奶茶，只点了一杯，然后就开心地聊了起来。我穿着傻里傻气的衣服，她留着乱糟糟的头发，额头一颗青春痘在荧光灯管下蛮明显的。

而笛安呢？

我在巴黎蒙田街上，我坐在路边百无聊赖，远远地，就听见她脆生生地喊我的名字。哦不，她喊的是小四。那个时候的她，和人说话之前总要很微妙地笑一下，那个笑容里带着不好意思的尴尬，又带着想要和你亲近的期盼。那个时候的她穿着平底的软皮鞋，穿着呢绒大衣，在三月寒冷的巴黎，带我去她生活的街区看真正的巴黎。“你住的酒店所在的蒙田大道，都是有钱人去的地方，老百姓们不这么过日子。真的。”她看着我，笑着，皱起鼻梁。“不过既然都来了，我就买个包吧。你想逛街吗？”她对我说。我点点头，两个人开开心心地买起东西来。那个时候的她，还没有出版《西决》，还生活在巴黎，还不知道全中国很多人已经喜欢她的文章喜欢极了。

“你那个时候有想过自己之后会变成现在的生活吗？”我问笛安。

“怎么可能。”她喝醉了，笑着摇头，“不过，现在的生活是指什么啊？”她又露出那种不太好意思的笑容，美极了。

她的杯子里，晃动着几十块明晃晃的光斑。

我都能听见时间发出的玻璃珠般的声响。

2013年10-11月上海最世文化发展有限公司畅销书排行榜
| TOP25 |

排名	书名	作者
1	小时代1.0折纸时代（修订本）	郭敬明
2	17	落落 主编
3	纯禽史：爱不作会死	叶阐
4	无边世界	hansey
5	巨灵系列	乔纳森·史特劳
6	躁动的，沉寂的	玻璃洋葱
7	幻城（2008年修订版）	郭敬明
8	小时代3.0刺金时代	郭敬明
9	悲伤逆流成河（新版）	郭敬明
10	夏至未至（2010年修订版）	郭敬明
11	小时代2.0虚铜时代	郭敬明
12	这些 都是你给我的爱	安东尼 echo
13	临界·爵迹Ⅱ	郭敬明
14	临界·爵迹Ⅰ	郭敬明
15	爵迹·燃魂书	郭敬明 等
16	西决	笛安
17	告别天堂	笛安
18	下一站·法国南部	郭敬明 等
19	东霓	笛安
20	下一站·伦敦	郭敬明 等
21	南音（上）	笛安
22	剑桥简明金庸武侠史	新垣平
23	天鹅·永夜	恒殊
24	下一站·台北	郭敬明 等
25	下一站·神奈川	郭敬明 等

愿风裁尘

ZUI Book
CAST

作者／郭敬明

出 品 人／郭敬明
选题出品／金丽红　黎波
项目统筹／阿亮　痕痕
责任编辑／赵萌
助理编辑／杨柳婷　张明慧
特约编辑／小风
责任印制／张志杰

装帧设计／ZUI Factor　www.zuifactor.com
设 计 师／胡小西
封面插画／Maichao
内页设计／曹欣

出版社／长江文艺出版社
出品／上海最世文化发展有限公司
官方网站／www.zuibook.com
平台支持／最小说　ZUI Factor

图书在版编目（CIP）数据

愿风裁尘 / 郭敬明著 . -- 武汉 ：长江文艺出版社，2013.12
ISBN 978-7-5354-5152-1
Ⅰ . ①愿… Ⅱ . ①郭… Ⅲ . ①散文集—中国—当代 Ⅳ . ① I267
中国版本图书馆 CIP 数据核字（2011）第 078185 号

愿风裁尘

郭敬明 著

出 品 人 | 郭敬明
选题出品 | 金丽红　黎　波
项目统筹 | 阿　亮　痕　痕
媒体运营 | 张银铃
责任印制 | 张志杰
责任编辑 | 赵　萌
助理编辑 | 杨柳婷　张明慧
特约编辑 | 小　风
装帧设计 | ZUI Factor
设 计 师 | 胡小西
内页设计 | 曹　欣
封面插图 | Maichao

出版 | 长江出版传媒 | 长江文艺出版社
电话 | 027-87679310　传真 | 027-87679300
地址 | 湖北省武汉市雄楚大街 268 号湖北出版文化城 B 座 9-11 楼　邮编 | 430070
发行 | 北京长江新世纪文化传媒有限公司
电话 | 010-58678881　传真 | 010-58677346
地址 | 北京市朝阳区曙光西里甲 6 号时间国际大厦 A 座 1905 室　邮编 | 100028
印刷 | 三河市鑫利来印装有限公司
开本 | 700×1000 毫米　1/16　印张 | 23.5
版次 | 2013 年 12 月第 1 版　印次 | 2013 年 12 月第 1 次印刷
字数 | 380 千字
定价 | 36.80 元

人人网

我们承诺保护环境和负责任地使用自然资源。我们将协同我们的纸张供应商，逐步停止使用来自原始森林的纸张印刷书籍。这本书是朝这个目标迈进的重要一步。这是一本环境友好型纸张印刷的图书。我们希望广大读者都参与到环境保护的行列中来，认购环境友好型纸张印刷的图书。